# 生命的拔节声响

## ——基于卓越专业人才培养的文学理论课程创新建设

詹艾斌 等 著

科学出版社

北 京

## 内 容 简 介

作为一种人文学教育的文学教育必须确立起其生命教育方向，换言之，文学教育与社会个体的生命成长存在着密切的内在关系。这一教育主张的确立与著作者的主导性文学观念——文学是一种生命的评价形式，是协调一致的。践行和深化这一教育理念主要表现为文学理论课程创新建设的两个维度：一是开展教育教学研究，二是开展育人实践。育人实践包括必要的文化对话，更表现为课堂教学范式改革，尤其是后者对于学习个体生命意识的积极激发与影响是显著的。

本书适用于从事文学教育的教师和研究人员。

**图书在版编目（CIP）数据**

生命的拔节声响：基于卓越专业人才培养的文学理论课程创新建设 / 詹艾斌等著. —北京：科学出版社，2019.6

ISBN 978-7-03-058897-5

Ⅰ. ①生… Ⅱ. ①詹… Ⅲ. ①文学理论 – 课程建设 – 研究 Ⅳ. ①I0-41

中国版本图书馆 CIP 数据核字（2018）第 217422 号

责任编辑：杨　英 / 责任校对：贾伟娟
责任印制：徐晓晨 / 封面设计：铭轩堂

科 学 出 版 社 出版
北京东黄城根北街 16 号
邮政编码：100717
http://www.sciencep.com

北京捷迅佳彩印刷有限公司 印刷
科学出版社发行　各地新华书店经销

\*

2019 年 6 月第　一　版　开本：720×1000 B5
2020 年 1 月第二次印刷　印张：18 1/4
字数：327 000
定价：98.00 元
（如有印装质量问题，我社负责调换）

# 目　　录

# 绪论  文学教育生命维度的确立
# 与卓越人才培养的可能性

文学教育是一种人文学教育，人文学教育需要确立其根本方向，而对于这一方向的明确又必然需要与当前教育改革发展的核心问题"培养什么样的人以及怎样培养人"构成深层次的对接。

教育培养什么样的人是教育的元问题，而立德树人则是当前教育的根本任务，其在特定意义上有深度而又兼具时代性地回应了教育培养什么样的人这一问题。换言之，它对可能存在的诸种关于教育的元问题的回答做了潜在而又必要的规范和导引。面对当前的世界状况，从教育的内质及其未来发展的可能来看，我们可以确认，如同陈家兴先生所指出的，教育首先应该培养完整的人，其次它才能培养在这一前提之下的"有用"的人，而教育的最终目的或者说其根本诉求应该是培养自由发展的人。①这样的人，自然存在或者在某种意义上必然存在成为卓越人才的可能。

完整的人、自由发展的人，无疑是深度理解生命价值的人；教育培养完整的人、自由发展的人也必然以激发其生命意识、推动其积极追寻生命价值为前提。因而，我们也应认识到，在日常的教育教学实践中深度开展生命教育是一种应该也必然存在的教育形式。文学是人学，文学是一种生命评价的形式，通过文学，我们可以关怀生命、体味生命、理解生命、温暖生命，因而，在文学教育教学中实施生命教育也就成为题中应有之义。也正是基于这一理解，笔者认为，在文学教育中培养卓越人才或者说培养卓越文学专业人

---

① 陈家兴：《教育应培养什么样的人》，人民网，2010 年 7 月 29 日，http://opinion.people.com.cn/GB/12280160.html。

才时理应确立教育的生命维度。换句话说，在文学教育中确立生命维度能够使卓越文学专业人才的培养成为可能，实施生命教育是在文学教育中培养卓越文学专业人才的一个重要前提。

对于生命与教育的关联性理解，笔者在前几年就相对明确地探讨过。在笔者的认识中，无论是总体性的文学教育，还是某一门文学课程的教学实践，其根本旨归都在于对人的生命的整体提升。具体而言，它不是单一的学科知识的传达、传播和传输，而是与文学内质协调共振的情感、审美、价值、德性等要素趋向一体化的充盈而繁复的生命活动，其指向生命的韵致、饱满度和质感的美丽。也就是说，它必然是也应该是具有明确的方向性的，何况，生命成长与教育发展的方向还存在着内在的一致性。为此，2013 年底，笔者还写了一篇短文，题为"寻求和确立生命与教育的必要方向"，发表在 2014 年第 3 期《教育科学研究》杂志上，在 2014 年 12 月出版《生命与教育的方向——文学理论课程教学范式改革拾得》一书时，笔者把它置于全书"引论"的位置，在某种意义上，它是一个"统领"的角色。今天读来，这篇文章应该还不算过时，而且，为了保持必要的连续性——本书其实也是《生命与教育的方向——文学理论课程教学范式改革拾得》一书的延续和某种程度上的深化，在这里，笔者依然把它悉数援引过来。其蕴含的"本色"往往是更为值得纪念和保存的，当然，它首先表现为对一种教育主张、教育信念的坚执。

2012 年 4 月 22 日，由著名教育家、武汉大学前校长刘道玉名下的教育基金会主办的"理想大学"专题研讨会在北京举行。研讨会上，北京大学中文系教授钱理群先生这样指出："我们的一些大学，包括北京大学，正在培养一些'精致的利己主义者'，他们高智商，世俗，老到，善于表演，懂得配合，更善于利用体制达到自己的目的。这种人一旦掌握权力，比一般的贪官污吏危害更大。"

笔者注意到，钱理群教授的这些话被有的媒体称为"语惊四座"，其实，如果我们有着足够的正视现状的勇气的话，那可能会意识到，钱先生只不过是描述了他人未曾明确描述过的也许是当下确实存在的一种基本的教育事实而已。其根本意思大概是：在今天，一些人少有对于大众的关怀，而更多的是对于一己利益的纠缠与盘算。法国 18

世纪具有唯物主义倾向的思想家爱尔维修曾经很是无情地说："利益决定着我们的一切判断。"

在此，一个前提性思考是，我们认为这是一种严峻的社会问题和教育问题吗？如果答案是肯定的，那我们就需要追问，为什么会出现这种现象？理由也许很多，但我想，其中有一点却是必须加以注意的，那就是在社会"祛魅"之后的世俗化进程中，越来越多的人不再重视与寻求生命的完整性存在了，生命没有了必要的方向，而这个方向却是可以直通精神与心灵世界的丰富、充盈、纯净、沉静、伟岸、力量、韵致、敞亮与澄明的。

康德曾经论及，人是一种有限的理性存在。人一方面是自然存在物，另一方面又是有理性的，因而是可以追求智慧的存在。对于这种有限的理性，我们应该如何认识呢？我们当然需要使它触及真实的、世俗的生活本身，毕竟，这才是我们的立身之基；但同时显然又不能让它离合理的精神诉求过于遥远，甚至是放逐它对于这种追问的可能。我们需要一种"绝对命令"，在有限中追求无限！应该说，这是哲学的起源，也是哲学之所以能够无边绽放华彩和力量的依凭与支撑。形而上学是不应该被拒斥的！

有学生说，我有时候过于理想化，总是有意或者无意地将自己的思想强加于他人身上，因而，"专制"之谓也就应时而生；也有学生表示，他之所以喜欢我，是因为在他看来，我是他所遇到的人里面最富有理想主义气质的，同时也是最富有悲情的。人活着，自然必须坦然面对他人的评价。只是，我自己更为倾向于认同来自学生的这样的一些看法，"和许多同学一样，我以前也觉得您是一个活在理想中的人，因为您总是期望一件事情能够达到您的要求，现实却往往不是如此。现在想来，这无关乎理想主义，只是个人的一种坚守和信仰，不管现实如何，只想要依靠自身的坚守和力量，让事情趋向于更有利的方向发展"；"我记得以前曾有人将老师称为'悲剧的理想主义者'，……相对地，确切说我觉得老师是对现实有着清醒认知的'带有理想气质的乐观现实主义者'。在我看来，老师一直都致力于现实可能范围下的变革，老师或许理想，有着自己的展望和企图，但老师做的事却是踏踏实实的，相比某些有着许多浪漫幻想和浪漫情怀的理想主义者来说，老师确实是要实在得多。至于说老师悲情，我想还是谈不上吧，至少我还没发现老师所做的、所说的与既存的社会现实存在着格格不入的东西，我想老师是崇尚改良的，老师的理想与现实差距再大，老师还是可以清晰地看见进步和希望，从这一点来看，老师是幸福的"。换句话讲，与其说我有理想，更不如说是存有一种信念。确实，对于"理想"和"信念"，我是力求也是能够区分清楚的。我说不上很理想，理想尤其是理想主义于我总有一种无法泯灭的、虚幻的意味，应该讲，我更多的只能说是明确存有一种对于教育教学的信念。在我的理解中，也可以说，在我的信念中，教育是一个最需要理想、也最应该有理想的行业。正如有学者指出的，教育需要乌托邦。

确立必要的方向，在根本上其实是在为人的高贵的灵魂寻找一种与之相匹配的精神生活。教育需要也应该推动这种必要的方向的确立！当然，我们必须认识到，必要的方向是不断地被建构的。它是流动的、发展的。

一段时间以前，一位选修我主讲的审美文化学课程的政法学院的同学给我发来一封邮件，题为"当幸福来敲门"，意思大致是，我给予了他成长的引导，我的教学实践给他带来了幸福之感。读完学生的文字，欣慰与悦然之余，内心深处自然也少不了一份虚荣，当然，更多的是一种思索。我想到的是，当学生的幸福不是在根本上来自于某种外在的强力推动，而更多的或者说主要的是基于一己的探求有了内心的激发从而自我生产时，那么，这种幸福也就会更为持久、更有力量，也会更有韵致。我们应该致力于通过教育让更多的学生自我创造这种幸福、感受这种幸福。在我的理解中，能够让学生自我创造幸福、感受幸福的教育是灯火式的教育，是美丽的教育，是更具人性化的教育，也是有可能发展成为有合理信仰的教育。而这，就必须让教育确立必要的方向！

教育中人如果不去积极寻求并确立这种必要的方向，教育也就会失去光。

上帝说：要有光！

无可否认，笔者一直认为，教育需要必要的理想，教育必须确立其应有的方向，由是，教育才有了光。

几年前，笔者更多地强调课程教学范式改革本身，更为关注的是"文学概论"这一门基础性课程，随着卓越教育理念的渐趋明确和深化，卓越文学专业人才培养这一独具当下时代性质的命题也就自然地在个人的工作筹划中提出来了，作为一种积极的回应，并结合前期教学改革基础和自身专业特长，慢慢地笔者把关注的重心聚焦到文学理论课程群创新建设上，当然，这其实只是一种策略、手段和途径，其根本指向是卓越文学专业人才培养的实践。

文学理论课程群创新建设是一项系统工作，包括诸多方面的内容，简单地讲，它至少涉及以下三个根本性问题。

其一，确立课程群，建设课程共同体，以及在此基础上的学习共同体（师生互为主体，教学相长，其中，以学生为行动主体人群）与学术共同体（注重教师引领）。

其二，以课程教学范式改革实践为根本抓手，深度把握教学范式改革内质及其引发的革命性变化。基于合理的顶层设计，明确教学育人理念及其价值取向，在某种意义上，这也表现为实施课程教学范式改革的前提。

其三，以卓越文学专业人才培养为终极目标，而这自然必须探索出一套行之有效的人才培养模式，并持续践行和调整。因此，它是可示范的。

基于以上根本认识的教育教学探索一直在路上，笔者也只是一个旅行者，一个具有较为明确的目的而又满怀期望的赶路人。

鲁迅先生曾说，地上本没有路，走的人多了，也便成了路。而在这个时代，走路的人渐渐少了，你更要勇敢地赶路，学生的生命成长铸就的便是你前行的力量。

# 第一章  文学教育与社会个体的生命成长

有研究者指出，只有回到生命，才可以理解作为生命表达的教育。回到生命，就意味着回到了教育的本源，在生命中对教育展开理解，也就意味着在教育中理解教育。[①]确实，教育是一种生命的表达，教育是用一个生命摇动、唤醒、构建和生成另一个生命，教育的发展方向与社会个体的生命成长方向存在着密切的内在联系，二者之间理应是一致的，也必然表现出高度的协调性。这在文学教育中尤为如此。旨在以德立人、以文化人、以美育人的文学理论课程建设，以及更具根本性意义的卓越文学专业人才的创新培养必须以之作为基本的认识前提。

## 第一节  文学教育教学的危机及其当代发展的文化自觉

当今世界正在发生广泛而深刻的变化，当代中国正在发生广泛而深刻的变革。也正是在这一复杂的国际国内局势下，中国国家形象建构问题越来越受到国人的关注。显然，中国国家形象的当代建构是一个事关国家发展全局的时代性核心问题。笔者认为，中国国家形象的当代建构其根本在于中国人的当下建设。换句话说，国人的当下成长与发展、国人形象的当下建构是国家形象当代建构中最为深层、最为重要的问题。而无可置疑地，教育的发展与进步对国家形象的当代建构影响深远，同时，它还内在地支撑着国家的文

---

① 杨一鸣：《理解教育》，《上海教育科研》，2001 年第 3 期，第 29 页。

化建设甚至是国家整体建设的各个方面。教育在根本上是育人的，这种"育"是"化育"，是"培育"，是优美而完整人性的构形，是合理人格、健全人格甚至是理想人格的浇灌、铸造与养成。德国哲学家雅斯贝尔斯在《什么是教育》一文中表示：教育是人的灵魂的教育，而非理智知识的堆集；通过教育能够使具有天资的人自己选择成为什么样的人以及自己把握安身立命之本。一句话，教育的本质性理解在于让每一个人成为他想成为而且应该成为的自己。这其中蕴涵着一种强大的塑造性——自塑与他塑的尤为鲜活的充满生机的力量。然而，在今天的文学教育教学中，这种力量却鲜有呈现。这也就是说，当下文学教育教学中认识上的工具性质、实践上的知识化倾向以及现代化进程中社会日益世俗化加剧了文学边缘化和合理的价值支点的虚幻，甚至严重摧折了这种力量在文学教育教学中的展示和实现。不少富于远见卓识的教育者、文学研究者不无忧患地提出：文学教育、文学课程教学亟待改革！2011 年 3 月 14 日，《文艺报》发表《我们需要文学教育》一文，引发了多领域学者持续数月的"人文素养与文学教育"的专题讨论，这一讨论无疑是直面当前文学教育教学的基本状况并积极寻求其改革发展的合理方向。

很显然，当下的文学教育、文学课程教学存在着危机。明确地说，笔者很担心在当代文学教育、文学课程教学中三种状况的出现：其一，受教育者不知文学与文学教育教学的真义，也缺乏探究文学与文学教育教学真义的勇气和能力，从而也就有可能丧失创造性想象与愿望，丧失对于文学、人、自由、审美等之间存在密切关联的认知与情感体验，丧失对于人的未来合理设计和发展的希冀与向往；其二，面对种种矛盾与冲突，教育者放弃文学教育、文学课程教学的理想和信念，放弃文学教育的公共性与对教育教学中人的公共情怀、公共理性和公共精神的培育；其三，文学教育教学被平面化甚至是庸俗化理解，倾向于割裂它与塑造现代国家公民之间的关联，也倾向于阻滞文学教育教学作为一种文化政治实践的可能性。

我们在今天何以还需要文学教育、文学课程教学？我们在今天到底需要什么样的文学教育、文学课程教学？对于诸如此类问题的回答自然涉及我们对于文学与人的关系的学理性审视，涉及我们对于今天的中国社会文化总体状况的基本判断，涉及我们对于文学的性质、价值与功能问题的当下追问，涉及我们对于文学教育教学的意义与力量的根本确证和诉求，涉及我们对于明确而合理的文学教育教学理念的探索与确立。文学是人学，是社会现实中从事实际生活活动的人的"精神分析"学，是唯物史观视野下由人参与其中并构筑而成的流动着的社会存在的基本反映和体现，是人实现其自由自觉特性和确证其本质力量的基本方式；依凭它，人类可以艺术地掌握世界，而它也呈现着人性的多样性和丰富性。在漫长的人类文明发展进程中，文学渗透到我们的日常生活和精神生活之中，它构造着我们的社会生活、政治生活甚至经济生活，也塑造着我们的身体、思想与灵魂。当代著名作家铁凝曾经这样指出，文学可能并不承担审判人类的义务，也不具备指点江山的威力，但它始终承载理解世界和人类的责任和对人类精神的深层的关怀。它的魅力在于我们必须有能力不断重新表达对世界的看法和对生命新的追问；必须有勇气反省内心以获得灵魂的提升。[1]其实，这可以理解为一种关于文学的身份政治学言说。文学如是，文学教育教学的根本显然也就并不在于简单性的知识积累与灌输，而更应该表现出对于建立在知识基础之上、在知识之内而又比知识更为重要的情感、道德、精神、历史性、思想、价值、信仰、自由等核心问题的深度关注。这样做的终极目的无疑是为了人的全面而自由的发展，是文学教育教学力量灌注与营构的根本方式。这是一种应然的、具有合理目的性的教育，是责任教育，是幸福教育，是灯火式的教育，是跳跃着的有生命的教育，也是有信仰的教育。当然，这只是当代文学教育教学改革发展的一种可能性方向，但在笔者看来，它也是一种应时代变化及其自身发展要求的根本性和终极性的方向。

改革开放以来的40多年时间里，我们国家开启了一个新的时代。在当下的生活与文学教育教学中，我们需要的显然不是对于社会民主与公正的拒绝、侵犯甚至是践踏，不是有意无意、自觉不自觉地对他人的漠然与俯视，而更应该表现出对于正义、人的主体性、平等、自由、独立、尊严等现代性价值的容纳、诉求、亲昵、迷醉和仰望。当然，我们知道，现代性是一把双刃剑，是一种双重现象。我们需要现代性价值观念，但更需要发展现代性价值观念。"发展"，主要意味着在坚持和维护"现代性"主导价值的同时又必须对其本身所蕴含的负面因素有着足够清醒的认识，我们必须充分吸纳西方现代性批评者的合理思想，有效遏制"现代性"中的负面因素的蔓延，以便对于"现代性"价值的整体诉求行进在具有历史合理

---

① 曹雪萍、金煜：《铁凝专访：大师的时代已然过去》，中国经济网，2006年11月20日，http://www.ce.cn/xwzx/xwrwzhk/peoplemore/200611/20/t20061120_9502636_1.shtml。

性的无限敞开的实践道路上。在当下文学教育教学中对待现代性问题的态度同样应该如此。

在文学教育教学改革发展的进程里，文学教育者也就是教师这个教育主体扮演着极为重要的角色。美国当代著名教育思想家、批判教育学代表人物亨利·A.吉鲁教授把教育完全看做一种伦理和政治实践，把学校理解为民主的公共领域，他认为，教师应该成为转化性知识分子、成为公共知识分子，与学生一道为了社会的民主与公正而重构教育生活。[①]显然，吉鲁教授的观点与主张颇具启发意义和参考价值，尤其是他对于教师的期许、对于教师的身份认同是值得我们深思的。在吉鲁教授提及的复杂问题上，尽管我们还需要进行多维度的探索，但应该说，现在，真的已经到了需要以明确而合理的文学教育教学理念抑或是文学教育教学新理念重构当代文学教育生活的时候了。

对于明确而合理的文学教育教学理念抑或是文学教育教学新理念的呼唤和确认直接而又深层地关涉文学教育教学的文化自觉和文学教育者的文化自觉问题。"文化自觉"命题是费孝通先生在20世纪90年代进行自我学术反思和探求中华文化以及世界文化发展方向的思想进程中明确提出来的。他认为，"文化自觉"是当今世界共同的时代要求，它表达了当代思想界对经济全球化的思考，是世界各地多种文化碰撞中引导人类心态变化的迫切要求。具体而言，"文化自觉"就是生活在一定文化中的人要对本民族文化有"自知之明"，明白它的来历、形成的过程，以及所具有的特色和它的发展的趋向，"自知之明"是为了加强对文化转型的自主能力，取得决定适应新环境、新时代文化选择的自主地位；同时，"文化自觉"也指生活在不同文化中的人，在对自身文化有"自知之明"的基础上，了解其他文化及其与自身文化的关系，从而实现多元文化的共存、共荣。[②]当代中国文化的发展需要文化自觉；其实，当代文学教育教学和文学教育者同样需要一种文化自觉，它是当代文学与文学教育发展的迫切要求。

在当前的社会文化现实下，文学教育、文学课程教学应该怎么办？或者如前所说，当今我们到底需要什么样的文学教育、文学课程教学？这是一个现实问题，也是讨论当代文学教育教学的文化自觉和文学教育者的文化自觉

①　[美]亨利·A.吉鲁：《教师作为知识分子——迈向批判教育学》，朱红文译，教育科学出版社，2008年，第147-155页。

②　费孝通：《费孝通全集》（第16卷），内蒙古人民出版社，2009年，第453-454页。

时必然要面临的问题。对此，前文已有了一种相对明晰的回答，它既明确了当代文学教育教学的改革发展趋向，也是面对当代中国社会状况的一种自主的文化选择。笔者以为，明确文学教育教学的当下文化诉求，明确文学教育教学在人的营构、在现代国家公民塑造中的作用，明确文学教育在国家整体教育中的地位，明确教育教学对于国家文化建设以及国家整体建设、国家形象当代建构的重大意义，从而使其在当下社会与文化发展进程中自主选择其合理的发展方向，这就是当代文学教育教学和文学教育者应有的一种文化自觉。文化自觉是在面对当前世界文化发展动向而进行文化自审基础上的文化自省，它指向明确而合理的文化自建，亦即民族文化的当代自我建构，从而实现与世界各民族文化相互协调前提下的文化自主与文化自觉。今天的文学教育教学显然需要而且理应参与这一文化进程。而当代的文学教育者在文学教育教学问题上必须具有这样的一种文化自觉。

文学教育、文学课程教学需要一种文化精神与魂魄，文学教育教学和文学教育者更需要一种当代文化自觉。这样，丰沛、充盈的是文学，富饶、提振的是文学教育和文学课程教学，涅槃、解放的是我们自己！显然，这将会极大地推动和促进国人的当下成长与发展、国人形象的当下建构以及中国国家形象的当代建构。

## 第二节　文学理论课程教学与德性培育的可能

### 一、文学课程教学实施德性培育的必要性

文学教育教学改革是当前国家教育改革整体布局中的一个重要构成部分。近年来，笔者关注的一个重要问题在于，在当前的文学教育改革语境中，高校文学课程教学如何进行德性培育？其聚焦的是，在当下的文学教育改革视野下，高校文学课程教学应该怎样有意识地开展针对学生的德性培育实践以寻求和确证其德性培育的可行性，并由此为广大的高校文学教育教学改革实践者提供在文学课程教学中有关德性培育的有效经验，也为文学教育研究者的相关深入探讨提供必要的借鉴。

德性在灵魂中，德性教育是关涉灵魂的教育。我们知道，德性是一个随着历史的发展而不断发展的概念，它往往是具体的。可以确认的是，德性是

一个时代道德主体臻于最佳状态的生命品质。在亚里士多德的伦理学理论中，德性是人的一种精神性品质，它是人作为道德主体所要实现的精神完满和卓越状态。当代美国伦理学家麦金太尔认为，德性是"一种获得性人类品质，这种德性的拥有和践行，使我们能够获得实践的内在利益"。[①]他认为，德性的目的和价值指向是通过实践而获得"内在利益"。在这里，"内在利益"就是"善"，是道德主体在社会生活中因其德性实践对他人和社会共同体带来利益而相应产生的内在心灵或者说精神深处的充盈感、丰沛感、崇高感、和谐感与幸福感。这些感受是双向流动的，一方面，这种"内在利益"随着个人德性实践的深入而不断扩充和增强；另一方面，它也会促进个人所在群体即共同体"内在利益"的扩充和增强，亦即促进群体的精神充盈感、丰沛感、崇高感、和谐感与幸福感。

　　这种德性与教育、教养直接相关。也就是说，德性的培育和确立有赖于教育，教育能够使人成为有德之人。由此，结合当前中国教育乃至整体社会改革发展的需要，我们也就可以明确地认识到，教育在根本上是育人的，日常的教育教学实践需要积极地呼应当代社会发展的内在要求，培育有德之人，因此，在教育教学中贯彻和实施德性教育也就成为一种必然。往深处思考，我们明白，在高校文学课程教学过程中针对学生自觉地开展德性培育实践在实质上涉及文学教育的育人指向这一根本性问题，它是对于教育应该培养什么样的人以及怎样培养人这一当代教育改革发展核心问题的一种直接而又积极的回应。2014 年 3 月，教育部下发《关于全面深化课程改革 落实立德树人根本任务的意见》，这为当下的文学课程改革包括教学改革确定了根本的方向。2016 年 12 月 7~8 日，全国高校思想政治工作会议在北京召开，习近平总书记出席会议并发表重要讲话。上述笔者的阐述，就是在这一语境中并在当前具体的文学教育改革的宏大视野下寻求文学课程教学新理念及其实践的一种尝试，它带有明确的现实针对性和探索性。当然，就目前而言，它确实也只是一种"摸索"，我们这里谈的也仅仅是一个"引子"，一个经过必要处理的特殊案例。在"整理"与"撰述"这一明确的写作方向时，也期望更多的教育者对在文学课程教学中进行德性培育这一问题予以足够的关注和探讨。

---

① [美]麦金太尔：《德性之后》，龚群、戴扬毅译，中国社会科学出版社，1995 年，第 241 页。

## 二、文学理论课程教学的德性培育实践成效

2011 年以来，笔者在个人承担的文学理论课程教学实践中自觉地开展德性培育工作，并把它作为课程教学范式改革的根本性价值诉求之一。经过几年的实践，收到了一定的成效。主要表现为：其一，学生产生了较为明确的对于"德""德性"的认知，形成了一种颇为明确的自我德性培育与养成意识；其二，学生开始有意识地反思教育尤其是文学教育的价值与功能问题，把人的培育、把包含德性激发与养成在内的人的完整的培育视为其根本目标；其三，学生更为关注自身的生命形态，开始追求更为丰盈和更具质感的人生。这些可以在学生的文字中得到相当程度的印证；在此，笔者略举三例①。

例一：

在中国历史长河中，"德"是一个出现极其频繁的字眼。人们对"德"的崇尚几乎到了深入内心、刻入骨髓的地步。为君者，必为有德之君。为臣者，必为有德之臣。为民者，更要有德。《中庸》言："成己，仁也；成物，知也。性之德也，合外内之道也，故时措之宜也。"德性是成就自我的前提。只有具备了德性，人们才会懂得自己要成为一个什么样的人。作为君子，德性的培养和完善是必不可少的。当然，自身德性的高下也就成为衡量一个人是否是君子的重要标准。可以明确的是，德性指导和制约着一个人的社会行为，帮助人们获得幸福的生活。

在詹老师的文学理论课堂中时不时地会有"德性"火光的闪现。值得一提的是，老师并不是将德性知识强行灌输给我们，而是采取"润物细无声"的方式，注重教养。詹老师善于将"德性教育"这种观念以潜移默化的形式影响我们，让我们能更深层次地认识到德性教育的本质。老师对德性教育非常重视，他致力于把我们培养成一个真正有德性的人。在平时的教学过程中，我们都能深刻地体会到这一点。那是教学的一种内在的深刻变革。应试教育的藩篱已束缚了我们多年，有的甚至是从幼儿园阶段就已经开始了。分数至上的观念，让

---

① 根据需要，笔者在确保其核心文意的前提下，对学生的文字进行了一定的技术化处理。

学生只知道一味地追求分数上的提高。然而，一个显著的事实是，分数并非能力。传统的教育模式养成了许多高分低能儿，让他们变成了机械的学习机器。在教育教学陷入如此窘境的情况下，文学理论课程教学范式改革就像是一股清流，让我们能够依稀看到中国教育华丽转身的希望。应该说，其本身就是一种彰显德性的教育形态。

中国现代教育家蔡元培先生在 1917 年上海爱国女校的演说上曾经说过，德育实为完全人格之本，若无德则虽体魄智力发达，适足助其为恶，无益也。我们很幸运，参与了文学理论课程教学范式改革实践。在这个过程中，我们不仅仅有知识上的获得，更重要的是观念上的转变。我想，继续深入对德性教育的研究与实践将是我们日后要做的更为重要的事情。

德为人本。愿将德性之花的种子洒向更广阔的地方，然后生根发芽。

——任泳颖（2013 级汉语言文学 1 班，文学理论课程学习心得"德为人本"片段）

例二：

人生得也罢，失也罢，喜也罢，悲也罢，关键是人生的一泓清泉里不能没有质感与德性的光辉。

詹老师的文学理论课程教学范式改革实践引领我积极关注鲜活的现实生命形态，意识到生命个体应有的价值取向，从而逐渐用主导文学观与文学价值观去反思自身的生命形态，丰富充盈内在精神世界。

詹老师经常提及，每个人的生命都蕴藏着无限的可能性。可能性是一个哲学命题，也是一个生命命题，它始终充盈在每个鲜活而生动的生命个体中。诚如詹老师致力寻求一种引导学生转变思维方式、确立合理价值观的可能性，一种突破单一的知识化教学模式的可能性，一种关注生命、德性培育与实现自由全面发展教育方式的可能性。于我而言，在参与文学理论课程教学范式改革过程中，教育似乎存在着一种微妙且无限的力量，它可以让每个人成为他想成为且应该成为的自己，这是一个奇妙且蕴涵无限可能性的蜕变过程。

生命存在多种可能，它需要确立明确而又合理的方向；然而，方向又在哪里呢？米兰·昆德拉在《生命中不能承受之轻》中指出，人一旦迷醉于自身的软弱，便会一味软弱下去，会在众人的目光下倒在街头，倒在地上，倒在比地面更低的地方。如若我们不幸沦为"倒在街头，倒在地上，倒在比地面更低的地方"这一类人，那么谈何质感人生？

记得某节课上，詹老师曾说起加缪的一句话，"一旦世界失去幻想与光明，人就会觉得自己是陌路人。他就会成为无所依托的流放者……"①在此，"失去幻想与光明"于生命个体而言，即是一种丧失了德性之光及思考力量的庸常状态。若想拒绝平庸，个人首先需要有一种觉醒和探索意识，这种意识是生命个体受到某些外在或是内在的影响而迸发出来的。于我而言，文学理论课程像是一个思维燃点，不经意间被点燃，一发不可收拾。我庆幸地知道，生命形态与思维模式十几年的分野终于在参与课程教学范式改革中弥合重生了。恍惚间，生命进入一种本质的状态，并将以不断思考的姿态继续前行，逐渐超脱"庸常"。

莎士比亚说："无论一个人的天赋如何优异，外表或内心如何美好，也必须在他的德性的光辉照耀到他人身上发生了热力，再由感受他的热力的人把那热力反射到自己身上的时候，才能体会到他本身的价值的存在。"②一名教师的个人魅力究竟有多大？对学生到底会产生多大的影响？这在很大程度上取决于其由内而外展露出的德性光辉。文学理论课堂带来的"重锤"般的逼迫让我看到了文学应具有的生命形态与我们该从文学之中找寻的质感人生。在此，德性是极为重要的。詹老师曾说过，他并不奢望一个学期的文学理论课程教学范式改革实践能对我们产生多么大的影响，他只期待通过课程学习能在我们琐碎庸常的生活中泛起一点点涟漪，让我们的内心重获这一年龄层里应有的活力与斗志，明确价值立场和身份认同，塑造出一种挺拔的生命形态，这样，我们才不至于陷入一种"群体性庸常"的无望状态，方有触及质感人生的可能性。

马尔克斯在《百年孤独》中这样写道："我们趋行在人生这个亘古的旅途，在坎坷中奔跑，在挫折里涅槃，忧愁缠满全身，痛苦飘洒一地。我们累，却无从止歇；我们苦，却无法回避。"人生行进的一瞬，如同一株小草，春萌秋萎，我们必将经历许多，或勇于面对，或仓皇逃离，全在自己选择。无论我们是强

①（法）加缪：《西西弗的神话》，杜小真译，西苑出版社，2003年，第7页。
②（英）莎士比亚：《莎士比亚箴言》，鹭江出版社，2016年，第42页。

者还是弱者，无论生命以何种方式诠释它的姿态，德性之光必将以无与伦比的强大力量绽放心间，唯愿你我采撷质感人生，氤氲德性光辉。

——马蓉（2014级汉语言文学2班，文学理论课程学习心得"质感人生，氤氲德性"片段）

例三：

文学何为？教育何为？这是我在选择汉语言文学专业前从未思考过的问题。肤浅的我习惯地认为它离我有点儿远，现在才发现，关于文学，关于教育，自己还有很长的一段路要去走，我没有时间停下，更没有理由放慢脚步。在老师的课上，学到的并不仅仅是文学理论知识，更多的时候老师是作为一个教育者在给未来要走上讲台的我们以指引。

受了多年教育的我，一直不是很清楚文学教育能够给我带来什么，或者说我并没有把文学教育与我的内在生命的成长联系起来。我相信很多人和我存在相同的感受。可见，现在的教育、当前的文学教育在一定程度上是有问题的。我记得老师在第一堂课上就问我们教育最终培养的是什么人，我回答不上来，真心觉得挺讽刺的，受了这么多年的教育，竟然还不知道自己到底要走向哪里！我们都知道教育对一个国家、民族复兴与发展的意义，只有通过教育培养出优秀人才，建设现代化国家才能更好地进行。教育的根本是育人，是培养自由全面发展的人，是让受教育者成为他想成为并且应该成为的人。对于很多像我一样未来要走上讲台的人来说，必须思考和探索如何借助文学对人潜移默化的塑造力量来使学生获得成长这样的问题。我觉得教育应该是有力量的。邓一光的《你可以让百合生长》是一篇让我感动的小说，兰小柯的成长靠的不只是自我内在力量的迸发，也有老师逐渐深入其内在生命的指引。我想，这也是教育应该有的样子，如老师所言，把文学作为生命的一种评价方式，深入学生的内在心灵，让他们积极开展自我塑造。

在老师身上，我看到了一个教育者对教育理想的执著与倔强，感受到了一个公共知识分子的美好情怀，我想这是一个教育者应该要去做到的，是未来要走上讲台的我们必须努力做到的。教育培养的理应是合格的现代国家公民，而不是精致的利己主义者。曼德拉说过："生活的意义不是我们曾活着这样一个简单的事实，而在于我们是否为其他人的生活带来了变化。"对于正在接受教育的我们来说，必须培养责任感和公共情怀，用老师说的话就是"万家灯火的情怀"。这需要我们有强烈的自我认知，具备不断地往前走的力量与决心。

文学是人学，人们通过文学表达对生命的追问。知识只是文学教育的一个方面，我们应该更加关注建立在知识基础之上的价值、思想、德性与信仰，开展生命教育，促进人的生命成长！

——舒苗（2016级汉语言文学4班，文学理论课程学习心得"文学与教育"片段）

### 三、文学课程教学德性培育最大可能的追寻

基于本书性质的自我确定，笔者在此暂不就个人的论述以及学生的表达多作阐发。需要明确、也可以明确的是，当前，我们应该自觉而有力量地在文学课程教学实践中贯彻和实施德性培育，这是一个有待于当代文学教育者共同参与的时代性重大课题。

德性培育是一种全人培育，是一种抵达生命深处的教育，是一种能够激荡生命、充盈生命、成就生命的教育，换言之，是一种最深层次的生命教育。在对于这一教育形态的开放性追求中，笔者的文学理论课程教学范式改革才刚刚起步，一些相关问题的深度探讨及其实践需要在日后的工作中持续开展，也期待有更多的文学教育工作者能够坚实地走在这条道路上，追寻德性培育的更大可能。

## 第三节　文学教育的生命维度

教育，首先是要培养完整的人，其次才能培养有用的人，最终是为了培养自由发展的人。人，是一个个鲜活的生命存在。文学教育，具有鲜明的生命维度，它引导并促使身处时代境遇下的个体感受生命、肯定生命、绽放生命，而且在此基础上，以其直击灵魂的深度，滋养受教育者更深层次地理解生命、沟通生命，从而敞亮生命、享有生命。这也就是说，受教育者通过接

受文学教育，可以在对他人生命的关注中，反观自己的生命变化，从而塑造出更具发展可能的生命形态。这是文学教育的意义所在，也是文学的意义所在。因此，在文学教育中，生命教育是极为关键的质素。

## 一、文学教育关乎人的生命之根

在一定意义上，21 世纪是一个技术统治的时代。科技对现代生活的影响，几乎和政治、经济问题一样重要而突出。日常生活中，人们对技术发展的乐观已经表现出漠然的态度，这事实上宣告了一个越来越细腻的技术化时代的到来。海德格尔曾说，技术是形而上学的完成形态。[①]形而上学，就是对高于可见现象的不可见本质的哲思。当技术出现的时候，哲思变成了凌空蹈虚的玄学，无法解决各种实际的问题，而技术却在以自己的方式为万事万物提供着"貌似"精确的答案。在这样的时代境遇之下，可以认为，技术已然成为一种难以觉察的意识形态，开始深度地塑造着人类的精神生活。

于是，许多古老的经验被推翻了，许多世代遵行的真理变得可疑甚至可笑。"时代"这辆车子就这样一路奔驰下去，不知道前方迎来的将是什么。更糟糕的是，统一的价值观像一面大镜子被砸得粉碎，镜子的无数碎片变成了一个个多元而又彼此对立的价值观。当科学使最初混沌的世界变得逐渐明晰之时，相反地，人性的内在却愈加幽暗不明起来。如同一些社会学家所说的，现在正进入利益冲突的多发季节，生活时常会卡在某一处，所有的齿轮都涩住了难以转动，相持不下之后，或大或小的崩塌便随之轰然降临。作为个体，我们无可置疑地被"放置"在时代性的框架中，当人类直接经验与间接经验的距离正在被无限缩小，也就意味着人类面临着快要迷失自己的时刻。然而，活着的我们，是血肉的个体，面对各种理论归纳的现实，却依然需要有一个精神的空间来安置自我的存在。的确，没有一个人，可以不受外界干扰，但是人可以守护住内心、精神，乃至灵魂的某个角落，也必须守护住这个角落，如是，才成为自己。

虽然被置于这个时代齿轮运转之下的人们，像是被投掷进无可奈何的宿命里一般，然而实际上，人类精神文明的内涵与潜能远远未走到山穷水尽的地步。我们也能够找到一些让彼此增进理解的力量从而共同进入当下真实生

---

① [德]海德格尔：《演讲与论文集》，孙周兴译，生活·读书·新知三联书店，2005 年，第 4 页。

活。人类灵魂的崇高存在正是一切人文学的前提与假定。文学作为人类精神文明最丰富的载体，以其绵延不绝的力量一直向着温情、关怀的方向微微迈去，它关乎人的本能欲求与理想性渴望，当前，我们仍然需要而且更需要文学。

在人的生命内核不断被现实冲击的背景下，大学生群体最容易迷失，也最需要守护住个体生命。钱理群先生曾指出，大学生的精神生活的粗糙化、粗鄙化，对真、善、美的东西越来越失去感觉，人就越来越物质化、功利化。在这个消费主义、功利主义的时代，最容易形成人的精神的危机：年轻一代心灵的缺失（空洞化，虚无化），美感的缺失，语言、文化的感悟力的缺失，所反映的是整个民族精神的危机。[①]由此，他倡导文学教育，因为"文学"的重心正是"心灵""语言（文化）"和"美感"。北师大教授王泉根也曾指出，我们的素质教育中缺少一个很重要的东西，就是如何使我们的学生安静下来，就是始终没有提素质教育中的"文学教育"。一个真正素质好的人是安静的、文质彬彬的、温文尔雅的，不是粗俗、平庸的，而真正能使学生养成素质的关键就是文学教育。[②]文学的存在，是由人类拥有的特殊的感情世界和生命意识所决定的。而文学教育，从其终极意义上说，就是要确认文学的这些内在特质从而去塑造和建构受教育者的精神世界、审美趣味与生命质地。

文学教育，本体是文学，是以文学为媒介而进行的教育。受教育者在文学中可以深入到生活的内核，在一个新鲜奇妙的世界里，对生活的另一种可能性充满期待。改变生活现状是人们持久不变的理想，而在逼仄的现实生活里，人们的理想，并不一定能圆满实现；然而，一个明显的事实是，文学也给受教育者敞开了一个能够隐秘生活的美好天地，人们通过文学可以达到精神上的慰藉。董学文和张永刚指出，文学的精神向度是文学价值的根本体现，它超越世俗规约，充分体现了审美的精神色彩，使文学真正成为人类不可缺少的一个精神憩居之地。[③]生命过程是极为朴素和脆弱的过程，在文学教育里，受教育者要学会珍惜这种朴素和脆弱，启发灵性，肯定生命。英国学者舒马赫曾指出，首先而且也是最重要的，教育的

---

① 钱理群：《重心是文学教育》，《南方周末》，2007 年 5 月 24 日，第 D27 版。

② 联合国教科文组织国际发展委员会：《学会生存——教育世界的今天和明天》，教育科学出版社，1996 年，第 54 页。

③ 董学文、张永刚：《文学原理》，北京大学出版社，2001 年，第 259-260 页。

目标就应该是传播价值观念，让我们知道活着要做什么。毫无疑问，我们当然也要传播技术知识，但这一定只能居于次位。……全人类眼下就有生命之虞，原因并非是我们对科技的知识不足，而是因为我们不以智慧运用这些知识，反而以流于毁灭世界的方式使用它们。只有当教育能培养更多智慧的时候，才能真正使科技帮助我们。我们认为教育的本质乃是传播价值，但是除非价值体系已变成我们自己本身的价值体系，构成我们心灵的一部分，否则就无法在生命历程中为我们指引迷津。①"文学作为生存本体的言说，是作为个体人的生存的、本体性情感体验的言说。文学言说区别于一切非文学言说之处就在于文学言说的是情感体验，文学就是情感体验的言说。"②诚哉斯言！教育，从最根本的意义上说，是为人的生命（尤其是精神生命）的发展服务的。文学教育，关乎人的生存之根、生命之根，其直面的，是文学对象所营造的有质感和温度的精神世界。

在文学教育中，引导受教育者关注并参与当下波澜壮阔的社会生活是极为重要的一环，唯有如此，才能促使其肯定个体生命，塑造现实的生命形态，成为完整的人。因此，文学教育理应对当代文学予以足够的重视。"当代文学是当代人群体生活的精神映像，是一个时代的人认识自我的一面最真实、不会造成变形的镜子。没有历代的当代文学，也就没有文学史，没有文学研究。而从文学教育的角度讲当代人不阅读当代作品，其精神生命就无法达到一个现实的住所，就可能精神恍惚，无法觉得行为方向，或者'生活在别处'"。③

进一步说，文学其实就是人类的生存状态的书写。而在当下这样一个泛文化而非文学的时代里，对于当代大学生，也许文学及文学教育更明显的作用在于对价值、价值观的塑形与铸造。正如有论者这样指出的，当被社会结构和生存状态所决定了的世俗层面的价值观不那么善良、不那么符合人性的时候，也就是文学的入场之时。它退可以为人们提供精神的偏安一隅，进则可以实现马克思所言的"不是认识世界，而是改造世界"。当成王败寇的丛林法则已经成为人们处世的条件时，当中国人已经习惯于用权力和金钱来判断生命的价值时，我们却可以从文学中找到与之相对的观念和原则。对简单

① [英]E.F.舒马赫：《小的是美好的》，李夏华译，译林出版社，2007年，第50页。

② 金岱：《文学作为生存本体的言说——百年来中国文学的反思》，《学术研究》，2012年第3期，第119页。

③ 毕光明：《当代文学与当代文学教育》，《文学自由谈》，2004年第3期，第103页。

的是与非的判断进行深刻的思考乃至颠覆，这是文学的擅长，也是文学在今天这个时代最独特的现实意义。①

在用"科学"来量化生活在科技化的现代社会里的大学生群体，实际上丧失了非常多的可能性。而文学，是灵魂的叙事、生命的呢喃、对美的感受和自我的体验，它本质上并不"科学"，但它却也因此而为生活多提供了一点诗意、一点情趣、一点超越实用主义的品质。文学教育，也正是在这个看似物质丰盈的世界之上展开了精神的层面，在"有"之外呈现"无"的价值。如是，受教育者的生命得到陶冶和洗礼、提升和拓展，也变得丰饶和壮丽，仿佛有一种新的生命在灵魂中诞生，受教育者变得丰富而充实，比以往更热爱生命，更自觉、更强烈地要求创造自己生命的价值。

## 二、文学教育：敞亮、享有生命

在西方，教育一词源于拉丁文 educate。本义为"引出"或"导出"，意思就是通过一定的手段，把某种本来潜存于身体和心灵内部的东西引发出来。在德语中有"引导、唤醒"的意思。德国教育家鲍勒诺夫从生命哲学的角度曾阐释过"唤醒"的本体论含义，认为"唤醒"能够使主体的人在灵魂震颤的瞬间感到从未体味过的内在敞亮，他因主体性空前张扬而获得一次心灵的解放。②的确，一个人只拥有现实规制下的人生是不够的，他还需要敞亮生命、解放生命，拥有诗意的世界。

而事实上，人具有有限性，不像上帝那样全知全能，对世界的每一个部分都了如指掌。这也就是说，每个人都受到自身的经验和视域限制，在和世界照面时，便不可避免地打上"我"的印记。世界那不可见的晦暗在不断加深，每个个体面对的都只能是一个庞然大物的局部侧影。而要超越这种局限，则可以通过"文"的媒介，使得不同的生命主体之间进行深层次的精神对流，从而使得生命的意义变得丰富，超越一己之局限。"通过文学的研读，理解人的精细深刻的情感世界，使得所有的存在都是感同身受、心领神会的生命共同体"。③

---

① 石一枫：《不许眨眼》，太白文艺出版社，2014年，第301页。

② 曹明海、陈秀春：《语文教育文化学》，山东教育出版社，2005年，第32-33页。

③ 黄万盛：《大学理念和人文学》，《现代大学教育》，2007年第1期，第1页。

　　文学正是在微观上引导个人用他者的生命经验来充实自己的生命体验，并试图于存在论的层面上将个体与人类统一起来。文学是向世界和时间全面敞开的，而生命，也可以如此。"通过文学，探寻到一种更好的生命状态。生活中的各种美好和壮丽、烦恼和丑恶，都是零散的，被各种东西切割得支离破碎，在文学中，它们汇聚成一种盛大充盈的生命状态。也许文学提供的色彩较之其他学科是黯淡的，但是那种黯淡的色彩会随着我们的生命及其体验的深化，被赋予更加个性化的色彩，会成为我们生命有机的一部分，这就是文学的优势，它存在于生而为人的无尽缓慢，存在于精神想象的无疆无界"。①

　　并且，区别于总是希望和世界之间有着稳固的假设、概念与解释的人类其他的知识类型，文学一如既往地承认这个世界与人生当中那些晦暗不明的部分，对于世界本身持续命名。这些被分门别类的现代学科剔除掉的部分，宛若游魂的部分，牢牢关切着我们生与死的全部细节，这无疑关乎存在的深度体验。文学就是一种允许人们以任何方式讲述任何事情的建制，而文学教育的极致状态恰恰就是文学教育的混沌性和模糊性。其培养的，是受教育者基于良好人性和深度体验的自由想象的文学精神。这是难以被技术所驯服的，因为它源于人与物本质的不同，它坚信灵魂的存在与崇高。

　　文学教育里，文学给人以人的位置，一花一木都是平等的，受教育者在把人还原到平等地位的基础上，学会跟万物真正发生关系，因而通过文学来阅读自己，通过阅读来让自己更加开放，获得精神上的自由。这正如有论者所指出的，教育的意义正是通过那些使他品尝到了智力快乐和心灵愉悦的学习，把人引导到作为一个整体的人类心智生活之中。②

　　"文学是负载着责任的，'它'始终承载着理解世界和人类的责任，对人类精神的深层关怀。它的魅力在于我们必须要有能力不断重新表达对世界的看法和对生命的追问：必须有勇气反省内心以获得灵魂的提升。还有同情心、良知、希冀以及警觉的批判精神"。③通过文学教育，能够激发和培养学生感受诗意的能力，这种诗意，通常是与人生的"善"结合在一起的。

　　"文学教育着重借助语言艺术对个体的熏陶，去传承与语言文字紧密结

---

① 王威廉：《人是没有庇护的存在》，《文学界》，2013 年第 12 期，第 34 页。
② 周国平：《教育引导人类的心智生活》，《教师博览》，2003 年第 1 期，第 7 页。
③ 铁凝：《文学·梦想·社会责任》，《小说选刊》，2004 年第 3 期，第 20 页。

合在一起的人生价值与审美趣味。随着现代性的进程，文学教育在现代教育体制与学术体制中扮演着稳定的角色，常常成为社会的审美与艺术合理性的传承和革新的先锋、前哨或引导"。①是的，在这个什么都可供娱乐的娱乐化时代，在文学教育的熏陶感染、潜移默化的规训中，受教育者能够重新回到文学文本的语言阅读中，如此，他们才能真正洞悉诗的声音和世界，从而驱散种种娱乐化迷雾，而把自己的人生重新照亮，才能在新的生存情境中回归人生原初意义的生成与符号化塑形。这正是文学教育的基本目标，可以帮助学生用文学的方式来把握世界，从而使个体转变人性、完善人生，以至真正享有生命。

文学教育不是职业培训，它的一个根本目标在于树立受教育者的审美旨趣。"通过文学教育，培养精神需要较丰富、感情世界较细腻的人，他们也许不能在具体工作中直接运用自己的专业知识，但在感染人理解人的方面有着特别的敏感和爱心，他们为人心的沟通与人性的完美而工作。他们关注的不仅仅是人与社会、人与技术之间的关系，而是人与心灵的关系"。②这形成的正是一股可以消弭人心隔阂、滋润人性枯涩、美化升华精神的力量。美国著名作家、诺贝尔文学奖获得者索尔·贝娄在给《走向封闭的美国心灵》一书写的序言中这样指出，在受公众舆论控制的社会中，大学应该成为"精神的岛屿"，而文学就是这个"精神的岛屿"的灵魂，文学教育则是重建这个"精神的岛屿"的推进器。③文学教育，关乎生命教育。其归根结底，就是帮助受教育者更自觉地认识自己，认识人性的复杂性，帮助受教育者在日常生活中张扬人性的善和美，而扼制人性中的丑恶的因素。这种关于生命的自觉，其实是每一个人都可以具备的。然而，如果没有经过文学教育的启发，它可能会永远沉默在人的意识深处，不被唤起。自觉一旦被激发，人就会产生脱胎换骨的精神觉悟。所以，我们说，文学教育在很大程度上也就是一种生命教育。

在文学中，我们不仅可以体验到自身，而且，能够领略人类所思、所求的广阔和丰盈，从而在自己与整个人类之间，建立起息息相通的生动联系，使自己的心脏随着人类心脏的跳动而跳动。"我们越是懂得精细、深入和举一反三

---

① 王一川：《重新召唤诗意启蒙——电子媒介主导年代的文学教育》，《当代文坛》，2007 年第 3 期，第 53 页。

② 陈思和：《文学教育窥探两题》，《天津师范大学学报》（社会科学版），2007 年第 2 期，第 41 页。

③ [美]艾伦·布鲁姆：《走向封闭的美国精神》，缪青等译，中国社会科学出版社，1994 年，第 9 页。

地阅读，就越能看出每一个思想和每一部作品的独特性、个性和局限性，看出它全部的美和魅力正是基于这种独特性和个性——与此同时，我们却相信自己越来越清楚地看到，世界各民族成千上万种声音都追求同一个目标，都以不同的名称呼唤着同一些神灵，怀着同一些梦想，忍受着同样的痛苦。在数千年来不计其数的语言和书籍交织成的斑斓锦缎中，在一些突然彻悟的瞬间，真正的读者会看见一个极其崇高的超现实的幻象，看见那由百种矛盾的表情神奇地统一起来的人类的容颜"。[①]也正是在此基础上，文学教育能够使受教育者学会诗意地理解世界和人生，引导他们越过种种现实的屏障，去直接关照理想和未来，并使个体在与整体的勾连中，真正敞亮而享有生命。[②]

## 第四节　文学教育：精神立人与生命价值的叩问

在当下社会与文化语境中，文学教育得到了越来越多的关注。个中原因至少包括两个方面：其一，当今的文学教育出现了不少问题，这应该是一个共识；其二，人们依然对未来的文学教育充满着期待，这样，对于文学教育的规划与设计就是一个必须去试图完成的重大工程了。我们应该明白，文学教育的价值显然不仅仅是传授给人知识、技能及谋生的本领，在其深层意义上是使人成为人，在精神上立人，进一步讲，是依据生命的特性，遵循生命发展的原则，引导生命走上完整、和谐与自由的境界。

### 一、大众时代，吁求真正的文学教育

无可置疑，我们今天处于一个大众化时代。在这样的社会形态中，我们依然需要考量和探索文学与文学教育的价值与功能问题。作为文学功能的一种存在方式，文学教育并不局限于它词义指向的领域，还关涉文学生态、文学创作、审美旨趣，同时也表征着时代精神、社会风尚、民族心灵。然而，在当下，文学教育正遭遇被解构的危机。在大众消费文化思潮的影响下，艺术与商品的边界逐渐消失，文学成为供人消费的商品和娱乐手段。随着市场化时代的

---

① [瑞]赫尔曼·黑塞：《获得教养的途径》，《教育》，2010 年第 31 期，第 60 页。
② 此小节执笔者为杨舒晴，原题为《生命教育之于文学教育》，詹艾斌对原文进行了修订。

推进和发展，文学开始陶醉于享用之中，大众普遍认为享用生活和快乐、享用平庸和琐屑是生命的本性和文学的本性。如此，市场化时代的文学则充斥着流行的世俗幸福、性情趣、私人空间、利益满足等，而忽视了其时代价值与生命价值，使得文学从对生命的崇高思考和永恒追求坠落至对个人利益的满足与现实快感的实现。而这些无疑在很大程度上扼杀了文学本身独一无二的、深刻的意味性。也就是说，在大众时代下，人们对精神生活的追求被追求物质享受与实时的感官刺激所遮蔽，已有的传统文学价值体系随之被颠覆与重构，而文学所固有的教育功能也随之被大众文化逻辑所取代。我们每个人都不敢也无法确证自我的存在，而倾向于在大众指向中寻求避身之所，人的存在开始向庸俗滑行。庸俗化的生存催生庸俗文学的产生，文学在世俗化的趋势中，已经没有可以给人带来精神享受的品性。这固然是文学的悲哀，同时也是文学教育在文学世俗化进程中遭遇的重大挑战。无疑，基于以上对于文学的认识前提下的文学教育会不可避免地走上歧途。

迎着新世纪的步伐，我们进入了一个"人"的时代。"以人为本"成为这个时代的最强音。为了迎接这个时代的到来，我们必须彻底反思文学教育现代性的阴影，并超越文学教育的现代性，走上以生命为本的新时代。在蒙上现代性阴影的时代，文学教育中所秉承的生命意义随之被消解、生命本质也逐渐被异化，比如"人文教育的失落，失缺了生命的另一半"。文学教育缺失了人文关怀、人文精神，脱离了生命的本原；文学教育与生活割裂，丧失了生命的意义；"绝对主义的客观知识，泯灭生命的灵性与创造"；"极端的道德理想主义，培育无根的生命"，甚至"规训、压抑自由的生命……①"面对文学教育领域中"人的缺场"这一现实问题，教育者应该思考如何以"人的在场"来重新树立起人们对于文学教育的信心。科学主义的甚嚣尘上和工具理性的至高无上使得文学教育的根本旨趣受到挤压与曲解，文学教育的对象所产生的疏离感、陌生感不断增加，本来以"立人"为本的文学教育却在不知不觉中异化为钳制人的工具。相应地，"生命是文学的本质观念及文学教育的根本方向"这一命题遭到了破坏，文学教育在尊重人的多重生命形态与可能质地的基础上追求人的"诗意的栖息"这一构建与诉求中遇到了阻碍。

人作为一种特殊的、有意识的生命存在，在不断地追求自身生命价值的

---

① 冯建军：《生命与教育》，教育科学出版社，2004年，第43-58页。

升华。文学是对生命的一种评价形式，而回到生命、直面生命、珍视生命则是文学教育的一种天职、一种本义，更是文学教育的一种追求。那么，当今立足文学本质观念，从生命的视角思考文学教育的发展就显得更为迫切与必要了。但长期以来，这种探索问题的思维方式受到了一定程度的抑制，比如20世纪70年代强调"双基"，因为"知识就是力量"；20世纪80年代强调"能力"，因为面对科技革命的挑战；20世纪90年代强调"情意"，因为技术时代的唯理性教育……我们的文学教育语境似乎并不紧密关乎人的生命，对文学教育的关注不是因为人本身的需要，而是把文学教育作为培养人的"工具"，这无疑造成了生命的遮蔽。基于此，我们有必要清楚地意识到文学教育的真正内涵，文学教育是指"教育者与受教育者相互之间，经由文学文本的阅读、讲解与接收，丰富情感体验，获得审美愉悦，培养语文能力，进而传授人文知识、提高文化素养、陶冶情操的一种教育行为。"[1]那么，文学教育归根到底是为了把受教育者培养成什么样的人呢？这是文学教育的一个核心问题。西方学者达拉里这样说道："教育成为制造劳动者的一台机器，通过教育的塑造，人被变成追求物质利益的人，掌握生产技术成为受教育的全部目的。这样，人愈是受教育，他就愈被技术和专业所束缚，愈失去了作为一个完整人的精神属性。"[2]人是具有内在潜能的生命整体，而成"材"的教育，是把人的本质、人的价值归结为"材"，使人成为"没有思想，没有情感的机器"。哲学家尼采说："由于这种非人格化的机械和机械主义，由于工人的非人格化，由于错误的分工经济，生命便成病态的了。"[3]

　　人不仅生存在现实世界中，还生活和发展于精神世界里，精神追求是人生于世的永恒命题。如果人们在精神消费中丧失了意志、情感、信念、理想和对未来的憧憬，势必导致人的价值世界的迷乱和精神品格的丧失，在狂欢中将生命消解殆尽。因此，在今天的这个时代，吁求真正的文学教育就显得急切而紧迫。新世纪的文学教育应该走出"异化的洞穴"，创造一个有助于生命舒展、生命涌动的环境，"保证人人享有他们为充分发挥自己的才能和尽可能牢牢掌握自己的命运而需要的思想、判断、感情和想象方面的自

---

① 郭英德：《中国古代文学教育的基本特点》，《励耘学刊》（文学卷），2005 年第 2 期，第 1 页。

② 王坤庆：《当代西方精神教育研究述评》，《教育研究》，2002 年第 9 期，第 93 页。

③ 转引自冯建军：《当代主体教育论》，江苏教育出版社，2001 年，第 31 页。

由"①，进而为人类的根本存在作证，回归生命的本原。

## 二、文学教育：回归人本，精神立人

文学是人学，是社会现实中从事实际生活活动的人的"精神分析学"，其核心指向"人"，而"人"是有生命的"人"。"在静态上看本体生命的存在，人实际上有三重生命，一是自然生理性的肉体生命；二是关联而又超越自然生理特性的精神生命；三是关联人的肉体和精神而又赋予某种客观普遍性的社会生命。精神生命作为一个'中介'，将肉体的自然生命和社会生命紧密地连接在一起。"②与此密切相关的是，文学教育的本体性价值在于"精神立人"。

在中国传统经典中，文学教育伊始，就确立了培育人精神品行的目标，并且在后来也得到了良好的贯彻。《尚书·尧典》云："帝曰：'夔！命汝典乐，教胄子，直而温，宽而栗，刚而无虐，简而无傲。诗言志，歌永言，声依永，律和声。八音克谐，无相夺伦，神人以和'"。典乐言诗，是要培养胄子的精神品性与审美情趣。《论语》中这样记载，孔子曰："兴于诗，立于礼，成于乐"。在这里，孔子强调了诗教对于人的品德养成的必要性。明代的汤显祖《牡丹亭》弘扬"至情"，冯梦龙《山歌》张扬"真情"，袁宏道小品文宣扬"性灵"，这样，文学教育也形成了个性解放、思想自由的时代潮流，这显然有助于培植主体的自由精神，充分展示文学教育的人本内涵。但在随后的社会发展过程中，文学教育的工具性、功利性日益凸显，这严重遮蔽了文学教育的人本目标。孕育于现代市场经济的工具理性与实利主义思想以及日益发展的消费文化和快餐文化趋向，迫使文学陷入边缘化的境地。在讲究效率、利益的时代，忙碌的现代人越来越感到精神世界的狭窄，失去了文学滋养的心灵渐渐丧失了价值理性的自觉，在这一时代境况下，文学教育更是迷失了精神的导向及其根本诉求。然而，我们必须认识到，文学的真正力量在于精神上成人、立人，文学教育应该责无旁贷地担当起人类精神救赎与精神建构的历史使命，这也就是说，文学教育的根本功能在于它为

① 联合国教科文组织国际 21 世纪教育委员会：《教育——财富蕴藏其中》，教育科学出版社，1996年，第69页。

② 冯建军：《生命与教育》，教育科学出版社，2004年，第208-209页。

我们提供一种精神价值观。

何谓"精神"？王坤庆先生说："'精神'一词，主要指对人的主观存在状态的描述与定位，是人所具有的一种基本属性，以及发展过程的理想归属。"[①]雅斯贝尔斯曾说："我们之所以成为人，是因为我们怀有一颗崇敬之心，并且让精神的内涵充斥于我们的想象力、思想以及活力的空间。"[②]文学所蕴含的"精神"是感性与理性的交融，是基于自我生命的，其指向个体在成长中的内省与觉悟。文学教育的一个内在功能就是展示、张扬这种精神，让生命存在体在教育过程中感悟、接纳这种精神。

文学教育的根本价值在于"精神立人"，但把文学教育提到"精神立人"的高度来认识，并不是要求文学教育走上"虚化"的道路，使文学教育实践失去可操作性。"所谓'精神成人'，即个体生命在精神生命（生命的灵性层面）做到自觉、自主，在精神上成为一个真正的人。'精神成人'的根本内容和根本路径，不在于从外面习得某种'精神'或者'灵性'，而是让自己的'灵性'从沉睡状态觉醒，进而能够以自己的灵性精神指引自己的身体行为和心理个性。""所谓'精神成人'，便是以自己觉醒的灵性引领自己的身、心，成就自己的现实人生。"[③]"精神立人"的实践意义在于更加突出文学教育的潜移默化和价值导向特性，突出文学教育对于人类精神的救赎与建构作用。正如爱因斯坦所说的，只用专业知识教育人是远远不够的，通过专业教育，受教育者可以成为一种有用的机器，但不能成为一个和谐发展的人。要使学生对价值有所理解并且产生热烈的感情那是最基本的要求，他必须获得美和道德上的善的鲜明的辨别力。精神立人就是对于人的一种建构，而且是一种社会性建构，在这一建构过程中，受教育者能够自觉形成与时代和社会发展相适应的审美趣味与德性品质，无疑，这样的教育实践可以把文学教育引向一个更为高远的境界。

文学教育的精神指向是丰富的，它给予人理想、美好和信念。文学教育必须回归人本目标，把培养人的精神品性作为最根本的价值取向。历史反复证明：背离文学教育之人本目标，就会出现道德异化、精神物化现象，从而走上人性的反面；而坚守文学教育的人本之道，培养人的精神品性，建设人

---

① 王坤庆：《论精神与精神教育——一种教育哲学视角的当代教育反思》，《华中师范大学学报》（人文社会科学版），2002 年第 3 期，第 18-19 页。

② [德]卡尔·雅思贝尔斯：《什么是教育》，邹进译，生活·读书·新知三联书店，1991 年，第 56 页。

③ 何仁富：《大学生命教育的理论与实践》，中国广播电视出版社，2012 年，第 142 页。

的精神家园，才能够建设和谐社会。文学教育说到底是一种"以身体之，以心验之"的精神活动，它所指向的是人的精神世界，是让个体生命去寻觅、体悟、创造出自我的生活的真意与诗意的世界。

## 三、生命的内蕴及评价生命的文学教育

文学作为生命评价的形式，相应的文学教育活动是立足于人的生命并直面人的生命的一种活动，而追求生命质量的提高、构建生命的意义是文学教育活动的最终诉求。文学教育活动的开展要尊重生命个体的特性，挖掘生命的内在潜能，因此，对生命的内蕴进行认识就成为文学教育活动开展的前提。《辞海》关于"生命"的解释是这样的，认为生命由高分子的核酸蛋白体和其他物质组成的生物体所具有的特有现象，能利用外界的物质形成自己的身体和繁殖后代，按照遗传的特点生长、发育、运动，在环境变化时常表现出适应环境的能力。而对于生命观的阐释早在《论语》中就得到了体现，如《论语》所解释的生命主题，即成就道德人格，实现生命价值，无论是《论语》中的"仁与礼"的双向展开的生命主题；还是"学与习"所体现的生命教育思想。同时，恩格斯曾提出了生命定义，认为生命是蛋白体的存在方式，这个存在方式的基本因素在于和它周围的外部自然界不断地新陈代谢，而且这种新陈代谢一停止，生命就随之停止，结果便是蛋白质的分解。[①]显而易见，这是从生物学的角度去认识和理解生命。除此，冯友兰指出学哲学的目的，是使人作为人能够成为人，而不是成为某种人。[②]在这一意义上，哲学就是一种生命教育、人生教育。海德格尔也在其早期的《那托普报告》中明确指出，哲学对象就是人的此在，哲学问题关涉实际生命的存在，哲学问题关涉那种在当下被称呼存在和被解释存在之方式中的实际生命的存在。[③]关于哲学意义上的"生命"概念及人的"生命本性"，哲学家们可谓各有诠释。古希腊哲学的生命观，即人们把追求幸福、追求生命的意义和价值、追求人格的完善和美满当做人生的终极目标。苏格拉底提出了"认识你自己""要做自己的主人"等伦理学命题；"法国伟大的思想家卢梭则从自然主义

---

① [德]恩格斯：《自然辩证法》，人民出版社，1971年，第277页。

② 冯友兰：《中国哲学简史》，北京大学出版社，1996年，第10页。

③ [德]海德格尔：《形式显示的现象学：海德格尔早期弗莱堡文选》，孙周兴译，同济大学出版社，2004年，第90页。

思想出发，强调要自然地对待人的生命，要把人的天性归还给人，要尽力把人真正成为人的可能性发掘出来"；"存在主义大师萨特认为，唯有人的生命的存在是真实的，要使人的生命获得意义，就要人去进行自由选择"。<sup>①</sup>另外，非理性主义哲学也对生命观有一定的阐释，比如叔本华提出的"哪儿有意志，哪儿就会有生命"<sup>②</sup>以及人本主义倡导符合人生命本性的生活，都强调人的生命的自由精神和独特精神等。除此，马克思在《1844年经济学哲学手稿》中说："动物和自己的生命活动是直接同一的，动物不把自己同自己的生命活动区别开来，它就是自己的生命活动。人则使自己的生命活动本身变成自己意志的和自己意识的对象，他具有有意识的生命活动。"<sup>③</sup>马克思把人的生命活动同动物的生命活动相比较，指出人的生命活动是一种"有意识的生命活动"，这一观点也表明了人的生命存在的"超越性"特征。因此，人表现为一种特殊的超越性存在。

众所周知，人是由动物进化而来的，但即使进化成人类，也并没有从根本上脱离动物界，未能摆脱动物固有的种种习性，仍从属于整个大自然。所以，人不仅有自然生命，且包括温饱、安全、休息、活动、繁衍、归属等生命需要及其行为方式在内的自然生命活动的内涵，从根本上讲，人亦与动物的本能需求及活动相一致。因此，人本身的种种需求和行为方式，在人类的祖先猿猴身上都可以找到源头，生存是人和动物共有的存在方式，而这种自然生命正是人建构其全部生命活动的原发点。但是，人毕竟是生活在整个历史文化环境里的，人身上处处打上了文明社会的烙印，从而自觉的生命理念就成为当今人的主流生命意识，即"以主体自觉性的确立为生命成熟的标志，以有目的、有意识的加工制造过程（改造世界的活动）为其表现形态，并将通过这一活动方式所达成的人的本质力量的对象化与自我确证视为生命价值的实现"。<sup>④</sup>然而，在这两种生命方式之外，人更有一种超越性的精神追求，它不同于自然生命的生存需求，亦有别于实践活动中的现实功利需求，而表现为超脱于这些实际生活需求之上的一种对生命终极寄托的需求，通常所谓的"终极关怀"，指的就是这种需求。在终极关怀里，人的生命活动指向生命意义之究竟，它摆脱了一切现实的阻碍及功利的欲求，直奔那最高的

---

① 刘恩允：《大学生生命教育研究》，中国社会科学出版社，2012年，第39-40页。
② [德]叔本华：《作为意志和表象的世界》，石冲白译，商务印书馆，1982年，第377页。
③ [德]马克思：《1844年经济学哲学手稿》，人民出版社，2000年，第57页。
④ 陈伯海：《回归生命本原：后形而上学视野中的"形上之思"》，商务印书馆，2012年，第154页。

自由境界，故而最能显示生命对自由的终极向往。用弗洛伊德的精神分析法来说，就是生命质地的"超我"阶段。萨特曾经将人的存在归结为"自由"，并宣称人"命定是自由的"。毛泽东《沁园春·长沙》词云："看万山红遍，层林尽染；漫江碧透，百舸争流。鹰击长空，鱼翔浅底，万类霜天竞自由。"从这幅气象恢弘、色彩绚丽的秋意画里，处处能感受到生命的跃动，生机勃发、动静飞潜皆有自由的状态。再如陶渊明的"采菊东篱下，悠然见南山"，无不体现其对自由生命的向往与追寻。

　　人是什么？简单地说，人是一个有血有肉的、活生生的、具体的、完整的、丰富的生命存在体。文学教育是以具体的、现实的人为对象，就是要以生命为本，直面人的生命，关怀人的生命，提高人的生命体验。关注人的生命的文学教育，必须凸显生命的质地与灵性，因应文学教育与生命的必要方向。灵动生命的文学教育是遵循个体生命发展的内在本性的，在这方面卢梭早给我们以启蒙："大自然希望儿童在成人之前就要像儿童的样子，如果我们打乱了这个次序，我们就会造成一些早熟的果实，他们长得既不丰满也不甜美，而且很快就会腐烂。"①作为个体存在的灵动生命是有其自身的发展次序的，而文学教育需因应、遵循自然生命发展的规律和轨迹。人不仅是实体的存在，更是意义的存在，灵动生命的文学教育是追求生命自由，懂得追寻生命的意义的。我们知道，意义应是充盈、富有质地的生命形态，是发挥和展现自身的自足感、自由感的内在精神力量，是生命向死亡、向一切摧残戕害自己的力量抗争的不屈感、悲壮感，意义则是使人的整个生存得以维系和升华的生命之神韵。总之，灵动生命的文学教育应是一种"唤醒"，是一种对个体生命形态的有力的"唤醒"与"建构"。文学教育是一种"以身体之，以心验之"的行为，是在领受诗意情感的过程中叩问生命价值、展现自由德性的精神活动。其力量在于受教育者在知识构建的过程中满足审美的需求，获得洞见人生的力量，涵养自由之精神，架构健全之人格，使文学教育真正成为"人的教育"。文学的学习以"人的教育"为目的，在文学精神的领悟和陶冶中，思考人生、人性问题，培植有益于未来人生的对美和道德的判断力，提升对生命的感悟力，以此唤醒沉潜的人格力量。这就是蔡元培所说的："教育是帮助被教育的人，给他能发展自己的能力，完成他的人格，

---

　　① [德]卢梭：《爱弥儿》，李平沤译，商务印书馆，1996年，第91页。

于人类文化上能尽一份的责任。"①这是所有教育的共同目标，而文学教育又是其中颇具力量的。

生命是文学本质观念与文学教育的根本方向。生命是完整的，是自由的，是独特的，致力于生命的全面而和谐、自由而充分、独特而创造地发展是文学教育的一种天职、一种本义，更是文学教育的一种追求。

## 四、文学教育与生命价值的叩问

叔本华认为，人的每一天都是一个生命过程："每一天都是一次短暂的生命：万物苏醒，获得一次新生，每一个清晨都是一次初始，而后，万物都要静止安息，睡眠如同一次暂时的死亡。"②于是，在这位冷峻的哲学家看来，死亡可能有两种：永恒的死亡一生一次，短暂的死亡一天一次。那么，面对"生命的一次性"，追寻生命的意义就显得更为迫切。众所周知，生存是人的生命活动的起点，也是人存在的最基本要求，但"人的存在从来就不是纯粹的存在，他总是牵涉意义。而意义的向度是做人所固有的，正如空间的向度对于恒星和石头来说是固有的一样……人可以创造意义，也可以破坏意义，但不能脱离意义而存在"。③当一个人从孩提开始走向成熟，开始独立自主地思考人生的重要问题时，他就一直想知道：我是谁？我从哪里来？我在宇宙中的位置是什么样子的？我过怎样的一生才能使茫茫宇宙中微不足道的生命变得有价值？这种思考就意味着人开始了对自己人生意义的探索，对生命价值的叩问。"对现代人而言，解放自己的心灵，摆脱对物质和金钱的欲望，融入自然，融入宇宙，与万物对话、交流，悲天悯人，培养博大而深沉的情怀，确认良知对人类的重要作用，无疑是生命意义的首选价值。"④所以，真正的文学教育不是忽视生命的需要、消解生命的意义，淡漠对人的心灵和智慧的开发、对人的情感和人格的陶冶，使人成为被社会需要所驱动和钳制的实用"工具"，从而放弃了对生命的感悟，对生命价值的追求。真正的文学教育是一种追问生命意义的教育，是一种唤醒心灵和充实心灵的教育，是一种生命价值的教育。

"对于作为个体生命的人来说，生命是一种当下既有的'存在'，是我

---

① 蔡元培：《蔡元培经典》，当代世界出版社，2016年，第103页。

② [德]叔本华：《悲喜人生——叔本华论说文集》，范进译，天津人民出版社，2017年，第69页。

③ [美]赫舍尔：《人是谁》，隗仁莲译，贵州人民出版社，1994年，第46-47页。

④ 冯建军：《生命与教育》，教育科学出版社，2004年，第173页。

们个体领受天、地、人的恩赐而自我呈现的'存在'，是一个从无到有又似乎要从有到无的自我创造的'存在'"，"每个个体生命一开始都只是一个'点'"。①因此，生命应当有着自我敞现的维度，如人生维度、人文维度、精神维度、人性维度……那么，文学教育作为生命自我敞现、自我省视、自我觉悟的活动，也便有相应的使命，即在人生维度、人文维度、精神维度、人性维度上领悟生命的长度、开拓生命的宽度、实现生命的厚度、增加生命的亮度。这样的生命是充满着价值、意义与德性的存在体，我们需敬畏生命、丰富生命、充盈生命。

人是自然生命与价值生命的双重存在，无论是自然生命的发育完善，还是精神生命的成长都离不开文学教育。从某种意义上说，人是被矛盾和困惑折磨的存在，关注人的生命是人生存反思的需要，也是一个难题。我们知道，真正的文学教育可以为这一难题寻求解决方案。然而，文学教育对人的生命究竟意味着什么？这却又是一个需要人去积极寻求解决的难题，而且是文学教育本身的一个难题。然而，作为一种特殊的有意识的生命存在，人在不断地追求自身生命价值的升华。文学教育在促进人对生命自身的超越、提升人的生命的精神境界、实现人的生命价值、寻求和创造人的生命意义等方面起着至关重要的作用。基于此，生命教育就必须根植于每一个鲜活的生命个体之中。文学教育应当关注生命个体的存在，回到生命、直面生命、珍视生命应是文学教育的一种天职、一种本义，更是其重要追求。因为，"只有回到生命，才可以理解作为生命表达的文学教育。回到生命，就意味着回到了文学教育的本源，在生命中对文学教育展开理解，也就意味着在文学教育中理解文学教育。这是一条真正的理解之路"。②因此，文学教育需"返回到人生的亲切处寻找它的原始命意"。文学教育所关注的不仅仅是人的生存所要掌握的生活知识和技能，而最根本的是人的生命价值的实现。文学教育本质上不是一种本能性活动，而是一种价值性活动，是与人的生存状态、生活方式、生活质量休戚相关的价值活动。

"人是不会满足于生命支配的本能生活的，总是利用这种自然的生命去创造生活的价值和意义。人之为'人'的本质，应该说就是一种意义性的存在、价值性实体。"③人的存在就是不断地去成为人，不断地去追问生命并热爱生

---

① 何仁富：《大学生命教育的理论与实践》，中国广播电视出版社，2012 年，第 94 页。
② 杨一鸣：《理解教育》，《上海教育科研》，2001 年第 3 期，第 29 页。
③ 高海清：《人就是"人"》，辽宁人民出版社，2001 年，第 213 页。

命。因此，在这种存在形式中，生命是人的主要形态，做人的本质就是珍视和舒展自己的生命，使生命在涌动中体现出自身的价值。然而，我们不仅需要关注自身的生命质地，还需要把别人的生命当做自身关注的对象，既要思考自身的生命体态，同时还应该立足于广阔的外在世界，关注他人现实的鲜活生命体态。文学作为以"人"为中心的活动，要为人创设舒展生命的空间。真正的文学教育是"从调顾人的心灵入手，以知识的陶冶与智慧的激发来'照料人的心魄'，使人的心智保持健康和良性运作的姿态，实现生命内在的和谐和心灵的善美，提升人的生存境界，在此过程中实现人生的幸福追求"。①因此，文学教育在本质上就是一种唤醒人的生命意识、启迪人的精神世界、建构人的生活方式，以实现人的价值生命的活动；文学教育应以提升人的生命质量、拓展人的生命价值为目的，使人的"生命之流"时刻涌动。

人用自己的劳动改造自然，不只是为了满足物质生命的需要，同时也是为了满足理性、精神生命的需要，获得生命美的享受。世界上不存在一种纯感性或纯理性的生命，作为一种育人活动的文学教育理应培养健全的生命，塑造理想的人性。文学教育对生命价值的肯定与尊重是毋庸置疑的。对生命的尊重，对生命价值的尊重，最基本的就是尊重生命的存在，如陈毅的诗句："大雪压青松，青松挺且直"，在这里，诗人不是要认知"青松"的客观属性，而是他发现了"青松"与社会个体生命之间的内在联系。他对"青松"倾注了情感，挖掘出"青松"顽强不屈的品性，更是诗人对人的生命意义的思考，是对生命存在、生命价值存在的庄严的确认。

文学教育实践需要明确生命发展的方向，其本身就是一种对于生命价值的叩问过程。它不在于造就人力机器，不是塑造单面的"有用"的人，而是培养鲜活的生命个体，培养时代与社会语境下的完整的人、自由发展的人。这样的生命个体能够自觉地对自身的生命质地进行营构和谋划，在关注更为广阔的外在世界的同时，追求生命的诗意化、圣洁化，从而，在斑驳而繁复的世界里保持相对独立而清醒的个人判断，寻找由生命通向灵魂自由的方向，让真正的生命韵致得以绽放。②

---

① 刘铁芳：《沉重的书包与教的权力》，《清华大学教育研究》，1994 年第 4 期，第 105 页。

② 此小节初稿执笔者为余聪聪，詹艾斌参与了立论并进行修订。

# 第五节 当代语文教育的生命化发展

教育的核心是培养自由全面发展的人。德国教育家雅斯贝尔斯曾经指出："教育是人的灵魂的教育，而非理智知识和认识的堆集。"[①]显然，教育不仅是相关学科知识与技能的掌握，更是对受教育者人格的塑造及其生命品质的提升。语文教育尤为如此。然而，在功利主义价值观的影响之下，一段时期以来，语文教育出现了颇为突出的重视智力的发展和科学知识的传授，而相对忽略人文精神的培养与人文情怀的传递的发展倾向。这种知识、智慧与生命、道德不一的功利化教育理念将必然导致青少年生命意义的缺失与生命质量的降低。从生命维度探讨语文教育已然成为一个重大的时代性命题，我们需要探索和考量当代语文教育的生命化发展。

## 一、生命教育的现实性观照与价值探寻

在当代世界范围内，生命教育理念并不陌生，但其在各国的提出及根本发展意向却也存在一定的差别。20世纪60年代的美国，极端主义盛行，社会道德陷入危机，为此，杰·唐纳·华特士首次提出了以提升学生的精神生命为目的的教育理念。而澳大利亚的生命教育则是在青少年吸毒现象急剧增多的情况下开始实施的，表现为一种以预防药物滥用等为出发点来提高青少年生命质量的教育活动。在国情迥然不同的当下中国，生命教育日益发展成为一种以人的生命本体为基础，以尊重人的生命的尊严和价值为前提，高度关注人的生命的整体性、独特性、生成性和开放性，从而促使人的全面发展为目的的教育活动。[②]

### 1. 传统文化理念的有力支撑与时代发展的必然选择

当下中国生命教育的产生、发展和增进离不开传统文化的理论支撑。何为人？人生存的意义在何处？以老庄为代表的道家学派，从人与自然的

---

① [德]雅斯贝尔斯：《什么是教育》，邹进译，生活·读书·新知三联书店，1991年，第4页。
② 肖川、徐涛：《论语文教育中的生命教育》，《教育理论与实践》，2005年第6期，第55页。

关系来讨论人的生死存亡问题，认为人应遵循生命发展的规律，追求生命的自然与自由，养成淡泊身外之物、享受生命之乐的生命价值观。记载先贤孔子及其弟子言行的著作《论语》也高度重视生命问题。孔子弟子季路请教鬼神之事，孔子答曰："未能事人，焉能事鬼？""未知生，焉知死？"①可见，圣贤对现实主义态度和精神追求有着独到的理解，并坚持提倡把握现在、珍惜生命的人生观念，表现出鲜明的人本主义精神。"天行健，君子以自强不息；地势坤，君子以厚德载物"——我们的祖先就是用这样的生命观和道德观来修炼个体身心，提升个人生命素养，实现生命的道德追求。无疑，这样的文化理念为今天的中国生命教育提供了有力支撑，也促成了其不断地发展。

美国哲学家威廉·詹姆斯认为，时代的哲学气候会不可避免地影响着每一个人。确实，时代某些因素的迁移与异化也终会带来整个社会相关体制和方式的改变。生命教育在改革开放之后的中国逐渐为人们所关注，这是社会文化变迁发展的必然结果，而它本身也表现为变迁中的社会文化的一部分。新时期以来，人们的物质生活需求日益得到满足，但另一方面，精神生活领域却不断出现空缺、匮乏的现象，不少人的灵魂寻觅不到属于自己的精神家园，无处安放的生命价值也就必然产生变异。面对人们对于生命认知的残缺与不足，精神世界的荒芜与寥落，生命教育的开展势在必行，它不仅是当代教育发展的基本指向，更是时代的必然选择。

2. 生命教育与素质教育的价值指向

生命是人存在、成长的基石与标志，也是人一切活动的基础。人的生物性是人的生命的最基本特征，人的生命的生物性也是其社会性的前提与基础。在科学主义面前，人的生命往往被强调和突出为工具性、符号化的存在，而相对忽略了人的生命的真实状态。需要明确的是，生命的真正意义与价值更应当从人文主义的视角予以观照。人之所以为人而高于其他动物，也正因为人具有认识自己、改造自己、创造自身生命价值的能力。法国伟大的思想家帕斯卡说："人只不过是一根苇草，是自然界最脆弱的东西；但他是一根能思想的苇草。"②我们需要对个体生命存在合理认知：人具有能动性和

---

① 杨伯峻译注：《论语译注》，中华书局，2009 年，第 129 页。
② [法]帕斯卡尔：《思想录》，何兆武译，商务印书馆，1986 年，第 157 页。

主观性。但同时，作为个体存在的生命也具有多样性的特点，这些需要我们在日复一日的社会生活实践与一定的教育引导中予以探索和发现。生命的意义与价值向度既是有限的又是无限的，人的生命在有限的肉体支撑范围内拥有超越有限而走向永恒的可能。因此，在某种程度上可以说，教育是建立在个体生命基础之上，直面其有限的生命向度，从而唤醒人的生命意义与价值的一种活动。

当今社会，我们所倡导的核心教育理念是以人为本的素质教育。这是一种以提高学生全面素质为根本目标的教育，其所培育的"素质"包含人的知识技能等"外在"方面，而更指向人对生命、道德的看法等精神领域。它不仅使学生掌握科学文化知识、增强创新能力，更能够使其形成健全的人格，培育出充盈、丰富的生命形态。那么，生命教育又指向什么呢？有研究者这样认为："生命教育的目标，基础层面是教人珍爱生命，学会保护生命，更高的层次则在于教人体悟人生的意义，追求人生的理想。"[①]由此可以看出，素质教育与生命教育之间存在着密切的内在联系。二者的价值取向是一致的，至少是存在内在的协调感的。

## 二、语文教育的生命本原

"语文是最重要的交际工具，是人类文化的重要组成部分。工具性与人文性的统一，是语文课程的基本特点。"[②]无可置疑，语文学科的人文性特点能够给予个体生命以无限的关怀。所谓人文，亦即人所生活的世界及其意义指向，是个体生命发展过程中的一种重要的价值认同和文化态度。语文的人文性能够培育出生命的丰富性与完整性，也可以将世间的真、善、美完整地展现在人的眼前。从某种程度上说，语文教育的根本指向是生命教育，语文教育是引导人的生命不断超越人类普遍利益、升华其精神价值的教育活动。

1. 语文：一种生命教育的根本性载体

语文是民族文化的载体，它记录着整个民族文化的发展历程，也承接民

---

① 冯建军：《生命化教育》，教育科学出版社，2007年，第11页。
② 中华人民共和国教育部：《全日制九年义务教育语文课程标准》（实验稿），北京师范大学出版社，2004年，第1页。

族生命的力量与精神，其在个体生命活动中不断得到充实，并与人类的生命体验密切相关。从 50 亿年前出现的单细胞生物到多细胞生物，再到人类原始生命体——猿猴的出现及其进化演变，最终进化为能够思考和交流、具有意识与生存能力的人——在这个过程中，人类的语言逐渐出现并且得到发展。为了进一步适应生存的需要，远古时期的人类在劳作时用高低起伏的呼声来配合劳作，之后便逐渐出现了原始诗歌。由于人生存需要的进一步提高，人类将图画符号刻在龟甲和兽骨之上，这样便形成了文字雏形。在此基础上，中华汉字文化与汉语言文学得以真正产生和发展，成为博大精深的一门学科。以此观之，可以明白，人类语言、文字与文化的奠基及其发展流变存在于人类基本的生命活动与生命体验之中。而语文就表现为这样的一种存在与发展方式。

整部中国文学史无不体现出数千年来中国人生命实践与体验的精华。从原始神话到诗经楚辞，由汉乐府诗歌到唐诗宋词乃至元明清的小说戏剧，都表现出每个时代一定群体或个人对生命价值孜孜不倦的追求，对自我生命意识的寻觅，对生命本质的探索。正因为生命的存在，文学变得更加生动、鲜活，从而焕发出其永恒的生命力。

从当前学科划分来看，语文是教育中的一个科目，其实施对象是具有生命力与生命认知感应的个体。语文教育，其最基本的目标指向为语言教育，对中华民族来说，这种语言教育便是母语教育。这里的语言并非局限于那些呈现在书面上的静态的符号文字，而是侧重于为教育活动实施对象的人所进行的听、说、读、写等语言活动。这样的语言习得过程实际上是包含了个人生命意志与价值的教育过程，由人自身出发，将语言教育作为一种生命现象，解放、发展人的生命力，从而在语文学习中得以实现个体生命的价值。语言是人类重要的交流工具之一，它使人告别了动物的生存姿态，获得了文化的血液，铸就了文化的性格。因此，语文教育实际上是立人的教育，它所承载的民族精神文化能够使人明确生命的方向，打开生命体验的通道。如是，语文教育的根本任务可以表述为：弘扬本民族语言的历史生命和文化生命，使其重焕时代光彩；引导新一代的社会个体培养生命意识和获得生命能力。无疑，这又与生命教育的理念与目标相契合。笔者认为，语文教育的本质应当为生命化的教育，对生命的追求及其意义的探索是语文教育最主要的目的。

## 2. 语文教育对生命的应然承诺

教育是一项长远的事业，其与人的发展息息相关。泰戈尔认为，教育的目的是应当向人类传递生命的气息。因此，教育应该从生命存在开始，通过教育活动的开展使人明白生命应当"向何生长"。而语文作为人文学科，关注人类活动，重视对人类生存价值及意义的研究，集中展现出人类社会普遍的自我关怀的人文精神和生命态度，彰显出人类的生命力量。其工具性的学科特质也彰显出语文对于人类生存发展的必要性与重要价值。这样的一门以人的发展为根本宗旨的学科，因其与生命之间的密切关联，在开展生命教育中无疑承担起必然的职责和义务。基于其学科特质和优势，语文教育需要表现出对于生命关注的应然承诺。

"口头为语，书面为文，是为语文"。这是"语文"二字的由来。简而言之，语文教育的基本目标是教会学生如何正确使用语言文字进行交流，其最高目标则是指向人的德性培育与生命教育。在语文教育中贯彻生命教育理念，无疑是最好的选择。在语文教育过程中，受教育者能够清晰地从文本的字里行间领会到生命的张力与活力，体悟其中所蕴含的思想情感，陶冶自身道德情操，并进一步提高其生命感知力和鲜活的创造力。如前所述，口头语言和书面语言的结合成就了最基础的语文学科，也使语文成为人类生命成长发展的重要工具。就个体生命而言，语文教育中培养的语言思维、语言逻辑能够帮助受教育者更好地观察世界、理解世界，能够使其正确运用语言来表达自己的情感态度，也可以令他在繁芜错杂的社会中拥有直面人生的勇气和能力。语文教育培养的人是具备健全的人格与正确的价值观、人生观的人，是身心全面发展的人，是具有生动的生命意蕴的人。

# 三、当代文学教育的生命承担及其发展活力

文学教育是语文教育的最高形态。它以语言教育为前提，以文化和心灵濡染为基本途径，以学生的生命成长与发展为根本目标。文学教育是奠定国民教育、传承中华文明、延续民族文化的重要途径。

1. 文学教育对生命成长的承担

文学是人学。一切文学作品都是写作者生命意识的映射，蕴含着创作主体丰富的生命体验与道德感受，是创作者与生命进行对话的能动性行为。文学发展到今天，持续受到人的生命、情感的滋润与浸润。中华民族浩瀚的文学史，其实就是一部丰厚的民族生命史。在文学作品之中，作者用多种多样的表现方式向人们传递着自己的情感认知与价值选择。正因为文学具有其特殊的审美属性与生命活力，一直被赋予教育的重任。从孔子的"诗教观"、韩愈的"文以载道"到梁启超的"新民学说"，都鲜明地表现出我国具有以文学教育教化人的深厚传统，它承担着社会个体生命成长的重责。

然而，在一个较长的时期内，由于多种原因的推动，这种传统在很大程度上被漠视。21 世纪以来，校园暴力伤亡事件、青少年漠视生命或者沉迷网络的现象时有发生，学生生命意识淡薄、生命价值缺失的问题逐渐凸显出来，这显然给我们的教育以警示。文学教育是一种人文教育，当下的文学教育该如何面对上述生命主体异化的社会现象，以激发其生命活力，从而达致对生命的完整性理解？笔者认为，一种可行也应然的方式是，让文学教育回归文学的本位，实现本质化教学，以文学活动为媒介推动社会个体以及个体与社会之间的多维互动，以使生命的阐释与生命价值的追寻在文学教育实践中成为一种可能。

2. 寓德性培育于文学的生命教育之中

在当下，文学教育需要积极承担起生命教育的重任，这是问题的起点；另一个方面，文学教育期望保持和增进其贯彻实施生命教育的活力，还必须高度重视受教育者的德性培育问题。受教育者养成基本的德性，是其充实生命、获得长久生命活力的基本前提，也是对后者的一个有力的支撑。

以人为核心的教育本质上就是一项进行德性培育的事业。生命教育是德育的基石，是德性培育的起点和最终归宿，更是德育的一个重要维度。道德教育的主旨是使人的身心得到发展，生命得到完善，价值取向更为合理。其基本价值追求方向表现为，在尊重和保护人的生命完整的基础之上，引导生命个体积极、自觉地追求更高的精神境界，向往更美好的价值存在。

著名教育家张志公先生说："文学教育是一种精神教育、思想教育、美学教育，同时它又是一种非常有利于智力开发的教育。"①精神教育、思想教育、美学教育、智力开发教育无疑表现为一种生命教育形态，其中也蕴含着深度的德性培育要求。我们可以确认的是，在日常的文学教育实践里，从文学经典中汲取生命的力量，感悟人性的美好与光辉，培育青少年的人文精神，树立"以德为先"的价值典范，这既是对优秀传统文化的一种因应与感恩，也是对恣意生命的一种憧憬与想象，更是让当代文学教育充盈生命活力的必然要求。②

---

① 张志公：《张志公语文教育论集》，北京教育出版社，1994年，第146页。
② 此小节执笔者为赖欢，詹艾斌做了必要的修订。

# 第二章 文学作为一种生命评价的形式

　　2012 年起，有选择地组织、引导、规范学生创造性地开展年度中篇小说评价是笔者的一项常态性工作。无可置疑，它有利于敦促学生面对当前纷繁复杂的文学现象积极建构其核心文学观念，包括主导性文学价值观与文学批评价值观的明确而有效的确立。当然，它首先还直接表现为对学生的文学批评创新能力的有目的的培育。先期阅读、篇目选择、组织课堂讨论、拟写论证设计文稿、基本观点确立、初稿撰写任务落实、文稿修改审定等构成了笔者开展这一工作的基本环节；在此过程中，学生的学术视野得以拓展，其学术立场与学术价值观也趋于明确。

　　2011 年底 2012 年初，笔者有机会阅读了河南作家邵丽发表在 2011 年第 12 期《人民文学》杂志上的中篇小说《刘万福案件》。在作品中，邵丽借美女作家"我"之口提出了这样的文学问题：什么是小说？什么是真正的小说？她指出："真正的小说"是在看清楚它的人物，琢磨透它的细节的基础上，对人的生命进行评价。受其启发，近年来，笔者愈加坚定地认为文学存在一个根本性的维度，即生命维度，文学是一种生命评价的形式。基于这种对于文学的质的规定性的确认，笔者更加明确了年度中篇小说评价、当代文学批评实践与理论建设以及卓越文学专业人才培养的理念和方向。

　　结合本章旨趣彰显的需要，下文列举针对 5 篇中篇小说的评价文章，供批评。

## 第一节　可能性的美丽绽放
### ——论邓一光的中篇小说《你可以让百合生长》

　　作家邓一光在《小说的感动》一文中曾经这样写道："小说原本就不必有太多大道理……我们对小说的热爱或者恐惧必定都不会来自道理，而只会来自属于小说的低语与守望。……小说是我们与这个纷繁密沓的世界对话的一种方式，在这种方式之中，个性化的写作和个性化的阅读使我们在芸芸众生之中有了彼此遥望的可能，有了相对隔离的空间，因为有了这种彼此遥望的可能和相对隔离的空间，人类就有了抵制现实和怀想未来的希望，就显得不那么拥挤，在我们的心灵飞掠起来的时候，就有可能将摩擦变成轰然的撞击。"①尤为明确的是，邓一光期望通过小说这种与世界对话的方式寻求人的可能、人类的可能，轰然的撞击是生命的警醒，更是对庸常生命的激活。由此，它就有了一种可以绵延而且倔强的发展可能性。在邓一光看来，小说为我们与世界的对话提供了可能，小说为人与人之间的遥望提供了可塑的空间，小说为个体生命的未来提供了"梦想照进现实"的祈望，小说为人们提供了生命感动的期盼——小说，是关于文学可能性、生命可能性的一次曲丽的探方、一种别致的密码。笔者认为，这才是邓一光文学书写的"本心"，他"始终相信可能性的存在"②，他感动于文学让人有了一种发展的可能性，如同他在新作《你可以让百合生长》这一中篇小说中借助左渐将之口表达的对于音乐的理解，"音乐能使我们成为更好的人"③。《你可以让百合生长》毫无疑问就是邓一光创作意向即书写可能性问题的文学化求解，他在寻求音乐的可能性、教育的可能性、文学的可能性，更是在积极寻求人的成长与发展的可能性。

--------

　　① 邓一光：《小说的感动》，《南方文坛》，1997 年第 2 期，第 21 页。

　　② 邓一光：《创作谈：说了做不到，也许就做到了》，《北京文学·中篇小说月报》，2012 年第 6 期，第 32 页。

　　③ 邓一光：《你可以让百合生长》，《人民文学》，2012 年第 5 期。该作品引文具体出处下文不再一一标示。

## 一、"打开"之前的兰小柯：倾斜的现实世界中的无产者

十四岁的初中"问题女生"兰小柯是小说《你可以让百合生长》的绝对主角，她是小说的第一人称叙述者"我"，也就是说，小说世界是在兰小柯的视野与感受中展开的。在她的周围，没有人把她当做女生，就连最有同情心的男生都不会把她当成女生。她全然没有这个年纪不敢尝试的禁忌，干男生能干的一切坏事并引以为荣。然而，兰小柯认为，这个世界上有个如此糟糕的她却又错不在她。那是因为：她有个不断戒毒又不断复吸的父亲、有个平庸琐碎连环失业的母亲、有个严重智障且无限缠人的哥哥——她对她的家庭心存"怨恨"而不能从心灵深处接纳它。在兰小柯的世界中，家庭生活的情节失常和家庭成员的职责失序已成习惯，社会各界的"关照"更像是变相的自慰与变种的歧视。就这样，她所处于的理应直立如柱而且颇具力量的现实世界悄然倾斜，方位、向度都发生了微妙的改迁。在这样的生活情境中，兰小柯对于自我的生存与发展状态亦很是了然，"我每天都在和生活对抗——不是和不正常的生活对抗，而是和正常的生活对抗"，"毫无疑问，我是一只还没有发育好的孔雀。你要认为我是别的什么也可以，但我就是这么认为自己的。我想让人们注意我，为我鼓掌，可我怎么都开不了屏。没法打开，打不开了"。

以孩童视角、思维，以孩子与孩子、孩子与成人间的对话形式进行小说叙事，在邓一光的创作历程中不乏先例，而且，在其创作历程中，邓一光的这种小说叙事也渐次形成了一种较为显豁的自身特质，犹如有论者所指出的：邓一光对"儿童视角"的变用与其他作家对"儿童视角"的惯用最大的不同在于，他"表现的是成人的世界，是以儿童的视角来观照现实人生，他笔下的孩子都显得很大人气，说话的内容也体现着成人的思维"[①]。《你可以让百合生长》在基本的叙述方式上既沿承了邓一光早年小说的叙事特质，也灼然表现出了一种难能可贵的开拓。

一方面，没凭没依的无产者兰小柯确然是一种"小大人"的做派，她不期然地烙印上了成人的浮尘与烈焰：对各类怪特甚至俗秽的网络高频词了如指

---

① 蔚蓝：《小说叙事的主导特征与主体意识的限定——邓一光创作审美品格评析（下）》，《写作》，2001年第6期，第13页。

掌，对当代慈善强制推行的"变种歧视"的本质洞若观火，知道 K 粉、大麻、摇头丸、香港石等，在与死党厮混时不自觉表现出"女头领"的气质，而且她也根本不在乎别人是不是把她当"女头领"看待……很显然，邓一光确有意借兰小柯之视角，观照成人世界的人情物理，以折射现实生活的千状百态。

另一方面，作者在对兰小柯这一人物形象的塑造上显然花费了愈为丰富的笔力：其一，兰小柯与邓一光早年作品中的那些"小大人"们相比，不仅仅只是借以洞察现实生活的"窗口"，而且明显少了主观"赋义"的痕迹。兰小柯的成人思维，更多的是她所处家庭环境、自我身份定位、社会生态等合力作用的结果，她的早熟也并非"天降神谕"或"幕后推手"所致，而是有了更为稳固的现实根基，应该说，邓一光的思维与视野更为丰润，他是在努力探索现实主义文学的广度与深度。其二，兰小柯与邓一光早期"儿童视角"创作序列中那些外表清甜、性情相对统一的"单面人物"相比，有着意蕴迭出的复杂性，她既未能截然脱褪孩子单纯稚嫩的"胞衣"，依旧涌现出花季女孩的某些特质，又被非正常的家庭生活和不恰当的社会关怀磨砺得犄角分明，言语、姿态都极富挑战性与攻击性。她"打不开了"，却对"打开"又有着无可比拟的渴望。

邓一光在几年前的一次受访中表示："我不呼唤什么。我的小说中的人物也不担负呼唤的责任。他们只是生活在他们的时代里，被时代压抑和决定，而又不甘心这种压抑和决定；被他们自我内心的冲突压抑和决定，他们恰好给了我想象中经历一次现实生活中不可能实现的虚拟旅程……"[1]。是的，兰小柯就生活在她的世界里，生活在这个时代里，她被她的世界和这个时代压抑和决定，但显然她又不甘于这种压抑和决定，她的内心有一种冲撞的力量，她渴望打开，然而，她，打开了吗？

## 二、音乐、教育、文学：可能性的孕育与催生

……我喜欢唱歌。……

我想做一名歌手。我是说，不是那种需要和别的什么人乱糟糟挤在一起宣泄青春的歌队成员，而是一个人站在舞台中央，独自歌唱的歌手。

---

[1] 杨建兵、邓一光：《仰望星空，放飞心灵——邓一光访谈》，《小说评论》，2008 年第 2 期，第 36 页。

　　这是"问题女生"、无产者兰小柯的告白，当然也是一个渴望"打开"者的告白，她期待通过音乐"打开"自己，要做一个开屏的美丽孔雀。

　　音乐永远不会对寻梦者和追梦者设限。在《你可以让百合生长》中，音乐是一种类似本能的内在的力量，它让左渐将走近了并得到了它，更帮助兰小柯克服外在世界的种种劣势和内心的软弱，发现并逼近潜蛰在颓唐深处的清新丽质与无限潜力的可能。换种讲法，音乐本身对于他们便是梦想，便是可能。

　　一开始，兰小柯是音乐中的一个灰姑娘。她酷爱音乐，但她一方面以自己的糟糕行为故意掩饰自己对于音乐的渴望，另一方面却又不敢真正走近它。这是还在初始接触阶段时左渐将对于无产者、"问题女生"兰小柯的准确判断。左渐将是音乐中的一个朝圣者，他对音乐心存虔敬，他冷峻，他有一种敏锐的音乐感受力和判断力，当然，也就更懂得如何在音乐潜质方面更为合理甚至是准确地判断一个人、一个音乐爱好者以及所有对于音乐怀有梦想的对象，并潜心且以生命去挖掘和培育。也正因为此，在兰小柯的成长中，在兰小柯的可能性的实现过程中，左渐将起到了至关重要的引领性作用，换句话说，左渐将的存在、作为与教育方式再加之于兰小柯的潜质才成就了她的无限可能。

　　对音乐的热爱，是兰小柯性情与禀赋中的自然倾向，它当然被赋予了一种内在的发展的可能，但它毕竟只是一种天然的可能性，它是自在的、自发的，它还需要引导，在必要的时候它还需要匡正、教育，当然是合理的教育。教育让人生长。教育的力量在于让可能成为现实，换句话说，让可能的成为现实的，这就是教育的可能性及其力量的确证。在《你可以让百合生长》中，教育助人以最优的方式、最美的姿态岸然生长，尤其是当左渐将以自己的生命灌注进自己的教育行为之中时，合理的教育就更是爆发出了一种不可思议的力量。左渐将的教育、左渐将糅合自我生命的身体力行的教化与引导让兰小柯渐次"打开"。在这个意义上，我们明了，音乐教育、艺术教育，只有内在地成为或者表现为一种生命教育的时候，它才能真正建构起教育的力量。

　　我们同样关注的，在一定意义上甚至更为关注的，是左渐将在贯彻与践行对于兰小柯以及合唱团其他成员的音乐教育、生命教育的同时他的自我生长的可能。左渐将对音乐有着极为丰富的感知和极为深刻的理解，他曾经获得 CCTV 青年歌手大赛一等奖，也曾经是岭南十大青年歌手、深圳市的当红歌手。在黄莺老师看来，他是受人尊敬的艺术家，在兰小柯的眼中，他是个音乐圣人、音乐拯救者、音乐殉道者。在追求了他六年尽管知道前景无望却依然甘愿为他付出的芭蕾舞演员看来，他的身上显然有一种光，他的音乐、他对于音乐如同生命般的热爱与创造深深感染了她；在左渐将的自我评价中，他是个音乐天才，是音乐宠爱的孩子。然而，他却"已经在失去了，接下来是永远失去"，他是个将死者。这是邓一光"见到左渐将的原因"，他说："我偏爱那些将死者，就像偏爱刚出生的婴儿一样"①。可见，作家对于左渐将这一人物的塑造是尤为注重的。刚出生的婴儿在生命的成长中充溢着无穷的可能性，那么，一个将死者又会有什么样的可能呢？

不错，左渐将是个音乐的宠儿，他为音乐而生，同时，他也"生产"和创造了音乐。在左渐将的理解中，音乐有一种原始、神秘的力量，是源自远古时代精神生命的吟唱，他期望通过音乐与人类最初的精神生活对话。他的基本理念是"音乐表达人类的一切生存情感，生死、命运、爱、幸福、友谊、善恶、劫难"，所以，音乐人的世界没有理由不广阔；我们之所以爱音乐那是因为音乐能使我们成为更好的人、更高尚的人，我们也可以用音乐来思考、来计算。他将死，但对于音乐的热爱与迷恋始终充满生命的激情，是的，"他不可救药，死到临头还想做他的音乐殉道者"。音乐延展生命，音乐壮丽人生。正是这份对于音乐的坚韧的信念与虔敬，让他充分地触摸和感受到了音乐的质感、音乐的力量，这之中自然包括音乐培育人、造就人的坚实力量。他选择了做义工，塑造、化育孩子，成就孩子们的音乐梦想，他在音乐的世界里一往无前，在这个世界，他是高大的。

左渐将当然也是渺小的，在小说的最后，也是生命的最后，他说出了自己的"做不到"：他想娶那个年轻而美丽的芭蕾舞演员，想"和她过一辈子"，但他没能力做到，因为他是一个将死的器官衰竭者；然而，如前文所呈示的，他无疑又是极具力量的。他以一个音乐殉道者的姿态、一个生活智者的姿态，并以生命教育的形式成就了兰小柯等人生命的诸多可能，这就是一个将死者的最大可能，他是最具原动力的"百合"，他让自己倔强地生长、绽放！左渐将世俗生命的可能即将凋萎，但他艺术生命的可能、生命意义的可能却在音乐的护佑下、在人性的映照下永远长青。

---

① 邓一光：《创作谈：说了做不到，也许就做到了》，《北京文学·中篇小说月报》，2012 年第 6 期，第 32 页。

左渐将以音乐来探索人的价值和意义，期望以此让自己成为更好的人、更高尚的人，他倔强地叩问人的可能，这与他的"遇见"者、塑造者邓一光的文学理念、文学立场密切相关。以文学来探求人的可能性，是邓一光一种自觉的文学立场的选择，他有言："我在现实生活中是无能的，不那么积极。我常有这样的念头，事情开始之前就已经决定下来了，只是我没有参加决定，那个决定我命运的场合里没有我。这是有可能的，比如兰小柯，她就是这样，她的出生和出身是被别人决定的，连成长都是，没有人问她愿不愿意，愿意什么。这方面，她连兰大宝都不如。兰大宝的世界别人进不去，是他一个人的，他却可以进入别人的生活，哪怕是以他人认为的有问题的方式。这样的兰小柯，以及我，如果不靠可能性，根本没法完成。这样，我就知道我该做什么了。""很多时候，凭借想象，我'看'到无数的可能性从眼前鱼贯而过，有时候，我会跟上去。我在想象中去过很多地方，见过很多不可能发生的事情，以及生活中并不存在的人，这真是一件很好的事情"①。换句话说，在邓一光的观念中，文学、文学想象需要也可以表现很多"很好的事情"，也就是文学需要也可以表现、孕育、催生可能性。而且，由此出发，我们尤为需要认识到的是，与其以往的小说创作一样，在《你可以让百合生长》中，邓一光依然是在以生命进行写作，以他的生命写作拒绝现实，仰望星空，也就是在追问和诉求可能性。你可能不是你，你可能是一切，这就是邓一光放飞心灵之后认为的人类的一种可能性的存在状态，也是他作为一个作家对于个体生活和生命的独特理解和表达。可能性是一个哲学命题，也是一个生命命题，文学理应书写这种可能性。由此，文学也就自觉地参与了人的建构这一当代伟大工程，同时，这也显然是文学的力量得以灿然实现的有效方式。

## 三、百合的文化寓意、兰小柯的最终绽放与我们的可能性

百合是百合科百合属多年生草本球根植物。百合花素有"云裳仙子"之称，花姿雅致，高贵纯洁。在不同的民族文化中，百合花有着不同的深刻蕴涵，中国人向来认为它是婚礼不可或缺的吉祥花卉，梵蒂冈尊它为国花，天

① 邓一光：《创作谈：说了做不到，也许就做到了》，《北京文学·中篇小说月报》，2012 年第 6 期，第 32 页。

主教甚至把它视为玛利亚的象征。

关于百合花，有这样的一个古老传说。《圣经》中反对上帝耶和华的堕落天使（Fallen Angels）——魔鬼撒旦化身为毒蛇，诱惑亚当和夏娃吃下禁果，致使他们犯下了人类的原罪。由此，上帝把亚当和夏娃驱逐出伊甸园，他们因悔恨而哭泣，悲伤的泪水滴落在地面上，化成了洁白的百合。后人说，世间万物不可能十全十美，正像如此完美无瑕、圣洁自由的百合花，却是从凄美中孕育而生的。

在小说《你可以让百合生长》中，关于"百合""百合花"，有这样的一些设置。第一，作为外来务工特困家庭的子女，兰小柯被社区大妈们通过各种途径"推荐"给了——当然也是兰小柯自己的要求——深圳百合中学，她是这个重点中学的特殊学生，尽管"特殊"，但她毕竟也是这个"百合"中学里的一朵花或者说一个花瓣，似乎是应该有绽放的可能的。第二，兰小柯进了百合中学的"百合合唱团"，这是命名的偶然，应该也有作家的深意所指，作家期望她和合唱团的小鸟或者说歌者们一起绽放？这也不是没有可能的，文学尤其是邓一光的文学创作根本上就在于塑造、成就这种可能。第三，兰大宝被发掘成为合唱团的一颗新星而兰小柯也真正感觉到在左渐将的引导之下自身出现了可喜的改变，兄妹俩每周一次去练声房练习，"学校为兰大宝办了一张特殊通行证，他在自己的照片旁歪歪扭扭地画了一朵百合花，然后把它绑在眼镜腿上，这样他就同时拥有了两样心爱的宝贝"。"智障"者兰大宝同样爱百合，这显然不是作家的随意设置，毋宁说，他就是一朵百合花。第四，进了百合合唱团的兰小柯，尽管并没有成为一名歌者，但在左渐将的"调教"下，她一步一步地成长，并在关键时刻甚至成为替代左渐将的最佳击拍者。在这之前，也就是左渐将带领百合合唱团代表中国在德国参加国际音乐节比赛演奏最后一个曲目之前沉重地倒在指挥台上再也站不起来时，是他"胁迫"兰小柯去做一个临时的击拍者，小说是这样叙写的：

> "你一直在观察我，孩子。你知道我要什么，你能做到。"他尽量加快语速，在舞台总监给出的五分钟时间内完成他的赌博，"队形不变。她们会掌握自己的节奏。相信你的歌者，她们是最好的，知道在音量和音色上如何配合。你只要注意起声部分，在激起的一瞬间加入力度，保持住它，小心过渡到下一个音符，然后，跟着你的内心走，什么也别想。去拿你的小棍吧。"

"你在胁迫我。"我觉得我在颤抖。我颤抖得快要站不住了。

"对，我胁迫了。"他不容反驳。

……

他把目光投向化妆台，那里有一盆欲绽未绽的百合，在此之前我们谁也没有注意它。他示意朱星儿替他把那盆百合花抱到他身边。他看了它一眼，然后抬眼看我，再看歌者们，抬手对她做了一个静音的手势。

"最后半分钟。让你们的心静止下来，听，它有什么声音。"

百合在他怀中。百合静如虚无。化妆室里静得能听见五百兆光年外流星飞过的声音。我闭上眼睛，慢慢松开知觉，怂恿它靠向我的心。我听见了。

……

那支四十八克重的金属小棍轻轻落下。气息扑面而来。几乎听不见声音。注意，是几乎，但它在那儿。是的，那就是花开的声音。

激起段落是那么的美妙，几乎毫无瑕疵，我赢得了第一个高分。我知道我出生了。我知道我打开了。我知道她们行。我相信我的歌者，相信这个世界，相信我自己。

……

这是邓一光在《你可以让百合生长》这篇小说中关于"百合"的最长叙写，也是语言能指的终极描述。这次的百合出现，是在兰小柯登上舞台独自指挥这一关键时刻之前也是完美时刻之前的呈示。在这里，百合花开了、绽放了，但兰小柯的绽放并没有结束，她还没有成为最美的、最彻底的"百合"。

即使成了左渐将称谓的"最佳击拍者"，但兰小柯也不是自己的太阳，谁都不是自己的太阳。我们的生长、成长需要养料，我们应该感恩。这是左渐将在回国之后的病房里告诉她的。在这里，左渐将不仅是一个音乐中的"圣"者，他还是一个生命与生活中的智者，尽管他是那么的无力，无力拯救自己脆弱的心脏。左渐将在对兰小柯作最终的心灵牵引，他希望她能够真正地理解生命、理解生活，以让这朵百合真正地彻底地绽放。他把哲性带进了音乐，更带进了生命与生活之中。在垂死的、不依不饶的、残酷的击拍者左渐将的追问和"诱导"面前，兰小柯彻底妥协了，她"不要脸地哭泣着，同时打开自己，说出了内心最后的秘密"，她从心灵深处接纳了父亲、母亲、哥哥，接纳了生命与生活，当然，也就真正接纳了音乐，从而，她也就彻底地打开了自己，成就了可能。无可置疑的，这同时显然也是作家邓一光在兰小柯身上赋予的可能。

通过兰小柯这一人物，我们明确地感受到了可能性的美丽绽放、可能性的最终绽放，如同"百合"这一传说及其文化寓意所揭示的，兰小柯的"蝴蝶蜕变"，她的完美地、彻底地被塑造和自我塑造是在凄美中孕育进而勃发出来的。而这，也是作品给予我们的最大而且持久的心灵震颤。在小说的最后，作家这样别有意味地"交代"兰小柯最终"蝴蝶蜕变"的那一天的语境："我忘了告诉你们，那天深圳的天气很好，没有台风路过，一切都很正常，和平日里一样正常"。在这里，我们可以明白，兰小柯的美丽蝶变是在日常中完成的；而且，更为重要的是，兰小柯发展的可能性的实现本身原本也就是一件再也正常不过的事情。如前所述，邓一光说，有时候，他会积极地"跟上"在他眼前鱼贯而过的无数的可能性；是的，每个人的日常生活中都存在无数的可能，我们应该"跟上"它，寻求自身发展的可能性，让生命美丽绽放、正常绽放。

## 第二节　城市化进程中的小说和小说家何为
### ——以弋舟的中篇小说《而黑夜已至》而论

### 一、"城市化进程中的小说与小说家何为"命题的提出

在中国社会发展的特殊性与复杂化的背后存在着一个共性判断，即中国正在由传统农业社会向工业社会过渡，中国社会的现代化走向已成必行之势。伴随着这一剧烈的社会变迁，城市化问题无可置疑地得以凸显，"城市"俨然已经成为一门"显学"，它不仅表现为城市领地在地理版图上的疯狂扩张，更体现在人们生活方式的城市化这一更深层次的意义上。

相比于西方诸发达国家，中国现代文明的发轫相对滞后，而当下中国后发的城市现代化不可回避地置身于经济全球化的社会语境中，其城市化起步晚、底子薄的短板与建设国际化大都市之间的相互作用必然会带来诸多矛盾和问题。例如，盲目地寻求城市建筑面积最大化导致的耕地面积锐减，大量

农民被迫进入城市；由于拆建带来的历史文物遗失和生态文明破坏；快速发展的科技把人的神经变得过度紧张又趋于麻木。与技术的日渐强盛相对的则是人的精神力量的衰微，这导致人对于价值的判断准则变得随意、荒诞，导致社会个体的生存与发展陷入困境；……正如 70 后代表作家弋舟所说，这些问题势必爆发得格外凶猛，给人造成的痛苦也势必会格外强烈。①

　　面对如此的时代与社会境况，对城市的书写成为任何一个具有现实主义精神和现实主义勇气的中国作家都要面对的基本的文学创作倾向。然而，问题是，中国作家究竟应该怎样开展自己对城市的书写呢？换言之，在当下的中国城市化进程中，小说家应该如何作为？

　　弋舟明确其近作《而黑夜已至》②定位为严格意义上的"城市小说"。作品展示出当代城市人群的某些精神共相，将小说家对时代生命的体验纳入"对于人的描述"这一亘古的文学命题中，展示出文学应有的"劝慰"性力量。他以强烈而敏锐的艺术直觉和娴熟的叙事技术，对当下人之存在与发展的命题做出了深入解读和探索。其实，这也是他对"城市化进程中的小说与小说家何为"这个时代性的重大文学问题的一种独特而又自觉的回应。笔者认为，这一文学观念和立场是卓具合理性的，理应获得更大的共识。也就是说，弋舟的这一城市小说的书写努力，为中国城市化进程中的小说家的文学创作确立了一个基本而又明确的方向。

## 二、小说家的时代性生命体验与当代城市小说书写

　　在当下的城市化进程中，小说家对于世界和人的感受与诸种城市符码交错纠缠，经历着别样的生活经验和生命体验，他们需因应此种生活的变化，以时代性的生命体验来构思自己的作品，创造出新的文学范式与规律，乃至新的美学况味。《而黑夜已至》即是小说家弋舟基于时代的社会与文化境况以自身的生命体验和明确的文学意图尝试当代城市小说的产物，作品中彰显出浓郁的现代城市特质。

　　这种特质尤为突出地展现在文中诸多城市符码的设置上，那亦是弋舟塑

---

① 弋舟：《创作谈：而黎明将近》，《北京文学·中篇小说月报》，2013 年第 10 期，第 32 页。

② 弋舟的中篇小说《而黑夜已至》原载《十月》2013 年第 5 期，随后获得了广泛的关注，2013 年第 10 期的《北京文学·中篇小说月报》、2014 年第 1 期的《新华文摘》等先后予以转载。本书以下行文引述小说中的文字不一一进行标注。

造"城市小说"的着力点。此处所讲的城市符码不是特指在具体的某座城市中具有鲜明辨识度、能够成为城市名片的某个建筑、人物或是典故等，而是在整个时代城市发展坐标轴上具有标志意义的存在，这些存在给人的情感、思维和生活方式带来深刻而持久的影响。小说中的"我"叫刘晓东，政法大学艺术学院艺术史教授，半年前靠百度搜索确认自己患有抑郁症，"有着与现实环境不相称的悲观"。小说开头交代驻唱歌手徐果约"我"见面，是为了让"我"帮她讨要一百万的赔偿金（后来才知道，那其实是在为一场讹诈做戏），因为她得知十年前导致她父母双双殒命的车祸的真凶是一个叫宋朗的大集团老板，而不是帮他顶罪的左姓司机。我们约在一家"我"常去的咖啡馆见面，"我"提前到了，看见"窗外的马路被隔离墩分割成两半"，"我""总觉得这样的马路像是一根超长的、闭合了的拉链"。弋舟笔下的这根"超长的拉链"其功能与现实生活中的拉链正好相反。当真正的拉链拉起时，起到的作用是"接合"，而在城市中这根"超长的、闭合了的拉链"的功能却是为了"隔离"——让车辆与车辆、车辆与行人之间有序共行，并且又被躲避车流横穿马路的行人赋予了"捷径"的意义，那些找准时机、运气好的人从上头跨栏而过就像是"捞着了便宜"，而运气不好的则会"被车流剐擦撞飞"，将"捷径"变成了"险路"，连命都无法保全。这些具有矛盾意义的综合物象统一在城市人的生活中，其给人带来的利与弊、生机与危机反映出现代人的生存状态已经不容乐观，而他们中的大部分人却仍在麻木地延续着那份无知与浑然不觉。小说中诸如此类的物象还有很多，"茶，可乐，咖啡，10 年，5 万名女性，20%，15%，多巴胺"，从日常饮品，到与城市精神疾病相关的各种数据统计和特定的医学名词，都代表了城市的符号。这些符号让身处其中的人感觉到，从前只面对土地和植物的生存状态对于他们来说完全是另一个世界。性格鲜明的城市符号几乎在作品的每一处细节中都能看到，显然，这是小说家基于自身的生命体验而有意为之甚至是精心设计的，而这也正体现出弋舟在创作观察力和技法上的过人之处。

虚拟的网络组建起人与人之间繁杂的关系网，同时又恰恰因此而阻隔了人们精神世界的交流和伸展。在今天，手机虽然不仅属于城市，但它又确乎是城市生活样态的重要表征。小说中人物的行为甚至是思维活动，几乎都离不开手机的参与。小说刚开始，"我"用手机隔窗抓拍马路上横穿马路的男男女女，要么就是在毫无目的地拍照，要么就是在谈话时趁徐果翻手机的间隙"低头争分夺秒地刷了一下自己的手机"。作为一个情绪容易极端化的抑郁症患者，"我"厌恶人群中的嘈杂，但又不甘被世界冷漠遗弃，因此"我用尽手机所有的功能，以此和世界发生虚拟的关系"。可是，互联网上微博更新的速度和数量都远超出"我"的预想，这让"我"感到虚无和惶恐，因为"网络为世事的真相加冕"，"我"亲历过的事情和拍摄的照片一旦被网络删除就如同变成宇宙中的粒子，完全可以视为不存在。由此"我"对于如何判断世界的真实性产生了惶惑，现存就一定是真实确凿的存在么？但是"我"又无力跳出这张无边的资讯网络，不得不依赖信息资讯来定位自身的存在。因为难以离开手机，沉溺并迷信网络，为了使自己不至于完全迷失，半年来"我"每天都在夜晚拍一张位于家对面的立交桥的照片，再配上"而黑夜以至"的文字上传到一个名叫"我是刘晓东"的微博账号上，试图从反复完成这套规定动作的习惯中找到存在的意义，表达内心的恐慌，或许是在借此传达某种求救的信号。在"我"身上发生的由虚拟和真实交错的网络带来的一切，正体现出现代城市人生存的窘境——这自然也是作家的一种生命体验，将一种无名的虚幻力量看做是决定整个世界存在的决定性力量，将精神活动关闭在狭隘的范围里，最终导致看不到任何向前发展的可能性。

　　此外，在小说中，我们可以明确感受到的是，城市强大的复制功能吞没了所有事物的独特性，就连女人相貌的美丽，这种本应是与生俱来的某种天赋，竟也成为"流水线上成批加工出来的"因为重复、雷同而变得廉价和个性缺失的庸常之物。与徐果初次见面时，"我"认为她眼中具有独特美感的"黑褐中泛着蓝色的薄翳"的"奇异色泽"，其实源自再平常不过的两片彩色美瞳镜片，很多"80后"和"90后"的年轻人都会用它来使眼睛放大而变得更加有神。"城市里像这样的漂亮女孩比比皆是"，人与人的差别被城市的复制功能日益磨平，使得"这世界像一台巨大的磨具"。城市迅猛的科技进步一方面在不断地创造奇迹，给人们的生活带来各种惊喜，而另一方面，又以惊人的复制能力和快速的传播路径使它们迅速商品化，将那些人们原以为是稀世珍品的"原作"变成普通的日常生活品。因此，最新的技术成果不断地产生"原作"又迅速地将其独特性消除，使技术现代化的城市呈现出机械复制的一致性。人们周边到处都是一样的房子，一样的街道，相同的物品，甚至是人，都像是一条流水线上生产出来的产品。这让人在感受生活的便捷之余，对于先前凸显的"个性"逐渐丧失了记忆。这是当代城市特质的一个基本表现，也是弋舟自觉地以自己的文学与生命感知构筑出来的城市景象。

## 三、一个亘古的命题：小说、当代城市小说作为"对于人的描述"

在《而黑夜已至》中，弋舟不仅将笔触确立于洪荒的城市中，揭示出浮华光鲜的城市背后那些矛盾、虚无、荒谬的现实场景，而且更是在其中淋漓尽致地呈现出身处其中的充斥着疑虑、冷漠、孤独、焦躁、迷惘和罪恶内心的都市人。其实，前文的分析和论述已然涉及这样的问题。弋舟在进行一场有目的的文学试验，要求自己与时代自觉勾连。从而展现出现代城市生活中人的生命状态的沉重、复杂甚至是一种诡异。

在今天的城市化进程中，小说家、小说都相应地具有了一些新的要素，但是，更为重要的是，当小说家以新的要素结构小说文本时，最终又必须、也只能落实和回归到"对于人的描述"这一文学亘古不变的要义上，对此，弋舟有着清醒而明确的认识。①其实，这也是文学伟大的精神传统，今天的小说家需要以小说的方式、以今天的方式，自觉地呼应这种伟大的精神传统。毫无疑问，《而黑夜已至》是对这种文学伟大精神传统的积极回应，它叙述、揭示出的中国现代城市化进程中的人的生存与发展的困境，尤其是内心的隐疾——人性的"黑夜"。

### 1. "我"持躲避以应世界

因丧母、离婚，"我"的精神状态出现问题，学校给了"我"半年的假在家休整。自从"我"被诊断为抑郁症之后，"我"便开始以一个抑郁症患者的眼光打量这个世界，周围的一切都自然镀上了一层病态的抑郁色彩，而这种"病态"正是作家着意要表现和揭示的。通过百度搜索，"我"总结出了抑郁症的不少症状。这些症状的产生源于"我"在诸种城市符号构筑的城市时空中迷失了生活的目的性，不能理解这种生活，找不到意义的存在，因此感觉生命缺乏保障而逃避到疾病的旗帜下瑟缩过活。半年来，"我"在同一家咖啡馆吃午餐，避开选择其他餐馆的烦扰，吃饭时间大都选择正常的用餐时间之后，那是为了能得到一个固定的座位，在最后面，靠窗，圈起一个自己的地盘。在马路上行走时看见身旁的人罹受交通事故或是偶遇斗殴事

---

① 弋舟：《创作谈：而黎明将近》，《北京文学·中篇小说月报》，2013 年第 10 期，第 32 页。

件，"我"也只能漠然走开，回到一个人的住所，在网络上舔舐自己的伤疤。甚至这半年来都未能与身边的情人杨帆有任何亲密的接触。这种躲避的姿态让"我"在浩荡的时代洪流中感到无力、虚无、茫然，但因内心隐约仍有疗救的愿望而感到痛苦万分。正如被徐果反复唱到的一段歌词："这城市那么空/这胸口那么痛/……/这快乐都雷同/这悲伤千万种/Alone"。每一次"我"逃避现实蜷缩蜗居，都会坚持那个日复一日的习惯，给立交桥拍照，配上同一句话："而黑夜以至"。这降临的"黑夜"，实则是人被孤独和冷漠的洪流淹没之后的精神景象。

### 2. 无处安放的灵魂何以归家

"我"感觉到自己的灵魂在这些城市符码中无处安放，因而对这个世界冷眼旁观，用躲避的姿态予以回应。其实，小说中灵魂在城市中漂浮无定的岂止是"我"一人。杨帆，离婚多年，没有孩子，在某中学做音乐老师，独身一人生活在学校分配的老式楼房里，是"我"儿子的小提琴老师，也是我的情人。她的感情处在与"我"没有身份的关系中，在城市的上空漂移。徐果，虽然只有二十来岁的如花妙龄，可短暂却充满坎坷的唱歌生涯让她掌握了与其年龄不符的老练的处事能力，在通过"我"从宋朗那儿得到一百万"赔偿款"之后，她计划将其中的50万给男友左助去日本留学，30万给对她而言像妈妈一样的杨帆老师用作新房的首付，还有20万给"我"作为酬劳，却没有为自己预留一分钱，她生命的流向正像她的驻唱职业一样，永远在寻找新的地方做暂时的停驻。"我"所在学院的院长郭劲涛和宋朗一样，都因为生活紧逼的胁迫而患过抑郁症，经历过"我"正经历着的所有黑暗。左助，年轻的吉他手，是帮宋朗顶罪的司机的儿子，喜欢徐果，但他却不想了解徐果的世界，甚至将二人之间的关系草草以异性朋友来界定，在徐果死之前，他的心似乎还在无法抵达的日本。

当技术理性的普及给人们的生活带来秩序和便捷的同时，人却在肉体和精神上都开始对工具产生依赖，逐渐丧失人作为独立个体而应有的对于世界的警觉和应该保持的距离。小说中的人物都是在城市生活中无处安放灵魂甚至已经丢失灵魂的罹难者，他们找不到一个固定的人际关系，临时性的工作随时可以被置换，"性"也成了没有责任的即兴行为，过着对于他人而言无足轻重的生活。

## 3. 我能相信什么？

这种冷淡麻木的生活状态有时会随着一种被彻底遗弃的虚无感的激活而使人陷入焦虑之中。这焦虑源自于对人、对世界的不信任而导致的对自身和他者实存的不确定。

徐果算是闯入"我"的病态生活中的一个不稳定因素，在不认识她之前，"我"的生活还是一如既往处于病态的平静状态中。小说中多次提到徐果眼睛里戴的美瞳让"我"对那种奇异的美感到惊奇，同时出于专业角度，"我"试图去探究这美的来源。而人进行的一切主动认知活动的初衷都出自于怀疑的暗示。果然，在百度上搜索之后，"我"发现那眼睛的美原来都不是"我"所以为的；而在反复确定徐果的身份和她拜托"我"的事情的真实性之后，"我"帮她拿到了那笔"债款"，而当从宋朗那儿知晓真相的那一瞬间，我否定了徐果，主观认定是她利用了自己。"我"万万没想到会被一个命运坎坷又看似清纯的小姑娘玩弄。当得知徐果在刚拿到钱的下午就出车祸身亡了，"我"又立马怀疑那是宋朗为了杀人灭口而犯下的罪恶。大量信息的产生和处处雷同的生活环境，让"我"怀疑身边存在的一切，仅靠重复简单的照片拍摄之类的生活习惯来寻求生活中"单纯而稳定的特质"，以此维系病态生活的"常态"。

当所有的一切都归结为无意义的虚无时，此时便没有任何信息和人能够被看做是真实可信的了。小说中过着无根生活的城市人的生命前进的动力在于忘却，或是暂时被忘记，因为他们的种种罪恶和苦痛与单向度的生活习惯显得格格不入，他们又缺乏某些必要的前瞻性思维方式和有目的性的规划，以至于记忆和预见都必须也可以从脑中淡化，因此生活中也没有什么东西是具有实存性而让他们选择相信的。

如前所论，我们无可置疑地正经历着一场剧烈的社会变迁，"生产的不断变革，一切社会关系不停地动荡，永远的不安定和变动……一切固定的古老关系以及与之相适应的因素，被尊崇的观念和见解都被解除了，一切新形成的关系等不到固定下来时就陈旧了。一切固定的东西都烟消云散了，一切神圣的东西都被亵渎了。人们终于不得不用冷静的眼光来看他们的生活地位、他们的相互关系"[①]。是的，社会的现实发展让小说家也让我们不得不冷

---

① [德]乌尔里希·贝克、[英]安东尼·吉登斯、[英]斯科特·拉什：《自反性现代化》，赵文书译，商务印书馆，2001 年，第 5 页。

静地审视自身的生活与生命状态。在现代化、城市化快速发展的进程中，人的精神容易出现一些普遍性的问题，进而导致了人性的黑夜。在这之中，现代性的自反性问题被明白无误地暴露出来——社会在进步，人的问题却在变严重，现代化进程在一定意义上加深了人的问题的严重性。社会的现代化进程越是深入，人的生存基础就越容易遭遇改变、消减甚至是移除。这种问题对于城市来说更为突显，人们面临的矛盾和冲突更为尖锐，更为复杂，从而更加迫切地需要得到解决。如果说当代城市人生存状态的各种隐忧是城市现代化带来的必然结果，那么，处于其中的个体就需要从中抽离出来，对城市现代社会形态进行自我反思，进而整合、规划出一条更为合理的现代化道路。我们无法演算出现代性自反性的必经历程，但其中有一个核心命题不可回避，即在自反性的现代化进程中还原"人"的底色，树立真正的"人"。这也是文学这门艺术中恒久不变的题中之意，因此，当代小说家、当代小说、当代城市小说对这一现象的关注与介入亦是当下文学发展的内在要求。

## 四、小说、当代城市小说的"劝慰"："而黎明将近"

那些承载人类发展数千年之久的事物正在被现代化机器高速运转的齿轮粉碎，城市最先为这些机器的进入敞开大门，用实体存在的消失换来不断进化的生活必需品和新的社会秩序，而这些换来的东西却并不负责为人提供存在的意义和价值。因此在城市的现代化进程中，社会发展不可避免地会衍生出诸多问题，这些问题无可置疑地会给人带来痛苦，使他们感觉到自己的生存与发展受到威胁。弋舟笔下的人物在城市中背负着各自的罪，沉浸在无边的抑郁、猜疑、孤独、迷失、荒谬和苦闷之中。米兰·昆德拉说："我们唯一的自由是在苦涩与快乐之间选择，既然我们的命运就是一切的毫无意义，那就不能作为一种污点带着它，而是要善于因之而快乐。"[①]倘若弋舟将笔触仅停留在将城市化造成的诸多精神隐疾展示给人看，表述这些城市人孱弱不堪的精神状态，那么，这种小说的价值究竟有多大呢？这正如他自己在创作谈中提出的问题："对于一个无可避免的事实，进行过度的描黑，除了徒增人的悲伤，究竟意义几何？"弋舟认为，小说家在清醒地意识到自己的小说写作需要与时代相勾连的同时，应该以符合文学创作的规律的方式，"给予

---

① [捷]米兰·昆德拉：《生活在别处》，袁筱译，上海译文出版社，2004年，第29页。

这个时代某些劝慰性的温暖"。①

1. 当代城市小说的文化态度

有关当代城市生活的题材，在20世纪90年代随着城市经济的崛起开始成为小说家挣脱传统的乡土创作模式而重新开辟的一块思想跑马场。他们开始从社会历史的宏大叙事转向小众性、私人化的个性表达，刻意规避发出崇高、伟岸、壮阔之类的时代强音，转向为非崇高、非庄严、不符合群体意志的小时代规划蓝图。还有一部分先行者察觉到物与人之间的矛盾冲突，着重于批判地呈现人在物质充盈时代的"异化"状态，并对被消抹了历史、深度的时代精神和出现人性迷失的个体发出"魂兮归来"的呐喊。他们面对消费时代的人们做出的非理性选择自觉保持警醒的态度，甚至是尖锐的敌意，在通过文字建立起的理想园地中让人看到其对意义、价值的追问和反思，以及深藏其中的对于生命苦痛的抚慰和对平和安宁的美好信仰。

弋舟在其城市小说创作中正表现出这样的一种文化态度，即通过描绘城市生活中患有精神隐疾的人的卑微生存状态的无意义，从无望的篇章氛围的营造中，发出一种疗救的吁请。因此，《而黑夜已至》篇末的设置，像一束光，照亮了令人颓丧的漫长的黑夜，给予人片刻的安宁和长远的希望。

小说的结尾，弋舟写到，之前抑郁症给"我"带来的无止境的困倦终于得到了终止，"我"明确地感觉到自己真正地睡着了。在晨曦中醒来，"我"开始关注身边无任何名分却与"我"交往已久的杨帆，开始冲破内心的囚牢，关心她是否因此而沮丧、气馁、产生羞耻感，欣赏她将逼仄的老式房屋装饰得如梦一般的灵巧和勇气，开始正视在这个城市中生活的人身上的罪恶，开始用起码的容忍去认识那些身负罪恶的人也"都在憔悴地自责，用几乎令自己心碎的力气竭力抵抗着内心的羞耻"。这是一股向上的生机。"夜以继日"——寥寥四个字，却预示出暗含转机的节点。我记得，昨晚如往常一样平常，只是"我"没有像之前的半年一样，拍下夜色中的立交桥并附言"而黑夜以至"上传到微博，而是在晨光中用手机拍下一片灰白的虚空，将这团白光附上"黎明将近"发到微博上。内心的光明和病情的转机已然到来，"我"已经蓄积起面对一切痛苦的决心和勇气，"我"眼中的世界不再存在过多的阻隔、罪恶和冰冷，而是充满温情、温暖和希望。

---

① 弋舟：《创作谈：而黎明将近》，《北京文学·中篇小说月报》，2013年第10期，第32页。

2. 城市小说捍卫的文学精神

人，终归是这个世界上最为珍贵的，他需要黎明，需要温暖，在城市化进程中亦如此，甚至这种需要还显得更为迫切和紧要。小说、城市小说需要叙写这种黎明与温暖，小说家更要自觉地在自己的小说文本中积极构建这种黎明与温暖。《而黑夜已至》中传达出人的无力、绝望和病态，绝非是为了追求苦难叙述效果的另类极致。文学不是一种肤浅的展现和炫耀，它的力量在于召唤洪荒世界中人性的美好，人心中的诗意和尊严永远值得期盼。弋舟就这样说："我从来相信，时代浩荡之下的人心，永远值得盼望，那种自罪与自赎，自我归咎与自我憧憬，永远会震颤在每一个不安的灵魂里。"[①]所以，在小说中他选择用极度的切痛感来挖掘那种幽暗深处的力量，唤起蒙蔽在长久的黑暗之后人类心中的光明和温暖。

小说究竟应该以何种身份和方式介入这个让人又爱又怕的时代，这是一直以来人们不断讨论和探索的话题，也是一个坚守各自文学理想和价值追求的小说家难以回避的问题。除了用细致的描摹技术将历史现场还原，或是让读者亲历作家构想出的虚幻场景，那个或色彩斑斓或迷惑杂乱的世界背后，都是作者充满矛盾的同时又在竭力凝聚的一种与时代中的人相关的巨大精神推力，这就是文学的力量。这一种如王蒙所说的"九死未悔的郑重"虽不能帮人避开他可能遇到的悲剧性命运——因为在时代发展的洪流中很难对"未来会发生什么"这种问题做出明确的或是令人信服的解答，但存活于这个时代的人，都必须通过自己的存在，在他自己的活动过程中，对这一问题进行回答。而这种预见性的效果却只有在一个目标上得以完成，那就是使人类意识到自身。文学的力量就是去捍卫这种意识存在的权利，并且在审美活动过程中，树立起一个精神标杆，激扬起我们弱化了的感知能力，使像沙子一样涣散了的人心，重新聚集成水泥钢筋一般坚毅，能在这一个风雨如磐的时代，照亮无光的精神故园，求得坚强的涅槃。

弋舟的小说以一抹能给人带来安宁和希望的亮色收尾，可能会让读者感到疑惑，为什么作家在给我们带来彻骨的冰冷和痛感之后，要留下一剂宽慰、温暖的药，这是否是因为他受到了某种主流价值观的规约，或是对生活做出了过高的预期？现代生活纷繁嘈杂，人在物质方面的需求能够迅速地满足，因而人更容易快速地对冰冷的生产机器产生依赖，这种依赖开始破坏人

---

① 弋舟：《创作谈：而黎明将近》，《北京文学·中篇小说月报》，2013年第10期，第32页。

类发展数千年积淀下来的人之存在的基础：个体产生自我力量的能动性。已经越来越少有人能够辨认自身特殊的生存状况，进而去审视、反思、批判和重新建构。相反，越来越多的人如小说所描述的，还在被抽走了价值、尊严和痛感神经的机械秩序中麻木苟活。弋舟在小说最后显露的温情，正是源自于对人类生存处境的现实客观经验分析之后在灵魂深处生出的默默关切——对生命，对人生，对城市，对世界。因这一道希望的光，纵使城市中还有层出不穷的猜疑、迷惘、孤独和罪恶，人也能够找到心灵的坚实支撑，往某些未知的方向摸索自身存在的道路。在这一意义上，正如弋舟所说，小说以"而黑夜已至"为名，不如说是在呼召"而黎明将近"。显然，这是一种文学理想。弋舟试图呼吁一种治愈性的、温暖的文学创作倾向，穿透黑夜的层层笼罩，期望构建带有光明属性的文学，从而达到他所说的"给予这个时代某些劝慰性的温暖"。

海德格尔说，诗人不行动，只做梦。"最终的信仰是信仰一个虚构。你知道除了虚构之外别无他物。知道是一种虚构而你又心甘情愿地信仰它，这是何等微妙的真理"①。如弋舟一样的中国城市化进程中的当代小说家，他们需要具有这种信仰的能力，通过作品去揭露在当下生活中被异化的令人战栗的"人"的相貌，向往和还原被庸常的时空遮蔽的"人"最重要、最根本的生命底色。②

## 第三节　群体性的"无罪暴力"与庸常之恶
### ——由曹寇的中篇小说《塘村概略》产生的思考

伦理学是一种特殊的知识体系，它是关于善恶的知识③，换句话说，善恶观是伦理学领域普遍关注的基本问题。在《耶路撒冷的艾希曼：一份关于平庸的恶的报告》中，汉娜·阿伦特将关于恶的理解引入到生活与生存方式的层面。在她看来，签发处死数万犹太人命令的艾希曼面临审判时空洞的自我

---

① [美]史蒂文斯：《最高虚构笔记》，张枣译，华东师范大学出版社，2009年，第251页。

② 此小节初稿执笔者为曾诚。

③ 参见焦国成：《论伦理——伦理概念与伦理学》，《江西师范大学学报》（哲学社会科学版），2011年第1期，第26-27页。

辩护与巨大困惑凸显了一种平庸之恶：一方面，艾希曼鞠躬尽瘁于获取自身所在体制的认可价值，另一方面又以激情助成极权体制的恶，尽管暴力夺取了他者的生命，却获得"无罪"的赦免，艾希曼对自身以及所在体制犯下的罪恶浑然不知。阿伦特认为，这种缺乏理性与判断力的对既存体制及其价值的盲从是极权统治下个体的生存状态，它超越了恶对外在世界的影响力，而从根本上侵蚀个体的内在精神，使之逐渐接受、适应、满足甚至坚执于无知与麻木的生存状态。尽管阿伦特所论述的平庸之恶是针对于极权统治下的个体而言，但显然的是，关于人性以及由此而带来的对人的生存状态问题的考量，却可以突破某种具体的社会历史语境和个体的范畴，也可以突破社会学与政治学的领域，从而得以从人类学的视角对其进行观照，即强调一个带有人类普遍性的问题，一个群体性的问题。这一点在 70 后先锋小说家曹寇 2012 年发表的重要作品《塘村概略》①中有所体现，那些被日常生活惯性所裹挟的精神世界成就了隐秘却又颇为壮观的群体性庸常之恶。

## 一、群体性的"无罪暴力"与公共生态系统中的个体命运

被冠以先锋作家的曹寇，先后创作了一系列以社会边缘人（或称之为普通人）的生活为中心的小说作品，其中《到塘村打个棺材》《我在塘村的革命工作》《到塘村所能干的丑事》等均以"塘村"作为话语发生的场所，将作家着力塑造的某种生活、某些人物附着在这个特定的场所之中，形成了关于"塘村"的系列小说。《塘村概略》也是该系列之一，关注的仍然是"塘村"中社会边缘人的精神面貌与生存状态，并以"概略"之名隐喻其整体性和总体性倾向。在这个特定的场所中，人们经历着各自的生活，同时又构成他者的生活；从构成要素的完整性、独立性和独特性来说，塘村可以被确认为一个公共生态系统，曹寇着意于在看似平静与正常的生态系统中寻找一个基点，并沿着对该基点的深入探讨挖掘出所谓合理性与合法性背后的平庸之恶，即作家在创作谈中讲述的"群体性'无罪暴力'"②。在这个意义上，"塘村"犹如莫言笔下的"高密乡"，并不成为一个实体性的存在，而是作

---

① 曹寇的中篇小说《塘村概略》最初刊发于《收获》2012 年第 4 期，随之获得较高评价，并入选北京文学月刊社主办的 2012 年当代中国文学最新作品排行榜及中国小说学会 2012 年度中国小说排行榜。

② 曹寇：《创作谈：用一条狗看另一条的眼神》，《北京文学·中篇小说月报》，2013 年第 3 期，第 62 页。

家创作倾向的某种隐喻；如果说"高密乡"是一个古老原始生命力生生不息的生长地，那么"塘村"则是一个生命力以群体性的方式进入萎缩的公共生态系统。塘村中的每个人都是这一公共生态系统中的个体，"闯入"并最终殒命的葛珊珊亦如是。

一方面，从直接受害者葛珊珊与塘村人的关系来看，葛珊珊是一个塘村的外来者。在房东王桂兰、油炸摊主大虎子和奶茶糕点店主张德琴眼里，这个穿着"古朴的四角高腰大花裤衩"的姑娘老实本分穷酸，不像大学生，说话结巴。这样的一个不起眼的人毫无预兆地进入塘村，让几年前遭遇过人贩子的塘村人产生强烈的排斥，并且无理由地被视为人贩子，进而遭受无理由的暴力。在这起群体"泄愤"事件中，真正以曾经的受害者身份出现的，只有孙女在几年前被拐走的高牛氏一人，其他几个施暴者，骆昌宏老年痴呆而且打人上瘾，赵家才为孙子设计了假想敌，被丈夫抛弃的孙佳仅仅是"看那个人不顺眼"，张克喜则认为别人都打，自己不打一下觉得吃亏。尽管这些理由看上去荒诞可笑，但在塘村却纠集起了一个施暴的群体，打着惩治恶者的名号，各自发泄与之无关的情绪，在面对王警官的调查时，有的义正词严，有的躲躲闪闪，仍然没有人认为自己应该为死者承担法律责任，因此，对葛珊珊的群殴也就成为了一场群体性的"无罪"暴力行为。

另一方面，从塘村内部人与人之间的关系来看，似乎没有人逃脱得了恶的制造者与承受者的双重身份。骆昌宏生性凶狠，即使患了老年痴呆仍然粗鄙不堪，可听到二儿媳的骂声"立即露出畏缩神色，赶紧埋下脑袋"；张克喜"比女人还抠"，也给全村"落下了笑话"；孙佳性格暴躁，又遭遇被丈夫抛弃的命运；老姜头被人嫌弃，耳朵眼睛不好使，却善于用自己的方式小心而严格地提防他人，并且在葛珊珊被暴打时也只关注自己的小摊子；张德琴因为交不起钱上卫校，因而极尽龌龊之言诽谤漂亮的女护士李芫；……这些被社会主流搁置在塘村的边缘人以宿命的一致性自成一个具有象征性的整体。

因此，曹寇在小说中所呈现的群体性"无罪暴力"可以从这样的层面来理解。首先，暴力之所以"无罪"，是因为施暴者的群体性；其次，"无罪暴力"并非真正可以逃脱法律的惩罚，恰恰相反的是，塘村人的群体行为不仅仅需要被推上罪恶与良知的审判台，而且要深思其社会生成机制及该机制下的个体命运。葛珊珊的死不能直接归结到某个塘村人身上，然而人人皆可被指认为凶手，如果没有这样一起殴打致死案件的发生，在塘村中早已习以为常的群体性平庸及其衍生的罪恶仍然不足以撼动塘村表面所维系的稳定。

而事实上，作为一个公共生态系统的个体，每个塘村人的身上亦打上了塘村的烙印，使得他们都以一种惯常的生活方式与价值判断标准来自觉认同塘村人的身份归属。如此来看，尽管葛珊珊的死是偶然的，但在塘村这个已然相对稳定的公共生态系统中出现的个体命运却又具有一定的必然性，由是，我们不禁要问：谁能够确认塘村不会再出现第二个乃至更多的葛珊珊呢？

## 二、群体性庸常的后果二题——结果主义伦理学视角的考察

我们可以明白的是，在小说《塘村概略》中，曹寇以葛珊珊的死为中心，散发状地呈现出塘村人的集体庸常，他们在自以为是的生存方式中构造着自身所在的价值系统，并且对这一系统不加质疑地接受。显然，塘村人的群体性庸常所带来的直接后果正是葛珊珊的死亡，事实上，在一种惯常的生活方式中存在，并沿袭惯常的价值评判体系也是现实社会中的普遍现象，换言之，人人都有自己的"塘村"，人人都可能成为"塘村人"。那么，在相对普遍的意义上，我们能够以何种立场、何种视野来叩问和检视无数个社会文化圈内的人的这一生存状态呢？曹寇在小说中已经提供了一种可供参考的方式，即以群体性庸常引发的结果为始点，在此，我们尝试以结果主义伦理学的视角与方法对群体性庸常的后果进行考量。

### 1. 后果之一：单向度的人的形成

在马尔库塞关于单向度的人的理论学说中，绘制了一个极权形态下的发达工业社会图景，"极权主义并不仅仅是社会的一种恐怖的政治协作，也是一种非恐怖的技术协作"[①]。工业的统治力量一再被凸显，它压制了甚至是摧毁人内心的否定性、批判性以及有可能在此基础之上确立起来的超越性和建构性向度，使人们丧失内心自由与精神上的批判能力，从而发展出了一种单向度的维护现存秩序的肯定性文化以及在此文化之中的单向度的人。马尔库塞与汉娜·阿伦特在极权主义问题的理解上分属于两个不同的方向，后者是在政治层面的认知，前者则是秉承法兰克福学派的文化批判，但两者都致力于阐释人的单向度性。汉娜·阿伦特把这种单向度用"平庸之恶"加以概

---

① [美]赫伯特·马尔库塞：《单向度的人——发达工业社会意识形态研究》，刘继译，上海译文出版社，1989年，"译者的话"第4-5页。

括，因此，当单向度被加之于某个社会群体之上时，则体现为群体性的庸常或平庸，反过来，群体性庸常带来的结果往往是一个单向度社会圈或文化圈的形成，因而单向度与极权统治是紧密相关的。当然，曹寇在《塘村概略》中，并没有涉及马尔库塞和汉娜·阿伦特所指的显在的极权，而是在展开的人生百态中寻找到了一种基本的人性表现，即欲望——在小人物身上细碎的小欲望构成了他们行动的内在动因。在斯宾若莎与霍布斯看来，欲望本身并不能直接成为判断善恶的依据，相反，最初人以欲望为基本力量保持着"自身之存在"。然而当欲望不断挤压人性空间时，就演变为生产冷漠、自私与狭隘的方式，曹寇意在揭示一种欲望的"极权"，并极力彰显塘村人在欲望的"极权"统治下的冷漠和愚昧。在单向度的人的理解中，无论文化的，或欲望的"极权"，都与阿伦特的政治极权一样，促成了生活于其中的人的某种难以改变的偏执。

### 2. 后果之二：无功利性的实践

群体性庸常在生产单向度人的同时，也制造了一种无功利性的实践行为。这里论及的无功利性，与功利性相对，其在意义上与结果主义伦理学的功利性阐述思路是一致的，功利主义是结果主义伦理学的最高理论，即注重行为的最高价值的获得，其以是否实现最大幸福原则为标准。功利主义者不仅仅认为善是一般的幸福，而且主张每个人总是追求他所认为的自己的幸福，这是基于公共利益和私人利益两者相结合的思考。在功利主义代表人物边沁看来，公共利益与私人利益是可以调和的，他主张善是促进全体幸福的欲望和行为。①因此，具有功利性的人的社会实践行为，既是获得社会整体中个体最高价值的方式，也是实现群体利益的途径。

如果说，艾希曼受到纳粹极权社会体制的掌控，那么，塘村人则是完全受制于个体的狭小情绪及其价值认同，骆昌宏、孙佳、张克喜甚至连殴打葛珊珊的原因都模糊不清。在这两种不同情况中，前者的行动是推进极权体制的实践行为，是平庸之恶，也表现出艾希曼群体的共有特征；后者的狭小情绪则来源于丧失了自身社会文化体制中自我实现的愿望。但无论哪一类群体，都没有依凭人类的整体利益视角，就更无从论及人类意义上公共利益与个人利益的思考，在这层含义上，群体性庸常导致了群体无功利性的实践行为。

---

① [英]罗素：《西方哲学史》（下），马元德译，商务印书馆，1982年，第329页。

作为实践主体，是单向度的人；作为人与客观世界达成关系的实践，是无功利性的行为。因此，作为实践对象的客体世界就不可避免地遭遇意义的拆解，恰如塘村这个生存场域。在面对群体性庸常带来的普遍意义上的生存价值的缺失和整体性道德标准的滑落，群体性庸常及其衍生的恶就成为我们不能不加以反思的生存状态和对象。

## 三、"恶"与"群体性庸常之恶"

恶，在西方古希腊时期就已经是道德哲学的一个重要命题，在中国哲学中长期以来也受到极大的关注。综合起来看，可以从两个层面对恶的涵义进行概说：其一，恶是一种获得性的存在；其二，恶是作为善的对立面的自然实在物。

首先，恶作为一种获得性的存在，其获得成就的途径分别为知识的匮乏、自由意志的丧失和欲望的过分夸大。苏格拉底的道德哲学论述美德与罪恶时认为，善与恶的产生是由于人对善恶没有正确的认知。恶起源于人没有认识到自己的道德特性，从而没有建立起一种道德世界的本质。[①]这与康德的看法——恶是由于对道德律令的背离所产生的，是一种不论结果的先验理性的缺失，或者说是一种与结果主义相对立的、仅仅建立在动机或自由意志是否符合道德律令基础上的哲学——是趋于一致的。如果说苏格拉底与康德都在承认恶的获得性的同时，也承认善的获得性，善与恶事实上都是一个获得的过程，那么，奥古斯丁、孟子和宋明理学家则坚持万事万物本源为善的一元论立场，即认为善是一个伴随事物的出现而自然地被赋予的事物的基本属性，恶则是由于对善的某些构成属性的过于夸大而被获得的。

其次，恶是事物与生俱来的属性，或者与善共同构成事物的既矛盾又相统一的属性，或者以本源论的绝对权威作为事物的根本属性。在荀子的性恶论中就明确表达恶是事物的本源属性，是未经雕琢与教化的人性的自然呈现，在这个层面上，与苏格拉底的"无知即罪恶"有一定的相似之处，都主张道德的教化作用，只是与苏格拉底不同的是，荀子的学说是对人性自身做出预设而展开的，人必须依靠社会属性才能改变"恶"的这一自然属性。

一段时期内西方关于善恶学说的讨论，基于同一个出发点，即传统的道

① 赵林：《西方哲学史讲演录》，高等教育出版社，2009 年，第99-103 页。

德观。而在波德莱尔的学说中，他基于对西方现代社会的虚伪性的揭示，选择对传统道德的悖逆，分割了真善美的统一。对波德莱尔而言，恶是在揭开西方现代社会的虚伪外衣之下的真实状写，是面对虚伪时的一种对抗方式，甚至在他看来，浪荡子身上"发现了一种英雄主义气质和英雄气概"，而同时由于他们"都是现代社会的特有现象和产物"①，所以，他们的英雄主义是面对颓废的西方现代社会时一种值得被标榜的精神。在对恶的永不厌倦的吟唱中，波德莱尔首先承认了善的道德含义，然后通过拒绝善与美德的必然联系来拒绝审美与道德的关联，进而以与美相对立的恶来建立一种与道德无关的审美。他的"恶"是在表象的范畴中对丑的集中展示，然而，当这些丑的意象一再被颂扬时，波德莱尔就无意识地创造了另一种道德哲学，即以对抗现代性统领下的西方社会的虚伪为其道德哲学的核心指向。其所描绘的恶的世界，也正因此而蕴含了对抗虚伪的精神力量。对抗是文学理应具备的品性与质地，是诗人、作家在庸常现实中的逆生长，从而显示出其独一无二的思考与探索。

群体性庸常衍生出一种"平庸之恶"，或者称之为"群体性庸常之恶"，这是群体性庸常严重后果的集中体现。就其本身而言，由于具有群体性特征而显得隐蔽，然而，在曹寇的小说和艾希曼的身上，这种隐蔽因其产生的结果而为人关注。首先，它不同于波德莱尔对恶的理解，而是延续了传统道德哲学的基本立场，即不是以欣赏的角度，而是以批判与反思的方式理解恶；其次，它不是人类与生俱来的自然属性，而是作为善的对立面的获得性存在。曹寇和汉娜·阿伦特认为这种恶是社会体制直接造成的，人性在自成一体的某个社会文化圈内被同化并且封闭性地发展，然后汇聚为难以逆转的群体性力量推动着人性朝极端的方向演变。苏格拉底、康德的道德理论在论说恶的时候，是存在其前提的，即恶可以被选择，也可以不被选择，这取决于人自身的主体性行为，主体有足够的力量可以把握。而"庸常之恶"则更多地侧重于外力的强加所造成的结果，它给出的启示在于，如果极权没有消逝，社会文化圈没有敞开，个体则难以对抗和选择。苏格拉底和康德的道德学说是在学理层面对恶进行的辨析，是泛文化背景下对作为类的人的道德的思考。"庸常之恶"思想与波德莱尔的探索则将恶与具体的社会体制相关

---

① 李世涛：《波德莱尔的美学思想初探》，《河北师范大学学报》（哲学社会科学版），2012 年第 2 期，第 53 页。

联，把恶理解为某种社会体制发展的结果。在这层意义上，群体性的庸常不仅仅因为丧失人对自身价值的反思和批判而显示出生活的"无功利性"，而且外在于社会，也必然产生严重的破坏性结果。在《塘村概略》中，直接呈现的是一个无辜生命在血腥中的猝然逝去，更为内在而隐秘的是塘村的个体对这种造成他人之死的"恶"的浑然不觉，这种感知是群体性的，因此具有极大的破坏性甚至是毁灭性。

## 四、群体性庸常的基本规训力量及其突围

恩格斯在 1890 年 9 月 21~22 日致约·布洛赫的信中提出了"平行四边形"理论，他认为，"历史是这样创造的：最终的结果总是从许多单个的意志的相互冲突中产生出来的，而其中每一个意志，又是由于许多特殊的生活条件，才成为它所成为的那样。这样就有无数互相交错的力量，有无数个力的平行四边形，而由此就产生出一个总的结果，即历史事件，这个结果又可以看作一个作为整体的、不自觉地和不自主地起着作用的力量的产物"[1]。由此，我们可以认识到的是，任何历史事件和社会现象的出现，都不是偶然的，而是由多个力量及其相互之间的冲突推动和成就的；考量这些事件与现象的产生问题时，也就必然要尽可能宽广地深入到多种力量的形成机制中。无疑，这样的问题是复杂的，在此，我们主要从两个方面来考察和探求制造群体性庸常的基本规训机制。

首先，群体性庸常与其所依附的社会机制。群体性庸常既是思想状态，也是生存状态，它的形成与其所依附的社会机制密不可分。群体代表着较为广阔的社会关系，个体作为这个社会关系链条上的一员，都有意或无意间成全并推动了某些思维方式的形成，并且逐渐使之在同一个社会关系网中趋于一致。"是谁实施权力？谁在替我们做决定呢？谁在设计我的行为和活动？"[2]在这些 19 世纪人们首要关注的问题中，追问了现代化进程开始以来，人对自身与社会之间关系的思考。福柯用以回答这些问题的微观权力说也同样可以作为对当代人类生存问题的解答。福柯将权力看做一种关系形

---

① 中共中央马克思恩格斯列宁斯大林著作编译局：《马克思恩格斯选集》（第四卷），人民出版社，1995 年，第 478-479 页。

② 包亚明主编：《权力的眼睛——福柯访谈录》，严锋译，上海人民出版社，1997 年，第 27 页。

态，认为其是"一个永远处于紧张状态的活动之中的关系网络"①，在这个网络中，每个个体都是其中的一个结点，权力分散在无数个结点之中呈现非中心化、多元的关系。同时，在特定的社会文化圈中，这种看似多元分散的关系又具有一定的稳定性，形成自在的行为法则，而事实上，其稳定的行为法则形成过程也是个体被规训的过程。福柯在对古典时代的军事和政治战术可以创造一个完美的社会理想的思想给予部分肯定之外，他清楚地认识到，来自于军事和政治对社会的规训，"不是原初的社会契约，而是不断的强制，不是基本的权利，而是不断改进的训练方式，不是普遍意志，而是自动的驯顺"②，是"一种精心计算的，持久的运作机制"，它们侵蚀"那些重大形式，改变后者的机制，实施自己的程序"③。因此，不假思索地改变自身的思维轨迹并无意识地浸淫到规训下的程序中，是群体性庸常的普遍表现形式。当社会机制的规训本身与人类普遍的合理价值分道扬镳时，隐蔽的"庸常之恶"也就得以显现，且恰恰因为其同时符合预设的程序，因此这种罪恶往往会被"赦免"。

其次，除了社会机制对人类思维及行为的外在规训，人性对自身行为的内在规训力量也不容忽视。如果说微观权力维系了人的外在的社会关系，那么，诸如贪婪、安于现状、自私、狭隘、崇拜权威与善良、公正、仁爱的人性则共同构成了人类内在体系的微观世界，在它们之间同样存在着权力的冲撞、挤压与调和，并且引导人的思维方式与思维视角的形成。苏格拉底崇尚认识自己，认识自己的心灵并研究自己的道德状况，麦金泰尔推崇德性，旨在获得合规律与合目的的好的生活。他们的学说针对的是在一己利益的驱动下，人类更容易被人性之恶所"驯顺"的说法。我们要恢复的则是人性之善的规训力量，是面对个体微观世界时秉持的对人类普遍的合理价值的主体性基本认知与认同。

如上文所述，社会机制与人性自身对人类的规训是制造群体性庸常的基本力量，因而，突围群体性庸常及其衍生之恶，首要的便是突破这两种规训

---

① [法]米歇尔·福柯：《规训与惩罚》，刘北成、杨远婴译，生活·读书·新知三联书店，2003 年，第28页。

② [法]米歇尔·福柯：《规训与惩罚》，刘北成、杨远婴译，生活·读书·新知三联书店，2003 年，第190页。

③ [法]米歇尔·福柯：《规训与惩罚》，刘北成、杨远婴译，生活·读书·新知三联书店，2003 年，第194页。

的制约，与此同时，我们又不可否认，规训并不是可以完全舍弃的，决定如何对待规训的先决条件，是看其内蕴的基本精神是否能与人类的普遍的合理价值相符，对每个个体而言，则是遵从康德所言的先验的合乎理性的道德律，根据康德的学说，当人因"偏好"的诱惑而违背理性的命令时（即道德律），就是作恶。

当艾希曼的纳粹极权统治远去时，社会现代化的进程在很大程度上造就或规范着人类的社会实践方式与实践目的。因此，对群体性庸常的突围，首先是个体主体性的充分确证和张扬，它不等同于普遍意义上的主体性，而更侧重于主体对所属社会文化圈的超越，对自身社会文化圈中的价值评判尺度的审判。哈贝马斯曾提出以交往理性作为解救现代性困境的途径，侧重于主体间的交流对话，强调的是非自我中心化的互相理解。面对群体性庸常下个体主体性的遮蔽，虽然外在显示似乎达到了哈贝马斯所追求的一种社会的秩序化和形成价值共同体，但是实质上却缺少主体间的交流。哈贝马斯的交往理性是建立在整个现代社会之上的，我们所认可的交流则更应该是基于全人类之上，是一个社会文化圈内的个体主体与另一个社会文化圈甚至多个社会文化圈内个体主体的交流。曹寇笔下的塘村，显然是一个不具备现代性社会明显特征的地域，塘村人对诸如"蜻蜓教育"这种外来的文化和对他们这个社会文化圈进行审判的王警官及"我"有着本能的排斥，因此，无论在封闭落后的地方，或看似开放实则对自身价值体系严防死守的地方，或心悦诚服于欲望极权的统治之下的地方，都存在文化交流的暗区，更广泛地说，亦如前所论，每个人心中都存在一个"塘村"，有其不可被冒犯或难以改变的某些沾染浓重个体、褊狭意识的价值取向。只有当个体充分清醒地意识到它的存在，并时刻以人类普遍意义的合理价值观为基本行为准则——当下的我们需要尤为注重能够反映人类价值认识中的价值共识的中国传统价值观念的积极作用，并以时代精神予以改造①，而不是在无知中制造并有意识地规避其群体性的生成，才能最大限度地限制群体性庸常及其衍生之恶的出现。

在理论上，以主体性的充分实现作为突围群体性庸常的途径是具有一定的可能性的，然而需要更为细致地考虑的是，类似于塘村这种生产力相对落后的社会文化圈，人们往往受制于教育程度，更容易沿袭一种几代人共同形

---

① 戴木才：《"仁义礼智信"新解》，《江西师范大学学报》（哲学社会科学版），2012年第5期，第12页。

成的惯常的生活与思维方式。因此，对群体性庸常的突围就不仅仅是伦理学思考的范畴，而更应该进入到社会的教育体制层面，在一定程度上依靠文化自身的渗透，以伦理、文化、社会与个体的多重力量实现对德性的呼唤，进而从群体性庸常中突围。当然，鉴于群体性庸常在人的世界中是一种普遍性存在——或许《塘村概略》最深刻的地方抑或说最为根本的意图就在于揭示当下中国社会现代化进程中这一人的基本境况，这种突围也就必然将是一个长期而艰巨的过程。①

## 第四节　繁复、坚执与温暖
### ——论嘉男的中篇小说《鲜花次第开》

　　作家嘉男的中篇小说《鲜花次第开》原刊于 2012 年第 1 期的《当代》杂志，随即被 2012 年第 2 期的《北京文学·中篇小说月报》、2012 年第 3 期的《小说月报》和《作品与争鸣》转载，且 2012 年 3 月份在《盐城晚报》连载。一篇作品在短时间内受到如此关注，自然存有其卓然之处，在笔者看来，最为根本的在于《鲜花次第开》书写和评价了一个当代社会语境下也就是我们"身边的现实"中的成熟的生命、一个成熟女性的"心理活动和精神质地"以及在此基础之上的精神探求，而这也正是被嘉男称之为小说的魅力之所在。②

　　"嘉男最为关注的是女性问题：揭示女性生存和生活的各种困境，探究女性的社会地位与精神出路，在她，是一种使命，更是一种自觉"③，其叙述的主导方式是内倾的。《鲜花次第开》是嘉男这一创作意向与创作方式进一步绽放的产物。周素是其笔下的一个如花的女人，她一直喜欢梅艳芳的歌《女人花》。"女人如花，第一个把女人比作鲜花的人，的确是了不起的天才"④。然而，女人如花般娇艳，女人也同样如花般脆弱，在五彩缤纷的花语

---

　　① 此小节初稿执笔者为孙溧。

　　② 参见嘉男：《身边的现实》，载山东作家网（www.sdzj.org）"作家在线·新锐作家"栏目，2012 年 7 月 18 日。

　　③ 张洪浩：《围城内外的苍凉与悲悯》，载山东作家网（www.sdzj.org）"作家在线·新锐作家"栏目，2012 年 7 月 18 日。

　　④ 嘉男：《鲜花次第开》，《当代》，2012 年第 1 期，第 154 页。该作品引文具体出处下文不再——标示。

中，属于女人的，必将会有充满着悲情氛围的一个篇章。周素同样如此。只不过，她更像是一朵洁白欲滴、高雅芳香的白玉兰。"与同龄人相比，她依然修长的身材，配上白净的脸和优雅的气质，也就是一株移动的玉兰花"。这种花多长在高高的树上，一般树还没有长出绿叶就怒放，花瓣很大，除靠近花蕊处有红色斑点外，其余都是洁白的。周素很喜欢这种花，因为它代表了一种清雅的品性，"高洁玉立""幽而芬芳"。白玉兰的花语，更多的是一个中年女人的象征，弥漫着一种殷足的"中年气象"。中年的周素很懂得如何在繁复的生活世界中、在繁复的人生滋味体验中坚执地进行精神自救，如是，温暖而有韵致的人性也就淋漓尽致地呈现开来。

## 一、"繁复一段滋味"

"繁复一段滋味"是嘉男《鲜花次第开》"创作谈"的文题。人们的生活世界是繁复的，整个小说文本内锲的一种基调也就是向读者展示生活世界的繁复，包括人性的复杂，而这更集中于体验中的人的生活的繁复滋味。嘉男在"创作谈"中提到，"年龄在增长，社会在日益复杂化，我们都在经受着什么"；这也就是说，"繁复"至少一方面源于我们自身年岁的激增、履历的丰盈以及由此衍生的估量世界"眼光"的转换，这其中免不了需要经历自我精神的挣扎，另一方面也决定于我们身处世界的剧烈变迁。小说中的"我们"是以周素为代表的当下这个时代的中年人。

生活世界的剧烈变迁，让我们无可选择地被置身于一个新的时代。"这是一个短时代，短衣短裤短裙，短信短小说短文章，特别是短恋短婚，短到闪的地步"。在周素的眼中，这个时代的青年人，"没个长性"，年轻女孩的脸"光洁"却很"浮浅"。时代在规训着每个社会个体，而他们也毫无疑义地处于被裹挟、被逼迫之中。周素自然也不例外。世界的繁复让她充分地意识到在强大的社会与时代力量面前，个人生活存在一种繁复的无可选择性。

周素是一个中学语文教师，她的丈夫林默生在机关工作，副处级干部，儿子在外地上大学。嘉男说："无论命运怎样，中年注定是一个困境重重的人生阶段，而女性尤其如此。中年男女本身就是一对矛盾，中年男人容易惹事，中年女人却是固守求稳，这使女性们必然陷入痛苦中，而随着更年期的来临，翠减红衰的愁闷更让女性经受着双重的折磨"①。《鲜花次第开》承载着作家如是的认识与思索，而周素就是一个在现实生活世界中经受着双重折磨的中年女人。

很多人都曾说过，女人生来就是要麻烦的，每月都让女人心烦意乱的月经，生孩子的痛苦，以及岁月剥蚀下渐渐老去的容颜，都会让女人的身心经受一次又一次的波折。

更年期，是每个女人都会面对的棘手问题。它意味着一个女人要从如花似玉的青春岁月，步入日渐老去的中年了。很多女人都会觉得无法面对这样一个阶段，没有从内心真正接受的话，外在表现便是失眠、心烦、易出汗、怕冷等，这些表现综合起来便会造成女性身体机能的下降，其结果就是月经紊乱。对于女人来说，月经初潮是人生的一个重要转折点，标志着从一个无忧无虑的女孩儿变成了一个女人，这是身体与心智的共同转变。如果没有顺利实现自我接纳，便会开始讨厌由月经带来的麻烦，会时常生发出身为女人的抱怨，而如果这样的现象要消失，是需要丰富人生阅历作为基础的。周素就是这样一个步入"更年期"的女人，在经历了两个多月都没来月经的痛苦煎熬后，她决心向一名老中医求取良方。一般人求医问药，都是为了减轻进而治愈身体的痛苦，而对于周素来说，从老中医那里取回的一袋袋中药，包含着信任和希望，她要从药袋子里找回失去的青春。虽说月经很麻烦很讨厌，却也十分重要，没有了这个麻烦事，也就意味着女人老了，而对于女人来说，如果年华如梦一样消失了，生命和日子也就变得毫无乐趣可言了。

如果仅仅是让一个女人承受这些的话，还不至于太痛苦。紧要的是，处于更年期的女人，感情生活容易出现问题，虽然很多时候这些问题都不是致命的，可往往不痛不痒的日子，会让生活变得更加繁复。周素"和林默生的婚姻大体还算平静，已经二十年了，……。再过五年就是银婚，如果不出意外，再熬上一个二十五年，就是金婚了"。她觉得林默生"应该算个好人"。她从来不会去过问丈夫在外面的交际，与其说这是一种对丈夫的信任，还不如说这是对自己的信任。当然，这也是生活与时间赋予给她的："以前，她经常恍惚地想，世上那么多的男人，她为什么是跟这一个男人在一起呢？不知什么时候，没这个想法了，他平淡地存在，成为熟视无睹的物件，出去就出去，回来就回来，她耳朵听着就是了"。正因为生活已然进入

---

① 嘉男：《创作谈：繁复一段滋味》，《北京文学·中篇小说月报》，2012年第2期，第121页。

这样的一种状态，在无意中知道丈夫在男性医院看病这一"秘密"之前，周素是准备"熬"生活、"熬"日子的，这和大多数中年女人相比，并无二致。这种平静却也同时存有一份滞重的生活状态，让周素有一种生活的充实之感，她满足于现状，尽管她也很明了生活世界的繁复以及这繁复之中包裹着的太多的生活变数。然而，林默生在出差时陪领导"去玩了一次"后，他得了性病，而且，林默生还把性病带给了她。周素愤怒了、咆哮了，她要发泄，她要和丈夫离婚。对周素来说，不离婚，她就迈不过心里的那道坎，与丈夫同居而睡都让她觉得恶心；然而，真的能离吗？一个在她生活中朝夕出现同时也能给她带来暖意的男人突然间消失了，她能习惯吗？她能接受这样的生活吗？月经紊乱，让周素陷入"更年期"的漩涡中久久不能自拔，丈夫此时的错误让她更加迷乱。

春天来得艰难，生活出了天大的麻烦。在双重折磨中，周素艰涩地体验着繁复的中年滋味。"人到中年，嘴上不再说梦话，心却没有死透，还做着花一般的瞻望，还幻想着好花好天呢"①。这是中年人，尤其是周素，在面对繁复的现实生活"滋味"时，一种自觉的态度选择。周素是一个成熟的女人，而且，这成熟是一种由内而外散发出来的心智和情感的丰厚与充盈，它让周素在面对生活中的危机时冷静下来，以"心"的"花一般的瞻望"思虑着摆脱危机和走出困境的途径与方式。

## 二、坚执的精神自救

周素认识到："这世上什么都做得了假，只人的精神做不得"。精神需要真实，精神必须真实，如是，生活也才可能轻松与顺畅，也才可能充满力量。对于人而言，精神是不能虚假的、沉沦的。繁复的生活世界出现了问题，个人必须进行精神自救，以获得超越人生困境的力量，来追求精神的自由和真实。②这也正是周素所寻找出的摆脱危机和走出困境的基本途径与方式，她期望从精神上拯救自己。说到底，人还是要自救，必须要自救，而且，要进行坚执的精神自救。

---

① 嘉男：《创作谈：繁复一段滋味》，《北京文学·中篇小说月报》，2012 年第 2 期，第 121 页。

② 参见刘松来、张松：《追求精神自由的心灵轨迹——论陶渊明诗文意象的象征意蕴》，《江西师范大学学报》（哲学社会科学版），2010 年第 3 期，第 53 页。

　　"坚执"一词既有坚持、坚韧的况味，又富执著、执念的含义，这种绵长且坚定的精神气质在嘉男几年前的两篇小说中已初见端倪。2007 年发表于《鸭绿江》杂志的短篇小说《凤蝶》，致力于具体社会问题的探讨，作品中的女主人公敏子在一定程度上表现出某种坚执求解的倾向，尽管这种"坚执"还不尽纯熟，更多地体现为一种盲目的执拗，女主人公有限的诘思也主要依靠对照人物言语、行动的"启蒙"来渐次展开，其受动性不言而喻，事理的表述、情节的流转也略显生硬；《窗下栀子花》发表于 2008 年第 4 期的《厦门文学》，叙述的是"由五头猪引起的两宗一波三折的杀人命案"，小说的女主人公水芹"向往栀子花般安稳、恬静的生活"，具有相对独立的反抗意识，对注定无望的爱情有着近乎偏执的追求，可她过于极端的抗争方式——杀夫——究竟不是挣逃"罗网"的合理途径，只会将其原本不幸的命运推临绝境。无论敏子还是水芹，虽已初具女性主义者所提倡的某种坚执反抗的意识，但这种"坚执"显然还没有明确表现出精神自救的有效维度或者可以说还没有达到精神自救的高度，无法使她们原有的生存状态、精神思虑及其厚度得到根本性的转变。

　　《鲜花次第开》与上述两篇小说相比较，在着力表现面对和体味繁复的生活时女性的精神自救方面做出了新的努力，这表现在周素这位中年成熟女性"自省"意识的确立与践行问题上。"周素有自省意识，她通过各种文雅理智的途径让自己走出困境，那过程是缓慢的，却是有希望的"①。

　　确如很多心理学家所说的那样，人最健康的心理状态不是快乐、开朗、幸福等，而是平静，"唯有平静的心，才有理智和思考能力，才能圆满解决问题"。在平静中，人的求索自然也就能够糅入理性的光晕，由此进行自觉的省思。周素在自省中明白，她需要平静，而且，她做到了，尽管她还是一个处于"更年期"的女性。心境的平静，能让人摆脱很多恼人的浮躁，适当地保持缄默，正是生活平静的保障。现实生活中，有很多闹离婚的中年夫妻，如果细想一下的话就会发现，大部分都是因为失去了中年人应有的那份沉稳和淡定。中年时期的夫妻生活，应该显得更加丰润才对，这一年龄段的夫妻双方，业已经历了十几二十几年婚姻生活的历练，已经褪去了年轻时的青涩和懵懂，而且也未步入老年期婚姻的单调，此时的婚姻生活，远没有到生命晚景的地步，是不应该让人感觉悲凉的。人还是要靠自己解决问题，不

---

① 嘉男：《创作谈：繁复一段滋味》，《北京文学·中篇小说月报》，2012 年第 2 期，第 121 页。

能活在一种依靠别人的无力状态。这是周素在观看了一档电视访谈类节目之后的感触与认识。平静下来，好好思考，进行坚执的精神自救。对于周素来说，这是一次不亚于月经初潮的质变。林默生为什么会做这样一件不着调的事情呢？如果没有周素当年的鼓励，他很可能不会那么拼命地在官场中极力往上爬，他也就没有多大的可能会陪上司一起做出让妻子不耻的事情。女人的野心也是不容小觑的，她们往往通过征服男人来征服整个世界，周素的观点与之类似，她觉得男人生来就是干大事的，应该在外面闯出一片天地来。在那段冷静思考的时间里，她意识到了自己这种强加于丈夫林默生身上的意志。丈夫的出轨行为，从源头上来说，自己是脱不了干系的。所以，从这个角度来说，她本人是没有资格提出离婚的。

更为重要的是，平静的思考让她真正看到了夫妻双方爱情的真谛，没有比永恒的爱情更短暂的东西了，无论是温情脉脉的，还是激情四射的，能固守不变的感情只有亲情，所以夫妻更应该讲究亲，而不是爱。这对于处于感情困境中的周素来说，是相当不简单的，这完全可以说是一次彻底的灵魂拷问。现实生活给周素提供了正反两个方面的实例，她应该朝着林默生的恩师钟教授夫妇和谐淡定的状态积极靠拢——"她其实非常喜欢看见他们那和谐淡定的样子"，而不应该向着学校同事罗老师那样只把丈夫的存在当成生活的惯性，如果真是那样，感情死了，人，活着也就没多大意思了，因为，精神是一片虚空。在平静的思索与自我拯救中，周素终于寻找到并确认了生活应有的色调。这样，"心里一直坚硬的东西，开始变软了"。

纵观周素整个精神自救的历程，存在一个较为突出的特点：她在对内审视的同时，从来没有放弃过对外在世界的观摩与求索。从同事老陆善意的谎言里，周素感受到了中年人别样的温情，从父亲的生活琐屑中她又体味出生命晚景的孤旷，她以罗双红为"镜"，鉴照自身的疏察，她对小尚老师的劝导在某种程度上正是对自己声情并茂的劝教，她与学校心理医生关于"更年期"话题的探讨其实相当于她对自己当前身心状态的剖析，她能从钟教授夫妇的人生"文本"里"读"出模范夫妻相濡以沫、互亲互敬的真谛，也能从自然花事的荣萎交替中悟得人事更迭的"节律"。人的精神自救显然不局限于一己的内在努力，外在有效力量的推动使自救显得更为稳重而坚执。

此外，如小说的文题"鲜花次第开"所示，这种坚执求解、精神自救的历程也是次第展开、从容不迫的，充盈着某种柔美的韵致。坚执不等于顽固无曲折、无张力、"从一而终"、"一蹴而就"，相反，它有起伏、有弹性、生发有致、井然不紊，让恰适的"花"以恰适的节律开在恰适的"季候"，并且开出它的"应然之态"，如此，不懈的坚执才有意义，精神涅槃、生活力量的确立方有傲然成真的希望。

## 三、温暖而有韵致的人性

周素具有坚执求解的精神，在这一过程中，人性的"花开"势必沉着有力、流衍不息。经过一段时间的艰难之后，她开始像植物一样，积累"冷量"触摸和感知春天的到来，心灵归于宁静，表情终显安详。这样，潜藏于世俗生活中的人性，也就散发出了温暖的芳香，就像那高枝上盛开的白玉兰一样。而且，它还是有韵致的。它充满着张力，而又处于和谐之中。

周素在繁复的生活滋味体验中进行坚执的精神自救，并体味到了生命的力量。这是一种温暖而有韵致的人性书写。鲜花次第开，盛开在质感而温暖的人性深处，洋溢着生命的力量。如白玉兰一般的周素在婚姻困境中的自省和自救，无异于一曲生命的赞歌和人性的赞歌。"如此繁复的世界，该发生什么仍旧要发生，却是花开不败"。在此，我们可以分明地感受到作家嘉男在"短时代"语境中的一种鲜明的书写 "长诉求"的倾向与情感态度。"长"是一种延续，但它不仅只是繁复的日常生活的维持，而是生命质感、生命韵致和温暖人性的持续与延展。"因为时代的缘故，这世上少了传奇与神话。大约人的悲喜，也不会有大开大阖的面目。生命的强大与薄弱处，皆有了人之常情作底，人于是学会不奢望，只保留了本能的执著"[①]。在繁复的生活世界里，唯有"执著"地抓住人世间的温暖、"坚执"地稳住人性当中的亮色，个体生命之帷幕、社会之幅卷才能清明洁朗、次第花开。

文学，是一种对人的生命进行书写与评价的形式。《鲜花次第开》书写和评价的是成熟的生命、成熟的人、成熟的人性。它是一种成熟的文学、平和的文学，而且，也让文学本身充满韵致。[②]

---

① 葛亮：《他们的声音》。见葛亮：《七声》，作家出版社，2011年，第4页。
② 此小节初稿执笔者为欧阳小婷、余媛媛，由詹艾斌基于前期拟写的论证设计综合修订而成。

## 第五节　隐秘寻觅里的人生壮丽及生命自由
### ——论胡学文的中篇小说《从正午开始的黄昏》

### 一、"寻觅"作为胡学文小说创作的基本意向

　　河北作家胡学文的小说创作中有一个基本意向，那就是——"寻觅"。我们可以回顾到：《极地胭脂》中，唐英的日记透露她在寻找一个宁静的乡村世界；《婚姻穴位》中，刘好要寻找一个女儿；《命案高悬》中，吴响在寻找尹小梅死亡的真相；《麦子的盖头》中，麦子寻找属于她的男人；《热炕与野草》中，"爹"一定要为"我"和丁香找一个娘；等等。对于这样一个基本意向反复出现的原因，也许胡学文在《小说的丈量》中曾说过的这句话是最好的解答："生活永远是有距离的，这正是我们关注它的理由。小说家的任务之一就是丈量这种距离。丈量并不是简单的记录，而是有限地缩短或无限地延伸。"[①]胡学文是借由这样一种寻找，进行着从现实世界进入心灵世界的追问，其目的更是为了"揭示"。因此，"寻觅"不会有终结，也相互各不相同。而胡学文在第六届鲁迅文学奖中获奖的中篇小说《从正午开始的黄昏》，也延续了这样一种"寻觅"。并且，这里的"寻觅"是"隐秘"的，是通过"寻觅"在人性与人的精神世界的繁复生长中，逼近人本身所存在的壮丽与自由生命可能的一个过程。

### 二、隐秘的存在：人性与人的精神世界的繁复生长

　　一个独立发展的活生生的生命，会随着时间的发展而不断丰富化、立体化，从而彰显出丰富奥妙的人性。我们知道，文学是对人的存在的揭示，"文学的存在方式最终取决于人的存在方式，文学艺术领域任何根本性的问题都可归结为对人的理解"[②]，那么在真正的小说艺术中，经由作者创造而产生的人物理应展现这种丰富与变化。实际上，这就符合福斯特在分析小说艺

---

①　胡学文：《小说的丈量》，《文艺理论与批评》，2007年03期，第56页。
②　裴毅然：《二十世纪中国文学人性史论》，上海书店出版社，2000年，第14页。

术时相较于"扁平人物"所提出的"圆形人物"这一立体鉴赏原则。不同于刻板、平面、一成不变的"扁平人物",圆形人物"能以令人信服的方式给人以新奇之感,……圆形人物的生命深不可测——他活在书本的字里行间。"①也就是说,圆形人物可以随时延伸,不为书本的篇幅内容以及单一的观念标识所限,可以活跃于小说的每一页,而不受限制的延伸或隐藏,因而这些人物显得自然逼真。并且,就这两种人物形态的比较而言,"只有圆形人物才能短期或长期作悲剧性的表现。"②胡学文可以说是有这种认知与创作意识的作家,除却引语部分所提到的"丈量生活的距离"这一小说任务,他还写道:"小说的另一个任务是丈量心灵。相比前者,对心灵的丈量更为重要。生活纷繁复杂,因这种繁杂,我们看到的往往是皮毛,是表象,是表演。在这个舞台上,人往往是戴着面具的。一脸春风,也许心在哭泣;愁眉不展,也许转身就乐了。一个温文尔雅的人为什么会犯罪?一个杀人犯为什么会似水柔情?这不是一两句话能说清的。触摸心灵的轨迹,非小说莫属。这也是小说的优势所在。电视、报纸、互联网每天提供着大量的信息,大量的故事,那仅仅是一杯白开水,而小说是美酒,需要慢慢品尝。"③因此,文学应当专注于对人的精神世界进行书写,"文学是一座塔,这座塔由作家和读者共同构建维护,其终极是指向塔尖——人类的精神。人类存在,塔就直立着。塔立着,人类永远能看到希望。"④的确,人的精神世界是一个巨大的存在,胡学文正是通过其笔下的人物对人性与人的精神世界的繁复进行一种探寻,这个探寻的指向是变化中的丰富与奥妙。

事实上,人是一种隐秘的存在,人的内在精神世界更是一种隐秘性的存在。但正是这一"隐秘",指向人性共同的良好诉求,关乎人内心世界的丰富度、完整度与饱满度。那么也就可以说,人性与人的精神世界正是在这一种"隐秘"之中生长起来的。并且,这种生长更是"繁复"的,是一个曲折曼妙、多因素交织的过程,需要不断地探寻。我们知道,在人生经历里极为重要的"启蒙"式的成长阶段中,人需要历经或是其自身对于自我世界认识的重大转变,或是自身性格的变化,更或是两者兼有的转变。而且,这些必会指示或引领其迈向成人世界的转变,不一定有某种仪

---

① [英]福斯特:《小说面面观》,李文彬译,台北志文出版社,1995年,第99页。
② [英]福斯特:《小说面面观》,李文彬译,台北志文出版社,1995年,第99页。
③ 胡学文:《小说的丈量》,《文艺理论与批评》,2007年03期,第57页。
④ 胡学文:《文学之于我们》,《北京文学·精彩阅读》,2013年11月,第120页。

式，但至少有某些证据，显示这些转变似乎是有永久的影响的。在胡学文《从正午开始的黄昏》中，男主人公乔丁就可以说是这样一个"隐秘"的存在，他曾经贫寒肆业、穷苦潦倒乃至走投无路，此时"忧伤，烦躁，灰暗，绝望"的他受到了一个偷盗女孩的收留与接纳，于是他也被渐渐引入一种以偷盗为生的刺激生活，"他也认可了她的另一个说法，减轻有钱人的罪孽，等于行善呢。她的话语，她的作为，她的眼神，她的一颦一笑及她浑身散发出的神秘气息，汇成一个强大的磁场，令他趋附、着迷，甚至融化于其中。"他在与她一起的偷盗中感受着快意淋漓的优越。事实上，在个体心理学的研究中，优越情结本就是出于对自卑情结的补偿作用，"自卑/优越"的心理机制往往是一体的两面。"自卑感总是会造成紧张，所以争取优越感的补偿动作必然会同时出现，但其目的却不在于解决问题。"①因此，此时的乔丁除却解决拮据生活的需要之外，更是在享受一种在其日常生活中很难感受到的优越感。并且，在阿德勒看来："一个人要成为正常而健康的人，就必须通过合作和建设性的姿态将自身融于社会之中，藉此获得一种社会意识，亦即对他人怀有一种社会兴趣。"②那么就可以说，女孩进入乔丁的生活，及两人一起进行的"偷盗"行为，让乔丁感受到温暖与勇气，这即是乔丁获得一种合作中的社会意识的"成人"过程。及至后来，乔丁拥有了世俗意义上的美满幸福，连岳母做的饺子馅与菜都是兼顾每一个人的口味的，他喜欢"不是大富大贵，也不是捉襟见肘。不无度挥霍，也不斤斤计较"的这个温暖温馨的家。但他仍旧时不时要外出偷盗，因为使其成人的极为重要的"合作"已然成为他长久的自我抚慰、自我温暖的方式，"他更在乎的是仪式，而不是窃到什么。他不缺啥，他不贪婪。一个普通人该有的，他都有了。唯一缺的，唯一不能放弃的，就是往昔的仪式，那对他很重要，真的很重要。"更可以说，是因为进入了世俗的美满生活里，乔丁才更为珍惜那一段经历，因为那个"她"机敏、灵巧、调皮、乖张，又善良、豪气、慷慨、仗义。"'她'就像一个谜，'她'不告诉他自己的名字，'她'的身份扑朔迷离，有无数个不同的版本，有时'她'会整天待在屋里，有时又几天不见踪影。然而，当谜底最终解开的时候，我们发现所有这些不真实，实际上构成的却是唯一

---

① [奥地利]阿德勒：《自卑与超越》，黄光国译，台北志文出版社，1990年，第42页。
② 王小章、郭本禹：《潜意识的诠释》，中国社会出版社，1998年，第60页。

的真实。"①是的，"她"的秘密其实不是秘密，而是最透明的真实，在玩世不恭的外表下她拥有的是作为一个真正的人的独立与尊严。正如她崇尚的图腾——凤凰，在烈火中煎熬接受考验，最终涅槃永生，"她"进行的正是这样一种决绝的抵抗与守护。因此我们可以看到，过往的这段经历事实上构成了乔丁内在的精神世界的一个重要支撑。后来她在一次意外中死亡，"负罪感时时啃噬着他。"这时候，乔丁仍旧时不时"上路"，只不过是一个人。他还去到她曾待过的孤儿院做义工，在心上开了一小扇门缅怀她，去那里洗濯忧伤，再回到公众生活视野中平静生活。显然，这个"他"是更具本真性的个体，但此时作为拥有众多现实的交错脉络的"社会人"，乔丁时常面对的更是私人领域与公众生活视界中角色、形象的一种异质化状况。乔丁面临着从现实世界进入心灵世界的追问，他寻求着一种安放的恒定感，寻求一个可以安置灵魂的"空间"：依赖于仪式感的深刻体验与渴求，他无法停手。实际上，他是在向往与迷醉中感受着内在心灵世界被庄严的仪式感所统摄的畅达，这就指向内在自由的饱满度。他因而获得了精神上的自由，让灵魂得以安置。正如土耳其文学家奥尔罕·帕慕克所说："灵魂，是小说家努力毕生想传达的一种特质。只有当我们能够将这个奇怪而令人迷惑的任务，归入适当的范围时，人生才会幸福。很大程度上，我们的幸福和不幸都不是源自生活本身，而是来自于我们赋予它的意义……在我看来，灵魂这东西，只能在小说里找到。"②胡学文通过对人内在灵魂的拷问，向我们呈现了一种生存的悖谬，并用这种异质化指向人性，展现了生存的对抗、冲突与悖谬。"人性是小说最后的深度，了知人性的小说家们，往往都是将精力用在了人性中的诸种因素的纠缠与冲突上—— 不是写人性，而是写人性的纠缠与冲突。"③人正是在对抗与冲突中，才凸显人性与人的精神世界的完整性和饱满度，人性与人的精神世界才得以"繁复"生长。

---

① 梁海：《揭示灵魂隐秘与生命迷津——评中篇小说〈从正午开始的黄昏〉》，《文艺报》，2011年4月29日，第3版。

② [土]奥尔罕·帕慕克：《别样的色彩：关于生活、艺术、书籍与城市》，宗笑菲、林边水译，上海人民出版社，2011年，第273-274页。

③ 曹文轩：《小说门》，作家出版社，2002年，第258-259页。

### 三、寻觅中的敞开：人生壮丽与生命自由的可能

内在精神世界的隐秘性存在，源于现实生活中难以寻觅的自由感的需求，正是由于社会现实中有很多的规则、规范与规训，使得我们内心的自由空间被挤压，反而让这种愿望更为强烈。但同时，这一"隐秘"的存在也昭示着我们：没有人能完整进入另一个人的心灵世界。"一个人是一个巨大的世界，每个人都在按自己的方式想象和言说，那里面杂浮着种种隐秘的渴望，犹如一条条鲨鱼，时时要吞噬和防备吞噬。当然那也是有光的世界，因为惧怕黑暗和寒冷，我们更需要光亮和温暖。很难进入——敞开的同时，可能又树起另一堵墙。"①的确，世界本身是丰富多样的，我们固然都生活在同一个世界，同一个物理时空中，但我们每个人又各自拥有属于自己的"世界"。人具有一种有限性，不像上帝那样全知全能，可以对世界的每一个部分都了如指掌。因此，我们会受限于自身的经验和视域，在和世界照面的时候，不可避免地打上"我"的印记。就连在当下这个信息泛滥的时代里，看似什么都能传播开来什么都不能掩藏，但隔膜依然存在，并且不但存在，反而越来越深。在一个社会分工到达精细的时代语境里，其实往往更会造成一种局限，很容易就将人固定在其职业或身份的认同框架内，而忽略了人本身所存在的丰富乃至壮丽的生命可能。

正如胡学文所说的，"我们每个人，都是角色，不同的、形式各异的角色。例如，男人除了儿子、父亲这些与血缘相关的角色，还有社会中的角色。与职业相关的，与兴趣相关的，与身份相关的，与年龄相关的，常是身兼数角。有公开的角色，也有秘密的角色。一个好父亲，很可能还是小偷、罪犯、吸毒者、告密者，而一个杀人犯，也很可能是好丈夫。他们或我们在角色中变换，人生俨然就是舞台。"②而正如米兰昆德拉所指出的，"小说不是人类的自白，是对人类生活——生活在已经成为罗网的世界——里的一个总体考察。"③因此我们可以说，胡学文的小说《从正午开始的黄昏》正是在进行这样一个考察。前述所说的异质与繁复在事实上具

---

① 胡学文：《创作谈：我们和他们》，《北京文学·中篇小说月报》，2011 年 04 期，第 29 页。
② 胡学文：《创作谈：我们的角色》，《北京文学·中篇小说月报》，2014 年 02 期，第 65 页。
③ [法]米兰·昆德拉：《小说的艺术》，董强译，上海译文出版社，2013 年，第 45 页。

有普遍性，小说中不仅仅是乔丁，还有岳母、岳父……正如那句"从早晨到正午，从正午到黄昏，秘密随生命生长……"，实际上他们均有属于自己的一种隐秘存在的状态。也就是说，这一寻觅与诉求同样具有普遍性，是来自人性深处的欲求。固然每个人都需要这样一个空间，然而我们更可以看到，胡学文似乎进一步在追求一种生命的可能。在小说《从正午开始的黄昏》的创作谈中，他写道："一个女孩就这样迈着她独有的步伐向我走来，野气，蛮横，倔强，自卑。了解她，也并不了解她。目光漫过去，是它周围的世界，想追寻她，但更想探究她与世界、世界与世界的通道、切口。是的，进入是困难的，但也是必需的，并不仅仅是小说家的任务。"①因此我们可以得出这样的认识：胡学文是想要和他笔下的人物一起，虽然作为个体，但努力通达认识巨大世界的内涵，从而进入那个有光的巨大世界。并且，艺术世界不同于现实世界，它在一定程度上可以超越现实礼法的规约与限制，所以就此则可以认为，小说中乔丁的盗窃与岳母的外遇，并不涉及世俗里的伦理道德，而只是胡学文为其笔下的人物所选择的一种隐秘的对生命自由与人生壮丽的探寻方式。

小说中，有过这种对隐秘存在与人的精神世界繁复生长的体认的乔丁，起初也并没有这种意识去敞开进入别的生命个体。他拥有的还依旧只是属于个人的灵魂安置的探寻与体验。尽管这一私人领域与公众世界呈现的异质化具有普遍性，如最先呈现此种冲突的岳父，"谨小慎微，打喷嚏也生怕惊了别人。"也许是因为"暗送点秋天的菠菜"更也许是因为别的什么原因被打了。这时候的乔丁，显然想要承担作为家庭一员的维护责任，"在心底的某个角落，一直潜伏着某种欲望。""他心底的那个东西鼓胀着，像破土的蘑菇。"也可以说，这件事是乔丁意欲进入与追寻他人生命的一个启发点。但是，在这个家庭中，男主人公乔丁显然是和岳母，而不是和妻子的对话在一个层次上。一点就透并非心里明白，而是明白对方的心理。在岳父被打事件中，乔丁与岳母就呈现出一种默契又交融的配合与博弈，"她的走姿甚是轻盈，带着弹性。但走得很慢，仿佛等乔丁，可乔丁赶上她，她又加快。"乔丁显然深深敬佩岳母，同时也充满好奇。

乔丁与岳母的气息相近，实际上是因为二者共同具有一种强烈愿望，不受限于外人已固化的概念化了解，而是有为自己开辟一个隐秘的世界的强烈

① 胡学文：《创作谈：我们和他们》，《北京文学·中篇小说月报》，2011年04期，第29页。

愿望，缓解自己在表面生活的平静安宁之下涌动的焦虑与不安，也更接近生而为人原本可以达到的那个壮丽的人生面貌。在小说后来的发展中我们可以印证这一点：出于共同的寻觅意识，乔丁和岳母在某个瞬间"相遇"了，"目光相遇的刹那，她骇然地捂住嘴巴。她的目光像他一样试图逃离，突然消逝，但她没能如愿。她陷在他的眼睛里，被他呆然的目光揪住。同样，她也揪住了他"。回到现实的生活轨道之中，他们起初仍然不免要互相猜测、捉摸乃至于威胁，乔丁躲着岳母，"他怕见到她。他撞见她的秘密，她也窥见他的秘密。他从未示人的秘密"。乔丁还认为："当然，他和岳母不同。岳母是背叛，背叛丈夫，背叛女儿，背叛了……他。而他不是。"在厨房中，两人"探寻，遮掩，出出进进，你来我往。一场没有方向的较量。"乔丁与岳母之间，"不是和解，而是讨伐"。但同时，岳母的好又历历在目，因此乔丁在这之间，反复挣扎又苦苦寻觅。此时"乔丁锲而不舍的寻找，并非是好奇心的驱使想要刺探岳母的隐私，实际上，整个寻找的过程也是乔丁对自己内心审视和省察的过程。在这个社会里，每个人都戴上了以公众道德为标准、以集体生活价值为基础的人格面具，符号性和趋同性遮蔽了人的迥异于公众的异质性真实，而人内在的不满足恰恰来自于某种程度的满足之后。因此，在竭力迎合外部世界的秩序规范的过程中，就会感到没有意义。"①也正是这个时候，与他一起盗窃的"她"意外死亡，乔丁失去了"她"。他在痛苦中才慢慢意识到自己与岳母也许是具有一种共同寻觅指向，于是理解也终成必然。及至此时，乔丁才完成了对自己的矫正，在反问自己的同时也试图去理解岳母，他认识到"秘密是生命的一部分。从早晨到正午，从正午到黄昏，秘密随生命生长，成为饱满结实的果子，散发着诱人的甜香。可总有一天，果实会干瘪坚硬，划伤碰触它的人。他一度认为岳母的秘密是肉体的纵欢，而他则关乎心灵。他终于意识到自己的傲慢——岳母内心藏着什么，外人如何知晓？岳母的秘密同样散发过香气——对她而言。"可以说这时候的乔丁才真正拥有了个人内在世界的敞亮，才真正逼近生命的壮丽，因为在那壮丽之中，必定蕴含着对人的理解和呵护。如是，他所追求的那种"仪式感"作为一个"形式"可以不再存在，他可以不再那么依赖于对他有着深远影响的那个"她"，"他送走了她，也许她仍然会回

---

① 梁海：《揭示灵魂隐秘与生命迷津——评中篇小说〈从正午开始的黄昏〉》，《文艺报》，2011年4月29日，第3版。

来，但那是另一回事了。他和她守着各自的世界，彼此凝望和祝福。并非结束，而是以他们只能接受的形式开始。"此时，在表面的生活洪流下的生命本质与可能，已然可以不需要借助形式而驻扎在乔丁的心中。在这个意义上，乔丁才做到了"守住心上的某个角落，也必须守住这个角落。也因此，那才成为他（她）自己。"①乔丁已然可以回归到公众视野中的生活里去成就一个更好的角色身份，更呵护关心"像一只怕冷的小猫"一样在他怀里睡着的妻子。他在寻觅中，真正获得了一种人生壮丽与生命自由的可能，更可谓是其人性与内在精神世界的再一次"繁复"成长。

在《从正午开始的黄昏》中，我们看到的都是小人物，但确实是能感受到"人物虽小，人心却大。生活暗淡，精神却亮。"②正如米兰昆德拉所指出的："小说人物不是对活生生的生命体进行模拟，小说人物是一个想象的生命，一个实验性的自我。"③所以我们可以感受到，作家胡学文通过这一个小说及其人物，是让我们知道存在一种可以基于相互尊重之上而产生的理解：每个人都有秘密，别的个体是无法彻底了解的。但是通过敞开自身，通过追寻与探究，我们能更了解世界与世界的通道、切口。正是因为了解，所以不会做平面化的定义与认知，也就能对别的生命个体报以更多的慈悲与理解，自己也进而真正拥有了人本身所存在的丰富乃至壮丽的生命可能。其实这就是胡学文的一种悲悯，"文学正是因为他具有悲悯精神并把这一精神作为它的基本属性之一，它才被称为文学，也才能够成为一种必要的、人类几乎离不开的意识形态。"④因此，胡学文及其《从正午开始的黄昏》温暖且慈悲，其是带着憧憬的。

## 四、小说的"飞翔"

作家胡学文的创作一直偏向于写实，但在中篇小说《从正午开始的黄昏》中，我们可以看到胡学文在进行一种写实风格向虚实相间风格进行尝试性的转变。正如有论者所指出的，"我记得胡学文在一次座谈会上谈及自己的创作时曾说，他的小说一直都写实了些，希望以后能够实现一种飞翔。我

---

① 胡学文：《创作谈：幽暗的通道》，《北京文学·中篇小说月报》，2013 年 10 期，第 58 页。
② 胡学文：《创作谈：人物之小与人心之大》，《北京文学·精彩阅读》，2009 年 06 期，第 39 页。
③ [法]米兰昆德拉：《小说的艺术》，董强译，上海译文出版社，2013 年，第 45 页。
④ 曹文轩：《小说门》，作家出版社，2002 年，第 215 页。

理解他的意思其实就是想把小说经营得更加有声有色。在这篇小说的写作中，他运用了一种虚实相间的手法，呈现了主人公生活中的一半火焰和一半海水。关于'她'的部分，都是在虚与实的穿插交替中来完成的，小说一开头，便是实景加幻觉，实景虚写，幻觉实写。而这种虚虚实实的写法，加强了小说推进叙事的力量，在给读者的阅读设置障碍的同时，也增添了挑战和趣味。更重要的是，它浸染了作者想要表达的一种情怀。"①的确，在小说中，具有一种作品的灵动与人性升腾的统一步调：在隐秘的寻觅中，获得一种内在精神世界的自由，这就是人的精神世界所渴求的升腾感。也因此，胡学文的小说写作实现了"飞翔"，而"飞翔"式小说的审美意义，在根本上更能通达自由这一终极向往。"没有一部真正的作品不在结尾给每一个懂得自由并热爱自由的人增添某种内在的自由。"②或许，这就是胡学文在小说《从正午开始的黄昏》的写作实践中所期望抵达的境界。③

---

① 金赫楠：《心灵的隐秘与灵魂的安放——评中篇小说〈从正午开始的黄昏〉》，《文艺报》，2011年5月30日，第3版。

② [瑞]荣格：《人、艺术与文学中的精神》，姜国权译，国际文化出版社，2011年，第251页。

③ 此小节初稿执笔者为杨舒晴。

# 第三章 教改实践的基础：教育教学项目研究

推进文学理论课程创新建设及其教学范式改革实践，培养卓越的文学专业人才，开展具有针对性的教育教学研究无疑是一项基础性工作。基于这一根本性认识及对育人工作的长远考量，近十年来，笔者主持和参与了多个省级教育教学研究项目，下面以其中的四份研究报告作为从事这一具有明确目的性工作成效的阶段性记录，其所蕴含的生命教育价值取向自然也是颇为明确而明显的。

## 第一节 "高校文学理论课程建设诸问题"研究报告①

### 一、前言

经前期酝酿、申报、评审，2007 年 12 月，江西省高等学校教学改革研究项目"高校文学理论课程建设诸问题"获批立项。

项目立项后，课题组负责人及成员随即展开充分讨论，明确了基本的工作方向与任务。詹艾斌负责统筹设计，明确课程建设理念，开展具体研究、相关教材建设与课程教学改革实践；赖大仁具体负责相关理论研究与教学改革实践；许蔚、詹冬华在参与相关理论研究的同时，主要介入课程教学改革

---

① 江西省高等学校教学改革研究项目"高校文学理论课程建设诸问题"，立项时间：2017 年 12 月，项目编号：JXJG-07-2-27，项目主持人：詹艾斌，项目组成员：赖大仁、许蔚、詹冬华，结项时间：2016 年 12 月。

实践工作。

经过几年的研究与实践，取得了一定的成绩，现提交项目研究报告申请结项。

## 二、项目提出的背景

文学理论课程建设问题在国内外高校受到普遍关注。文学理论课程是高校文学学科的主干课程，是为文学专业学生学习和研究各门文学课程奠定理论素养的基础性课程，在文学课程体系中具有十分重要的地位。然而，在现行课程建设体制下，其问题也是多重的。其中，在课程建设理念、课程教学改革理念与实践方面，存在的问题尤为突出。为了更为明晰地讨论研究对象，在这里，我们主要从当前文学理论课程教学存在的一些突出问题出发，明确进行课程教学（范式）改革这一课程建设的关键方面的必要性和迫切性，以及为什么要进行教学（范式）改革实践，由此我们可以充分地认识到，加强文学理论课程建设是一项时代性使命。

在当下，为什么要开展文学理论课程教学范式改革实践？对这个问题的回应，需要从我们对当下的文学教育教学、文学理论课程教学的基本状况的考量、判断与评价出发。

基于对当前文学教育教学状况的总体了解，我们认为，当下的文学教育、文学课程教学存在着严重的危机。这种危机择其要者，至少表现为以下三种状况：其一，受教育者不知文学与文学教育教学的真义，也缺乏去探究文学与文学教育教学真义的勇气和能力，从而也就有可能丧失创造性想象与愿望，丧失对于文学、人、自由、审美等之间存在密切关联的认知与情感体验，丧失对于人的未来合理设计和发展的希冀与向往；其二，面对种种矛盾与冲突，教育者放弃文学教育、文学课程教学的理想和信念，放弃文学教育的公共性与教育教学中人的公共情怀、公共理性和公共精神的培育；其三，文学教育教学被平面化甚至是庸俗化理解，倾向于割裂它与塑造现代国家公民之间的关联，也倾向于阻滞文学教育教学作为一种文化政治实践的可能性。

我们认为的这种文学教育、文学课程教学的危机无可置疑地也存在于当前的文学理论课程的具体教学实践过程之中。具体来说，它主要表现为：第一，师生普遍缺乏课程建设的思想自觉。第二，教师大多缺乏明确而合理的教学理念。第三，在教材的指导思想问题上，教育者与受教育者缺少必要的明朗认识，不能充分意识到教材的知识、思想与价值指向。第四，部分教师与学生未能明确认识到文学理论研究与课程教学对于当代中国社会主义先进文化建设的重要作用，在此问题上，教育主体缺乏必要的文化自觉和现实性品格；第五，教师与学生普遍缺乏现代课程教学范式的基本理念，未能形成良好的教学学术观、民主观与协作观。第六，教育主体不能很好地从文学教育与人文教育的根本旨趣与要求出发开展和参与具体的文学理论课程教学实践，这就不可避免地导致文学理论课程教学丧失了应有而必要的方向。第七，教育主体对于文学理论在文学学科专业中的基础性地位和支撑性作用认识不足，而只是更多地强调其工具性作用。那种认为学习文学理论只是为了提高解读文学作品的能力的单一化看法就是这种观念的实际体现，更有甚者，有的人认为照搬文学理论教材中的具体理论学说或理论架构就可以解读任何文学作品，这无疑把他们在有意或无意中所坚持的文学理论的工具性强化到了无以复加的极致地步。第八，部分教师的教学、科研与育人理念不甚明确，更多的是一种经验式教学、习惯性教学，这是很难保证真正的教育教学质量的，而且，还会严重制约教师自身的发展。第九，教师教学呈现更多的是知识景观，而缺乏必要的价值判断与倾向。在全球化时代，教师对学科教育的价值取向与学科教育中体现出来的价值和价值观问题是需要甚至是必须加以自觉体认和把握的，并努力在实际的教育教学实践中对学生予以有效的规范和引导。第十，教师教学缺乏温暖，缺乏必要的人学境域中的文学研究实绩的支撑，单一的知识化教学往往"见物不见人"，它无疑不是文学课程教学的应然状态，而这又与文学教育者自身的学科专业研究能力与教育理论研究能力密切相关。

正是基于以上的总体认识，我们申报了教学改革研究项目"高校文学理论课程建设诸问题"，在明确课程建设理念的前提下，重视和强化文学理论课程教学范式改革实践。

## 三、项目建设的目标与意义

### 1. 项目建设的目标

文学理论课程建设主要包括新形势下课程建设理念的科学确立、课程教学目的的合理定位、课程教学（范式）改革方向的明确和教材建设等方面。本课题研究的根本目标为：确立科学、合理的课程建设理念，在深化文学基础理论研究的同时积极推进文学理论课程教学（范式）改革实践，在实践中探索和积累文学理论课程的建设经验，辅之以教材建设，以促进文艺学学科发展和新型中文专业人才尤其是卓越人才的培养。

2. 项目建设的意义

本项目建设的意义是多方面的，主要体现为：其一，在课程建设实践中，明确课程建设的根本理念，有利于促进和催生课程建设者和实践者的理论（理念）自觉；其二，利于课程建设的所有参与者（包括教师和学生）"清理"自身的思想肌理，深度认识到课程建设的重大价值以及文学理论对于当前文化建设的突出意义；其三，敦促参与者摆脱以往的课程建设的常态，致力于新常态的建设；其四，在建设中进一步明确文学理论课程教学（范式）改革的根本目的、实施途径与方式方法；其五，有利于青年教师的成长；其六，也是最为根本的，即本项目建设指向卓越文学人才的培养，换言之，开展本项目建设，为培养新型中文专业人才尤其是卓越文学人才提供了可能。

## 四、项目研究的基本思路和方法

1. 研究的指导思想、理论依据

本项目研究基于理论—实践—理论的总体模式，从对于当前文学教育教学、文学理论课程教学中存在的根本问题的理论认知与把握出发，寻求科学、合理的文学理论课程建设理念，在此前提下，创造性地开展文学理论课程教学范式改革实践，由是，再进一步总结提炼相关理论认识，并辅之以教材建设，从而达到整体上推进文学理论课程建设这一目的。

2. 研究的实践基础与实践方法

如上所述，本项目研究的实践主要是指开展和实施文学理论课程教学范式改革实践。进入21世纪以来，课题组主要成员赖大仁教授在进行相关理论研究的同时开展了一系列文学理论课程教学改革实践，在此基础上，2009年其领衔申报了文学理论课程国家级教学团队并获得立项。作为国家级教学团队的建设负责人，詹艾斌积极因应课程教学改革的时代性要求，近年来持续、深入开展和实施文学理论课程教学范式改革实践，取得了不小的成绩。

3. 研究的路径和方法

（1）理论研究与教学实践相结合的方法。
（2）社会调查与教学状况调查相结合的方法。
（3）理论研究中的历史与逻辑相统一的方法。
（4）课程教学范式改革实践中教学方法的实际运用。

## 五、项目研究的主要内容

文学理论课程建设是一个系统工程，它至少包括：①课程建设理念的科学、合理理解；②理念与实践之间关系的明确确立；③深度认识为什么要加强文学理论课程建设这一问题；④把握文学理论课程建设的几个根本维度，诸如文学理论课程性质的确立、文学理论课程教学目标定位、文学理论课程教学理念的明确、教学改革实践的价值取向的认定以及教材建设、青年教师培养等问题；⑤课程建设的育人目的。所有这些，我们可以从国内外相关理论研究与实践中获取经验。

1. 国内外相关研究的概况

如前所论，文学理论课程建设问题在国内外高校都受到高度关注。英美高校在文学理论教材建设方面有着可资借鉴的宝贵经验。20 世纪 80 年代以来，我国的文学理论教材建设也取得了一定的成绩。近期，关于文学理论教学改革问题的研究更是得到了全国高校的普遍重视。2001 年 4 月在北京师范大学文学院召开的"当代文学理论新趋势与教学改革研讨会"、2001 年 5 月在北京大学中文系召开的全国高校"文学原理研讨会"、2005 年 7 月在湖北民族学院召开的"消费时代的文学研究与文学理论教学的改革与创新"学术研讨会、2007 年 6 月在华中师范大学召开的"文学理论三十年——从新时期到新世纪"国际学术研讨会以及近年来的中国中外文艺理论年会、中国文艺理论学会年会、全国马列文论研究会年会等都重点讨论到了文学理论学科建设与教学改革问题，或将之作为一个重要议题；此外，陶东风的《大学文艺学科的反思》（载《文学评论》，2001 年第 5 期）、童庆炳和王一川的《文学理论教学的双向拓展》（载《中国大学教学》，2001 年第 6 期）、胡亚敏的《在反思中前行——30 年高校文学理论批评研究与教学回顾》（载《文艺理论研究》，2008 年第 6 期）、崔柯的《美国文学理论教学现状》（载《文艺理论与批评》，2015 年第 3 期、徐敏的《文学理论的前沿问题与教学研究》（载《外国文学研究》，2015 年第 5 期）等都论及了高校文学理论教学改革和教材建设问题。这些对本课题的研究都提供了重要参考。

2. 国内外相关领域的实践探索

文学理论课程建设实践一直在持续的探索中，只不过，受制于时代等因素，探索者也表现出课程建设尤其是课程教学改革实践、教材建设的相对突出的异质化倾向。20 世纪 90 年代末以来，北京师范大学文艺学研究中心完成了教育部"在双向拓展中更新文学理论课程"的教改项目，之后持续进行文学理论教改实践，文学理论课程建设尤其是文学理论课程教学改革实践进入了一个常态化阶段。对于这一现象，从公开发表的以下两篇文章中即可见一斑。

彭玲在《"读图时代"的文学理论教学改革》中指出，随着"读图时代"的到来，文学的疆界、文学创作、文学传播和文学接受等一系列基本理论问题都发生了深刻的变化，人们的阅读方式、阅读内容、思维模式等也发生了很大变化。[1]在这种情况下，文学理论教学必须结合当下文学语境和学生的接受习惯做出相应的改革。教师应该树立多元的文学观念，根据学生的兴趣调整和补充教学内容，灵活组织课堂教学，培养学生的"读图"能力，启发学生思维，调动学生的学习积极性，创设生动的学习情境，使学生在轻松愉悦的过程中获取知识，从而达到良好的教学效果。这一理论总结是建立在其从事文学理论课程教学改革实践的基础之上的。胡泽球在《"文学理论"教学改革实践探索》一文中指出，基于教学内容的抽象性、多元性和教学目的的实践性等特征，文学理论课程改革应从三方面着手：以改革教学内容为龙头，化抽象多元的理论知识为探究性教学专题，同时强调理论的多元阐释功能；以改革教学方法为主体，坚持"双重主体"的教学理念，围绕实践性教学目标组织相应的探究式教

---

① 彭玲：《"读图时代"的文学理论教学改革》，《海南师范大学学报》（社会科学版），2014 年第 3 期，第 132-136 页。

学活动；以改革考核方法为突破口，积极探索立体多维、量化与弹性相结合的学生考评体系，将学生的实践能力作为考查重点。很显然，这也是对其相关探索实践经验的有效总结。①

## 六、项目建设的成果

### 1. 理论成果

以论文、论著、教材形式发表和出版的理论成果主要有：詹艾斌：《生命与教育的方向——文学理论课程教学范式改革拾得》，江西高校出版社，2014 年 12 月；詹艾斌：《寻求和确立生命与教育的必要方向》，《教育科学研究》，2014 年第 3 期；赖大仁：《当今何以还需要文学教育》，《文艺报》，2011 年 5 月 9 日；赖大仁等：《"教育质量与改革工程"背景下的文学理论课程教学改革探索》，《中国大学教学》，2009 年第 3 期；詹艾斌：《文学本质问题略论》，《天府新论》，2009 年第 2 期；赖大仁、詹艾斌等：《文学理论课程教学：理念与方法》，《中国大学教学》，2007 年第 2 期；赖大仁：《当代文学理论研究与教学：回归基本问题》，《学习与探索》，2007 年第 1 期；马克思主义理论研究与建设工程重点教材《文学理论》（人民出版社、高等教育出版社，2009 年，《文学理论》编写组编）等等。

课题组成员形成了关于文学理论课程建设的一些根本性观点，在此不一一表述。其中，关于文学理论课程教学范式改革的理念日益明确，其主要表现在八个方面：其一，加强文学理论课程教学的理论性，包括文学理论知识的系统性，以及学生理论表达能力、思维能力和创新能力的培养；其二，注重文学观念建构和文学价值导向，引导学生对当今多元混杂的文学观念加以辨析，在多元文化情境下，加强对学生的主导文学观与文学价值观的引导，进而兼及其他形成明确而合理的价值观念；其三，基于文学理论学科性质与现代课程教学发展方向，强化研究性教学、问题式教学、启发式教学，并以此培养和增强学生的批判思维能力；其四，注重提升学生理论联系实际的思考分析能力，包括对文学现象的分析评价能力、对文学作品文本的读解评价能力、文学评论写作能力等，并在此过程中实现思维方式的必要而有效的转换；其五，注重激发学生

---

① 胡泽球：《"文学理论"教学改革实践探索》，《宁波教育学院学报》，2015 年第 4 期，第 12-15 页。

的问题意识及其对文学理论前沿问题进行探讨的兴趣，增强其学术敏感性，加强其学术观的培植与引导，发现人才；其六，注重从文学研究中的前沿性问题以及当下世界和社会现实问题出发，适度培养学生关注世界和社会现实问题的人文情怀、责任意识、公共理性以及必要的理想态度，培育具有全球化素养的现代国家公民；其七，在知识与价值之间，实现规范价值的社会建构；其八，践行文学即人学观念与人文学和人文教育核心要求，关注生命，培育德性，涵养智慧，追求实现人的自由全面发展的可能。

2. 应用成果

本项目建设的应用成果在根本上体现于文学理论课程教学范式改革实践中，经过多年的探索，已形成"文学理论课程教学范式改革实施方案"以及"文学理论课程教学范式改革：经验与认识"等文章。

此外，文学理论课程教学范式改革的效果和影响其实更直接表现为本项目建设的应用成果，它主要体现在：其一，促进学生生发出对于"为师之道"问题的思考，这对于作为师范生的他们而言是一个重大而必须加以探索的问题，也是一个终其一生需要持续躬身实践的问题；其二，启发学生形成更为宽广的视野，在明确自身的文化立场、教育理念并确立合理的价值观的基础上，自觉理性反思当下中国的教育尤其是基础教育、高等教育和人文教育问题；其三，在此前提下，积极探求与研讨教育的力量、教育应有的力量问题，追寻并认同和实践有力量的教育；其四，敦促学生自觉开展文学教育与生命教育之间的关联问题的思索，深刻把握文学的生命维度，践行文学课程教学中的生命教育方向，追求和实现暖性教育、美丽教育；其五，高度重视并强力实施文学理论课程教学、文学课程教学中的德性培育，激发学生对于自身德性的渴求，以实现自由全面发展的人的可能；其六，卓有成效地改造部分学生的惯性思维方式，帮助他们实现思维方式的有效转换，尤其是批判性思维能力的形成，让自己的思想"站"起来；其七，从人文学、人文教育的根本指向出发，实施精神、灵魂培育，涵养学生的智慧以灵动生命，摆脱、超越和拒斥生活与生命的庸常状态。应该说，这是育人工作中的一个极为重要的方面，这在一定意义上甚至可以说是根本目的；其八，有效地推动学生展开文学问题的深度探索，这无疑是一项必要而且必须开展的工作，在探索中，学生取得了较为可观的成果和较为明显的进步，这对于他们日后继续进行文学专业学习和研究将是一种很大的鼓励和支撑。

3．社会效应

如上论及，经过长期建设，江西师范大学文学理论课程教学团队于 2009 年获批国家级教学团队，这极大提升了学科、专业的影响力，形成了较大的社会效应，也为青年教师的专业成长与发展提供了平台。

在多年教材改革实践的基础上，2014 年，詹艾斌和赖大仁以"教育质量建设与提高中的文学理论课程教学改革"为题申报江西省高校第十四批教学成果奖，荣获一等奖。

2016 年 9 月，詹艾斌等申报的"文学理论课程建设与卓越文学人才培养实践"获江西师范大学国家级教学成果奖培育项目立项。

# 七、项目具有的推广价值

1．校内应用前景

经过一段时期以来的建设，部分教师的教育教学观念出现了较为重大的变革，尤其是在文学理论课程建设、教学改革实践和人才培养问题上形成了明确的目的与理念，教学德性得以彰显。这充分表明，在教学团队和课程建设的凝聚中，教师获得了较为显著的专业成长与发展。

在赖大仁、詹艾斌先后多年进行课程教学改革的基础上，在学院的支持和倡导下，文学院相关课程（诸如"比较文学""中国现代文学""现代汉语"等）的教学已经陆续进行范式改革实践，并取得了较好的效果。

卓越语文教师培养计划实验班在 2016 年 9 月正式开班，该实验班所有专业课程将全面深入推行教学范式改革。

无疑，课程教学范式改革的推进会极大地推动学院的整体性的课程建设工作。

此外，詹艾斌主持编写的《文学欣赏》教材作为文学理论课程系列的有效组成部分，将于近期出版，这自然也会在一定程度上推进文学理论课程建设及学院相关课程建设工作。

2．校外推广可能性

基于文学理论课程建设、教育教学研究与教学改革方面取得的成果，

2014 年 6 月，在文学院与江西省高校师资培训中心合作举办的全省高校文学类课程教学范式改革与创新培训班上，詹艾斌、赖大仁作了三场专题报告，反响热烈，这充分表明，江西师范大学文学理论课程建设、教学范式改革与人才培养实践走在了全省兄弟院校的前列，具有明显的推广价值。目前，詹艾斌、赖大仁正在进一步推进文学理论课程建设、教学理念等方面的改革探索，以发挥和实现国家级教学团队在课程建设、教学改革与人才培养中的示范和引领作用。

## 八、有待深入研究的相关问题

课题研究、项目建设体现为一定的阶段性，一些相关问题还有待于继续深入探讨，这些问题主要表现为：

其一，学院、学科、专业内部更大、更为广泛的课程建设共识的凝练与形成问题。

其二，在新的时代语境中，怎样确立和强化与时俱进的课程建设理念？

其三，课程建设与教师专业成长和发展之间更为密切的关联与融通问题

其四，相关教材的进一步建设。

其五，课程建设与卓越人才有效培养问题的深入研究。这是最根本的。

所有这些，尚需课题组成员做出进一步的努力。

## 九、参考文献（略）

## 第二节 "高校文学课程教学德性培育可行性研究"研究报告①

改革是我们这个时代的关键词，它已然成为广泛的社会共识和国家信念。党的十八届三中全会更是做出了关于全面深化改革若干重大问题的决定。党的十九大已然明确，中国特色社会主义进入了新时代，国家需要进一

---

① 江西省教育科学规划项目"高校文学课程教学德性培育可行性研究"，立项时间：2015 年 2 月，项目编号：15YB011，项目主持人：詹艾斌，项目组成员：陈海艳、曾诚等，结项时间：2018 年 6 月。

步深化改革以深层次、有效地推进中国特色社会主义事业的新发展。教育改革是国家经济社会发展整体布局中的重要构成部分。改革，是为了我们希望的生活。同理，教育改革、文学教育改革也是为了我们希望的教育生活。

本课题负责人在其所在高校已经进行了为期五年的文学理论课程教学范式改革试点工作，在实践探索和相应的理论研究中越来越清醒地认识到教育教学改革包括文学教育教学改革的必要性和紧迫性，教学范式改革不仅在于教学方式、方法的改变，更在于新的明确而合理的教育教学理念的形成与贯彻，在此基础上才能探求新的教学方式、方法的有效实施。从一个特定的方面说，本课题研究是在立德树人这一课程改革的根本要求下，在当下具体的文学教育改革的视域中寻求文学课程教学新理念及其实践的一种尝试，亦是寻求高校文学课程教学中的德性培育的可能性与可行性。它带有明确的现实针对性和探索性，期望通过深入的研究和具体实践对当前高校文学课程教学中的有效德性培育提供建设性的意见和建议。

## 一、本课题相关研究文献综述、发展趋势与研究意义

在当前的学术界、教育界，德性研究、德性教育研究、文学教育及其改革研究等均取得了令人瞩目的成绩。

其一，德性研究。德性研究自然首先需要明确"德性"的要义。李扬、许诺在《德性、德性伦理与德性精神刍议》一文中指出，德性是伦理学的一个基本概念，是德性伦理、德性精神的核心概念。德性伦理，是与规范伦理和元伦理等相对而言的一种伦理思想类型，其核心范畴是德性，其内容包括德性伦理思想史（西方德性伦理以及以西方德性伦理模式观之儒家德性伦理）和德性伦理理论体系。德性精神，是哲学思辨意义上的一种自觉的精神体系，是德性伦理的精神运动和发展；是构成德性伦理的精神性、体系性的元素，以及由这些元素所形成的完整形态；是对德性伦理的精神性、整体性把握。①景怀斌在《德性认知的心理机制与启示》一文中深刻持论：德性认知是兼具德性本源体证及相应道德行为二重性质的人类精神活动，从心理学视野对其研究，可以给出有别于传统哲学的解释。从儒家"德性所知"的学理框架，可提炼出德性认知的"叠套"认知机制——对终极信念图式的体证和

---

① 载《东南大学学报》哲学社会科学版，2010 年第 6 期。

基于此的对当下日常世界的德性认知与体验。两者互动性地推动着德性境界的发展，而"问极启性"是其精神驱动力。德性认知既不是宗教神秘体验，也与现代的智力观念和认知科学中所谓的"具身认知"有着实质性差异，其心理机制为当前个体信仰研究提供了理论框架，是认知研究应拓展的新领域。[①]显然，诸如此类的对于"德性"问题的理论探讨为我们开展文学课程教学德性培育可行性研究提供了重要前提。

其二，德性教育研究。基于当前的社会道德状况和对于人的发展的终极探索，不少学者着力于研究德性教育问题。有学者认为，德性本身是不可教的，但德性的知识是可教的，因而德性教育非常重要。它是德性自发形成的前提和走向德性养成的桥梁，也可以为德性完善提供指导。进行德性教育的基本任务是要培养具有内在统一性的基本德性的德性之人，而更高的追求则是要为人们的德性完善奠定基础并提供指导。进行德性教育是全社会的任务，不仅家庭、学校、单位、政府，而且几乎每一个成年人都承担着德性教育的职责。其中政府是一个国家德性教育的管理和控制机构，一个国家的德性教育状态如何，政府肩负着主要责任。[②]无疑，这些主张是鲜明的，为我们在文学课程教学过程中开展德性培育探索确立了基本的理论认知，在某种意义上也指明了行为方向。有研究者特别讨论了学校德性教育问题，他指出：共同体的美好是以相关的公民德性之存在为条件。建设和谐社会，需要公民具有正义的德性。和谐社会公民的德性包括恪尽职守、平等、守法、诚信、友爱等道德品质。致力于公民德性的教育，应当是以社会正义而非社会成就为旨归；应当着力关注人的德性的发展；应当使学校成为学生的精神家园。显然，这样的论述是颇具启示意义的。

其三，文学教育及其改革研究。文学教育尤其是大学文学教育、文学课程教学如何进行改革是当前文学教育界的一个重要话题，围绕着这一话题也产生了不少值得关注的研究成果。施学云先生撰文认为，大学文学教育课程传统教学范式呈现出重文史、轻审美，重修辞、轻想象，重思想、轻情感的特征。针对传统教学范式的不足，不少教学研究者呼吁重塑文学教育课程教学理念，并提出"三步阅读法"和细读法等方法来推进大学文学教育课程教

---

① 景怀斌：《德性认知的心理机制与启示》，《中国社会科学》，2015 年第 9 期，第 182-202 页。

② 江畅：《论德性教育的意义和任务》，《湖北大学学报》（哲学社会科学版），2011 年第 5 期，第 155-160 页。

学改革。①这样的主张是从经验中来的，同时也具有一定的理性思考特质，给我们以不少的启发。扬州大学张爱凤认为，当前的大学文学教育面临困境。中学语文教育中过分强调语文的工具性特点。导致进入大学的学生普遍缺乏起码的文学修养。大学文学教育的边缘化状态导致学生普遍缺乏对文学的兴趣。论者主张，在当下，文学教育应当积极利用现代大众传媒的影响力和其特有的视听结合的传播方式对自身的教育观念与方法进行改革。②

然而，我们注意到，尽管如上所述，学术界、教育界对德性问题、德性教育问题、文学教育及其改革问题等给予了相当程度的关注，并进行了一些卓有成效的探讨，但是，在当前的文学教育改革视野下于高校文学课程教学中有意识地进行针对学生的德性培育实践，寻求和确证德性培育的可行性却是一个较为新颖的问题。尽管有教育者在个人的教学实践中自觉或不自觉地开展过一定程度上的德性教育，也进行了一定意义上的相关理论性研究。例如，曹云鹏先生在发表于 2014 年第 4 期《文学教育》上的《高校文学教育课程教学改革的探索与思考》一文中这样认为：文学不仅有认识作用，而且有教育作用。文学的教育作用是指文学通过所描绘的社会生活图画及作家渗透于其中的感受、理解和评价所显示的是非爱憎倾向对人的政治思想、道德情操、精神性格等所产生的影响。无疑，这对文学教育、文学课程教学的德性教育问题表达了个人的一些认识，也对文学课程教学提出了德性方向的要求。有论者结合自己的文学课程讨论了在课程教学过程中开展德性教育的问题，如王炜在发表于《教育理论与实践》2006 年第 12 期上的《外国文学教学中的道德建设》一文中说：教育和道德的关系是一个长久的伦理命题。从中华人民共和国成立之初，关于教育和塑造新型的社会主义道德问题就以科学的方式得到重视。科学的方式就意味着在建立社会主义性质的大学的过程中，创建新式的学科，使社会主义意识形态成为基本的价值规范。外国文学的教学可以在世界文学的背景下，通过文学规范的变革显示文学规范的选择与历史正义性的逻辑关联，进行社会主义合法性的审美化论证。而所有的知识和知识规范的建立都可以帮助学生形成道德自觉。这是颇有道理的。但一个显然的事实是，目前的文学教育界尚未在这个问题上形成必要的相对广泛的共识，更没有深入探讨高校文学课程教学德性培育的可能性与可行性问

---

① 施学云：《大学文学教育课程教学改革的探索与反思》，《中国大学教学》，2012 年第 11 期，第 45-46 页。

② 张爱凤：《大众传媒深入文学教育改革》，《社会科学报》，2007 年 4 月 26 日，第 5 版。

题，这就为我们的研究带来了不小的挑战。当然，这也从一个侧面说明本课题研究的重要性和必要性。

我们认为，在当前，强化高校文学课程教学德性培育可行性研究理应成为文学教育教学改革发展的基本趋势，至少是其主要抓手之一。它立足于也致力于学生能力、素质的实质性提高和品行的根本性塑造。于此，我们可以确认，它对于人的德性养成和人的精神的充盈和完全的"站立"卓具价值。

## 二、本课题研究的问题与基本内容

文学教育教学改革是当前国家教育改革整体布局中的一个重要构成部分，本课题致力于当前文学教育改革语境中高校文学课程教学德性培育可行性问题的研究。这也就是说，本课题研究的核心问题和根本目标表现为：在当下的文学教育改革视野下，高校文学课程教学应该如何有意识地开展针对学生的德性培育实践以寻求和确证其德性培育的可行性，并由此为广大的高校文学教育教学改革实践者提供在文学课程教学中进行德性培育的有效经验，也为文学教育研究者的相关深入研究提供必要的借鉴。无疑，这会相应提高目前高校文学教育教学的育人质量。与此同时，期望对高校文学课程教学实践起到一定的示范性作用。

教育在根本上是育人的，在高校文学课程教学过程中针对学生开展德性培育实践涉及教育的顶层设计问题，是基于教育应该培养什么样的人以及怎样培养人这样的问题的一种直接回应。2014 年 3 月，教育部下发《关于全面深化课程改革 落实立德树人根本任务的意见》，这为文学课程改革包括教学改革确定了根本的方向。2016 年 12 月，全国高校思想政治工作会议召开，要求把思想政治工作纳入教育教学全过程。在文学课程教学中开展德性培育其实也是思想政治工作的一种延伸，是"课程思政"理念的基本呈现。无疑，如前已经指出的，从一个特定的方面说，本课题研究就是在这一语境中并在当前具体的文学教育改革的宏大视野下寻求文学课程教学新理念及其实践的一种尝试，它带有明确的现实针对性和探索性。

由根本性的研究问题和研究目标所决定，本课题研究至少包括以下几个方面的问题：

第一，期望合理、深入开展高校文学课程教学德性培育可行性问题的研究，首先必须对与高校文学课程教学德性培育的相关理论问题进行探讨，这是在文学课程教学过程中有效开展德性培育实践的基本认知前提，这表现为本课题研究的主要内容之一，即理论性研究。主要包括：当下高校文学教育教学改革的诸多问题、文学教育；精神立人与生命价值的叩问、德性问题与当代文学教育中的德性培育、德性培育与文学课程教学新范式的可能等。

第二，基于文学课程教学德性培育实践可行性的实证性研究，主要包括课题负责人所在高校学生文学课程学习心得列举及其分析等。

第三，文学课程（本课题研究选定的课程特指文学理论课程）教学有效实施的具体方案。这一具体方案的获得，无疑来自于合理教育教学理念之下的教学行为经验的总结，它是有效的；同时，它也是进一步推进文学课程教学有效实施德性培育的指导纲领。

第四，"高校文学课程教学德性培育可行性研究"的总体研究报告，既是本课题研究的基本内容之一，也体现为本课题研究内容的根本性概括与提炼。

## 三、本课题研究的理论基础

开展本课题研究，至少基于四个层次的理论考量，它们构成本课题研究的理论基础。

其一，从最根本处着眼，本课题研究是基于马克思主义唯物史观的。在《〈政治经济学批判〉序言》中，有一段被学界称之为马克思关于唯物史观的"经典表述"。[①]唯物史观作为一种主要由马克思创立的关于总体性的社会历史的唯物主义理论，鲜明地体现着科学认识与价值取向的统一。它的确立开辟了文学研究包括文学教育、文学课程教学的新路向，为文学课程教学也为整体的文学研究提供了科学的世界观与方法论。马克思的历史思想、马克思的唯物史观真正的理论着眼点是实现人的发展，这与实现人的解放这一马克思主义的根本宗旨是完全一致的。在当下，我们需要从对唯物史观的完整、深刻的理解出发，进行文学教育的理论建构并开展具体的文学课程教学活动，从而保证当代文学教育和文学课程教学的应有品格与质地。

其二，教育在根本上是育人的，我们需要对教育进行科学的顶层设计；

---

① 中共中央马克思恩格斯列宁斯大林著作编译局：《马克思恩格斯选集》（第二卷），人民出版社，1995 年，第 32-33 页。

教育的顶层设计需要围绕教育培养什么样的人以及怎样培养人这样的当前教育改革的核心问题展开。在教育培养什么样的人的问题上，形成这样的共识是必要的：教育首先是培养完整的人，其次才能培养有用的人，最终是培养自由发展的人。在这样的根本性教育设计中，对学生开展德性教育、德性培育是其中的一个极为重要的环节，在一定程度上它还是教育的目的之一，是使学生能够成为全面自由发展的人的必要条件。我们可以明白，这样的教育才是真正的心灵教育、生命教育、温暖教育、美丽教育。

其三，文学是人学，是人的精神分析学，是人开展生命评价的一种形式，是人的社会实践活动的艺术性展开，是真善美的统一，构造着我们的身体、思想和灵魂。文学教育作为人文教育，应该遵循人文教育的基本原则和要求，实施与贯彻德性教育。道德与审美、历史一起，共同构成了文学的基本质地。换言之，疏离道德谈文学，或者说将道德驱逐出文学，是不合适的，是根本不清楚文学的根本品性的。也正是因为文学具有这一内在的品性，也就为在文学课程教学过程中针对学生开展德性培育提供了可能。

其四，如前面指出的，当前的文学教育必须进行改革。从文学与文学教育的最深层特质可以确认，其改革的根本指向是真正促成学生的精神成人。在这样的理论思考之下，在文学课程教学中推动学生在道德层面上从规范伦理走向德性伦理的价值追求有着足够的必要性和可行性。我们应该认识到，在文学课程具体的教学方式处理上，遵循过程伦理（主义）与结果伦理（主义）思想的有效结合，将会更加有利于推进文学课程教学德性培育的实际开展，以确保德性培育的可行性，学生的德性养成也就可以成为一个基本的事实。

## 四、本课题研究假设

研究假设是课题研究的必要前提。如前所述，本课题研究的核心问题和根本目标表现为：在当下的文学教育改革视野下，高校文学课程教学应该如何有意识地针对学生的德性培育实践以寻求和确证其德性培育的可行性，并由此为广大的高校文学教育教学改革实践者提供在文学课程教学中进行德性培育的有效经验，也为文学教育研究者进行深入研究提供必要的借鉴。这其中蕴含着文学教育、文学课程教学是可以培育学生的德性的，高校文学教育、文学课程教学需要有这种德性培育的自觉。这表现为本课题研究在理论基础之上的研究假设。

在这里，尤为需要注意和强调的是，本课题研究假设的确定是建立在课题研究的理论基础之上的。如前所论，本课题研究的理论基础是基于马克思主义唯物史观视野的，强化以联系的、发展的观点看待事物和现象。由是，我们就可以形成必要的与本课题研究密切相关的理论认识。同样的道理，以上我们所说的研究假设，之所以能够得以成立和彰显，也是基于以联系的、发展的眼光来看问题，它更为强调在高校文学课程教学中德性培育的生成性、可塑性与发展性。

期望进行更为深入的探讨以形成更加明确、合理的研究结论，我们还需要做这样的一些预期理性思考：第一，文学教育者如何以及怎样才能形成文学教育教学改革的共识？第二，我们应该形成怎样合理的高校文学教育教学理念？这在根本上表现为对高校文学教育能够培养什么样的人的问题的探讨，以及高校文学教育教学为达到这种根本目的应主动承担的职责的考量，也就是说，高校文学教育教学需要积极应对当下教育改革以及教育顶层设计的基本要求。第三，在文学课程教学实践中，有效实施德性培育的前提之一是教育者能够形成对于文学的根本性认识。第四，文学教育教学实践者需要深入探索文学教育作为人文教育的根本性发展维度。第五，教师如何能够在高校文学课程教学实践中始终贯彻德性培育的根本要求？第六，文学教育者需要对教学道德具备明确而合理的深度认识，并积极追寻教学道德。这些问题的思考与确认将有效保证高校文学课程教学德性培育的可行性，也将推动具有德性伦理的人的养成和全面自由发展的人的形成。以上所有这些方面，都表现为本课题研究的理论假设。

## 五、本课题研究框架与研究方法

### 1. 本课题研究框架

基于以上研究假设和课题论证的总体思考，本课题的研究框架（本课题研究各部分之间的逻辑推导关系）大致可从以下几方面来阐述：

其一，期望在当前的文学教育改革视野下与高校文学课程教学实践中深入推进针对学生的德性培育，确证其德性培育的可行性，首先需要从事教学实践的高校文学教师满足三个方面的前提要求：第一，自觉开展必要的文学教育反思性探讨、文学教育教学理论研究、德性问题研究，形成关于在文学课程教学过程中践行德性培育的基本认识，需具体研究的基本问题详见本研究报告前述第二方面的内容；第二，注重自身的德性养成，追寻教学道德；第三，在文学课程教学过程中积极、主动地开展德性培育实践（课题负责人选择的主要是在文学理论课程教学中开展德性培育实践）。

其二，确证高校文学课程教学德性培育的可行性，尚需深入进行德性培育的实证研究。这主要包括德性培育实践的经验总结和规律探求以及德性培育可行性的调查分析。它是客观的，是以充分的文学教育教学事实为依据的。

其三，在以上理论性研究和实证研究的基础上，方可形成本课题研究的基本结论并着手撰写课题研究总报告。

以上问题是本课题研究框架的一个方面，它表现为在高校文学课程教学中开展德性培育的理论研究与具体实践，以及实践的积极效果。

本课题研究框架的另一个方面是制订出在一定的教学实践基础之上的、基于丰富的文学理论课程教学实践经验总结的前提之下的文学理论课程教学实施方案。这一工作在文学理论课程开始进行教学范式改革之前先行确定，而后又依据教学实践的具体开展情况和改进要求进行修订，以达到最优化。在实施方案的优化过程中，突出课程教学中的德性培育是其中的一个基本环节，也是一种明确的要求。这一内容可以单独成文，也可以置放于课题研究报告之中，因为它也表现为本课题研究的基本结论或观点。

2. 本课题研究方法

本课题研究尤为注重高校文学课程教学德性培育可行性实践经验的总结与德性培育规律的探讨。因而，理论与实践的统一是本课题研究的一个基本特点，也是一种基本要求。

在理论性问题研究中，总体上要遵循基础理论研究中所要求的历史与逻辑的统一原则。在基础理论研究中，历史与逻辑的统一是一个基本要求，也是一种根本性原则。本课题尤为重视唯物史观视野之下相关理论问题的探讨。唯物史观是一种新的世界观与方法论，它直接影响和决定着本课题研究的理论品质。基于马克思主义的世界观与方法论，在具体的研究方法上，着重运用理论研究法、调查分析法、数据统计法等，并致力于批判性思维的贯彻和实施。

强化文学课程教学德性培育实践，通过不同教学方法、方式的转换与运用，提升学生的道德素养，完善其德性建构，以实证的、经验的方式确证高校文学课程教学开展针对学生的德性培育的可行性。

正是这些研究方法的合理运用促成了课题研究工作的顺利进行，也在很大意义上保证了研究的价值。

## 六、本课题的研究结论和基本观点

如前所论，本课题致力于当前文学教育改革语境中高校文学课程教学德性培育可行性问题的研究。本课题研究的核心问题和根本目标表现为：在当下的文学教育改革视野下，高校文学课程教学应该如何有意识地针对学生的德性培育实践以寻求和确证其德性培育的可行性，并由此为广大的高校文学教育教学改革实践者提供在文学课程教学中进行德性培育的有效经验，也为文学教育研究者的相关深入研究提供必要的借鉴。

由根本性的研究问题和研究目标所决定，本课题研究至少包括以下几个方面的问题：第一，期望合理、深入开展高校文学课程教学德性培育可行性问题的研究，首先必须对与高校文学课程教学德性培育的相关理论问题进行探讨，这是在文学课程教学过程中有效开展德性培育实践的基本认知前提，这表现为本课题研究的主要内容之一，即理论性研究；第二，基于文学课程教学德性培育实践可行性的实证性研究；第三，明确文学课程（本课题研究选定的课程特指文学理论课程）教学有效实施具体方案。我们分别就这三个方面来阐述。

第一个方面，通过相关理论问题探讨得出的基本结论和观点。

（1）关于当下高校文学教育教学改革诸问题。在当下的高等学校教育改革大语境中，文学教育教学改革是一个颇为突出的问题。致力于推动文学教育教学改革或参与文学教育教学改革是每个高校文学教育者必须面对的一项重大工程，也是一项重大使命。人，终归是需要以一种积极的姿态介入和参与火热的当下社会生活包括教育生活的，这也是一个教育者对教育的责任之所在。换句话说，这意味着教育者一定程度上的担当。这要求我们至少需要深度思考与探索以下几个重要问题：第一，确立当下改革与文学教育教学改革的总体态度；第二，明确当下文学教育教学的问题与改革的必要性和紧迫性；第三，认识到当前高校的文学教育教学改革需要立足于文学教育、文学课程教学的现实，同时亦需具备必要的理性态度；第四，确立明确而合理的高校文学教育教学改革基本理念；第五，明确推进当前高校文学教育教学改革基本方式选择中的几个重要方面，这也可以理解成是为有效支撑和真正深化当前高校文学教育教学改革而需要认识到的几个基本点；第六，明确当前高校文学教育教学改革实践中教师的关键抓手及其实践行为的核心指向；第七，明确当前高校文学教育教学改革的根本目标在于强化和提高高等教育的育人质量，推进高校内涵建设及其整体工作的可持续发展。

（2）关于文学教育的精神立人与生命价值叩问问题。在当下社会与文化语境中，文学教育得到了越来越多的关注。个中原因至少包括两个方面：其一，当今的文学教育出现了不少严重的问题，这应该是一个共识；其二，人们依然对未来的文学教育充满着期待，这样，对于文学教育的规划与设计就是一个必须去试图完成的重大工程。我们应该明白，文学教育的价值显然不仅仅是传授给人知识、技能及谋生的本领，在其深层意义上是使人成为人，达到在精神上立人的目的。进一步讲，是依据生命的特性，遵循生命发展的原则，引导生命走上完整、和谐与自由的境界。文学教育的根本价值在于"精神立人"，但并不是要求文学教育走上"虚化"道路，使文学教育实践失去可操作性。文学教育的精神指向是丰富的，它给予人理想、美好和信念，因此文学教育必须回归人本目标，把培养人的精神品性作为最根本的价值取向。历史反复证明，如果背离文学教育的人本目标，就会出现道德异化、精神物化现象，从而走向人性的反面；而坚守文学教育的人本目标，培养人的精神品性，建设人的精神家园，才能够建设和谐社会。文学教育说到底是一种"以身体之，以心验之"的精神活动，它所指向的是人的精神世界，是让个体生命去寻觅、体悟、创造出自我生活真意与诗意的世界。文学作为生命评价的形式，相应的文学教育活动应是立足于人的生命并直面人的生命的一种活动，而追求生命质量的提高、构建生命的意义是文学教育活动的最终诉求。文学教育活动的开展要尊重生命个体的特性，挖掘生命的内在潜能，因此，对生命内蕴的认识就成为文学教育活动开展的前提。生命是文学本质观念与文学教育的根本方向。生命是完整的，是自由的，是独特的，致力于生命的全面而和谐、自由而充分、独特而创造发展是文学教育的一种天职、一种本义，更是文学教育的一种追求。文学教育实践需要明确的生命发展方向，其本身就是一种对于生命价值的叩问过程。它不在于造就人力机器，不在于塑造单面的"有用"的人，而是培养鲜活的生命个体，培养时代与社会语境下的完整的人、自由发展的人。这样的生命个体能够自觉地对自身的生命质地进行营构和谋划，在关注更为广阔的外在世界的同时，追求生命的诗意化、圣洁化，从而，在斑驳而繁复的世界里保持相对独立而清醒的个人判断，寻找生命通向灵魂自由的方向，让真正的生命韵致得以绽放。

（3）德性问题与当代文学教育中的德性培育。德性，是个人在德性教育引导下和社会实践的过程中形成的，是通过自身的理性分析，在意向、情感、意志等方面表现出来的相对稳定的趋善的精神状态，它指向道德实践，是道德实践的内在依据。德性教育不仅表现为一种外部培育的过程，更是道德主体的自我养成过程。而这种自我养成过程无疑闪耀着德性之人的理性智慧。德性之人始终把对善的求索作为人生幸福的根源。德性培育旨在对人的精神品格的提升，而文学教育作为人文教育的一种基本方式和形态，是可以也应该确认这一发展方向的。首先，文学作为人学的性质决定着在文学教育实践中开展德性培育的应然性和必然性。文学教育应该秉承文学存在的本性，致力于培养具有德性的人。其次，文学教育与德性教育历史上存在的密切关系为我们在当前的文学教育中实施德性培育提供了参照。如果对文学教育的历史稍作回顾，我们就不难发现，文学教育与德性教育之间存在着紧密联系。再次，在文学教育中关注道德问题、进行德性培育是当代文学自身健康发展的需要。这同样关涉对于文学、文学活动的基本理解以及对于文学与道德之间关系的基本认识。最后，文学教育的特殊性为德性培育提供了可能，而且，在事实上，实施德性培育也是文学教育的一个根本性指向。文学是一种人文学形态，文学教育也是一种人文教育。其人文性决定着文学教育的特殊性，这种特殊性为在作为人文教育的文学教育实践中开展德性培育提供了足够的天然条件。在笔者的初步认识中，作为人文教育的文学教育存在着几个方面的根本性指向，其一，文学教育需要致力于受教育者思维方式的有效转换，尤其是批判性思维和创新思维的形成；其二，文学教育需要致力于受教育者合理价值观的明确确立，当代文学教育必须关注价值问题，从知识化教学走向价值论教学，并有效地实现规范价值的社会建构；其三，文学教育需要贯彻生命教育、德性教育，涵养智慧，这也就是说，贯彻、实施德性教育是文学教育的应然构成，它表现为文学教育的一个根本性发展方向；其四，文学教育应该致力于培育自由全面发展的人的可能，而一个自由全面发展的人，当然也是一个闪耀着德性光芒的人。从根本上说，我们需要从这样的理论维度并结合前文的论述来探索当代文学教育中的德性培育问题。也只有这样，我们才能充分认识到在当代文学教育中践行和实施德性培育的必要性、必然性和紧迫性。

（4）关于德性培育与文学课程教学新范式的可能问题。德性问题是伦理学的一个基本研究领域，其与规范伦理相对而言，旨在探讨人类高贵的灵魂与其幸福生活之间的内在关系。这也就是说，德性、德性伦理在终极意义上事关人类的幸福。德性教育是教育的目标，我们现在所讲的"立德树人"在其根本意义上指的就是这样的意思。一般而言，德性教育有两方面的含义：一是指德性知识的教育，也就是教育者通过教育实践活动进行德性知识的教授与传递；二是指合乎德性的教育实践，将教育实践本身看成一种德性实践，这对教学主体的德性提出了更高的要求。对于文学，人们有着众多的理解和言说。从本质主义、反本质主义以及非本质主义思维出发，都可以对文学的性质问题作出特定的解释。然而，无论怎样界定，与历史、审美一样，道德必然是文学的一个重要维度。当下，对于文学道德理想的呼唤越来越迫切，面对当下文学作品在艺术品位上良莠不齐的现状，如何从伦理学的角度更加有效地科学评价和监督文学、寻找文学的灵魂，发挥文学的道德教化功能，并在文学教育中贯彻德性教育，塑造理想的道德人格，使人成为有德之人，就成为当前文学发展与文学教育的重要话题。在高校文学课程教学中倡导和实践德性培育的可能意味着一种新的文学课程教学理念的形成，同时也表明一种新的课程教学范式的确立。范式概念和理论由美国著名科学哲学家托马斯·库恩提出，并在其 1962 年出版的《科学革命的结构》这一引领科学哲学界的一次认识论大变革的经典著作中得到了系统阐述。在库恩的用词中，范式是多义的。而后人更倾向于把他所说的范式明确地理解为特定的科学共同体从事某一类科学活动所必须遵循的公认的'模式'，它包括共有的世界观、基本理论、范例、方法、手段、标准等等与科学研究有关的所有东西。为了摆脱以往知识化教学相对单一的文学课程教学模式，寻求其变动甚至是根本性的变革也就成为一种必要。确立文学课程教学过程中的青年学生的德性培育方向就是对以上课程教学模式与范式的反拨。这一反拨在深层次上的体现无疑是教学理念的变化。这种教学理念的变化至少是由两种有效力量推动的，一是对教育变革的深度认识，二是对文学根本性质包括其重要维度的确认。在笔者看来，正是至少有这两种有效力量的存在，确立高校文学课程教学中的德性培育这一发展方向也就具有了可行性与有效性，余下的就是在这种理论与理念之下务实地予以践行。需要补充说明的一点是，确立高校文学课程教学德性培育这一新范式，也只是可能的范式中的一种选择，而不是也不可能是高校文学课程教学新范式的全部内容。

第二个方面，从学生文学理论课程学习心得的实证分析中得出的基本结论和观点。近年来，笔者关注的一个重要问题在于，在当前的文学教育改革语境中，高校文学课程教学如何进行德性培育？其聚焦点是，在当下的文学教育改革视野下，高校文学课程教学应该怎样有意识地开展针对学生的德性培育实践以寻求和确证其德性培育的可行性，并由此为广大的高校文学教育教学改革实践者提供在文学课程教学中进行德性培育的有效经验，也为文学教育研究者的相关深入探讨提供必要的借鉴。结合当前中国教育乃至整体社会改革发展的需要，我们也就可以明确地认识到，教育在根本上是育人的，日常的教育教学实践需要积极因应当代社会发展的内在要求，培育有德之人，因此，在教育教学中贯彻和实施德性教育也就成为一种必要。往深处思考，我们明白，在高校文学课程教学过程中针对学生开展德性培育实践在实质上涉及教育的顶层设计问题，它是对于教育应该培养什么样的人以及怎样培养人这一当代教育改革发展核心问题的一种直接回应。人的培育、人才培养是高校的第一功能。近年来，笔者自觉地在个人承担的文学理论课程教学实践中开展德性培育工作，并把它作为课程教学范式改革的根本性价值诉求之一。经过几年的实践，应该说，收到了一定的成效。其主要表现为：其一，学生产生了较为明确的对于"德"、"德性"的认知，形成了一种颇为明朗的自我德性培育与养成意识；其二，学生开始有意识地反思教育尤其是文学教育的价值与功能问题，把人的培育、把包含德性激发与养成在内的人的完整的培育视为其根本目标；其三，学生更为关注自身的生命形态，开始追求更为丰盈和更具质感的人生。这可以在学生的文字中得到相当程度的印证。此处仅引述一位学生的部分文字作为说明：

> 詹老师的文学理论课堂时不时地会有"德性"火光的闪现。值得一提的是，老师并不是将德性知识强行灌输给我们，而是采取"润物细无声"的方式，注重教养。詹老师善于将"德性教育"这种观念以潜移默化的形式影响同学们，让同学们能从更深层次上认识到德性教育的本质。老师对德性教育非常重视，他致力于把我们培养成一个真正有德性的人。在平时的教学过程中，我们都能深刻地体会到这一点。那是教学的一种内在的深刻变革。应试教育的藩篱已束缚了我们多

年，有的甚至是从幼儿园阶段就已经开始了。分数至上的观念，让学生只知道一味地追求分数上的提高。然而，一个显著的事实是，分数并非能力。这种传统的教育模式养成了一些高分低能儿，让他们变成了机械的学习机器。文学理论课程教学范式改革就像是一股清流，让我们能够依稀看到中国教育华丽转身的希望。应该说，其本身就是一种彰显德性的教育形态。

中国现代教育家蔡元培先生曾经说过："德育实为完全人格之本，若无德则虽体魄智力发达，适足助其为恶，无益也。"我们很幸运，参与了文学理论课程教学范式改革实践。在这个过程中，我们不仅仅有知识上的获得，更重要的是观念上的转变。我想，继续深入对德性教育的研究与实践将是我们日后要做的更为重要的事情。

德为人本。愿将德性之花的种子洒向更广阔的地方，然后生根发芽。

德性培育是一种全人培育，是一种最为抵达生命深处的教育，是一种最能够激荡生命、充盈生命、成就生命的教育。换言之，是一种最为深层的生命教育。在对于这一教育形态的开放性追求中，笔者的文学理论课程教学范式改革才刚刚起步，一些相关问题的深度探讨及其实践需要在日后的工作中持续开展，也期待有更多的文学教育工作者能够坚实地走在这条道路上，追寻德性培育的更大可能。

第三个方面，关于文学理论课程教学实施的具体方案。经过几年的探索，课题负责人与课题组成员提炼、总结出了一份经实践检验具有合理性和有效性的文学理论课程教学实施方案。这一方案的完整情形就是本课题研究结论和基本观点的一个特定方面的集中表达。实施方案（以2016~2017学年第2学期实施方案为例）详见本书第五章相关内容，在此不赘述。

以上是本课题研究结论与基本观点的明确表述，也是本课题研究成果的相对集中的表现。

# 七、参考文献（略）

## 第三节 "文学评论写作教学的有效实施方式研究" 研究报告[①]

文学评论写作能力是中国语言文学专业学生的一项基本能力要求，然而，在当前的高等教育大众化语境中，中国语言文学专业学生的文学评论写作能力却普遍较为低下，这直接涉及高校学生的培养质量问题。在高校致力于进行内涵建设和教育改革的当下，我们必须深入思考和探讨这一问题，并力求寻找到解决这一问题的有效方式。其实，这也是更好地贯彻和执行《国家中长期教育发展规划纲要（2010-2020）》和《教育部关于全面提高高等教育质量的若干意见》中相关要求的需要。本课题研究积极面对这一需要，并依据课题负责人及课题组成员的教学实践经验和研究意向，把"文学评论写作教学的有效实施方式"作为研究对象。期望通过有针对性的深入的研究就文学评论写作教学的有效实施提供建设性意见和建议。

### 一、本课题相关研究文献综述、发展趋势与研究意义

在现有理论研究和具体实践中，文学评论写作教学问题并没有得到应有的关注，对于文学评论写作教学的有效实施方式问题更是未能形成集中性的研究。从事文学评论写作教学的教育者大多也仅局限于对文学评论写作问题的一般性理解和讨论，即使是有个别教学实践者和研究者开始有意识地对文学评论写作问题展开探讨，但更多的还只是相对零散的，趋向于对文学评论写作的普泛性问题的研究。在此，我们分两个方面予以必要的阐述和说明。

其一，关于文学评论写作若干问题的研究。第一个方面，关于文学评论写作能力的培养。程志军先生在《中文系师范生文学评论写作能力培养的途径和意义》[②]一文中指出：文学评论写作能力的培养既要靠高校教师的积极

---

① 江西省教育科学规划项目"文学评论写作教学的有效实施方式研究"，立项时间：2014 年 1 月，项目编号：14YB025，项目主持人：陈海艳，项目组成员：詹艾斌、苏勇等，结项时间：2016 年 12 月。
② 程志军：《中文系师范生文学评论写作能力培养的途径和意义》，《广西教育学院学报》，2013 年第 4 期，第 63-66 页。

引导，还要靠学生的主动参与，不管是借助现有的大众传播媒介，还是继续发挥传统课堂应有的教育教学功能，我们都应该认识到中文系师范生评论写作能力欠缺的基本现实，并能够结合教学中的实际情况加以调整和改变。这样做既有利于保持中文系传统文学课程教学的活力，也有利于师范生基本综合素质的提升。第二个方面，关于文学评论写作的方法及其意义。袁珍琴在《谈文学评论的写作》①中说，写文学评论，需要解放思想，自家做主。在具体评论实践中，必须深入文本内部，进行具体的分析。写文学评论文章，也不能死抱住几本文学理论书作研究，必须对现实社会生活和世界大势、时代思潮有一些认识和理解。这样，才可能在写文学评论时，做到自己心里有数——有自己的"客观评价尺度"。贺国光也在《怎样写好文学评论——兼谈中文系学生毕业论文写作》②中提出，写好文学评论要明确文学评论的任务；好的文学评论写作要从"问题"出发，"问题意识"是评论写作的前提；准备材料有各种各样的方法，但功夫却在平时一点一滴的积累；文学评论的写作过程是作者和其他声音交流和对话的过程，既要有自己的见解又不能自说自话；进入评论写作的过程，要从自己真实的感受出发，分析问题要注意把握整体；理论功底是逻辑思维、思考深度、综合方法运用的检验；文学评论最终得出的应该是一个文学上、美学上的结论。贺仲明先生则更多地关注文学评论写作对于学生能力和素养培养的价值与意义。在他看来，在当前的学术界以及大学中文系的课程设置中，文学评论写作很不被重视。但是，其价值和意义却是非常重大的。第一，作家作品是文学的基本内容，缺少了作家作品，文学史也就成了空虚之物，丧失了所有的价值和意义。文学评论对文学作品的价值意义进行挖掘，展示其审美价值，揭示其问题和缺陷，是对文学作品意义的强化。第二，从中文系学生能力培养来说，文学评论最具有锻炼意义。对于中文系大学生来说，最重要的是锻炼两方面的能力，一是分析概括理解的能力，二是表达的能力。要培养这两种能力，一种方式是多读书，在阅读中形成比较、分析、概括等能力，另一种方式就是多写，把自己的所思所想用文字表达出来。文学评论写作正是这两种方式的结合，它建立在阅读的基础上，更注意培养理解能力和写作能力。写好了文学

---

① 袁珍琴：《谈文学评论的写作》，《重庆文理学院学报》（社会科学版），2006 年第 2 期，第83-86 页。

② 贺国光：《怎样写好文学评论——兼谈中文系学生毕业论文写作》，《内蒙古师范大学学报》（教育科学版），2010 年第 7 期，第146-148 页。

评论，自然就提高了分析理解和书面表达能力。第三，从学风来说，针对具体作品的文学评论能够培养切实的学术风气。[①]此外，对于如何具体开展文学评论写作问题的讨论，也散见于基础性写作教材中。当然，也有研究者与教学实践者以理论专著的形式探索文学评论及其写作问题，这方面的研究成果主要有：王一川，《文学批评教材》，高等教育出版社 2009 年版；王先霈，《文学评论教程》，四川文艺出版社 1990 年版；等等。

其二，关于文学评论写作教学问题的研究。这方面的研究成果较之于前者更少，这也从另一个方面进一步表明，文学评论写作教学问题的探讨还存在较大的发展空间。赵玉萍在《范文引线，多角度实践——由文学评论写作教学谈提高学生的动手能力》[②]一文中认为，文学评论是高校文科学生必须掌握的重要文体之一，也是写作教学的难点。教学实践证明，为引导学生进入文学评论之门，提高他们的动手能力，教师应在精讲理论的基础上，采用范文示导、树立目标、多角度设计定题进行评论的方法，提高学生的动手能力。基于这一根本认识，将其具体教学区分为两个步骤。第一，多角度定题立意；第二，多角度剖析示范。总之，学生的文学评论写作训练，要在讲清讲深写作理论基础上，与实践密切结合，抓住两大步骤中几个紧密相连的环节，由感性到理性、由理论到实践，逐步提高学生的动手能力。在她看来，在整个训练过程中，教师要反复向学生强调以下几个问题：一是要强调反复阅读和研究范文，这是评论的基础；二是要强调把自己的感情推上去，用心灵去感应；三是要强调找准立论的角度；四是要强调文学评论结构的安排；五是要强调文学评论文章中有必要的理论升华。除此之外，我们在单篇论文中很难再发现颇具价值的关于文学评论写作教学问题的集中研究之作。

通过上文必要的研究综述，我们可以发现，真正开展文学评论写作教学有效实施方式问题研究的文献尚不多见，甚至是相当缺乏。无疑，这一状况对高校文学评论写作教学是十分不利的，所以需要通过必要的深化探讨解决这一问题。本课题研究是力图改变这一现状的尝试，它是探索性的，具有较为明显的现实价值。

---

① 贺仲明：《大学生文学评论写作的意义与方法》，《文学教育》，2016 年第 4 期，第4-8 页。

② 赵玉萍：《范文引线，多角度实践——由文学评论写作教学谈提高学生的动手能力》，《文教资料》，2009 年第 11 期，第 229-231 页。

## 二、本课题研究的问题与基本内容

依据项目选题与相关研究现状，本课题的核心问题表现为：在高校汉语言文学专业学生的培养过程中，在"文学评论写作""基础写作"等文学课程中，如何更好地实施文学评论写作教学？也就是说寻求实施文学评论写作教学的有效方式甚至是最佳方式，也可以说是寻求文学评论写作教学如何实现最优化的基本（教育）规律。围绕这个问题进行调查研究并在教学实践中予以贯彻，将会对青年学生文学评论写作能力的提升产生重大而又直接的积极影响，提高目前高校文学教育教学的育人质量。

我们知道，当前高校的文学教育教学存在着颇为严重的问题，甚至可以说存在着一定程度上的危机。我们需要就当前文学教育、文学课程教学中出现的基本问题进行充分讨论，并由此达成共识，以积极寻求解决这些问题的理念、方式和途径。这种解决不仅必要，而且无疑还是一项紧迫的工作，它涉及我们对于文学教育、文学课程教学的终极想象，更事关我国人文教育乃至国家整体教育改革的某些根本的方向性问题。由此而论，本课题研究的基本问题无疑是重要的，它积极参与到包括文学评论写作教学在内的当代文学教育教学的改革，而这一改革直接关涉受教育者能力与素养的真正提升问题。

基于以上课题设计与初步论证，可以明确，本课题研究的目的在于探讨如何在高校汉语言文学专业学生培养过程中，在"文学评论写作""基础写作"等文学课程中有效开展文学评论写作教学，以使青年学生文学评论写作能力得以实质性提高。这一论题的整体性展开，总体表现为：其一，如何在文学评论写作教学过程中提高学生的文学批评理论认知能力；其二，如何在教学过程中要求学生明确文学批评实践应着重考虑的几个方面的问题；其三，作为课题研究进一步深化的需要，尚需在文学评论写作教学实施一段时间之后，对其实践进行必要的总结，形成更为明确而合理的教学实施方案，在方案的导引下凸显具体教学效果。这是本课题研究的基本方面。

由以上所揭示的，本课题研究主要内容表现为以下几个方面。

1. 文学批评实践中批评主体应着重关注的几个问题——文学评论写作教学的有效实施方式研究之一

开展文学评论（文学批评）实践，必须高度关注评论主体问题。评论主体是具有主体性的社会个体。评论主体的根本文学观念及其蕴含着的文学价值观深刻影响着其批评理念的形成，而一个评论者的批评理念又在相当大的程度上制约甚至是决定着其批评方法的具体选择和运用。在此前提之下，我们可以明白，在文学批评实践中至少要求学生着重考虑以下主要问题：文学批评实践与批评方法的自觉选择；文学评论文章写作的基本意向；具有现代价值意味的文学文本的选择问题；等等。

2. 批评者的必要的理论认知——文学评论写作教学的有效实施方式研究之二

批评者的必要的理论认知主要是指评论者在开展具体评价的时候需要对文学批评（文学评论）中的基本理论问题与当下实践问题具备明确而又合理的认识。它直接影响到具体评论实践的实施，也深度制约着评论实践可能达到的高度。而这在根本上体现为一系列理论问题的探讨。我们认识到，在理论认知的提高方面应让学生着重关注和探讨以下批评理论问题：文学评论与当代先进文化建设，马克思人学批评，批判当代文学批评中的相对主义（反对无边的相对主义，确立具体评论实践的主导形态），文学批评家作为知识分子应明确个人的身份定位与价值选择，等等。关注并深度研究这些批评理论问题，是保证文学评论写作教学能够得以有效实施的基本前提，换言之，也是推动文学评论写作教学有效实施的支撑性力量。

3. 文学评论写作教学有效实施的具体方案

这一具体方案的获得，无疑来自于合理教育教学理念之下的教学行为经验的总结，同时，它也是进一步推进文学评论写作教学有效实施的指导性纲领。

4. "文学评论写作教学的有效实施方式研究"的总体研究报告

这既是本课题研究的基本内容之一，也体现了本课题研究内容的根本性概括与提炼。

## 三、本课题研究的理论基础

马克思主义唯物史观的确立开辟了文学研究、文学批评（文学评论）的新路向，为文学批评实践也为整体的文学研究提供了科学的世界观与方法论。马克思的历史思想以及唯物史观真正的理论着眼点是人的发展，这与实现人的解放这一马克思主义的根本宗旨是完全一致的。在当下，我们需要从对唯物史观的完整、深刻理解出发，进行文学批评的理论建构和开展具体的文学批评实践活动，从而保证当代文学批评的应有品格与质地。

基于马克思主义唯物史观视野，以联系的、发展的观点看待事物和现象，我们可以形成必要的与本课题研究密切相关的理论认识，这也是本课题研究的理论基础。

其一，高校文学评论写作教学的有效实施与青年学生评论写作能力的提高之间存在着极为重要的联系。教育教学行为的有效性一直是教育者的基本追求，而高校文学评论写作教学的有效性无疑从根本上体现为青年学生评论写作能力的提高。后者是前者的根本表现，前者是后者的基本印证。而且，我们完全可以明确的是，之所以追求文学评论写作教学的有效实施，其根本目的就在于期望并达成学生文学评论写作能力的提高。

其二，青年学生的文学评论写作能力的提高是可以通过改进文学评论写作教学的实施方式得以有效实现的，这种提高是一种发展的过程，它是渐进的，不可能一蹴而就，需要遵循教育教学规律与人的成长和发展规律的。依照上文的逻辑，大学生的文学评论写作能力的提高是可以通过教育教学行为的改进得以实现的，这也体现为一种教育教学行为的力量。当然，改进文学评论写作教学的实施方式，实现文学评论写作课程的有效教学，对于提高大学生文学评论的写作能力也不大可能立竿见影，而是必然地表现为一个阶段性的过程，而且还有可能是一个相对来说比较长远的过程。然而，我们需要明确的是，不能因为它表现为一个发展的过程而漠视其重要性、必要性和规律性。大学生文学评论写作能力的提高是育人问题，而育人必然表现为一个过程，需要我们遵循其发展规律。

其三，文学批评主体评论写作能力的提高是评判文学评论写作教学有效实施程度的根本尺度和依据。我们说，文学批评主体评论写作能力的提高表现为一个发展的过程，这是问题的一个方面；问题的另一个方面是，文学批评主体评论能力的提高也是我们开展文学评论写作教学有效实施程度评价的标准，尽管不能说这是唯一的标准。应该说，这是一种结果导向性评价方式。它是可行的，也是必要的。

## 四、本课题研究假设

研究假设是课题研究的必要前提。如前所述，本课题致力于文学批评者尤其是大学生文学评论写作能力的提高，而要做到这一点，一个重要环节即是文学评论写作教学的有效实施问题。换言之，文学批评者尤其是青年学生文学评论写作能力的提高一方面来自于文学批评实践的持续努力，以积累和丰富文学评论实践经验，但另一方面也必须有赖于文学评论写作教学质量的保证，这也就是说，如何有效实施文学评论写作教学是增强青年学生文学评论写作能力的重要环节。

在这里，尤为需要注意和强调的是，本课题的研究假设的确定是建立在课题研究的理论基础之上的。如前所论，本课题研究的理论基础是基于马克思主义唯物史观视野的，强化以联系的、发展的观点看待事物和现象，由是，我们就可以形成必要的与本课题研究密切相关的理论认识。同样的道理，以上我们所说的研究假设，其之所以能够得以成立和彰显，也是基于联系的、发展的眼光来看问题的，它更强调青年学生文学评论写作能力提高的生成性、可塑性、发展性。

具体来说，文学评论写作教学的有效实施需要重视文学批评实践（实践出真知，实践出经验，批评实践是文学评论写作教学真正能够得以有效实施的一个重要环节，当然，它也表现为学生创新能力培养的一个重要方面；而且，我们可以明白的是，对于文学评论写作教学实施的有效性的判断和确定也直接关涉学生文学批评实践能力的提高与否），但与此同时，还必须诉诸学生批评实践的理论品性（理论品性是评论者的必备素养，甚至可以称之为评论者的核心素养要求。评论者的理论品性很鲜明地体现出思维的个性特征，是其理论素养的基本呈现）的形成，在具备一定的理论品性包括核心文学观念、批评理念并适度运用一定的针对性的文学批评方法的基础上，才可以在具体的文学批评实践中有效提升学生的文学评论写作的能力，以有效实现文学评论写作教学。换句话说，文学评论写作教学的有效进行，学生文学评论写作能力的提高，都有赖于上述理论品性的形成与增强。唯其如此，才能对文学评论写作教学作出（教育）规律性的认识与把握。

## 五、本课题研究框架与研究方法

### 1. 本课题研究框架

基于以上研究假设，课题负责人认识到，有效实施文学评论写作教学，必须从提高学生的理论认知和强化文学批评实践两个方面同时进行。这表现为确立文学评论写作教学有效实施的两个基本点。

具体而言，在理论认知的提高方面应让学生着重关注和探讨以下问题：文学评论与当代先进文化建设（文学批评是时代性的先进文化，在马克思主义世界观与方法论指导下的当代文学评论实践对于先进文化建设而言影响深远。在当前文化创新需要的时代背景下，将马克思主义文学批评与先进文化建设问题进行关联性考察，既是对马克思主义文学批评重要研究视角的自觉确立，也表现为一种对于当代中国先进文化建设问题的深度关注。建设中国特色社会主义先进文化是一种时代性要求。文学批评或文学评论是一种时代性的先进文化，历史中的马克思主义文学批评更是时代性先进文化的代表，它具有广泛的人民性。当代中国的先进文化建设需要文学批评，马克思主义文学批评无疑是当代先进文化建设的积极力量。为了顺应当代先进文化建设的根本要求，我们必须在坚持马克思主义文学批评的同时发展马克思主义文学批评，建构马克思主义文学批评的当代形态），当代文学批评应有的价值取向（当代文学批评的发展在某种意义上说也是批评价值观分化的一个过程，文学批评实践的价值取向对文学评论的发展影响深远，为了当代文学评论的长远发展、深度发展，必须明确评论实践的价值取向），批评家主导文学观念的确立（如前所论，评论者的主导性的文学观念直接影响和决定着其批评理念的形成及其基本色调，而评论者的批评理念无疑又在深层意义上制约着其具体评论方法的选择与采用），批判当代文学批评中的相对主义（当代文学批评实践和理论研究在一定程度上都表现出一种颇为凸显的相对主义倾向，这种批评趋向与态势严重影响着当代文学评论实践的科学、合理的发展。我们必须在反对无边的相对主义倾向的同时，寻求和确立具体评论实践的主导形态），文学批评家作为知识分子（评论者在实际的批评实践中必须明确个人的身份定位与价值选择，理应成为一个积极关注社会现实、文化现实同时又颇具洞察力和批判力的实践者、知识者。人文意义上的知识者具有明确的价值指向，也正是在这个方面，表现出人文知识者的特殊性或者说特质的存在），等等。在文学批评实践中应着重考虑的问题有：文学批评实践与批评方法的自觉选择（在批评实践中，评论方法的选择对于批评者而言应该具有一定的自觉性。在这种自觉的选择与运用中，应增强文学评论实践的学理性、适用性和有效性），文学评论文章写作的基本意向（文学评论写作不是任意而为的，在写作过程中，评论者的基本意向相对鲜明地体现在具体过程中。当然，需要强调的是，这种意向也是建立在合理的理论视野的基础之上的），具有现代价值意味的文学文本的选择问题（这有利于文学评论者现代价值倾向在批评实践中的明确确立，也是对青年学生进行精神教化的必要而且有效的方式。在全球化语境的当下，青年学生在碎片化的阅读中获得的资讯与信息固然相对丰富，但其并不能必然地给予学生必要的价值选择，更不用说合理乃至正确的价值观的明确确立。高度关注具有现代价值意味的文学文本，其实就在于期望通过这一方式更为强化青年学生对于现代价值取向的认同和接纳。这是对于人的培养的需要，也表现为对于现代价值的肯定与选择。这是一个已经在发生也必然会继续增进的过程），等等。

以上问题是本课题研究框架的一个方面，它表现为文学评论写作教学有效实施方式的具体运用和实践。

本课题研究框架的另一个方面是，制订出在一定的教学实践基础之上的、基于丰富的文学评论写作教学实践经验总结的文学评论写作教学有效实施方案。这一工作在文学评论写作教学实施一段时间之后进行，重在进一步也是实质性推进课堂教学的有效性或者说成效。它是实证的、客观的，以充足的教学事实和经验为依据。这一内容可以单独成文，也可以置放于课题研究报告之中，因为它也表现为课题研究的基本结论或观点。

2. 本课题研究方法

本课题研究注重文学评论写作教学实践及其经验的总结与规律的探索，因而，理论与实践的统一是本课题研究的一个基本特点。

在理论探索方面，总体上遵循基础理论研究中所要求的历史与逻辑的统一原则。在基础理论研究中，历史与逻辑的统一是一种基本要求，也是一种根本性要求。本课题尤为重视唯物史观视野之下相关理论问题的探讨。唯物史观是一种新的世界观与方法论。它直接影响和决定着本课题研究的理论品质。在具体的研究方法上，本课题特别注重案例枚举法、数据分析法、批判式反思方法的运用。

在具体的教学实践中，本课题成果尤为关注文学文本分析法以及多种文学批评（文学评论）方法的转换与选择，同时，归纳与演绎方法、哲学方法论、马克思主义的世界观与方法论等也在批评实践中得到了恰当的、适时的运用。

正是这些研究方法的合理运用促成了课题研究工作的顺利进行，也在很大程度上保证了本研究的价值。

## 六、本课题的研究结论和基本观点

依据前文提及的问题研究的总体设计，相应地，本课题的研究结论与基本观点主要表现在以下三个方面。

第一个方面，关于文学批评实践中批评主体应着重关注的几个问题的研究。在评论者尤其是青年学生文学评论写作能力提高问题上，这是一个极为重要的环节。其研究结论和基本观点主要有：在高校汉语言文学专业学生的培养过程中，在"基础写作""文学评论写作"等文学课程中，如何更好地实施文学评论写作教学？这一问题是颇为复杂的，需要从诸多方面予以研究并付诸实践。但我们可以明确地从评论主体视角出发，择其要者，简要探讨在文学评论写作教学过程中教师应该敦促、指导学生即评论实践主体积极关注、探索、明确和践行的三个维度的问题。其一，评论主体应形成批评方法选择的自觉。在《1844 年经济学哲学手稿》中，年轻的马克思指出，自由自觉是人的类特性。换句话说，自由自觉是人区别于其他对象的根本性特质。青年学生在其成长的不可重复的青春韶光中，无疑需要形成诸多符合其年龄和心理特征并与其人格、素养协调一致的自觉意识。而在这个过程中，教师的引导、教诲是相当重要的。由此，我们认识到，在"基础写作""文学评论写作"等文学课程的教学中，在面对具体的文学批评文本时，教师应适时、适度、适当地要求、引领学生形成明确的批评方法选择的自觉。显而易见，这种自觉不仅仅只是一种评论技术的需要，它更关涉到青年学生的思维自觉和精神成长。它对于育人而言是不可或缺的。其实，对于包括青年学生在内的评论者而言，在文学评论实践中，形成、确立批评方法选择的自觉是一种基本的素养要求。在此，需要着重说明的一点是，我们强调青年学生应在文学评论实践中形成、确立批评方法选择的自觉，并不是说任何具体的文学批评实践都无一例外地贯彻着这一硬性的要求。事实上，青年学生在批评方法选择自觉的形成中还必须注意到"有形法"与"无形法"这一问题，这也是教师在文学评论写作教学过程中尤为需要加以重视和强调的。其二，评论主体需具有明确的评论文体意识。在日常的"基础写作"和"文学评论写作"等文学课程的教学实践中，教师应敦促学生尽早形成明确的评论文体意识，从而确立必要的评论文体选择的自觉。青年学生需明确，文学评论的文体即文学批评文本的体裁样式。大体上说，历史上曾出现过诗歌体、戏剧体、对话体、书信体、评点体、随笔体、论说体、序跋体等不同类别的文学评论文体。其中，有些体裁样式现已经非常少见甚至消失，如诗歌体、戏剧体；目前常见的体裁样式则有论说体、随笔体、序跋体，另还有书信体、对话体等。而青年学生在当下需要更多关注的评论文体主要有随笔体文学评论和论说体文学评论。其三，评论主体应特别关注具有现代性意味的文学文本。青年学生的文学评论能力的提高是与其思想质地、价值取向等核心问题密切相关的。在当下的中国社会和教育视域中，教师对青年学生进行文学评论能力的培养与铸造时必须充分认识到这一重要问题，并在具体的教学过程中强化这一实践。其实，在日常教学中，我们经常会发现一个现象，即青年学生活在当下，其思想质地与价值取向却很难称得上"现代"，这与我们的教育教学缺乏一种必要而明确的现代性价值取向的自觉是存在直接的关联的。基于此，期望文学教育教学能够生发出对于人的更为巨大的塑造性力量，期望青年学生的文学评论写作能力得到真正的提高，教师就需要敦促学生在具体的批评实践中积极关注和选择具有明确的现代性价值取向的文学文本。总体来看，我们可以明确地认识到，在"基础写作""文学评论写作"等文学课程的教学过程中，引导、要求青年学生特别关注和选取具有现代性意味的文学文本予以评价有利于评论实践者现代价值倾向在批评实践中的明确确立，这无疑是一种在当前对青年学生进行精神和思想教化的必要而且有效的方式，它对于青年学生的精神成人（契合时代性精神发展需要的精神塑造与思想构成）影响深远。

第二个方面，关于评论者的必要的理论认知问题。其研究结论与基本观点主要有：

（1）关于当代文学批评实践的意识要求和方法论特征问题。在上文，我们说到了评论实践中评论者的文体意识要求问题，这里着重讲一讲批评实践中评论主体的当代意识要求问题和方法论特征问题。在多元文化语境中致力于文学批评（文学评论）的当下建构，自然不可缺少对于当代文学批评实践的发展问题的关注，更需要在此基础上积极寻求合理、有效推动当代文学批评实践发展的重要质素与力量。尽管这个问题是极为复杂的，然而，这其间还是存在一些普遍性问题，或者说这个环节需要着力予以探讨、明确乃至于进行必要的引导和规范。我们以为，在当代文学批评实践的发展过程中，批评者的批评意识及其批评实践中的方法论特征就属于这样的问题。当然，它们也只是此类问题的局部体现。进行文学批评实践，要求批评家必须具备当代意识。这里所说的当代意识，首先是指批评家必须具备自觉地以其批评实践参与当代文学、文化和社会建设的意识。这也是当代批评家应该具备的基本立场。其次，它也是指批评家必须具备开阔而深邃的当代视野与眼光。当代视野与眼光的确立，从根本上说也是一种批评视角的规范和要求。在文学批评实践中，除了要根本性地确立当代意识之外，还必须明确文学批评的方法论特征问题；而批评实践的方法论特征无可置疑地表现为多个方面，在此择其要端，谈两点根本性内容。其一，宏观考察与微观剖析的结合，从一个特定的向度上说，文学批评实践是批评家在对评论对象进行宏观考察与微观剖析的过程中完成的。可以认为，宏观考察与微观剖析是进行文学批评实践双向而又一体的基本途径与方式。其二，美学观点、历史观点与人学观点批评的统一，以美学的观点来要求、衡量和评价作家作品，最重要的是看作家的创作是否符合了艺术创造的规律和遵循了正确的审美法则，是否表现出独特的艺术个性从而具有丰富的审美意蕴和较高的审美价值，用一句话来说，即是否"按照美的规律来构造"。以历史的观点来要求、衡量和评价作家作品，具有两个方面的基本内涵。首先是要求批评家持有一种历史主义态度，从历史角度考察作品，把文学作品置于其写作时期的观念、习俗和人们的态度之中，从而进行与作品的历史内容相适应的社会的、政治的、哲学的、道德的分析和评价，看作品是否描写了某一历史时期的真实图景，是否反映了历史的进步要求，是否体现了历史发展的必然内涵与趋势。其次，用历史的观点评价作品，是指作为批评主体的批评家，应该具备他所处时代的先进的历史视野和立场，这正如我们在上文所说的批评家必须具备开阔而深邃的当代视野与眼光，这样，方可合理确定具体文学作品的历史地位及其在现实社会中的价值与意义。所以，历史的观点在这里也就意味着是马克思主义的唯物史观在文学批评实践中的具体应用。由此再深入探讨下去，我们必须意识到，恩格斯提倡的文学批评的历史观点应当包括人学观点。因为，人是历史的人，历史是人的历史。历史是人的活动的舞台，是人的活动的具体展开。从历史唯物主义的观点看人，必然会从历史观点中引申出人学观点。其实，文学就是人学，是社会现实中从事实际生活活动的人的"精神分析"学，是唯物史观视野下由人参与其中并构筑而成的流动着的社会存在的基本反映和体现，是人们对世界、人生、人性等体验、感悟、认识和思索的审美化呈现。

（2）关于当代文学批评实践与理论研究中的相对主义的批判问题。众所周知，在根本意义上是由于当代中国社会结构的深刻变动，20世纪90年代以来尤其是21世纪之后的中国文学批评呈现出明显的多元思想与文化语境下的相对性特征，由此而极致化发展，便形成为批评中的相对主义。这在当代批评实践及其理论建构两个方面都表现得相当突出。众声喧哗、多元共生是当前文学批评实践的一个基本特征，在很大程度上也正是它构造出当代文学批评的一种表面繁荣景象。这一景象的构造与获取在根本上来源于对批评实践中的多元解读合法性的不加批判的盲目认同。"不加批判"意味着反思意识和真正的问题意识的阙如，这样，文学批评实践中的意图误置等现象的滋生与凸显也就司空见惯了，这必然会带来文学批评实践中的思想文化甚至是价值观的混乱。批评实践是这样，相对主义批评的理论建构也是如此。无可置疑的是，相对主义批评主张无疑在一定程度上助长了21世纪以来文学批评实践中的相对主义的蔓延和泛滥。我们明白，作为一种历史的产物，相对主义认识具有一定的进步性，但我们更需要充分明确其局限和虚妄。在相对主义的文学批评实践中，批评标准其实是缺席的，不在场的，"怎么样都行"成了相对主义文学批评的一条醒目的、具有根本性的隐性逻辑。在这样的文化逻辑的主导与驱使之下，文学批评也就失去了其应有的目的性和价值标尺，无法对文学文本做到有效解读（低效或无效），从而也就彻底丧失了其理应作为时代性的先进文化的根本性质，最终不可避免地走向失效。

（3）关于主导性文学批评形态（马克思人学批评）的建构问题。尽管多元思想与文化语境下的相对性的批评状况在当下的出现和存在是具有其现实性的，但面对当前纷繁复杂的批评态势，有必要确立一种以实现马克思人学理念为目标的主导性的批评形态以对之进行有效的规约。强调规约，并非逼迫文学批评在意识形态上的同一，也并不排斥文学批评价值选择的差异性，它主要是蕴含着一种介入和引导的作用。简要而明确地说，我们主张的是一种一元主导下的多样化形态并存的文学批评观，而对于目前来说，更为重要而迫切的显然是需要确立马克思人学意义上的文学批评。马克思人学批评就是一种以实现马克思人学理念——根本上表现为上文简要论及的马克思的人的主体性理论——为根本目标的批评形态。择其要者，主要直接表现为以下六个方面：其一，人的问题是文学批评的主体，这是当下文学批评尤其是在批评实践中理应确立的一种主体意识，文学批评的价值实现在很大程度上首先就在于建构和确立这一主体意识。其二，当代文学批评实践对于人的关注、对于人的解读和理论建构，应该建立在马克思的人的主体性的理论基础之上，力求对处于社会现实关系中的人具备完整而准确地把握与理解，以充分发挥文学批评的效能，推动和促成人的发展与进步。其三，当代批评者理应在持续的批评实践中积极寻求其主体性的实现，发挥其能动性、自主性和自为性，这首先就要求批评者能够创造性地开展其文学批评实践活动。其四，在批评的主体观问题上，它坚持马克思关于主体人的理论是确立文学批评主体观的一个根本点；它肯定个体性批评而又期望在此基础上实现对批评个体性的超越以寻求和认同相对统一的批评倾向。这一运思与努力，在更为深层的意义上其实也就是为了人的自由与全面发展的需要。其五，在批评的价值论问题上，它以群体为价值主体，在充分肯定个体价值的基础上，以群体价值的实现为旨归。如此，它也就确立了价值评价的合法性依据并有效解决了具体文学批评实践中的价值一元性与价值多元性的统一问题。其六，在基本目标上，马克思人学意义上的文学批评最终的关注点是人，它以马克思人学思想为理论资源参与并促成人的自由与全面发展的实现。

前文提到，评论者的必要的理论认知是其文学评论写作能力能够得以真正提高的必要前提，让青年学生增强批评实践的理论品性，也是衡量文学评论写作教学有效性的一个重要尺度。

第三个方面，关于文学评论写作教学有效实施的具体方案。经过几年的探索，尤其是通过"文学评论写作"课程的开设，课题负责人与课题组成员提炼、总结出了一份经实践检验具有较为充分的合理性和较为明显的有效性的文学评论写作教学实施方案。这一方案的完整情形就是本课题研究结论和基本观点的一个特定方面的集中表达。实施方案（以2016—2017学年第1学期实施方案为例）详见本书第五章相关内容，此不赘述。

# 七、参考文献（略）

## 第四节　"审美文化问题的理论研究与教育实践"研究报告①

江西省教育科学规划课题"审美文化问题的理论研究与教育实践"获得立项之后，负责人与课题组成员经过较长时期的研究工作以及相关理论研究的教育实施活动，取得了一定的成绩，现总结汇报如下。

### 一、本课题研究文献综述

20 世纪 90 年代以来，中国学术界的审美文化研究在 20 世纪 80 年代初步研究的基础上取得了很大的进展。随着当代审美文化的兴起，中国美学研究出现了一次重要的转型。正因为存在这样的学术发展背景，近年来，国内很多高校都陆续开设了审美文化研究（Study on Esthetic Culture，或称审美文化学）课程，意在提高学生的艺术、审美素养以及相关能力，从而实现培养自由而全面发展的人这一宏伟的教育目标；由此，展开审美文化研究课程的相关理论与实践问题的探讨也就成为一个重要的学科前沿性问题，这反映了高校艺术教育现实的迫切需要。

目前，国内学术界对审美文化问题的研究主要集中在理论探索上，也正是由于这样的缘故，国内学术界对作为美学一门新兴分支学科的审美文化（学）的理论研究的成绩是相当突出的，但对作为一门课程的审美文化研究中的相关问题的探讨却很是薄弱。因此，强化审美文化相关理论问题的讨论以及审美文化教育的目的、理念、方法等问题的研究是极为重要的。在这个意义上说，本课题研究具有一定的探索性。当然，随着审美文化问题理论研究和对高校艺术教育问题研究的深入，这些问题的探讨应该会成为学术界和教育界未来发展的方向和基本趋势。

如前所展示的，本课题研究总体上其实区分为两个方面的论证设计，分别为审美文化问题的理论性探讨和审美文化教育实践的探索。具体来说，本

---

① 江西省教育科学规划项目"审美文化问题的理论研究及其教育实践"，立项时间：2009 年 11 月，项目编号：09YB245，项目主持人：詹艾斌，项目组成员：赖大仁、陈海艳等，结项时间：2013 年 12 月。

课题研究在审美文化问题的理论性探讨中，并非着眼于审美文化理论问题的整体性研究，而是有选择性地侧重于审美文化概念的明确界定，且在此基础上致力于当代青春审美文化问题的理论性研究、当代审美视域下的校园文化建设问题研究、审美文化教育研究及其实践等。由此，本课题研究文献的检索、整理与运用相应地主要区分为以下几个方面。

1. 审美文化概念的界定问题

什么是审美文化？在20世纪90年代审美文化研究日益兴盛并成为一门显学以来，学界依然还没有形成一个精确的、科学的、大家能普遍接受的基本界定。目前学界也存在着几种颇具代表性的对"审美文化"概念的理解和运用状况。第一，聂振斌、滕守尧、章建刚先生在《艺术化生存——中西审美文化比较》中认为，文化是区分为层级的，在这一基本的文化思路之下，结合人类审美状况的当下发展，他们指出，审美文化是人类发展到现时代所出现的一种高级形式，或曰人类文化发展的高级阶段，它把艺术与审美诸原则（超越性、愉悦性以及创造与欣赏相统一等）渗透到文化及社会各领域，以丰富人的精神生活，使偏枯乃至异化了的人性得以复归，审美文化是现代社会的产物，是文化发展的高级形态，它把艺术审美原则渗透到生活的各个领域，变人生的物质化生存为艺术化生存。[①]无疑，这高度肯定了审美文化的当代价值与功能，把它看成是人类文化发展的一种典范形态。应该说，这是一种"精英"文化观，偏向于对"审美文化"进行较为狭义的理解。第二，与第一种对"审美文化"的理解构成对应关系的是，朱立元先生对"审美文化"的界定则相当宽泛，他认为"审美文化"（Aesthetical culture）一词是一个'形容词+名词'（偏正结构）组成的合成词。它是以文学艺术为核心的、具有一定审美特性和价值的文化形态或产品。根据这一理解和界定，审美文化概念的使用范围相对比较广，不仅包括当代文化（或大众文化）中的审美部分，也可涵盖中、西乃至全世界古代文化中的有审美价值的部分"[②]。课题组认为，这样来理解审美文化不仅可以使它更易于被人们接受，而且更表现出了对人类文明进程中历史性的审美事实的应有的尊重和认同。这一观念与叶朗先生主编的《现代美学体系》一书第五章对"审美文化"的界说存有共

---

① 聂振斌、滕守尧、章建刚：《艺术化生存——中西审美文化比较》，四川人民出版社，1997年，第286页。

② 朱立元：《"审美文化"概念小议》，《浙江学刊》，1997年第5期，第47页。

通之处，只是后者的理解更为宽泛和更具包容性。审美文化作为审美社会学的核心范畴，是指人类审美活动的物化产品、观念体系和行为方式的总和，审美文化的三个基本构成因素是人类审美活动的物化产品、观念体系和行为方式。第三，在一般性理解的前提下，也有学者倾向于在"审美文化"的前面加上"当代"的时间限定，认为这样更能揭示"审美文化"的特殊内涵。由此，就形成了对于"审美文化"的广义与狭义的两种界定：就其广义而言，审美文化是人类文化在物质、精神、制度等各个层面呈现出来的审美因子，或者说是人们以自觉的审美理想、审美价值观念所创造出的文化事项的总称；就其狭义而言，审美文化特指在当代大众传媒影响下，在社会文化的各个方面所呈现出来的具有审美价值的产品、倾向和行为。审美文化学则是当代美学中以审美文化为研究范围的新兴分支学科。[①]由上，我们可以认识到，尽管当前学界尚未对"审美文化"的界说取得完全一致的意见，但对一些基本问题的共识业已逐步形成。我们是可以在这一共识之下把握审美文化的基本内涵的。课题组认为，应该更倾向于对审美文化作广义上的理解，而与此同时应更为关注对当代审美文化的研究。对当代审美文化进行研究，有利于从文化的视角更深层地洞察当代社会的变迁，从而更好地顺应社会现实及其未来发展的需要，推动审美文化教育的开展和深化。

2. 当代青春审美文化研究问题

当代审美文化研究开辟了美学研究的新路向，而作为中国当代审美文化中的一种重要现象，当代青春审美文化显得极为突出且表现出旺盛的生长力。因而，关注这一现象并做出尽可能合理而充分的探讨就成为当下人文学者的一个重要使命。本课题在这一方面的研究主要包括两个方面的内容：其一，旨在对我们这个时代的青春审美文化问题进行宏观的、反思式的、总结式的、建设性的综合研究，当然，这一研究的具体对象也是有选择的；其二，从以"快乐女声"为代表的文化现象出发，着重讨论其文化逻辑问题，这与本课题负责人申报立项的江西省社会科学规划项目"青春娱乐及其文化生产——2011 年度"快乐女声"文化现象批判"（编号：11WX33）之间构成了有效的对接。在当前中国美学研究和审美文化研究有待于积极地、创造性地建设的学科背景下，这样的针对性深化研究显然是很有必要的。

---

① 张晶：《作为美学新路向的审美文化研究》，《现代传播》，2006 年 05 期，第 26-30 页。

　　作为中国审美文化领域中出现的阶段性新问题，在国外对于当代中国青春审美文化的针对性集中研究是不存在的。在国内，随着近些年来关于青春审美文化各种问题的提出，少数学人相继开展了这一文化现象的研究，发表了一些较有代表性的成果例如，肖鹰：《青春审美文化论——电子时代的"青春"消费》，载《中国人民大学学报》2006 年第 4 期；王新中：《当代青年审美趋向初探》，载《现代传播》2007 年第 1 期；张秀芝：《大众文化对青年审美的影响》，载《中国青年政治学院学报》2002 年第 3 期；高等教育出版社 2006 年出版的由余虹先生主编的《审美文化导论》一书辟有专章"青春审美文化"，该章执笔者即肖鹰先生；等等。这些研究具有一定的开创性意义，但显然还不够，多数研究还停留于青春审美文化领域中局部性问题的探讨，而未能对当代中国青春审美文化问题尽力作出集中的、全面的、反思性、总结式研究。由此而言，本课题研究确立的方向与思路具有一定的探索性和拓展性。

　　"快乐女声"作为中国文化领域中出现的新现象，在国内暂时未见有重大价值的专门性、学理性研究文献的出现。当然，基于当代中国文化的基本现实，不少学人也曾经敏锐地开展过而且还在进行着关于往届的"超女""快女"以及大众（审美）文化、青年文化等问题的研究，这其中也发表和出版了一些较有代表性的成果。而且，围绕着往届"超女""快女"现象的记录性文献也相继出现。例如，上海天娱传媒有限公司图文：《2009 快乐女生星光闪耀全集》（第 1-10 卷），中国文联出版社 2009 年版；唐浩主编：《大话超女：对一个娱乐神话的解析》，北京出版社 2005 年版；刘一平、吴雄杰编著：《超女幕后：快乐中国的巅峰之作》，湖南人民出版社 2006 年版；杨玲：《超女粉丝与当代大众文化消费》，首都师范大学博士学位论文，2009 年，指导老师：陶东风；李冬梅：《网络时代中国电视真人秀节目的内容生产与营销创新》，山东大学博士学位论文，2010 年，指导老师：胡正荣、王育济；陈俊：《大众文化视野中的"超女"现象解读》，武汉大学硕士学位论文，2006 年，指导老师：刘祖云；时统宇：《〈快乐女声〉与娱乐的扩张》（一、二、三），《青年记者》，2009 年第 10 期、第 11 期、第 12 期；等等。这些研究成果具有一定的开创性意义，但显然还不够；有的记录性文献学的理性意义和研究性更是明显不足。受制于多方面的原因，在研究性成果中，多数文献研究视角不够新颖且较为单一，停留于对往届"快女""超女"文化现象以及当代青春文化、大众（审美）文化领域中局部性问题的探讨，而未能对之尽力作出在总体考察基础上的"快乐女声"现象的文化逻辑的开掘与探索，更未能从当代中国文化建设的战略高度予以学理性考察。因此我们在这几个方面还可以大有所为。

3. 当代审美视域下的校园文化建设问题

更明确地说，在当代审美视域下建构校园文化，其实也是当代审美文化建设中的一个重要面向。高校校园文化建设问题一直受到德育（文化）研究者和高等教育研究者的较多关注。近些年来，随着高等教育以及高校自身的发展，相应地，高校校园文化建设也面临着一些新的要求，研究者在不断地探索高校校园文化建设的新方向、新目标。显然，在这样的社会文化语境下，介入高校校园文化建设问题的研究是一种应然的选择，一定意义上，也可以说是一种时代的要求。本课题设计从一个特定的方面积极应对这种时代要求，集中地、有选择性地讨论当代审美视域中的校园文化建设问题。

关于高校校园文化建设问题，近年一些较有代表性的研究论文有：姜晓云：《大学的文化品格和力量——基于南京师范大学校园文化建设方面的调查与分析》，《高校教育管理》2011 年第 4 期；马化祥、霍晓丹：《国际化视野下的高校校园文化建设——以北京大学建设和谐校园文化为例》，《思想理论教育导刊》2011 年第 3 期；刘洁：《网络时代高校校园文化建设的挑战和改革途径》，《东北师大学报》（哲学社会科学版）2011 年第 2 期；宋芳：《彰显德育价值的高校校园文化建设》，《河南师范大学学报》（哲学社会科学版）2011 年第 1 期；王凌：《大学精神与高校校园文化建设》，《光明日报》2010 年 12 月 25 日；等等。硕士学位论文主要有：王洪昌：《高校校园文化建设研究》，河北大学，2010 年；张慧丽：《合并型大学多校区校园文化建设研究》，扬州大学，2009 年；杨萍：《多校区大学校园文化建设研究》，西南交通大学，2008 年；占丽芳：《科学发展观视野下的大学校园文化建设研究》，湖南大学，2007 年；等。理论专著有：陈晓环等：《中国高校校园文化建设理论与实践研究》，北京燕山出版社 2011 年版。这些研究文献在讨论高校校园文化建设问题时，各有其根本性和具体性指向，而相对缺乏高校校园文化建设的美学维度，更是不能自觉地结合当代审美语境与美学研究中的前沿问题理性探讨校园文化建设问题，需要有效地进行必要的改造和深化。

4. 审美文化教育及其实践问题

审美文化研究的兴起和推进，首先直接导致的是美学研究的新气象。而这其中就包含着审美文化教育的推动与深入。显然，在今天的教育和社会形势下，我们尤为需要关注审美文化教育的开展及其发展的，因为，它与人的培育尤其是当代人的培育密切相关。

审美文化教育是一种美育形式。新时期以来我国审美教育的实施和创新发展过程中，审美教育对于人的培育的作用被予以充分认定。这首先表现在具体的教育实践过程中，而同时，也产生了一大批颇有价值的研究成果，而这些研究成果既有专门的理论著作，更表现为较多的研究性论文的发表。例如，曾繁仁：《审美教育——使人成为"人"的教育》，《贵州社会科学》2008 年第 12 期；曾繁仁：《审美教育：一个关系到未来人类素质和生存质量的重大课题》，《山东大学学报》（哲学社会科学版）2002 年第 6 期；刘士林：《审美教育迫切的当代意义》，《中国教育报》2005 年 4 月 21 日；朱虹：《审美教育与教育的人本回归》，《云南民族大学学报》（哲学社会科学版）2010 年第 1 期；平章起、郭威：《审美教育与人的自由全面发展——基于马尔库塞与马克思审美教育思想的比较分析》，《学术论坛》2012 年第 8 期；孙海义：《美育对人全面发展的促进作用》，《内蒙古民族大学学报》（哲学社会科学版）2009 年第 2 期；等等。对于美育问题的如上研究当然还显得不够，但无可置疑的是，这些研究成果为本课题组的研究提供了必要的支撑，为我们的一定意义上的实证性研究和探索开辟了不小的空间，也为我们进行审美文化教育实践提供了必要的理论支撑。

## 二、本课题的研究假设及其理论基础

本课题设计是在两个基本点的基础上形成的：其一，尽可能深化审美文化问题的理论研究，尤其是关注当代青春审美文化、当代审美视域下的校园文化建设研究；其二，重视审美文化教育研究及其实践，包括当代教育实践中的审美文化学教学改革问题研究。期望在这两个方面的研究与教育实践取得相应的进展，这表现为本课题的研究假设。

本课题研究的主要特色集中表现在两个方面：其一，审美文化研究是当下中国美学发展的一个重要方向，这也就表明本课题研究具有明显的学科前沿价值，其学理性意义重大；其二，审美文化研究课程的开设，是依据并密切结合这一学科发展趋势的，本课题研究在关注审美文化相关理论问题探讨的同时注重审美文化研究课程教育实践经验的总结与概括，以推动高校艺术教育研究及其实践以及优势学科和特色专业建设。

审美文化、当代审美文化是中国文化的重要构成部分。当代中国文化还在发展的路途中，它需要创造性构建。加强审美文化理论研究、当代审美文化研究是实现这一构建工程的重要支撑。本课题设计积极应对时代性精神文化创新的要求，关注中国（审美）文化领域中的新近问题并对之进行深入探讨，期望它对于当代中国文化理论的实践、美学研究尤其是中国审美文化研究的当下创新发展产生比较重要的现实和理论意义。而更为关键的是，当代审美文化尤其是当代青春审美文化问题直接涉及人——青年人自身，因而本课题研究在很大程度上其实也是对于青年人问题的深层关注。本课题的理论基础之一为：我们持论，关注了社会中的人尤其是青年人的问题，也就更加关注了社会现实，并进而有利于省察其必然的发展和变化趋势；同样，关注了当代审美文化，也就在一个特定的视角选择中，关注并有可能深刻把握当代中国文化的建设及其未来建构。本课题研究的理论基础之二为：审美文化教育对于人的全面自由发展产生着不可替代的作用，在当下的社会文化情势下，在今天的教育实践中，必须高度重视美育、审美文化教育问题，它有助于实现教育行为的合理化、完整性，是对于教育应该培养什么人以及怎样培养人这样的教育的顶层设计问题的直接因应。本课题研究的理论基础之三为：基于马克思主义理论视野，这其中主要是指探索、研究审美文化包括当代审美文化的过程中的马克思主义世界观与方法论的运用；同时，还基于对一个基础问题诸如人的自由全面发展问题、人的主体性的实现等问题的回答。本课题研究的理论基础之四是基于这一认识，审美文化建设、文化建设对于国家的整体建设有着不可比拟的重要作用，在实现中华民族伟大复兴的征途中，文化建设、当代审美文化建设、审美文化教育承担着各自的职责，在这一过程中，它们将产生重大的贡献。

## 三、本课题的研究思路与主要研究内容

在本课题的具体研究实施过程中，在原有论证设计的基础上，主要基于这样的思考：其一，要达到对于当代审美文化的透彻性研究，就必须从关注

当代社会文化状况与审美文化研究之间的关系问题出发；其二，在关注以上的同时，需要集中地、专题式地讨论当代审美文化中的一个重要形态即当代青春审美文化，因为，对于审美文化问题的全景式探讨并不是本课题要承担的研究任务。而且，重点突出也更能取得相应的和可预期的研究成果；其三，希望深化当代审美文化研究，就不能不关注其现代性价值诉求问题，而要在这一问题上取得深入研究就必须关注现代性哲学的基石即主体性问题；其四，尽管我们不期望对审美文化、当代审美文化作全景式观照和研究，但对其中的一种颇为突出的文化形态即校园（审美）文化的建设问题的探讨是不可忽视的；其五，审美文化教育、审美教育是本课题研究的重要问题，由此作必要的延伸性关联，关注当前高校审美文化学课程的开设及其教学改革问题也就自然成为本课题研究的一个重要方面。

基于以上总体研究思路，相应地，本课题研究主要包含了以下几个方面的主要内容：

（1）当代社会文化状况的审视与审美文化研究问题。这一部分的研究目的在于深刻洞察当代社会、文化的总体状况以深化当下语境中的审美文化研究，从而确立审美文化研究的根本方向与关注点。

（2）当代青春审美文化专题研究。这一部分的研究包括两个方面的内容：其一，当代青春审美文化的集中式、批判性、建构性研究；其二，以2011 年度"快乐女声"文化现象为例，介入青春娱乐及其文化生产问题的研究。

（3）主体性理论与审美文化的现代性价值诉求问题专题研究。

（4）当代审美视域下的校园文化建设问题研究。

（5）审美文化教育与审美文化学教学改革问题研究。课题负责人近年来在江西师范大学连续七个学期承担了本科生审美文化学（研究）课程教学工作，积累了一定的教育教学实践经验，并致力于教育教学改革工作。当然，教育教学改革工作目前还在持续进行之中，实证性研究成果的集中形成还有赖于这一实践工作的进一步推动与贯彻。

## 四、本课题的主要研究方法

本课题设计注重审美文化问题的理论探索及其教育实践的结合，因而，理论与实践相结合是本课题研究的基本特点。

在理论探索方面，总体上遵循基础理论研究中所要求的历史与逻辑的统一原则，并注重研究中关注创作实践与进行理论抽象的有效结合。在具体的研究方法上，着重运用批判式反思方法、理论论证法、调查实证分析法、文化研究法，并引入知识社会学等方法对当代中国青春审美文化的形成等问题进行针对性研究。

强化审美文化研究（审美文化学）课程的教育实践与审美文化学课程的教学改革，需要通过不同教学方法、方式的转换与运用，提升学生的艺术审美能力，完善其艺术主体性的建构。同时，更为重要的是，需要总结、概括艺术教育实践经验，明确审美文化研究课程教育的理念、目的与方法等问题。

## 五、本课题研究的基本结论与主要观点

总体上而言，审美文化问题的理论研究在当前的中国学术界获得了很大发展，学者从各个方面展开审美文化问题研究，这在很大程度上深化了这一学科的发展乃至于对当代中国文化建设也产生了重大的推动作用。随着审美文化研究、审美文化学学科研究的深入，审美文化教育、审美教育作为艺术教育的重要形式，在各学校也越来越多地获得认同，并取得了良好效果，当然，其发展也还存在着较大的空间，我们应该致力于审美文化教育与人的自由全面发展之间关系的深刻研究，并贯彻于当代教育实践之中。

具体来说，基于本课题研究的论证设计及目前所形成的研究成果，其基本结论和主要观点表现为以下几个方面：

其一，当代社会文化状况的审视与审美文化研究问题。整体来看，西方后现代意义上的消费社会并没有在当下中国形成，但当代中国都市却已然进入一个准消费时代。包括文学艺术在内的审美文化是一种社会意识形态，在未来的社会形态中，它依然作为意识形态的表现形式之一而存在。当前，需要重视理性的、进步的思想、观念和学说对于以文学艺术为主导的审美文化的规约。强调规约，并非强制审美文化生产在意识形态上的同一，并不排斥审美文化价值形态的差异性，它主要是蕴含着一种介入和引导的作用。包括文学艺术在内的审美文化，在既存事实与规约的张力空间中健康生长。

由于社会结构的深刻变化，当下中国进入了一个思想和文化选择的多元化时代。"90 年代后"的中国文学批评、文化批评正是处于这样的一种情境之中，与之密切相关的是文学与文化批评尺度的相对性倾向。肯定

"90 年代后"的中国文学与文化批评呈现出明显的多元思想与文化语境下的相对性特征，并不意味着认可建立在多元论哲学基础上的相对主义批评论者的思想主张。

以上对中国当代社会性质、文学与文化批评生态问题的揭示，为审美文化研究的开展提供了必要的前提。

其二，当代青春审美文化研究问题。审美文化已然渗透到我们的日常生活和精神生活之中，它构造着我们的生活世界，也塑造着我们的身体与灵魂。当代审美文化研究开辟了美学研究的新路向，是当前美学研究的一个重要生长点。"当代"也就是我们这个时代，是全球化背景下中西现代化进程的历史性结果。当代中国青春审美文化是当代审美文化中的一种极为重要的文化现象，其产生和出现受到广阔而深层的诸多方面原因的推动，是当代中国一种显豁的知识社会学事件。当代中国青春审美文化纷繁复杂，其主要形态有青春语言、青春身体与衣着、青春影视、青春时尚杂志、青春文学、青春流行音乐等。当代青春话语渗透着年轻人崇尚快乐、追求自由、个性与时尚等诸多精神，当代青年在"消费"青春语言的同时也表明了自我的一种身份和文化权力。当代青春审美文化首先是一种关乎青春身体、衣着和性感的文化，身体是一种文化的存在，衣着对于青年女性而言根本上是展现性感之美；"性感"的青春，是当代青春审美文化的显著特征；性感文化的兴起，是当代文化多元化的体现，也是人们对青春美本质的展现。在当下，青春影视是一种重要的青春审美文化形态，浪漫、感伤与娱乐构成了当代影视中的三种基本青春图景，从中可以深刻地把握与审视当代青春审美文化的基本特质；青春影视还表现出一种与时尚、民间、大众"亲和"而生发的旺盛的生命力。作为一种大众文化媒介的青春时尚杂志是一种典型的消费文化，它让审美活动本身变成了消费，而且在此之中还完成着当代女性形象的塑造与建构。"青春文学"在当代是一个不断被扩充的概念，其根本点在于以青春为主题；青春文学已构成一个遍地繁华的景象，但也存在着一些问题和困境，有待青春文学作者们突破局限。当代青春流行歌曲的一个主调风格表现为缺乏意义的统一性和抒情的连续性，由此而成为一种中西古今乐风的碎片式混合。青春审美文化是当代中国文化的一股重要的建构性力量，它在继续争取和扩张自身文化权力的同时，也必将参与未来多样化中国文化的建设与创造。

"快乐女声"既是一种审美化的文化现象，也是一种大众参与的文化运动。鉴于它的主题意旨、文化生产（意图）及其影响力，需要对之进行必要的学理性批判。"批判"是一种哲学和文化的力量，也是一种基本的研究方法。通过这一批判，我们可以有效而积极地介入当代社会公共生活；"介入"是社会和历史对我们生命个体的基本要求与期待。

"快乐女声"是当代资本极度扩张经济状况下的一种文化现象，其根本诉求在于经济利益而非纯艺术表现。它遵循"观众就是上帝"的商业化运行规则，受众在刺激与迷醉中失去理性，其主体性逐步消亡，出现主体"零散化"的状况。应该说，"快乐女声"现象的核心文化逻辑或者说对其支配性价值规范就在于商品化。这与当前世界状况下人们一般的生活方式及其价值观密切相关。对此，我们需要具有、保持并增进一种足够清醒的批判性态度，以寻求和推动大众文化在当下的良性生长、健康发展。不可否认，在当代中国青春审美文化与大众文化视域中，"快乐女声"是一种颇为值得关注的文化现象。然而，我们更要认识到的是，选手"去中心"后的符号化形象的呈现与受众的情感消逝是这一文化现象的两个基本表征，而在其深层则体现出了一种支配性价值规范，即削平深度模式。在当下，给"快乐女声"这样的文化节目以价值观上的导引，使其在审美品位上有所提高已然成为青春审美文化建设乃至于整体的中国大众文化生产中的一个具有普遍性而又需要迫切解决的重大问题。由是，我们需要积极关注和探讨以社会主义核心价值观引领大众文化建设问题。

2011年度"快乐女声"文化运动就是一场"趣味无争辩"的娱乐狂欢，它遵从着内在的娱乐文化逻辑的驱使和推动。我们需要关注2011年"快乐女声"文化现象的文化生产问题，洞察、评价其文化生产的意图、意识形态倾向与政治实践，从而有效突破这一消费主义文化生产逻辑与力量的"规训"，以推进当下文化的现代化与人的现代化。当代中国文化生产应确立多元主导方略，这有利于促进中国国家形象的当下建构。

在高校的审美文化教育实践中，结合青年人的精神特质，关注并实施青春审美文化问题教学与研究将会有力地改进美育教学方式，更有利于提高审美文化教育效果。

其三，主体性理论与审美文化的现代性价值诉求问题专题研究。在当前中国，深化主体性问题研究意义深远。近代确立起来的主体性原则遭受到了西方多样的后现代理论的共同批判。然而，后现代主义者内部也出现了主体性的理论重建倾向；这固然存在局限，但因其讨论问题的现实针对性以及从中体现出来的开拓性而无可置疑地具有突出的思想意义。主体性是历史地发展着的，它不可消解。基于后现代语境中主体性批判及其理论重建的复杂思想事实的存在，学界完全有必要结合新时期以来主体性在中国思想文化中的命运对它进行反思，并致力于主体的新质形态和主体性的新形式的探索性思考。

现代性和后现代性主要涉及"现代"与"后现代"这两个历史时期的主导性价值观念；由于当下中国社会文化复杂事实的存在，当代中国青春审美文化的价值诉求具有较为明显的现代性与后现代性的杂存特征。

其四，当代审美视域下的校园文化建设问题研究。校园文化建设是国家文化建设的一部分，在当代审美视域下进行校园文化建设，不仅在于当代审美视角的运用为校园文化建设提供了美学参照，它还内在地、显豁地表现出我们应有的与时俱进的文化态度和美学倾向。在"日常生活审美化""审美日常生活化"的当下，校园文化建设理应符合与适应人们的基本审美需求，但更需要于其内在确立深度审美价值观，同时，在进行校园文化建设时应该确立主导多元的文化观念、审美观念，这在终极方向上是为了人的自由而全面发展的需要。主导的文化形态具有根本性意义和决定性意义，它体现出当代中国先进文化建设的基本要求。自觉确立校园文化中的主导形态，可以有效地避免相对主义文化观念的产生与蔓延。从"生态美学""美学现代性"这两个当代重要美学命题的基本观念与维度出发，可以认识到：校园物质文化建设应该采取生态学视角，实现学校主体"人"的生态化发展以构筑校园和谐文化与当代先进文化，这是校园文化建设的重大任务；同时，当代校园文化建设需要突显现代性价值取向，而且还必须发展现代性价值观念。青年学生是高校的重要主体，结合当代青春审美诉求问题探讨校园文化建设的基本价值取向是一条可行也应该遵从的道路，它丰富了校园文化建设的路向，也增强了校园文化的活力。多校区高校校园文化建设的美学建构需要做到共性整合与个性彰显的统一，在呈现校园文化的普遍性与特殊性之中完成具体的人的审美塑造，由此突显校园文化的力量。

在当代审美视域下建构校园文化，其实也是文化育人的需要，是审美教育的一种必要的形式。江西师范大学新校区建设突出文化与生态建构的并举，对于青年学生的培养尤其是其文化态度的养成产生了极为重要的作用。

其五，审美文化教育与审美文化学教学改革问题研究。随着审美文化研究的兴盛，审美文化教育得到了高度重视并渐次繁荣起来。当下，各层次学校，尤其是高校，大多重视审美文化教育或美育教学问题。在江西师范大学，文学、艺术学、哲学等学科直接开设美学课程，其他各学科尤其是人文社会学科也积极开展审美教育。无疑，审美文化教育是一种美育形式。新时期以来，在我国审美教育的实施和创新发展过程中，审美教育对于人的培育的作用被予以充分认定。基于对马克思人的自由全面发展理论的总体认识和对于现时代人的发展状况的基本考察，我们可以明确的是，审美教育、审美文化教育创造着人的自由全面发展的可能。在日常的教育实践中，必须改进美育教学，强化审美文化教育，实现审美教育的责任伦理。在课题负责人主导的审美文化学（研究）课程教学中，从 2010 年开始已经着手推动和实施这一工作，其主要形式就是践行审美教育教学改革。在课程负责人所在学院，其也是现代课程教学范式改革的实验者。课题负责人的基本做法与经验是，把审美（文化）教育明确为人文教育的一种重要方式，强调教育教学过程中学生思维方式的有效转换和合理价值观的明确确立，并且于此之中贯彻生命教育、德性教育和公民教育，注重精神育人，也希望学生在精神上成人。课题负责人认识到，在当前审美文化学课程的教育实践过程中，教学改革是一个极为重要的问题。进行审美文化学教学改革，首先需要确立明确而合理的审美文化教学改革基本理念。其次，需要认识到改革方式选择中的三个基本方面，即综合改革、全面推动；在全面推动整体性改革的同时，需确立教学改革的中心地位；做好教学改革的顶层设计与具体教改实践的有效结合。最后，必须明确审美文化学教学改革实践中教师的关键抓手及其教学的核心指向。如是，在今天的教育实践语境中，审美文化学教学改革才能取得真正的发展和进步。在当今，我们还需要文学教育。文学教育作为艺术教育的一种形式，在很大程度上就是一种审美教育。我们的教育应当回归本性，从根本上来说就是应当回归其育人本性。而人的培养和成长，既需要重视科学教育，致力于学习知识掌握技能，同样也需要重视人文教育，致力于培养其健全人格和人文关怀精神，在这方面，文学教育自有其不可忽视的意义价值。要问当今何以还需要文学教育？那么它最根本的理由和根据也许正在于此。在课题负责人承担的本科美学、文学课程教学改革实践中，其认可度逐渐提升，越来越多的学生（超过90%）更关注课堂，受到了激发和启迪，有效地实现了人文学与人文教育的基本要求。更多的学生表示有了一种不同于以往教学方式的深刻体验，真正感受到了教育的力量，生活中有了温暖和韵致。在课题负责人看来，这是其实施教育教学改革取得的最大成果。这个方面教育实绩的具体表现，请参见新浪博客"詹艾斌文学理论"中的众多学生的课程学习心得。

## 六、本课题后续研究工作

2009 年，课题负责人是第一次申报并承担江西省教育科学规划项目，对于教育科学规划项目的性质认识不够深入，研究经验相对缺乏，再加上其原有选题及其论证设计相对宽泛，致使本课题研究尚存在一些后续工作需要在日后继续开展，以求取得更为明显的成绩。后续工作的研究方向主要表现为：

其一，审美文化相关理论问题研究的持续深入；

其二，审美文化教育实践经验的进一步总结与凝练（强调与突显研究的实证性）；

其三，审美文化教育目的与理念问题研究；

其四，审美文化教育与当代中国教育发展问题。

## 七、参考文献（略）

# 第四章 对话中的生命体认
# 与价值认同

一段时间以来，在具体的文学教育实践中，在卓越文学专业人才的培养过程中，在文学理论课程教学范式改革中，笔者积极、自觉地尝试和采用多种方式实施与践行生命教育以及与此密切相关的价值观教育，开展"文化对话"就是其中的重要方式之一。近三年，基于整体筹划和考量，笔者曾组织了多次"文化对话"。事实证明，其育人成效是颇为明显的。本章选取四次"对话"文稿，从中可大致窥探其内在肌理与轮廓。

## 第一节 《平凡的世界》：时代性的文学与生命图景

时间：2015 年 4 月 5 日上午

地点：江西师范大学瑶湖校区名达楼 3310 室

主持人：詹艾斌（江西师范大学文学院教授）

参加者：魏祖钦（江西师范大学文学院副教授）

陈志华（江西师范大学文学院教师，博士）

硕士研究生：熊关曼、孙如萍、吴媛媛

本科生：李家安、程意灵、付马佳莹、杨晨、王窈、郭燕萍、王鑫、潘晨草、秦齐、陈燕珍、罗婉君、朱思恒、孙一丹、罗婧

## 开 场 白

**詹艾斌:**

路遥,1988 年 5 月完成长篇小说《平凡的世界》的创作。1991 年,该作品获得第三届茅盾文学奖。二十多年来,它深刻地影响着不少中国人尤其是中国青年人的情感与生活。2015 年 2 月 26 日起,北京卫视、东方卫视同步播出 56 集电视连续剧《平凡的世界》,又一次在不同年龄阶段的观众中激起了广泛而又强烈的反响。面对这种情形,关注《平凡的世界》以及由之而形成的一种文化现象就成了必要。那么,在今天,我们到底应该如何看待和评价这部作品呢?基于我们对于路遥及其《平凡的世界》的理解,结合我们对文学的根本认识,充分考虑到新常态要求下"教书育人"工作的需要,我想,我们的讨论可以从以下四个方面来进行。

## 当代中国社会转型与作家的文学写作应对

**詹艾斌:**

不可否认,在当前,成就一个作家的因素也许有很多,但其中有一点是我们务必充分认识到的,那就是,作家必须具备深厚的历史感和关注当下社会现实的强烈愿望。我想,唯有如此,一个作家才能深度理解和把握新时期以来的中国社会转型并自觉地将笔触伸向社会转型中的人,书写其生命状态。这也就是说,一个作家需要深刻洞察当代社会变迁,走进时代发展的洪流之中。路遥就是这样做的。也正是因为秉持着这一文学应对立场,他前后花了六年左右的时间创作出了《平凡的世界》这一影响深远的当代作品。在前期的创作构想中,路遥希望写出 1975 年到 1985 年间的中国城乡社会生活。对此,他在后来躺在病床上完成的《平凡的世界》的创作随笔《早晨从中午开始》中是这样说的:"这 10 年是中国社会的大转型时期,其间充满了密集的重大的历史事件;而这些事件又环环相扣,互为因果,这部企图用某种程度的编年史方式结构的作品不可能回避它们。"由此,我们看到,路遥是敏锐的、深邃的,他是一个深刻的历史观察者和社会思考者。从根本意义上说,《平凡的世界》写的就是以孙少安、孙少平兄弟和田福军为代表的一代普通、平凡的中国人在大时代历史进程中的抗争、奋斗、梦想及其生命形态。平凡的人,在其时代中可以活得不平凡。最好的世界,是平凡的世界。

在平凡的世界，有平凡的人。而平凡的人，却也可以有着不平凡的力量，他们是当代中国社会的改造者，是参与新时期以来中国社会转型的先驱。路遥通过这个作品给了我们一个明确的信号：一个作家应该深度关注社会转型，积极传达出在社会转型中人们的伟大力量。

**熊关曼：**

我想首先从"农村、农业、农民的改革与希望"说起。作品的时间跨度从1975年初到1985年初，系统详实地记述了这十年间我国北方农村变迁的历史，并通过复杂的矛盾纠葛，刻画出了社会各阶层普通人的形象。路遥从当时中国社会的政治变革进入，着重展现了农村改革的图景，塑造了一大批农民形象。在作品中，十一届三中全会之后，以家庭联产承包责任制为主要内容的农村改革从物质和精神上"救活"了农民。而随着改革的推进，在双水村这个小范围内，尽管仍以农业生产为主，但农业以外的其他经营活动和商品性生产也都在缓慢地发展起来。孙少安办起了砖厂，金俊山养奶牛、奶羊，金光亮养意大利蜂，金俊武养育树苗，田海民挖塘养鱼，更多的手艺人则到城镇申办营业执照，等等。小说中描写的大量的充满喜剧色彩的崭新的生活景象，生动地表现出中国农民在改革大潮中，已经告别传统的生产模式，逐渐向多种经营特别是商品经济开始转型。而中国也正是在这样的改革中走向了春天。然而，在肯定城市化、工业化现状的同时，路遥本人在情感上则对农村黄土地有着难以割舍的情怀与眷念，因此，字里行间处处体现着他对农村发展的关注和对农民生存的忧心。

其次是"知识分子问题和教育文化的理性沉思"。在《平凡的世界》中，路遥还写了一类人，就是田晓霞、金秀她们，因为高考制度的恢复而改变命运的知识分子。他深切地关注由于政治的错误而造成的人才断层和教育滞后的问题，对教育文化上的改革也进行了文学思索。在作品中，他写到"整整一代人知识素质的低落，也许是'文化大革命'最为严重的后果。教育的断层造成当今几代人才的断层。其消极痕迹，到处斑驳可见。"

再次是"社会变革中作家的公共理性塑造"。路遥先生是一位视野宽广的作家，对于社会改革中经济的发展和财富的分工问题，他有着深远的预见性。在作品中有这样一段话很好地解释了财富对当时的社会甚至是未来也就是今天社会的影响：

> 财富和人的素养未必同时增加。如果一个文化粗浅而素养不够的

人掌握了大量的钱，某种程度上可是一件令人担心的事。同样的财富，不同修养的人就会有不同的使用；我们甚至看看欧美诸多的百万富翁就知道这一点。毫无疑问，我国人民现在面临的主要是如何增加财富的问题，我们应该让所有的人都变成令世人羡慕的大富翁。只是若干年后，我们许多人是否也将会面临一个如何支配自己财富的问题？当然，从一般意义上说，任何时候都存在着这个问题。人类史告诉我们，贫穷会引起一个社会的混乱、崩溃和革命，巨大的财富也会引起形式有别的相同的社会效应。

作家以当时的社会现状为依据，提出了经济社会可能出现的问题，从人类学的角度指出了未来社会的主要矛盾。在《平凡的世界》中，路遥并没有把人物的人生游离于历史之外，而是着眼于用苦难的境遇去表现人的命运，从"已存在的生活"的角度去观察和阐释人生。在文本中，多次提到生命的力量与生生不息。他站在人民的立场，将当时中国的社会变革对农民、知识分子、商人等的影响表现得出神入化。作家在描述乡村生活时，运用历史自身拥有的价值标准，透视人性的复杂与深邃，对各种现象作出符合社会利益与理想的评判，真实地再现了历史与社会的原始形态，如实地传达出底层社会的生存现状与真实情感，反映出作家应当关注社会现实并具有社会责任感和历史认同感的公共理性的必要性。

总之，路遥在《平凡的世界》中通过描写社会变革时期中国历史的改革和希望，表达出文学应有的对国家社会发展的关心，对生命形态的关注以及社会历史的责任感。正如他自己在作品中写到的，"在我们普通人的生活中，在这平凡的世界里，也有多少绚丽的生命之花在悄然地开放。"

**詹艾斌：**

面对新时期以来中国社会的深刻转型这一主题，路遥坚定了一个作家应该有的基本文学立场。那么，当代作家在这样一个前提之下如何才能做得更好，也就成了因路遥而带来的一个作家的使命感问题。大家围绕熊关曼刚才的话和我在前面导入的话语，请继续往下说一说。

**魏祖钦：**

这个作品很早以前看过，现在又重温了一下。从作家对时代的关系的角度来看，我觉得路遥的作品很好地反映了那个时代。关于《平凡的世界》的主题，批评家李准这样说："《平凡的世界》在我看来有三个主题，一是年轻人的成长；二是中国农民乃至整个农民的命运；三是一切善良的、诚实劳动的人，在人生转折关头应该作出怎样的选择。这三大主题上从时间上来讲是永恒的，任何一个时代都存在这个主题，从空间来讲是普世的，是任何一个国家、任何一个民族都要时刻面临的。《平凡的世界》小说了不起，首先它紧紧地抓住了三大主题，通过以孙少平、孙少安弟兄二人为主的经历，非常好地揭示了这个主题。"确实，在作品中，这三大主题是融为一体的。我觉得路遥了不起的地方就在于他不仅用他的笔触抓住了时代的三大主题，而且他对那个时代的反映不是纯粹的现实性反映，而是比较理想化、诗意化的反映。他给我们提出的问题就是：当代作家在反映现实的时候，是不是只要单纯如实地刻画现实就可以了？人性相当复杂，我们的很多作品在描写现实时非常善于揭露社会丑陋的一面，失去了理想的光辉，我认为这也是某些作家缺乏应有责任感的体现。路遥在反映农民经受苦难的时候没有放弃理想，在少平和少安这两个人物身上，有着理想、光辉的一面，他们是那个转折时代两类农民的典型，分别代表着探索农村出路的两类农民的形象。

**詹艾斌：**

对今天的作家创作来说，需要在表达人性以及人的生存的苦难之外，保有一种与路遥一样因理想而带来的温情。可以认为，这也是我们基于路遥的文学创作而对当下作家乃至更为广大的文学青年表现出的期待。

**孙如萍：**

历史是不断发展的，对于当代中国而言，《平凡的世界》是一段青春记忆，它呼应了当代人精神上的诉求，关照到当代人的情绪。它里面有能够触动青年人灵魂的东西，让生活在当代的人能够找到平凡生活与传统文化、与时代相互勾连的地方。罗曼·罗兰认为伟大的艺术是时代的眼睛，通过这眼睛，时代看见一切，看见自己。作家是特意把作品当做"历史的摘要"来写的。

在这部农村画卷展开的过程中，我所看到的是作家怀着一种与时代对话的愿望，在苦难的描述背后留给我们的是希望和坚韧的力量。路遥所描述的在陕北农村的生活实际上是当时中国整个农村面貌的缩影。像孙少平一类的青年人在城乡结合部这样一个特殊的地方睁开了通往新世界的眼睛，他们知道生活的道路曲折而漫长，同时也相信在双水村之外有一个更辽阔的世界。在一份调查

中显示，受过初中以上教育的进城务工的人中，《平凡的世界》是最受欢迎的
一本书。它给予农村人贫乏的精神生活以慰藉，同时也承载了他们卑微却又崇
高的现实梦想。我认为，当代的作家在进行文学创作时，依然要有社会关怀意
识，给青年人以更多的力量支撑。

**郭燕萍：**

我的看法是，在经济全球化背景之下，文学无法回避当下普遍的生存危
机的冲击，像《平凡的世界》这样能够引起我们心灵震撼，鼓舞我们奋发向
上的作品是相当难得的。所以，我认为，我们首先讨论"路遥为什么选择这
样一种创作态度和立场，他是基于什么来开始写作"这一问题是非常有必要
的。我认为，路遥坚持的是"以人民为中心"的创作导向，正是 2014 年 10
月 15 日习近平总书记在文艺工作座谈会上对文艺工作者提出的时代性要
求。①

**陈志华：**

我接着同学的表达说一下看法，我的发言主题是"路遥的孤独与作家的
社会关怀"。和魏老师一样，这部作品我也是很早以前就读过了的，可能是
因为当时相对年轻，看完也比较激动。但现在我又有了一些不一样的感受，
因为这次讨论，我重新翻看了这部作品，也查阅了很多相关研究资料，形成
了一些认识。

一方面，路遥是孤独的，他坚持着充满理想的、激情的现实主义写作，
而他的这种坚持，在作品产生的那个时代是和文学发展大潮方向相悖的。那
个时候，中国正大量引入西方的文学批评方法，专注于文学的形式研究、话
语研究、现代主义文学审丑研究等，而路遥的具有崇高美感的现实主义作品
在当时并没有引起批评家的关注，反而在主流文学界的排名非常靠后。然
而，另一方面，路遥其实也并不孤独，无论是我在同学中的调查，还是浏览
网页上的大众评论，都显示出《平凡的世界》受到年轻一代人的接受和喜
爱。这就关涉作家的文学态度，它对应着读者的文学接受问题。读者的接受
不仅仅受文学批评家的指引，更来自于他们自己的生命感觉。路遥的这种生
命写作，恰恰顺应了读者对于生命美的一种期待。

---

① 中共中央宣传部：《习近平总书记在文艺工作座谈会上的重要讲话学习读本》，学习出版社，2015
年，第 83 页。

有一位批评家曾说路遥的写作是道德的叙事大于历史叙事的写作，是激情多于思想的写作。我想，我可以把这句话改为：道德的叙事是寓于历史叙事之中的。《平凡的世界》这部作品的写作长达六年时间，前三年路遥阅读了大量的资料，包括阅读了 1975~1985 年所有《人民日报》的内容和其他相关书籍。所以，路遥实际上是以一种严谨的态度去进行现实主义写作的，他表达的这种道德光亮和崇高美是拥有扎实的生活基础的。因此，他能打动我们的一个很重要的原因就是他给人的不是一种纯粹的崇高道德的虚构。除此之外，他在写作过程中贯穿着思想写作和生命激情。

最后，我们应该反思，在消费式、私人化、审丑式文学等大范围存在的情况下，我们的作家应该要重拾社会关怀，而不是仅仅满足自己的文学理想。读者实际上并不是被动地接受文学现实，他们会主动期待能激荡心灵的文学。

## 现实主义文学的温情

**詹艾斌：**

20 世纪 40 年代以来，现实主义一度成为了中国文学创作的原则，它深刻地影响着当代文学的发展。作为一位与共和国同龄的当代作家，路遥一直坚持现实主义的文学态度。创作出《创业史》这一重要作品的柳青，是路遥的文学导师。批评家冯牧就曾经这样指出，现在青年作者，学柳青的不少，但真正学到一些东西的，还是路遥。尽管在今天看来，存在着所谓的"柳青之痛"，但柳青作品的现实主义精神无疑是值得高度肯定的，它也一直影响着路遥的文学思想及其文学作品的生产。

现实主义是一种文学创作方法，也表现为一种现实主义精神。在人类文明的发展进程中，凡是具有进步社会倾向的文学作品，都具有一种颇为显著的现实主义精神。现实主义文学追求的不是一种浅表的真实，而是一种本质的真实。路遥独立于当时中国文坛风起云涌的现代主义文学新潮之外，坚持现实主义文学创作，在《平凡的世界》中着力于 1975~1985 年中国城乡社会生活本质的再现。在社会生活本质真实地呈现中，其反映和突显出来的是黄土地与黄土地人民的坚韧和生生不息。《平凡的世界》电视剧最后以田福军看到双水村以及那个广袤的黄土地发生重大变化时，他发出一声"黄土地，醒了"的感慨而结束的。其实，不仅是黄土地醒了，黄土地上的人民也醒了。不管是路遥还是电视剧的导演毛卫宁都很深刻地把握住了在这十年的中国社会转型之中中国城乡发展的一种必然性的真实，或者不如说，电视剧以一种画面独白的方式来加深对这样一种生活本质性的表达。假如路遥只是停留在孙少安、孙少平两兄弟生活的变化，那可能还显得浮化、浅表，而当把这样的变化放到整体性的中国社会转型的内在本质性的变化之中，成为内在本质变化的一部分，这才能表现出当时社会转折中中国社会的真实，而这个真实是具有硬度和质感的。

《平凡的世界》写的不仅仅是苦难，更多的是苦难之后的光亮，所以，我们说《平凡的世界》作为一个现实主义文本，在其厚重中充满着温情，这是因为有了现实主义的理想。在路遥的文学叙事中，他执著地把时代性的苦难转化为社会个体生存与发展的力量，从而在现实的厚重中凸显出来了一种理想与温情。在这个意义上说，《平凡的世界》这部作品是柔软的，是一种以现实苦难为底色却又充盈着生命质感的优雅的人生舞蹈。而且，在这一优雅与从容中鲜明地体现出一种散发着坚韧、真挚、善良等人性光辉的崇高之美、德性之美。

**杨晨：**

《平凡的世界》里描述了人与自然、人与社会和人与人本身所构成的多向交叉式的社会环境和生活氛围：活着就意味着抗争，进取就意味着挑战，苦难注定是探求者最忠实的人生伴侣，路遥这种现实主义的表现手法体现着作家自身对人生的看法。

路遥的现实主义创作在苦难的底色下饱含着他的一份特有的温情。这温情主要从小说主人公们对理想的追求中喷发而出。作者将小说的很多笔墨倾注在少安和少平经历的一次次残酷的打击和苦难上，这也代表着他对人生与现实的看法。正是少安和少平在面对残酷现实的一次次思索、抵抗与崛起中，张扬了非凡的精神和坚韧的个性。命运的苦难折磨人，命运的苦难也会成就人，他们每经受一次命运的打击，对现实的认识也就更深刻一步，对自己的调整也就更切实一步，更加走向成熟。就像小说中田晓霞对孙少平说的那番话一样，"只有永不遏制的奋斗，才能使青春之花即便是凋谢，也是壮丽地凋谢"。人生不能没有苦难，人生更不能没有成就，重要的是需要有扼住命运咽喉的勇气，成为自己命运的主人。所以说，《平凡的世界》是能够给人以前行的力量的。

**陈燕珍：**

我同意杨晨的部分看法，《平凡的世界》整部作品始终有着一种昂扬的基调，叙述生活阴差阳错下出人意料的美丽。田润叶和孙少安最终没有在一起，这种不完美却在生活的安排下得到了更好的结局，而促成这些美好发生的正是人性的善良。秀莲淳朴真诚的爱让少安渐渐平息了伤痛，而李向前的执著最终也打动了润叶。阴差阳错的故事最终都收获了意想不到的美好。所以，与其说孙少安和田润叶二人之间存在爱情的悲剧，不如认为这是对生活的礼赞，因为热爱生活，他们都让故事朝更加美好的方向发展。

**王窈：**

《平凡的世界》是一部温暖的现实主义力作。它反映了那个年代的现实景象，虽也有叙述苦难，但不同于一般的伤痕文学，它有一种温暖的色调，其现实意义在于对个人奋斗的可能性的肯定。比如少安带领双水村人实行家庭联产承包责任制，办砖厂，发家致富……不同于前面两位老师所说的那些现代作品热衷于揭露丑恶，盛行审丑，失去了理想的光辉。作品中，少平梦里与外星人的对话，其实是少平的自我救赎，路遥先生用近乎荒诞的手法告诉每一个读者，平凡的世界碾压过你的人生，但也同时会给你意想不到的出路。我们可以明确的是，《平凡的世界》展示了那一代中国人的希望与奋斗，具有美的特性。作品中所有的人都是平凡的人，但他们都在为美好的生活而奋斗。书中所有人都是大时代里的小人物，都是平凡的人，但即使是最平凡的人，也得要为他那个世界的存在而战斗。因此，大时代是由无数小人物构建的，他们又是不平凡的。

**吴媛媛：**

路遥性格的形成与他生长的环境息息相关，历史悠久的陕北文化造就了路遥的性格和品质，他对养育他的那片黄土地有着无限的感恩和崇拜之情。他的作品中表现出多元化的陕北文化，如坚忍不拔的生命感、淳朴的道德感、深沉的苦难感以及强烈厚重的感染力等等，给人以悲壮的激昂的美学感和诗意感。

路遥小说中一个重要的创作主题就是"无边的苦难"。在路遥看来，苦难在生活中是必不可少的，生活在陕北黄土高原的中华儿女们在物质和精神匮乏的环境中艰难地生存着。书写他们生活中的苦难，这并非只是灾难时期所特有的，而是日常化的。这种日常化的苦难更真切地表现出普通人在灾难和日常生活的苦难中经历痛苦、煎熬、挣扎的一种常态。路遥童年时便尝到了生活的艰辛，饱受苦难的折磨，感受了世态炎凉和人情冷暖，苦难情怀在心里留下了深深的烙痕。对于路遥来说，苦难是一种财富、具有价值，它能净化并升华人性。

《平凡的世界》始终贯穿着一种苦难意识，这种苦难意识不仅源于物质世界的缺失，更是因为其对精神世界的求索得不到满足。精神的苦难相对于物质的苦难，更使人处于绝望之地，身体在苦难中，灵魂也在苦难中，这是一种真正的疼痛，是一种钝痛，尤为刻骨铭心。然而，主人公并没有因生活中的苦难，就失去理性不去追求积极的人生。相反，苦难会激起他们以一种自强的、不断成长的方式自觉地来超越苦难本身。在《平凡的世界》中，孙少安和孙少平两兄弟的人生充满挫折和苦难，然而正是在这样的人生困厄中，他们对生活、对生命的热情不减，在不断的搏击中渐次成熟，并展现出非凡的精神境界和崇高的人格魅力。

在路遥的文学作品中，苦难激励着千万挣扎于其中的灵魂向着更高的道德理想境界前进。受难的灵魂要获得救赎的道路有这三种：宗教的、哲学的、世俗的。宗教的救赎要归于上帝；哲学的救赎是靠理性的自觉；世俗的救赎靠的则是时间。这三种救赎无高低贵贱之分，一样值得珍视。

中国传统文化主张中庸之美，提倡积极的人生观。面对苦难，既不无限夸大，也不无限缩小，而是正视它，把它当做人生的常态。路遥的解救之道是一种独特的、诗意化的救赎之路。路遥认同苦难，与苦难同在，化苦难为精神的内核，使之成为一种审美方式。他在苦难的灵魂中升腾起诗意，在黑夜中有抗争也寻觅到了温情的光亮。另外，路遥正视苦难的态度与西方宗教中的"原罪""受难"意识是相承接的，受难后的耶稣化成了信徒心中最崇高的信仰，他们赞美苦难，崇敬苦难，心怀博爱与感恩。尽管《平凡的世界》呈现出无穷尽的苦难，但是在路遥笔下，他们是主动承受苦难，同时坚守着内心的爱与道德理想，在苦难的磨砺下彰显和土地一样深沉厚重的爱。他们对理想道德情操的坚守超越了自我，实现了理想人格的完美蜕变。

路遥在民间道德的践行中，注重外在环境对道德的影响和人格魅力的塑造，注重凸显身处底层的平凡人物在逆境中奋起的不屈精神与挑战意识。这种普通人在极其困难的人生境遇中为实现人生理想而勇于奋斗的精神美，实际上超越了传统的道德。《平凡的世界》还反映出路遥对中国传统儒家文化中的"德"的坚守，那些朴实的人们超越了爱情，牺牲了自我的情欲需求，转而追求心中更高的道德理想境界，这也是路遥心中对传统道德美的坚守以及对美好人性建构的愿望。无疑，《平凡的世界》在当下的社会现实中传递着巨大的正能量，它给挣扎在生存线上的底层民众不断以进取的力量和信念，让人们心怀美好、感恩，像孙少安、孙少平那样勇敢地奔向理想的目的地。

**郭燕萍：**

路遥着力于表现黄土地上的人在险恶环境中所展现的伟大生命力，因此其中的温情是显而易见的，但作品里也隐约透露出人与人之间情感的淡薄。1975~1985 年这十年，正是中国农村改革发展的黄金时期。当政策变化、农村实行生产责任制之后，孙少安出于一种人情和道义感，为了让村里人能够赚取一点化肥钱，决心冒险创业办砖场，当第二次扩大砖厂失败的时候，村里人已经对他不那么恭敬，开始冷嘲热讽。是的，仅仅一夜之间，许多人就用另一种眼光来看孙少安了。在这种境况下我们看到，乡邻之间的冷漠如此让人震惊。随着改革的深入，即使是在这片传统观念根深蒂固的黄土地上，人们的价值取向也在发生着变化，金钱开始物化着社会，也物化着路遥笔下的人，就连亲情也被染上了金黄银白，比如田海民夫妇置办的养鱼场，当他们发达之后，面对田四田五两个老兄弟的祈求，身为子侄的海民竟也没办法给他们一份零工。似乎农民的拜金欲望被激发了，而人与人之间的温情也淡薄了。

但是，小说又同时塑造了理想的人物形象，少平就是其中之一。他从洪水中救出侯玉英，在郝红梅偷东西被抓的时候保全她的自尊，在打工的时候帮助小翠逃离胡永州的魔爪，从矿难之中救工友……这些事情时刻闪烁着善良正义的光芒，孙少平在人生的起伏中执著地相信自己能够依靠不断的奋斗来改变生活现状，实现自己的抱负，这或许正代表着那个时代的中国梦。关于兰香，路遥将"读书"作为救命稻草给她，而她确实也能忍受物质上的贫穷，靠自己的努力以优异的成绩考上大学朝着人生目标奋斗，而不是随着权利的欲望攀缘而上。

**陈志华：**

路遥的现实主义文学的温情可以用两个参照系来解读。其一，中国的民族精神和文学传统。以此为论，路遥并不孤独，余华的创作手法与之虽然有一定差异，但他们对于中国传统文化精神的延续却具有一致性，都把对苦难的反思上升为个体生命哲学。其二，如果将陀思妥耶夫斯基的宗教热情与路遥的精神意向相比较，则可发现陀氏的缥缈、路遥的踏实。陀思妥耶夫斯基在俄罗斯文学创作中体现出的苦难也不是一种形而下的苦难，而是苦难历练后的一种升华，从这个意义上来说，他们也具有相似性。它不仅仅是思考琐碎的生活，而是能引领人去思考生命的高贵。

## 文学的时代性与人民性

**詹艾斌：**

　　文艺具有人民性。从 1942 年 5 月毛泽东主席《在延安文艺座谈会上的讲话》到 2014 年 10 月习近平总书记在文艺工作座谈会上的讲话都强调了文艺发展的根本目的与方向性问题。其实，我们可以明确地认识到，从晚清以来的现代中国文学进程中，越是具有时代性的文艺作品越是具有人民性。这一点是需要我们充分加以认识的。在 2015 年文学院文艺学专业硕士生入学考试中我就曾要求考生以"文学的时代性与人民性"为题写一篇文学评论文章。我想，我们需要形成这样的对于文学的基本认识，也需要以此作为一种重要的理论视角，介入、观照和评价路遥的《平凡的世界》这一长篇作品。

　　毋庸置疑，路遥是当代的，其《平凡的世界》是属于当代中国的，具有鲜明的时代性。在这一作品中，路遥建构的文学世界是一种人民能动地参与当代中国社会生活变革和改造的世界，一种积蓄并释放出人民巨大力量的世界。因其世界的时代性、广阔性、深厚性、生动性、理想性、感染性及其根本质地的人民性价值取向，《平凡的世界》也就成为一种有力量的文学、一种洋溢着生命节律和华彩的文学。由此，我们可以说，路遥是一个大作家，《平凡的世界》是一部大作品，其彰显的是一种大美学。

**陈志华：**

　　《平凡的世界》的"时代性"可以从两个方面来着。从空间上来看，路遥写的主要是当时中国社会转型时期的故乡的土地上发生的故事，这是一种普遍性与个别性的结合；从时间上来看，这个时代离我们并不遥远，以历史为参考，作品最终又指向当下，是历史性和当下性的一种结合。我认为，这部作品是具有超越性的美学特点的，它之所以能够打动我们，正是由于人民性的存在，这一人民不仅仅是地方性和历史性当中的人民，而是具有一种普遍性和当下性甚至未来性的一种人类共同性的反映。无疑，这一作品不仅仅在当下的中国，甚至以后，乃至在国外都可能会有所影响。

**魏祖钦：**

我觉得，文学的人民性和时代性是联系起来的。首先，人民性的作品一定是能够反映一个时代的作品，反映时代的转型，或者时代的发展历史以及变革的规律的作品，它一定不是个人化、情绪化的作品。现在有些作品，只是在表达作家自己的某种观点或者某种情绪，这样的作品，我们觉得它是不符合人民性的。所谓人民性一定是要契合最广大人民的某种理想愿望、某种人性光辉的。从这一点来看，《平凡的世界》无疑是具有人民性的。另外，我认为，文学作品的人民性还应该是这部作品对生活的本质具有一种清醒的认识。例如，从路遥对爱情和婚姻的态度来看，《平凡的世界》这部作品也是具有人民性的，他能够对婚姻和爱情有一个非常深刻的认识。作品中润叶和少安最终没有走到一起，这并不是悲剧，因为随着生活的改变，人们的爱情观也会随之产生变化。

## 《平凡的世界》给予青年人的当下启示

**程意灵：**

我第一次读这部小说是在高二。当时，看到结局，孙少安的砖厂度过危机，但妻子患癌；孙少平的未来也并不明朗……从现实的角度看，他们没有完美地实现自己的目标，当时我对这本书并不感到亢奋。现在再读，我感到作品充满另一种力量，了解了另一个意义上的"实现"。我还是很崇拜他们的。人生中，不一定只有完成具体目标才能称之为成就，不是说看到他们没有实现具体目标，我们就不能从作品中获得力量。人可能无法战胜许多障碍，但有一种"实现"：就是以人的生命节律和韵致的自觉升华，它更注重的是灵魂的提升。

**陈志华：**

大家很容易看到的是，作品说的是大时代下人生的奋斗。但我们更要想到的是，我们如何奋斗？这应该是一种怎样的奋斗？我想，我们的奋斗，我们的理想，应该是基于历史责任感的、有社会关怀的奋斗，而绝不仅仅是基于个人利益的。

**付马佳莹：**

青年人在中国的长期历史转型中尽管面临着诸多困难，但是我们大都应该用一种积极向上的态度来武装自己的内心，直面生活中的挫折。在当下社会，我们应该怎样面对理想与现实的落差，怎样不懈奋斗？这也是在看完《平凡的世界》后青年们要考虑到的东西。在成长过程中苦难或者坎坷是必然经历的，所以，奋斗时不管遇到何种挫折，我们还是应该保留对未来的希望。

各年龄层的读者之所以喜爱这部作品，或许"60后""70后"看到了自己的当年，而"80后""90后"则是能看到另一种自己——现代与传统之间的徘徊，或者大概还会有国外和国内的徘徊，而这种挣扎也会引起海外求学者的共鸣。当然，和书中的青年对于理想的追求一样，它的整体的旋律是向上的，也定然能鼓舞这些寻梦人前进。

**孙如萍：**

我说两点看法。第一，老师在一开始就提到将这种座谈对话的形式纳入到整体的教学过程与育人工作当中，从而实现"立德树人"这一根本的教育任务。从路遥的小说中，我们看到，文学中人性和生命教育存在的必要性，因此，我有一个考虑：在当下国家教育政策不断调整的过程中，作为即将走上语文教育岗位的我们，是不是也该独立地坚守着语文教学的生命教育和德性教育，而非仅仅进行知识的传递。

第二，从表面上看，小说中展现出来的似乎是爱情和理想无论多么绚烂，但都必须向残酷而坚硬的现实屈服的现状。可是当少安从山西带回贺秀莲，发现她是个贤内助，而润叶也在与向前的生活中找到自己的位置时，我们发现这样的发展也让人觉得合理。正如一句电影台词："我们所经历的一切，都是生活最好的安排。"我想，这时候我们需要走出逼仄的小世界，重新去考量生命的质感和宽度，看到更广阔的世界和更多的生命形态，而不是在错误的方向上执拗地开拓所谓的生命长度。

**秦齐：**

我想从苦难的磨砺、教育以及社会关注对青年人产生的影响三个方面来谈谈我的思考。苦难的磨砺对作品中的青年人的影响是显而易见的，正是这些苦难才磨砺出了他们，使他们成长得更加迅速。在一定程度上说，苦难并不是不幸，而是财富。在作品中，教育的影响主要体现在孙少平、兰香、金秀、田润叶等人物身上。教育的确有改变人命运的作用，它不仅仅是授予学生知识，更是开阔眼界和拓展思维方式的过程。通过教育可以使人更清楚地认识到当下的社会现状，从而使其具备自我认知的能力。对于社会关注的强烈需求，使孙少平具有了与同龄人很是不同的历史视野，这拓宽了其成长空间，也延展了其成长方向。现在的青年人大概是不缺知识教育的，缺少的是苦难的磨砺以及对社会的关注，这两者的缺乏导致青年人经常性地处于一种浮躁状态之中，在这样的状况下，即使是不平凡的人也是很难有所作为的。

**詹艾斌：**

关于《平凡的世界》给予青年人的当下启示问题，我简要地谈四点认识。其一，青年人是富于想象的，当代青年人需要有愿望、有梦想，需要看到个人之外的更大世界，需要同孙少安、孙少平他们一样积极寻求另外的世界。对孙少平而言，是寻找双水村之外的世界，寻找深藏在自己内心的那个陌生的世界；而就孙少安来说，即使身处双水村，也可以开辟出一个不同于惯常的新世界。这也就是说，青年人需要去奋斗，"只有永不遏止地奋斗，才能使青春之花，即便是凋谢，也是壮丽地凋谢"。其二，我们都是今天这个大时代中的平凡的人，而平凡的人同样可以有也应该有对国家发展的关注、对国家命运的忧虑，而且，也只有在这种关注和忧虑中，我们才能"活着不是就为了活着"，才能更加明确个人愿望与梦想的合理的方向。没有合理乃至正确方向的愿望与梦想往往是缺乏根本性的价值支撑的。其三，青年人需要积极适应时代的发展变化，在波澜壮阔的当代社会变迁中参与广泛的时代性社会实践，在实践中努力解决因年轻与社会阅历不深等而引致的"眼力"不够的问题，以成就自我的成长与发展。其四，当代中国的社会转型还在持续的进行之中，青年人需要有一种时代性的文化自觉，以寻求一种与时代发展存在有明确的内在勾连的更大的文化格局，从而感受自身生命的丰富性韵致，力求走进生命的澄明之境。

## 结　　语

**詹艾斌：**

谢谢各位老师、同学的热烈讨论！今天是清明节，我们以这种读书座谈、对话的方式纪念路遥，纪念从那个大时代走出来的一代普通、平凡的中国人。他们是时代发展的见证者、参与者，也是当下中国社会面貌获得如此深刻变化的推动者。同时，我们也希望并相信，将会有越来越多的青年人能够自觉因应时代的召唤，明确方向，以笃定的实际行动实现其梦想，成就其未来。谢谢大家！①

## 第二节　当代语文教育教学的方向问题
## ——2015 年"国培计划"江西省乡村中小学教师培训团队置换脱产研修初中语文班对话摘录

**时间**：2015 年 10 月 9 日上午
**地点**：江西师范大学青山湖校区第二教学楼 305 教室
**参加者**：詹艾斌（江西师范大学文学院教授）
2015 年"国培计划"江西省乡村中小学教师培训团队置换脱产研修初中语文班全体学员
**列席者**：邹花香（江西师范大学文学院副教授，班主任）
龚岚（江西师范大学文学院副教授，执行班主任）

**詹艾斌：**

各位老师好！大家都来自基础教育一线，对我们所从事的语文教育，应该有比较充分的认识、判断和评价，那么，你们对它到底有什么样的总体观感呢？

（片刻之后）面对这个问题，大家表现出了一种颇显尴尬的沉默。如果大家觉得这个问题过于宏大，那我们可以稍微具体一点。大家可以看到墙壁上张贴的教学活动安排和课程设置材料，我想问大家，课程设置是你所期待的吗？大家来学习不容易，如果你有所期待的话，我们的课程设置与你的期待有多大的契合呢？大家很清楚，这类问题的讨论，都源于我们对自己所从事的职业或者说事业所带来的思考。作为具体的教育教学的实践者，我们是

---

① 本对话文稿由秦齐、沙静静等初步整理，詹艾斌最终修订完成。

应该按照一种科学、合理、与时俱进的教育教学理念来进行还是更多地依赖一种惯性？我们在生活中会有很多喜好，那么，我们靠什么来驱动它们呢？同样，我们从事语文教育，又要靠什么来驱动我们的教育实践呢？

最根本的问题是，作为一个从事语文教育多年的老师，以往到底是在什么样的方向之下来进行教育教学的？我们首先要有自我感知和反思的意识，如果说没有这种感知和反思意识，而是按照经验来进行的话，那么，语文教育的方向及其思考就远离了我们的视野。只有从这个第一性的问题入手，我们才会知道自己需不需要调整原有的方向。这个问题事实上可能已经存在，但我们缺少对它的把握。如果大家不从一般问题入手而仅选择从具体问题切入那也是可行的，大家可以从个人教育教学经验中的某一个课堂具体教学时段来谈谈你是如何贯彻你的教育教学理念或者说语文教育教学理念的。我的意思也很明确，没有明确而合理的教育教学理念所进行的课堂教学实践行为，都是要存疑的。它或许是要肯定的，或许是要进行否决的。假如一直缺乏根本性的感知和判断，那么我所说的第一个问题就尤为必要了。从这个最根本的问题入手，然后我们才能明白自己所走的路，所从事的教育教学到底是在明确的教育理念之下的自觉行为，还是在惯性之下的庸常行为。这在我看来这是一个宏大的带有根本性质的问题，也关系着每个老师未来的专业发展。下面，大家不妨围绕着这一问题，在具体的讨论和探索中慢慢地、逐步地辨析、确认语文教育教学的方向。

**陆清华（余江县璜溪中学，教龄 20 年）：**

我来说说我比较困惑的地方。新课改的理念可以说有前瞻性和指导性，但是这个理念有点超前，实际上，在现实的操作当中，总让人觉得"想说爱你不容易"。为什么这么说呢？举个简单的例子，最近，一些专家给我们授课，有的谈到阅读教学中的文本解读问题。专家说从理论上讲，作品是作者和读者、世界之间的对话，现在课标的新理念提倡科学反思型的方法，注重整合各种资源。就说整合吧，作者、作品距离我们读者是很远的，现在说要借助各种资源，想要了解可以从网上查资料，可是网上很多资料要钱，不花钱进不去。而且，网络资料的可信度也值得怀疑。像我在准备一个比赛的时候，想讲《咏雪》，竟发现网络上有些资料互相冲突。而纸质类的资源有些太贵了，就连老师也没有条件经常买，乡下学生就更买不起了！所以大家想要借助这些资源是有难度的。

新课标还提到要鼓励学生进行有创意的表达，老实说，我们上公开课可能会这样做，但是我感觉在座的各位老师平时上课并不是这样的，我可以自信地这样说。我也参观过杨梓中学、杜郎口中学的三一五课堂模式，他们给人感觉好像就是在作秀的，和真正的课堂是有差距的。我还记得金溪的一个学校，当时是在大会堂里进行辩论赛，观看完那场辩论赛我真觉得学生很累，整天就是做啊练啊，做啊练啊。新课改提倡学生要有问题意识，希望学生学会自己提出问题、分析问题、解决问题，这都是研究型的东西，而事实上考试跟这个是不同步的。我们要求学生答题，答案只要跟出题者的意愿不一样，那就对不起，就是没有分。这个就是很矛盾的地方。所以说，新课改是超前的。

**詹艾斌：**

刚才陆老师谈到的情况，我想大家需要去抓住核心问题，即根本矛盾，不论是困惑也好，问题也好，教学感喟也罢。大家有问题有困惑是好事，存在这样一种对教育的认知，可见大家清晰地意识到今天的教育本身确实存在一些问题。但是，大家对语文教育本身最核心的根本要求是否有明确的认识呢？我们可以看到，很多学校所谓的教改都是在教育教学方式上作出些变动，然后我们老师就骄傲地宣布"我教改了"，问题真的在于此吗？或者说，通过这些方式方法的改变就真的能引领现代教育理念之下的改革吗？或许要这样来看待问题：我们确实会遇到很多的冲突与矛盾，觉得怎么也冲破不了这么一张罗网，因为似乎限制、规定到处都存在。那为什么会面临这种尴尬呢？我们个人到底有没有什么力量能够在一定程度上冲破现在所认识到的语文教育教学本身的局限呢？确实如陆老师刚才所说，我们面临着这样一些具体的问题，所以，墙上贴的教学活动安排中的作业"我的教育理念问题与改进策略"这个题就值得大家好好地反思并努力完成了，尽管那些题目的措辞可以有所变化。

我对学生的要求，有四个词：第一，视野；第二，立场；第三，理念；第四，方式或者方法。"我的教育理念问题与改进策略"在我看来大概是属于第三个层面的话题，叫做理念。如果没有足够宽阔的视野，没有明确合理的价值立场，理念的确定是会出现问题的，更不要说我上课采用什么样的方式方法。不管是研究型教学还是讨论式教学或者其他的方式，那都叫做一定的教育教学方式的改变，离理念和立场以及确定理念和立场应有的视野还很遥远。所以很多时候我们都会面临这样的问题，总觉得自己挣脱不了，就活在既有的教学体制之中。这个时候就要问自己了，我们在很大程度上是不是受到了自己老师教学方式的影响，或者觉得自己只能在前辈的路上修修补补，而不是力图走出应有的方向。大家可以看到，给大家的那本书《生命与教育的方向》封面刻意放大的那个词叫做"方向"。大家可能就有疑问了，为什么一定要很遥远和宏大呢？这可能是我们认识或者说生命体验中的一个差异。有时候我们都很清楚，如果自己想要走在这个时代的潮头上，那是要"撑旗杆"的，这个时候你要引领方向。如果方向不明确，只在某种规范之下左冲右突，是没办法走出去的。这就是我们首先要明确的问题了。如果说我们能抓住今天语文教育的核心方向，刚才的那些问题也许是存在的，但它们不是根本的问题，你依然可以在现有的考试体制之下"跳舞"，尽管那叫做"戴着镣铐跳舞"。到底是什么样的方向呢？语文教育要做些什么呢？仅仅是方式与方法吗？刚才我们在一定程度上予以否认了。现在，不少中学老师所做的某种方式的改变是希望学生多参与，就像我们刚才所做的讨论一样，这就叫改革吗？显然，对于真正的改革而言，最根本的不是靠这个，而是方向性的扭转。假如认为原有的教育教学方向出现了问题，那么，其他问题就都是这个大问题中的小问题了。对此，我们都需要好好地思考。

我们对文学作品的理解是广阔多样的，然而很多时候却受着某一种教科书的影响；它对文学是某样的理解，所有的语文课就那样上了，这就叫"受到一定的规训后而不自觉"。但是，这时候还高喊着"我要突破，我要突破"，其实却是完全在既有的认知规范之内，无疑，这是极大的悲剧。所以说，如果仅仅是停留在这样一种方式方法问题上进行争论、辩论，计较我们现在的教育教学方式与考核者的要求相冲突的话，我们又怎么可能去推动教育体制的改革呢？我们在改革的过程中又能发挥什么作用呢？我们作为教育实践者，老是说教育体制存在问题，但是你为推动它的改革出了多少力呢？糟糕的体制会引致糟糕的人生，而且糟糕的人生有可能属于每一个人。这就是需要我们好好考虑的问题了，因为它会直接影响我们以后的教育品质。这个教育品质既是国家的，也是我们作为一个教育者个人的。不知大家是否看了我的《生命与教育的方向》中《当代文学教育者卓越教学的基本要求》那一篇文章，我把刚才论及的方式与方法问题视为五个要求中的最后一个，因为，教育技术和教学手段的变化，在我看来是最低层次的。

我们需要思考的是，假如要推动今天的中国语文基础教育改革，我们到底应该从何处入手？刚才，对我提的第一个问题，如果大家表现出茫然的话，那可能表明，我们在座很多老师，事实上对那样的问题的思考是相当薄弱的。换句话说，我们以往的教育教学实践行为更多的是按照惯性来行事，所以才会对这样的问题、这样的措辞表现出某种陌生感。一个人言语和行为的表达，都是由个人的既往经验和素养决定的。所以，我们的日常言行都是以往素养和具体视野的表达。我们需要有这样的思考切入点，才能比较好地具体讨论某一个人上某一堂课：他是否体现出应有的视野、立场和理念。说到这点，那我们就再进一步思考：假如我们存在着一种共性，即方向模糊，那么，我们说，肯定是教育出了问题，语文教育出了问题。因为，首先存在方向不怎么明朗的大问题。

在这个大问题之下，大家来稍微具体地讨论，今天的语文教育到底怎么了。如果能诊断出今天的语文教育到底怎么了，那反过来说，你对语文教育是有理想、有期待的。但显然这种理想仅仅是个人的，它不一定是合理的。如果你意识到今天语文教育的大方向存在问题，却不知道语文教育到底存在哪些具体问题，那你对刚才的问题的理解和把握就还相当地含糊。如果我们能在对这个总体问题的思考之下，找出今天的语文教育到底存在哪些具体的问题，或许就有了理想语文教育的坐标，然后，我们就可以围绕这个坐标去寻求解决的具体途径和方式。无疑，这是每个语文教学从业者都不可回避的问题。如果找不着今天语文教育出的毛病，就只能按照自己所认为的方式来进行。每个人的认知到底是什么样的面貌，肯定和语文教育的素养和水准存在一定的内在关联。

每个从业者都需要蓝图。我们或许受过很多的规训，觉得这样的蓝图实现不了，但是我们是否在一步一步地往蓝图的方向走？这时候是需要勇气和能力的，还需要一份坚韧！

**罗紫娟（九江市共青城江溢镇中学，教龄 1 年）：**

我刚开始工作，对语文教育的认识还很浅显。我只是觉得到了工作岗位之后，发现现在的这种语文教育和我上大学时设想中的是不一样的，是有一定的差距的。虽然说我们现在讲的教育是素质教育，但是素质教育和应试教育之间的衔接还是会出现矛盾。我在奉新参加了教师培训，有很多南昌市的名校老师去给我们做讲座，每个老师基本上都谈到了阅读教学这个观点，还有些老师制定了详细的阅读教学计划，包括让学生读什么书，读多长时间的书，以达到拓宽学生视野的目的，让学生更好地适应应试教育。然而他们是在城里面教学，我们在农村教学，我们的硬件和城里是不同的，计划中的理想教学和我们的实践还是有一定的距离。

**詹艾斌:**

你的理想教育是怎样的？有着什么样的情形呢？

**罗紫娟:**

我的理想教育是：评论一个学生的好坏，不应该只是以他的成绩为标准。而现实却是不论普通老师还是学校领导都以应试成绩作为标准。我们年轻老师在学校很难不跟着大流走。

**詹艾斌:**

在这里插一个话题，也就是跟大家提个要求，等会儿发言的老师请尽量使用你的教学语言，我们就用自己擅长的表达方式，看看平时大家的教学语言表现为一种什么样的状态。刚才两位老师的发言似乎基本上等同于非教学语言，那应有的教学语言应该是怎么样的状况呢？刚才罗紫娟老师表达了她个人在工作上的一些认识，她在语文教育中存在一些疑惑。那我们现在请稍微年长一点儿的老师来点评一下，在你看来，小罗老师阐述的这些问题有多大的合理性？

**胡永峰（高安市灰埠二中，教龄 15 年）:**

小罗老师讲得比较好，也反映了我们一线老师的一些困惑。其实，我们很多时候都是走进了这个牢笼，没有跳出来。教育是什么？教育是成长。首先我们语文老师自己需要成长，才能教得好。我谈谈我的一个比喻，语文考试就像一个房子，它只有一米五高，而我们的语文教育，它是一个两米的巨人，我们怎么能用一米五高的房子去衡量一个两米的巨人？我教书十五年，以前也有个困惑，总觉得语文课堂没味道，讲来讲去就是那些东西。又要考试，考试也有标准答案。后来听了很多名家的课，他们都谈到教育的成长。语文课堂应该是一个诗意的课堂，我们不应该总是把考试这东西放到课堂上来。后来我也是这样摸索的，努力把语文课堂变成一个诗意的课堂，不刻意去管分数这个事情。我们需要改变课堂，让课堂更有语文味、有人文味。慢慢地，学生爱语文了，我们就可以把语文教育的"房屋"一点点地建得更高。

**詹艾斌：**

刚才胡老师的发言，有多少老师有同感呢？

**陆清华：**

刚才罗老师跟我们提到一个困惑，就是落实课改和学生成绩之间的矛盾这个问题，胡老师也谈了自己的感悟，其实我也很认同。新课改精神可以说大家都能接受，但关键是在现有体制下如何去践行的问题。学生的发展是我们的教育目的所在，这点是不会变的。我在思考这个问题，也就是教学的个性跟教学的共性的问题。如果每个老师都能按照一定的教学程序比如自主合作探究、小组讨论等来上课的话，是不是我们有些优秀的传统教育模式就要被全盘否定？既然是以学生的发展、学生学有所得为目的，那就是说并不是学生会考试了就叫做学生发展了，考试成绩和学生的素质不是等同的。所以，我认为，我们确实是需要接受新的理念，但也要有自己的一份坚守。就拿我们学校的一个事例来说，有一个老师比较爱好文学，从 2007 年开始创办"秋野文学社"，鼓励学生进入社团，有些学生写得很短的几句话的作文，被他一改就变成了好文章，他还多次组织学生参加全国作文大赛，那些学生写的作文蛮可以，网上的点击率也蛮高。我拿他为例是什么目的呢？我开始对他是不认同的，因为，如果用新课改的理念来套他的话，那他的教学水准并不高。用我们的话来说就是"脚踩西瓜皮——上到哪儿算哪儿"。尽管我们学校很多老师都自认为比他水准高，但从教育成绩来看并不会比他高。他零距离地与学生接触，包括大家公认的差生。他的文学社成员是分级别的，采用晋级的方式激励学生，级别高的可以和老师一起去旅游。这给我比较深的感触。这个老师上课不一定很有水准，但是学生很喜欢他。所以我觉得要有自己的一份坚守，要让学生快乐。

**詹艾斌：**

刚才以上几位老师的发言，大家有没有什么感触呢？几个人的发言，代表了几种方向还是一种方向、两种方向呢？

**罗婷（高安市杨圩初中，教龄 4 年）：**

我觉得以上几个老师说的有一定的道理，但是我觉得，在我们的教学实践当中，老师和学生都很难做到那样。我现在是第四年教学，是汉语言文学专业毕业的，本来就很喜欢文学，走上岗位的第一年也是蛮有热情的，慢慢地几年下来，我发现我们语文老师正处于一个非常尴尬的位置。在学生心中，语文课并不是很被重视，他们觉得语文老师就是给大家讲故事的，语文课可以轻松一下，因为他们被英语数学课压得很紧。我目前在教初二语文，已经教了两年了。我们学校的初二语文，每星期白天的课有6节，早读课有2节，但学生就是在语文早读课也要花15分钟来读英语，大家算算我们语文的阅读时间有多少呢？早读课就2节，还有1节放在星期六早上，星期六要早点儿放学，学生更没有心思读，所以作为农村中学的学生，我们语文老师想要增加他们的阅读量是很难的。放学回家后，学生根本就不会去看跟语文有关的资料。我在上课的时候，不管是跟他们讲历史还是文学，大家都觉得很神奇，所以他们都喜欢上我的语文课。但是我站在讲台上听他们的表述，怎么说呢？这一群学生的水平，根本就不可能达到我们的理想水准。还有写作，我不知道其他学校的学生怎么样，我看我们学校的学生的写作真的是太差太差了，首先那字真的是让人看不下去，其次错别字很多，一些常用的字都会写错，最后内容就更不用说了，一些很简单的语句都表达不通畅，就像小学的水平。我们教了初二，到了初三又是另外一个老师来教，你说我这一年到底要怎么来教好他们？学校的教导主任开玩笑地说，两个学期四次大型的考试，如果你所带的班考的都是倒数第一的话，那对不起，下回我就不聘你了。在这种玩笑下，每个老师都会冲着成绩去，所以我就觉得我们的理想肯定是好的，但是要这样带学生却是很难的，我们有我们的尴尬。我们也想改变，但是要做到真的好难。

**詹艾斌：**

在刚才罗老师阐述过程中，我在黑板上写了一个词："共谋"。现在秋天已经来了，大街上那些"形体展示"慢慢地被遮盖了，那曾经是我们在夏天看到的都市女性尤其是青春的女性美的基本表现。有人问，女人为什么把自己打扮得那么花枝招展的？有好事者说，那是男人的阴谋。阴谋后面有个"谋"，也是共谋的"谋"。如果说男人有阴谋，女人不合谋，尤其是一些年轻的爱美女孩不合谋，也就是说两者之间不"共谋"，怎么会有这么一种状况呢？那么，我们要问了，两位女老师都提到，现在的教育体制让我这样，他们要你做的是一种"谋"，你到底要合谋、共谋，还是怎么办呢？

**有人回答：**

被谋。（此处有欢呼和掌声）

**詹艾斌：**

被谋？！或许这就是我们的一种处境。我们每一个从业者有没有认识到这种处境？这种认识让我们有了一定的困惑。从胡永峰老师的阐释中，可以发现，他显然不是一个简单的合谋者或者说共谋者，当然，我这样讲，也不是说别的老师就刻意地去合谋或者说共谋。这个世界上共谋的人或者被谋的人太多了，所以不谋的人似乎就显得突出和特别了。几位老师中，两位女老师的发言都表现出一种倾向：对现有状况的某种无奈和无力感，所以说哪怕我们不想合谋，但又不得不与之共谋，这就是一个麻烦，也是一种尴尬。男性老师可能强硬一点，觉得他个人可以不共谋。我在一定程度上当然也是一个不轻易共谋的人。但我们所面临的问题是，假如对自身的状况有一种理解、一种判断的话，你可能会意识到，我们到底该做什么？我们又能做什么？我们把这个问题再拉大一点，现在的某些教育体制尤其是教育评价机制、教师评价机制要我这么做，这是要你遵从某种规范。在规范之中行事，不知你是否清醒地意识到按照这么一种规范来做，你在有意无意之中成了一个共谋者；当然，也有可能你本身其实就是一个"清醒"的合谋者。如果大家都意识到这个体制机制本身就存在问题，你却还是有意无意地成为一个合谋者、共谋者，那你该作何感受呢？这就是为什么说我们每个人都要有方向感，它的一种极端的重要性在这个方面就体现出来了。所以我刚才问前几位老师的发言代表着几个方向呢？有人说，我决绝地不合谋，但你可能做不到。有无端、无边的合谋和共谋存在，作为今天的人文教育工作者的批判性就没有办法体现了。尤其是一个从事教育和学术研究的人，假如没有一点与人的高贵灵魂相匹配的批判性，很可能混迹于这个行当而不会获得真正的重大进步，包括个人的发展。

必须加以申明的是，在这里，我们不是说要和社会保持距离，而是说作为一个能对自我进行审视、对社会发展有所判断的人，应该有基本的素养。这时候你才能明白，我们到底该怎样驾驭语文教育。在我们的认识里面，一个人首先要解决教育的方向问题，要有这么一种姿态，才有可能慢慢地改造你应该坚持的方向。

在前面，我们说，教育中存在很多问题。假如我们清醒地意识到，问题的确存在，而且表现为可以言说得具体方面，那会怎么选择呢？在以往的教学过程中，你的选择是合谋，可是我们把这个问题摆出来之后，你是走合谋、共谋还是走一条自己认为的更合理的道路呢？当然，这里所说的合理还需要进一步的论证。这是每个从事今天的教育尤其是语文教育的工作者需要去思考的。刚才胡永峰老师说了一句话："教育是什么？教育是成长"。如果说语文老师自身不成长，教学又怎么可能成长呢？这确实需要我们去考虑了。

**史晨光（丰城市石滩中学，教龄 19 年）：**

刚才听了这么多，我觉得我也是一定程度上的共谋者。首先我从语文这个角度来看。我从 2005 年的时候就开始思考，我们作为老师，对教育的存在到底有什么意义？后来，我想了想，我们的意义可能就是两个字：热爱。所以我每次建立一个班集体的时候，我对学生都提三点要求：①要做一个受欢迎的人；②要做一个值得信任的人；③要做一个积极进取的人。在平时，我会主张学生去面对错误。我经常对学生说，你们有犯错误的权利。所以在学生上课发言这一块，只要他们愿意回答，就算答案是错误的，我也从来不会批评他们。你只要说了，你就是成功的。你只要去表达，你就是成功的。另外，刚才詹教授提到视野、立场、理念和方法，我理解为：前三者为"道"，后一者为"术"。关于这个"道"，刚才听了其他老师的发言，他们似乎很多人都意识到我们的教育要围绕学生的终身发展，考虑长远，而不是仅仅限于某一个阶段。我觉得老师们都知道，先进的教学理念是教育的根本出发点。我想说的是"术"的问题，我们老师想这么做，但是为什么做不到。刚才老师说是体制的原因，这肯定是有的。学生的生活太疲乏了，他们的时间也比较紧迫，我们要激发学生的阅读兴趣，让学生感受到阅读的美，就比较难了。当然，除了学生的问题，老师其实也存在问题。我作为语文老师，总觉得我们的理念也好，教学也好，都存在着问题。我不知道大家有没有这样的感觉，当我们想去讨论跟语文相关的教育教学问题的时候，我们会发现自己的周围真的很少有人去干这个。他们不干这个，我们也没办法没条件去做这个。你说你凭个人的意志去做的话，我觉得要很大意志，这一点儿很难过关。当然我不否认，有些人能够做得到。从另外一个角度讲，像很多特级教师和名师，他们绝大多数来自城市，他们有更大的吸引力，所以"术"这一块在他们身上有更大的体现。而且"术"这块的提升，是很见效果的。相反，"道"这块的提升，是很难见效果的。不管在哪一个层面上，大家都希望看到你非常明显的效果。当然，从自身的利益出发，这个可能更功利一点儿。效果如果提升不了的话，就算你做了再多的改进，我觉得有些时候也很难达到对你自己生活的改变。就像胡老师所说的，我也曾经这样去做，包括现在，有些方法、有些做法也延续下去了。但有时候会发现在考试这一块，我达不到自己想要的效果。如果达不到效果的话，无论我说自己的理念多么的先进，都是没用的。所以我认为，在一定程度上我也属于这个共谋者，只不过在这中间有些思考。

某些时候，我也在想培训方面的问题。我参加过很多的培训，但我总感觉这个培训缺乏系统性，很碎片化。我在想有没有可能在我们进入到教师这个行当当中时，有一个培训体系系统化地对老师进行支持，在"道"和"术"两个方面做分析。

## 詹艾斌：

鲁迅先生曾指出，文艺是国民精神前进的灯火。合理的、科学的、坚定的教学理念，也应该成为我们语文教育教学实践的灯火。这种光亮是应该有的。大家可以看到我的那本《生命与教育的方向》，里面的引论中的最后一句是"上帝说：'要有光'"。书的附录中，最后一页除了"谢谢"那两个字之外还是"光"——"教师成了烛火，教育也就有了光。"所以，《生命与教育的方向》里尤为强调的是光亮，没有合理的方向，光亮也就暗淡不明。刚才是史老师的发言，我们再看看其他老师，年轻老师或者是更年轻的老师有什么观点。

## 梁强华（玉山县怀玉初中，教龄 1 年）：

首先我要说明的是，我从事语文教育只有一年的时间，我对这个行业的感受并不是很深刻。但我要说的一个观点就是，我认为当代的语文教育已经脱离了我们作为人类的基本需要。因为以课堂教学为主的教学实践，其实就是把语文教育放在一个比较封闭的环境中。但是，语文教育有人文性、工具性的基本特征，语文教育其实就是发展语言文字的需要，所以应该要把学生放到一个大的语言环境中去学习。去年上半年，我在腾讯网上看了一个短剧——《终极教师》。那个老师的教学方式让我受到很大的启发。他教学生读《再别康桥》，就把学生带到学校的一个湖边，让学生一个一个去练习、感受那种杨柳清新的自然美。他还教大家读《雨巷》，在读《雨巷》的时候，他把学生带到一个小巷子里，并且请来一些负责道具的人，从巷子上方喷水来营造文中的意境，而他则亲自示范撑着油纸伞走过"雨巷"。他让学生通过实际行动来了解《雨巷》的韵味，而不是在课堂上简单地进行朗读。我觉得这是一种新型的语文教育方式。还有一点儿，语文教育除了要给学生灌输知识之外，还要给他们灌输思想情感。我觉得当代语文教育不应该局限于课堂，有条件的就应当把学生带到现实的大环境中去学习。所以说，如果把学生和老师困在一个小的环境中，那我们教出来的学生也就和一个读书机器没什么不同了。

**詹艾斌：**

梁老师说得很严重。他才教了一年的语文，但一开始就说了一句让大家很吃惊的话，他说今天的语文教育脱离了学生的实际需要，脱离了我们作为人类的基本需要。为什么是这种判断呢？他解释了一下，然后得出一个结论：今天的语文教育局限于课堂教育，而且还缺乏对社会、自然或者干脆说对日常生活的拥有。在表面上看，这是课堂教学和社会教学、生活教学的衔接问题，是一种方式上的变动问题，但这种方式上的变动靠什么能得到驱动呢？这应该还是一种观念的支撑。有了这样的语文教育教学观念上的变化，才有了这样一种可能进行的、具有一定的操作性的语文教育方式的变化。但是，梁老师可能确实年轻了一点儿，所以更多的表述还是在寻求方式的某种变动。我们应该还可以从方式变动里面去回溯，是在什么样的教育教学观念之下才有了这样的一种变化。大家可以看看书，那也是一种寻求的途径，这个途径是解决问题的某一个维度，但它不一定是核心，因为它没有体现出或者说没有根本性地体现出语文教育在今天应该有的总体面貌，可能还更多的是一种方式与方法的变通。当然，这是可以排解的一种方式。哪怕现有的教育教学体制不允许，我们还是可以做出适当的个人努力。我们继续聊聊，大家在这样一种方式和途径的选择与寻找的过程之中，还有些什么样的看法。

**刘文卫（安义县黄洲中学，教龄 20 年）：**

我个人认为，我们国家很早以前就开始改变应试教育。如果还是为了考试来教学，这没什么意思。因为我们是语文老师，我觉得教育的目的就是提高学生的语文素质，实际上就是阅读理解和写作的能力。考试是一个参考，我参加过一些培训，也经常提到这个问题。我个人的观点是，应试教育不符合现代的潮流，可以不把它当做一回事儿，也就是要敢于去和它冲撞。很多老师可能不同意我的观点，因为我们不敢和错误的东西去碰撞。另外，我想说明一下，语文教学应该抓住一些重要的地方，像小学是字、词、句教学，到了初中就要提高他们的阅读能力。因为语言是一种交际工具，包括学生的文学修养都要靠我们语文老师逐步提高，所以语文教学的形式可以是多样的。当然，我个人也教了很多年的语文，至于成绩，用素质教育和应试教育的方式去教，分数相差不会很大。所以我想说的是，我们应该要围绕着语文的目的去培养学生的语文素养和文学素养。

**詹艾斌：**

大家应该可以听得出来吧，我们男同志确实有一种力量感，刚才刘老师用了一个词——冲撞。我们女老师在这个方面，可能因为一定程度上的性别差异，在某些时候缺乏这样一种突围的勇气。在这里我也用了一个词，叫做"突围"，刚才我还说道，我们生活在这个世界上经常会受到某种"规范"，或者说"规训"。我们受到的"规训"是无边的，所以需要"突破"，或者叫做"突围"。我想大家应该意识到了，尤其是从事教育多年，都慢慢地感受到了我们身边的教育，个人所从事的教育和应有的教育之间，确实存在着不小的距离。我们首先需要认识到这份距离存在的真实性。还是那句话，如果没有觉得自己和理想的教育存在着距离的话，那就没有办法走出我们希望走出的第一步。当然，这样的认识，年轻老师是否有更明确的感受呢？尤其是女老师们。我之所以特别强调这一点，是因为现在从事教育的女性越来越多了。目前，江西师范大学文学院招进来的本科学生，男女比例是1：10。10个男生，100个女生，未来20年、30年之后语文教师的女性化趋势是无法避免的。在这样的前提下，女性老师作为一个母性教育的践行者，她需要表现出应有的姿态。但现在的年轻女老师们，是否已经做好了这样的准备呢？你的抉择、认知和定位是否很明确呢？这就是我们未来的教育所面临的基本状况啊！所以，现在在大学里面，尤其是师范院校，一般性的普通教育是一个方面，恐怕对于女性教育，特别是女性大学生的教育要成为一个特别的方面。我们现在就请年轻的女性老师说说看。

**刘凤（丰城市丰城一中，教龄1个月）：**

我不太清楚语文教育最终会发展成什么样子。您刚才说的合理的、坚定的教育理念，是语文教育者的灯火、方向。而对于学科地位，它要有使命感。刚才梁强华老师说的是语文教学可以发展到课堂外。张孝全先生曾经提到"大语文"，他说语文教育的思想理念可以从课堂上做一个延伸，开阔到学生的生活中，可以是家庭生活甚至社会生活中，就是说语文无处不在。而且，语文具有工具性和人文性的双重性质。对于年轻的我来说，要做好语文老师，还真是感觉有些力不从心。

**詹艾斌：**

刘凤老师又提到刚才梁强华老师所谈到的，语文课堂与生活语文的结合问题。但是，真正懂得生活中的语文，是不是如我们刘凤老师所隐约谈及的，对语文老师期望得过高了呢？或者说语文老师应该做的这些事情，是语文老师本分之内，还是附加给语文老师的呢？这里边存在着由于人类社会的发展，社会分工给每个人带来的某种认知和生活的变化等这样的问题。但我们必须明确语文学科的定位这一基本问题。语文学科，它是相对独立的甚至孤立的吗？如果我们把语文和生活相关联来思考，那很显然，语文的存在，它不是一个孤立和封闭的空间。每个人都有他的语文，它存在于每一个社会个体的身上，也存在于每个社会个体日常的生活之中。以此而论，社会对语文老师的要求真的是低不了。在很多时候，我们要确认语文在每个个体身上都可能拥有，是必须拥有也是必然拥有的这么一种事实。同时，我们需要认识到，如果把语文拓展成，或者说让它回到原有的常识状态，觉得它不是简单的语言文字的构成，而是在语言文字的组成之中存在着特定的倾向，那在我看来，就更为接近对于语文的完整认识了。比如汉语言文学专业的学生，都要学《文学概论》，在这样的课程里面，文学的"言"就不再是简单的语言文字的表达了，而是还要寻求语言文字所构成的"象"和"意"，并由此来理解人类社会生活和文明的发展样貌。从这个方面来讲，对语文老师的要求相对而言或许还真的要高一些。当然，这是针对刘老师刚才的一个方面的意思延伸开来的意识表达。

上面说过，史晨光老师对教育的理解，还有胡永峰老师所表达的对语文的认识，如果我们有这份教育共识的话，刚才我说的确实都是语文老师、尤其是今天的语文教育工作者应该做到的，它不是一个单一的语言文字的工具性问题。由于语文课程人文性的存在，就使得语文教师在这个行当里面具有特殊性。当然，这是一种语文观念的表达，不同的人存在着有差异的语文观念。但是，我们总是希望应该形成合理的语文观念共识，而不是相对主义论调的蔓延。你可以坚持你的语文观念，我可以坚持我的语文认识，那语文教育就很难说搞得好。教育中有一种观念在泛滥，就有可能损毁教育的根基，这叫做"教育中的相对主义"。在今天的语文教育中当然也存在这么一种东西，它是相当可怕的。美国学者布鲁姆有一句话，叫做"教育中的相对主义正在空乏学生的心灵"，那我们再加一句，空乏的还包括教师的心灵。如果一个教育从业者遵从"相对主义"的教育理念，那"空乏"的首先是他自己。正如胡老师说的一样，我们自己都没成长，又怎么可能做成长的教育呢？这就是我们要面对和面临的，需要去解决的问题。如果我们不能确立主导的、根本的、合理的语文教育观念，那我们所有的日常教育教学实践行为，都会面临不合理的可能性。大家应该听得出来，我很显然是在强调语文教育的精神品质、价值属性，甚至是一定的意识形态倾向。我从来不否认，我的语文课堂、文学课堂要和这样的根本性问题打交道。在我的语文课堂、文学课堂里，有十个关键词："知识""情感""价值""思想""精神""审美""信仰""生命""德性"和"自由"。在这样的认知里面就包含着对语文学科性质，对语文学科定位的明确的个人确定，当然我们首先是需要达成共识的。

这个年代是一个很好的年代，但同时也带来了一些糟糕的状况。"很好的年代"表现在哪儿呢？我们每个人都有话可说，都有表达的权利、空间和平台，但是每个人都表达甚至是肆意表达的时候就叫众声喧哗，叫多元的蔓延或者说相对主义的蔓延。这个时候，我们就缺乏了共识。每个人都觉得自己的认识是更加合理的，所以没有办法达成共识，没办法达成共识也就没有了共同推进的力量，所以说在一个很好的年代也带来了一些糟糕的状况。而大家都很清楚，如果说在观念，尤其是在理念上没有形成共识，那我们就没有办法做需要大家共同去推进才能做好的事情。而语文教育，包括今天的中国教育，恰恰就是这样的一个对象。我们每一天都会接触到不少信息，比如关于对中国教育的评价，尤其是批判性评价。当新的中国诺贝尔奖获得者出现的时候，对中国教育的评价尤其是批判的声音就更加一浪高过一浪了。我们就生活在这么一个时代，我们是这个时代的推动者，但我们究竟为这个时代的推进做出了怎样的努力呢？大家只要想了这些问题，就会发现责任、使命和担当，就在我们日常的生活之中，这个时候我们没办法拒绝内心应该涌动着的一种召唤。如果说在这个能够相对自由表达言论的年代，还缺乏声音的传达，那是对自己的一种不负责任。因为，我们需要声音的传达，于此之后才有可能在众声喧哗中达到一种共识，形成对语文发展未来图景的共同认识。如此，我们就要思考语文教育应有的面貌到底是什么，这是每一个活在今天的语文教育工作者都不能回避的重大问题。这句话所说的离我们肯定不遥远。说到这儿，大家可能感受到确实要有所改变。不解决大问题，小问题可能也是解决不好的，看就看这"好"到底依靠什么标准来评价。刚才史老师说了，"术"是可以改变的，甚至在短时间内还可以产生很好的效果，那是因为什么？因为评价者认为他所需要的就是这个，他没有"道"的支撑，只能评价出这样是有效果的。这是我们每一个人，尤其是成为中年人之后，还成为一个教育的管理者之后，不能不去考虑的问题。如果你不是管理者，而是教育的引导者，就更需要考虑这个问题了。可以这样说，教育的引导者比教育的管理者更需要有这么一种认知。我想，随着年岁的增长，都还有那么一种愿望，那就是力图成为卓越的教育教学者和某一个学科教育的引领者。

所以说，如果语文教育真的存在问题，那么我们到底有什么途径和方式去试图解决呢？这和我们对语文教育的理想期待，对这样的问题的思考密切相关。对语文教育理想图景的思考其实与我们的根本的教育理念存在着必然的内在勾连，所以大家不妨再往上拔高一点儿来进行探讨，那就是，语文教育到底要培养什么样的人呢？或者说，今天的经济社会发展到底需要什么样的人呢？大家刚才也提到某些教学途径有可能让学生喜欢甚至热爱，那喜欢和热爱是靠什么来推动的呢？当我们喜欢一个人、热爱一种东西，它不一定就真的是合理的。一个人在不同的年龄阶段，他喜欢和热爱的可能就具有不同的价值倾向，所以我们不能单纯以喜欢和热爱来表达，而更要看是靠什么东西来支撑他的喜欢和热爱。这个时候我们就要思考了，教育最根本的东西是要培养什么样的人，它在培养人的这一宏大工程中扮演着怎样的角色？这就叫做教育发展的顶层设计。我们现在说教育存在问题，所以就有了改革的必要，那要怎么改呢？首先要有合理的顶层设计。甚至，在不断的"摸石头过河"的过程之中，可能还要持续地调整你现有的顶层设计。顶层设计它也不是一成不变的，它需要在不断的实践之中去持续地改造或者说调整。所以，只要你接纳了这样一种观念，你就会感觉到我们的路还相当的长，那不是简单的"任重而道远"这么一句话可以表达的。

我很认同2010年人民网上发表的署名陈家兴的一篇文章，叫做《教育培养什么样的人》。这篇文章中有三句话："教育首先是要培养完整的人""其次才能培养有用的人""教育的终极目的，应该是培养自由发展的人"。这个话题当然很宏大，但是它又是相当具有实际取向的，也应该存在于我们具体的学科教育教学的过程之中。于是我们就要问了：到底什么是"完整的人"？什么是"有用的人"？什么是"自由发展的人"？当代语文教育能不能促进这样的人的出现？如果我们的语文教育有悖于这样的教育发展方向，那我们就要反思自省甚至自责了。"完整的人"，是说并不是单面的人。我们总说要培养"有用的人"，可是掌握一技之长的人就叫做真正"有用的人"吗？在上面的三句话里面显然不是这种取向，它的意思是说，一个人首先得是完整的，然后再培养他获得一技之长，他才会对社会有用，而不是说你只要培养他获得一技之长，他就有用了。教育的最终目标是培养"自由发展的人"。每个人都有无穷的潜质，只是在他人生的发展过程中，因为家庭状况、家庭教育、教育资源不均衡等一些原因造成了区别，所以他们就有了未来不同的发展空间。这是每一个人都要明确认识到的，所以，很多西方思想家都充分地意识到每个人生来就是不平等的，但是在未来的生活规范之中要力图通过法律、道德等方式促成人与人之间足够的平等。无疑，我们今天的教育也要围绕着这样一种平等的愿望来确定它的顶层设计。于是，我们说，教育只有具备这样一种根本发展方向，才能培养"完整的人"，其次才是"有用的人"，或者说才能培养"有用的人"。

**吴齐群（玉山县文苑学校，教龄 15 年）：**

我想从屠呦呦获得诺贝尔医学奖这件事情出发来讲。前年，我在一本科学杂志上看到关于她的介绍，当时她的名字出现在被誉为诺贝尔奖"风向标"的"拉斯克奖"名单上，而且还有人曾经预言："如果中国在自然科学领域会获得诺贝尔奖的话，最可能获奖的就是屠呦呦。"很多人说她是"三无"科学家：没有博士头衔、不是教授、不是院士（既不是科学院的院士也不是工程院的院士）。然后，有人说她获奖让那些院士们无颜，因为代表中国科技最高水平的那些院士们都没有获奖，却让一个"三无"科学家获奖。由此，我想说说我对语文教育的一个看法，那就是我们语文教学在这么一个教育大环境之下，老师很难展开手脚来进行教学。因为我们每一个人每一个老师都是活在当下，首先都是要为了生活为了家庭，而我们的教育管理者却又往往把教学成绩和收入挂钩。比如说，我教的班级语文平均分在年级排名是倒数第一，那么我的工资可能就会成倒数第一。所以，以后我就会想办法提高学生的分数，以免让自己的工资再成为学校里的倒数第一。我看到身边很多老师从初一开始就让学生做卷子，一个礼拜一套卷子，从初一做到初三，做卷子无非就是为了提高分数。在这么一个环境之下，我很困惑，我当了那么多年语文老师，我教了这么多年，我到底教了学生什么东西呢？

通过我们今天的交流，我发现大多数老师是"被共谋"的。不然，我们要怎么办？如果现在把考试取消，我们语文老师会怎么教？

詹老师提出，要做一个卓越的老师。应该讲，我们在应试教育这个大背景下，仍然有很多优秀的老师。他们在"共谋"的大环境之下，还是一个"独谋"的人，就是有自己的思考，他们是有自己的行动意识和能力的老师。他们在坚定的立场之下，有明确而广阔的视野和理念。除了非常巧妙又有效的教学方式之外，他们个人还有着非常强的能力。这些人绝对不会是没有方向的老师，他们肯定会有自己想走的路。我曾经有很多苦恼，但是我觉得从今天开始，我们对自己要有点儿信心，就是说在这个"应试"的情况下，在"被共谋"的大环境之下，我们也可以想一想，可以找一找我们自己的路在哪里。我们是不是可以在我们自己的教学道路上，有自己的选择，有自己信念上的一种追求？

**詹艾斌：**

吴老师的反思很好，我们可以感受到，他正走在一条思想者的道路上。我想说，越来越多的老师想表达，教育就会越来越有力量。很多时候我们确实需要某种改造，改造哪儿呢？首先当然是观念，行为的改造往往需要观念作为先导。由此，我们才会明白，合理的顶层设计之下理念和观念的形成，对日常教学实践行为的改变是至关重要的。以目前的思考而论，在我看来，当前的语文教育，尤其是文学教育，应该确立它的核心指向，这至少应表现为以下四个方面：其一，致力于思维方式的必然转换，尤其是批判性思维的形成；其二，确立明确而合理的价值观；其三，贯彻生命教育、德性教育、现代公民教育，涵养智慧；其四，追寻人的全面自由发展的可能。

**罗爱军（高安市蓝坊初中，教龄 23 年）：**

今天上午我很有收获，大家畅所欲言，这样很难得。我想说，在这个世界上，我们还是应该把握我们的教学、我们的生活，还是要脚踏实地，仰望星空，德行天下。我们应该"诗意地活在这个世界上"，这个"诗意"不是理想。语文是为社会发展服务的，我们不能脱离实际，我们在大学更多是做理论研究的，属于上层建筑的东西，我们在工作上则更多的是实践。但是我们也在思考，我们也彷徨过，我们也冲撞过。我觉得老师的观念非常重要，首先我们自己要立德，才能教学生把德立好。教学生，要课堂上教，更多的应该是要实践经验。每一册教材的编订凝聚了很多专家的心血，而我们很多时候都没有完整地按照教材去做，只是教了些文言文常识、现代文赏析等，教材后面有一些特殊、具体的知识，还有实践活动，我们几乎都没去做。城市里的老师可能好一点，农村的老师可能点都没给学生点一下。如果能让学生在有限的教育资源中收获一些别样的体验，那是不错的。我举个例子，让学生体验感恩教育，那应该具体规定给自己的妈妈洗个脚。这个要真正地落实，而不是说说而已。假如学生不清楚某种情景，可以像梁强华老师说的，带他们到具体的环境中去体验。但是，我们大家知道，没有考试肯定是不行的，要不然拿什么去衡量老师的工作和学生的学习成果呢？只不过，我们要不断地去改进。换个角度想想，"不想当将军的士兵不是好士兵"，每一个学生都有他的闪光点。我现在以正确的姿态去教学生，而不是愤世嫉俗，对社会不满或者其他。我要教他怎么立世，怎么学习。所以说，并不能片面、理想地去讨论这个问题，我觉得詹教授说的"把教育放在一个高度去形成思考"是非常正确的。实际上，我"共鸣"了一上午。

**詹艾斌：**

罗老师"共鸣"了一上午，还能保持这样一种讲话的热情，我们要对他的品格表示钦佩。我想说大家都很可爱，因为我们正从事一个可爱的行业、事业。当然，在可爱的同时我们还要保持某种庄重感，因为我们的职业让我们不能不选择保持庄重，这是一种必要的规范。也许在可爱和庄重之间，我们还能找到从事教育、从事语文教育的价值。大家上午发言的时候，其实都表现出这么一种机智，因为你愿意去进入，这时候你对现象就有了认知和感受。就像我们说对学生的培养，首先需要激发某种热情。教育教学工作并不完全是谋生的工具，如果有基本的热爱和情感，你就有了对其中色彩的感知。那可爱、庄重抑或其他的色彩，才都有可能进入我们的教育教学过程之中。如果我们确认语文问题与人文学教育之间存在本就密切的内在的勾连，那这种色彩的绚丽和多姿就会不时地进入我们的视野之中了。这个时候，无论你是否已经承担了某种责任，都会感受到语文教育过程里的绚烂，关键在于我们有没有这种因应的愿望和能力。教育本身是那样的多姿，有着色调的诸多变化，甚至是变幻，但我们如果缺乏这种因应的勇气和能力，当然也就无法感知这个对象本身的魅力。所以，从这个意义上来说，大家所从事的就不仅仅是可爱而是更为庄重的职业了，因为，它因与人的塑造之间存在某种勾连而具有明确而伟大的品性。这个时候，大家都很清楚，我们成了不再像跟小孩子讲课一样，刻意制造某种绚烂甚至是鼓动的人，而是当有了对这个学科真正的认知的时候，我们就会选择与之相匹配的语言来表达这个学科的品性。希望大家能够在今天的对话和讨论过程中，相对明确地意识到在语文教育中方向、观念和立场的重要性，由此再去讨论方式与方法的变换，那么，我们的境界，我们所看到的世界的风景，都会有很大的不同，而这个恰恰是每一个身在这个世界之中又对自己存在某种期望的人乐意去干的事情，是应该去做的或者说应该去完成的伟大的工作。我们都还在路上，都在风景之中，就看你有没有带着停下脚步去观赏甚至去改造风景的愿望。如果你有，那么你所改写的就是属于你的语文教育教学过程中的色彩。

我们今天就说这么多了，谢谢大家！①

## 第三节　全球化语境下青年学生文化价值选择的自觉

**时间：** 2015 年 12 月 5 日

**主持人：** 詹艾斌（江西师范大学文学院教授）

**参加者：** 左剑峰（江西师范大学文学院教师，博士）

张勇生（江西师范大学文学院教师，博士）

**硕士研究生：** 符鹏、周心驰、熊关曼、孙如萍、吴媛媛、李家安、查书雨

**本科生：** 杨舒晴、余聪聪、付马佳莹、秦齐、王窈、郭燕萍、程意灵、杨晨、陈燕珍、林娜、吴欢欢、陈章佳、林芫如

---

① 本对话文稿由周小娟初步整理，詹艾斌最终修订完成。

# 开 场 白

**詹艾斌：**

　　大家知道，我希望做的一个重要的工作，就是经常性地开展师生对话，在对话中明确一些基本的而又带有方向性的问题。很显然，这对于人的培育是极为重要的；其实，它也是我个人培养学生的一种基本方式与途径。而且，我们还对这一日常性的活动进行了命名，叫做"对话中的文化建构"。今天，我们就进行第二场对话，它的主题是"全球化语境下青年学生文化价值选择的自觉"。在这样一个问题的考察之中，我个人有一种认识，或者说对当前青年学生的思想动向、价值选择和身份认同有一种基本的判断，即很多同学没有办法明确、清晰地确定他自身的文化价值观问题。无疑，这一缺失是严重的。在日常的教育教学实践过程中，教师应贯彻某种理念，学生应表现出一种足够的因应能力，这样才能两相协调，相得益彰。大家应该很清楚，我们作为人的存在，其实无时无刻都体现着个人的某种价值选择和身份认同。而在当前的全球化语境之下，我们就更需要关注并明确这样的一个问题了。全球化语境下，并不必然地带来个人文化价值观的明确而合理的确立；对此，我们需要一种审慎的判断和选择。

　　放眼世界，国家之间的竞争显然是一种永恒的旋律。国家之间的竞争在表面上看是经济的竞争，究其根本，其实是生活在不同文化和制度之下的人的竞争。这同样是一个很基本的道理。从这个意义上来说，青年学生作为现代生活主体的一个部分构成，以及未来中国社会发展的生力军或者说是主导力量，他们的发展就显得尤为重要了。教育，尤其是今天的教育，需要这种远瞻性，它必须认识到，在青年学生的培育过程中，哪些问题是根本性的，是有重大的现实价值和意义的。

## 问题讨论的必要

**詹艾斌：**

　　一个国家、一个民族改革发展最根本靠的是什么，当然是人。而人的发展靠的是什么？它必须有赖于教育，也就是说，人是在培育中成长的。在我看来，这是我们在今天之所以讨论"全球化语境下青年学生文化价值选择的自觉"这样一个命题的重要原因。目前，我们国家已经成为世界第二大经济体了，但是我们似乎没有足够的理由和底气说，我们的文化建设也达到了和经济实力相匹配的高度。真正要实现国家的发展，实现我们所说的中华民族的伟大复兴，需要和经济实力相协调的文化发展力。而这个文化发展力在最根本的意义上体现为什么？无疑，其出发点是对人的关注，终结点也是人的发展状态。大家作为青年学生，作为国家建设未来的核心力量、主导力量，在这个时候我们也不能不积极因应国家建设和发展的需要。每个人的价值选择和身份认同，如果能够和今天的国家经济社会发展相协调的话，往往意味着我们的选择与认同的与时俱进。当然，换个角度来说，其实这也是社会个体自身现实发展的需要。所以，这个问题它并不是外在于我们每一个在座的人的，而是深刻地植根于我们个体自身发展的内在要求的。

我们不能不从自身出发，来审视我们个人的文化价值的选择问题，以及在此之下的身份认同问题。如果说一个人他具备了文化价值选择的自觉性，那就意味着一个人的发展达到了某种阶段甚至是某种高度。不知道大家是否关注过人的这样一种发展的基本问题。作为一个青年学生，在文化价值的选择上有没有一种自觉呢？而且，这种自觉是否是在一个合理的前提下进行的呢？在每一个社会发展阶段，人的主体性会因为时代的经济社会发展状况的差异而表现出不同的面貌。假如我们都能够做到在全球化语境之下进行文化价值选择的自觉，那么我就觉得，我们在这个时代实现了作为一个人本应存在的主体的选择与创造。以此而论，大家也就明白，我们今天讨论的问题不是一个伪命题，它的提出是有足够的依据的。

**付马佳莹：**

我们的价值观选择是处在文化全球化的大背景之中的。由此，我们就可以思考一下，全球化到底是一个什么样的概念？首先，我们往往会想到经济的全球化，但是全球化不只是经济这一个方面，它是一个多元发展的过程，它涵盖了各种信息资源文化甚至是制度。因此，我们的文化交流也会在全球化的背景之下发展，各民族的交流和世界各国的文化都会在一个长期的发展过程中交流得更多。所以，我觉得，在文化发展之中，在接受其他文化的发展之时要对自身的文化进行一种发扬。

**熊关曼：**

在全球化语境中讨论文化价值观的确定问题，就必须落实到青年学生的价值观问题。文化的全球化给青年提供了更多的选择，对其文化价值观的培养产生了深远的影响，出现了多样性、多元化的发展态势。青年文化价值观在全球化背景下呈现出的多元化趋势有赖于传统性与现代性在传承中的统一、民族性与世界性在融合中的统一、东方性与西方性在交流中的融合。这种统一性给青年文化价值观带来的机遇是：在现代性价值理念的灌输中，合理继承传统文化中可生长的优秀因素来巩固自己；在弘扬民族精神时，借鉴世界优秀文化中可生长的优秀因素来强化自己；在坚定东方价值理念时，吸取西方文化优秀因素来充实自己。当然，与此同时，我们也面临着深刻的挑战：全球化背景下学术思想、商业经济活动方式和文化艺术的交流等都在一定程度上影响着青年对文化的判断和选择以及文化价值观的确立。

**杨晨：**

所谓价值观，即是人在心目中关于某类或者某种事物价值的基本看法和根本的观念，具体表现为人们对该类事物相对稳定的观点、信念、理想等，也是人们对该类事物的价值尺度和指导该主体行为的相应价值追求方式。随着当代经济全球化进程的推动，多元文化也随之而来，"多元"不只是文化主体的多元，更是文化价值取向的异质性、多样性、复杂性。这种多元文化必然导致价值观念、思想体系、道德规范上的分歧和冲突。如何在这种多元文化的碰撞中树立正确的文化价值观？对于青年学生来说，这一问题是急迫而又重要的！无疑，这与当前的文化环境和青少年的心理特质休戚相关。

**陈燕珍：**

全球化语境给人文社会科学带来了多方面的影响，积极的方面是它让我们的文化生产和学术研究受到了市场经济规范和国际学术规范的制约，让经济建设和文化建设的关系更为密切，学术研究更接近国际水平。但消极的一方面是，一部分精英文化和非市场文化产品的生产受到了阻碍，造成了新的等级对立。在新的全球化语境下，我们的民族文化和民族精神就面临着一定的危机和文化价值观重构的现实，这就导致了我们民族文化的认同危机。民族文化是提供个体成长的文化氛围和精神家园，如果这种文化价值出现了问题，那么就会造成我们精神和文化上的无家可归，没有这种精神上的追求和依托，青年学生在文化选择上就会面临一定的困境。我觉得这就是我们今天讨论这个问题的一个原因。

**张勇生：**

当前社会正处在非常重要的转型时期，文化价值观因而成了非常重要的一个问题。今天讨论的虽然是青年学生，实际上我觉得这是所有人都面临的一个问题。为什么这么说？21世纪，社会大变革，国内国外都如此。有两大因素对我们的全球化产生了很大的影响，一个是交通，一个是信息化。现在大家接触的信息都是通过互联网的传播，所以阅读方式也产生了很大的变化。很多人都面临着这样一个问题，在出现困惑的时候你怎么选择，你要走出来。如果具体到了怎么做的话，我觉得大家首先作为学生就应该要保持一种清醒，所以重读经典，就有非常重要的意义。我们为什么重视经典阅读，就是要清醒地面对传统和现代的问题，民族和世界的问题，以及在这些问题之下，个人如何进行价值选择。因此，文化价值选择就是个人必须具备的一种能力，就是说好的当然应该坚持，不好的则要抛弃。强调个人的主体性，也是一个重要表现。要学会怎么选择，当你碰到问题如何看待，如何去清醒地认识，大家应该多去想想。

**左剑峰：**

对于今天的学生而言，我觉得缺少个体生命的觉醒。从小到大，我们很多选择恐怕都不是自己做出的。要么是父母，要么是老师，要么是社会无形的暗示力量，在替我们做选择。一个人从小到大如果都没有做出自主的选择，那么他的自我意识就没有得到充分的培养，一直被淹没了。而一切价值追求若不建立在自我意识的基础上，将不可能稳固和牢靠，也不利于建立成熟的独立人格。谈到全球化时代的文化自觉问题，我们首先想到的是如何对待西方文化和民族传统，但是我觉得这不是第一位的问题。你看，当今的很多年轻人对传统文化不感兴趣，再怎么去弘扬它，都只停留在口号和表面文章上。问题到底出在哪里呢？其实还是在于对当下自我缺乏关注。第一位的问题就是我应该追求什么？我应该做怎么样的人？我的兴趣到底在哪里？我向往怎样的幸福？应该说，这些才是我们关注传统乃至西方文化的动力之源、立足点。反过来，传统也只有在这种追问下方能彰显出新的意义，方能葆有活力生机。梭罗的《瓦尔登湖》有一个根本的观点：人们往往被"幻设的生活图景"迷惑。比如，我们的很多生活观念都是在缺乏思考的状态下产生的，然后慢慢变成一种根深蒂固的习惯，谨守奉行。从这里很难看出对人生应有的严肃认真与热情。我们无休止地劳作，企图占有更多的财富，要创造出更多的家产。为什么要这样呢？实际上是出于贪婪，但我们更愿意自欺地把它理解为"命数"或"必需"。再如自我奴役。其实很多现状可以改变，我们却误以为只能如此；生活本来总有多种可能性，却总夸大"手上活计的重要性"；每个个体生命都是不可替代的，却非得要跟在"成功人士"后面；当下即可展开的自由生活，却被为自由创造条件的努力所替代……"幻设的生活图景"，使我们迷途，偏离了生命的初衷，误解了生命的本意。古希腊的哲人告诉我们，没思考过的人生是不值得过的。所有这些都表明，有必要唤醒我们的个体生命意识，我们需要从生活的琐事当中回到生命的根本问题上来。面对纷扰的尘寰，我们之所以感到疲惫、力不从心和恐惧，正因为一直被"我"之外的东西领着走，生命没有确定的方向，没有一个定准。要克服这些，就需要一番严肃的自我启蒙，获取足够的勇气和力量，来为自己及眼前的世界确立一个"法"（价值观念）。

**詹艾斌：**

大家应该能听得明白，两位老师刚才的发言针对"全球化语境下青年学生文化价值选择的自觉"这个命题提出的原因或依据表达了他们的看法。张勇生老师说，这是一个在今天的语境之下必须要去探讨的重要问题；左剑锋老师从对生命本身的唤醒与否这样一个出发点或者说切入点，也是一种归结点来看待这个命题提出的必要性和重要性。大家可以沿着这样的思路和想法看一看该怎么样地去深入讨论这个问题。张老师的提法更多地表现为对当下的思考，而左老师的说法存在问题讨论的当下探讨这一切入点，但更多的显然是对社会个体自身生活的某种恒久的追问和思索的讨论。所以，大家可以看到，我们对一个命题的解读和探索，是可以根据不同的维度与方向来进行的。这样的话，我们就可以相互地交流沟通，从而深化认识，以达到对一个问题或者对一个现象的完备的追问。看一看大家对两位老师提出的问题有什么想法，也可以针对两位老师的提法，先跟着走，慢慢地又走出来，回到自己发言的主题之上。

**张勇生：**

我问大家一个问题，刚才左老师思考的这些问题大家有思考过吗？或者听到之后是一种什么样的感觉，或者说大家觉得什么是快乐的？大家追求的快乐到底是怎样的一种快乐？刚刚左老师说到那个自我，那么大家觉得现在这个自我是淡化了还是过于强调了呢？大家可以从这些角度来谈谈自己的看法，这实际上也是对左老师提出的问题的一种回应。

**左剑峰：**

自我的问题我之所以说它重要，是因为每一个人的人生都是属于自己的，而且只有一次。关注自我并不一定要标新立异，与众不同，但生活价值观念一定是自己严肃思考而获得的。你用它来指导自己的生活，无论对错成败，哪怕伤害了别人、犯了罪，都愿意为自己的行动负责，并且从这一切中看到自己的人格尊严。若此，在事情（"做事"）上你可能常常失败犯错，而在人格（"做人"）上你就是打不败的"桑提亚哥"。很多过着看似相同生活的人，其实生活完全不同！

**张勇生：**

我刚刚想到的问题就是，人们在追求快乐的过程之中或者说在追求自我的时候存在的一个问题就是要学会承担，不仅是要对自己承担，还要为他人承担，大的方面还要为社会承担。我觉得是这样的，现在人都会去寻求一种快乐，这比我们那个时候强；而且，现在大家好像也慢慢地通过各种方式突出自我。但是，我认为，就是左老师刚刚的那个问题，在这个过程中还是要学会承担，自己承担，哪怕是对社会的责任也是个体去承担。这是佛教禅宗提到的，禅宗也是特别强调自我的，别人没办法去帮助你，你只有自己去承担。

**詹艾斌：**

两位老师刚刚首先是从我们明确的"对话"的第一个话题出发的，即在今天要谈这么一个问题，谈青年学生文化选择的自觉，我们首先需要明确这一问题的基本来源。他们二位从人作为一种社会个体的发展的要求，和人应有的内在精神面貌出发来讨论，这当然来自于他们对生命的浓情关注。在听了左老师的发言之后，张老师问了这么一个问题，就是大家有没有关注过个体的生命问题，关注过生命的快乐问题。这个大家应该不会很陌生。我们都很认同关于文学的一种基本观念，即文学是对生命的评价形式。我也要求大家或者说期望大家在文学阅读、文学批评、文学研究当中，能够从进入他人的生命形态出发，来理解其他的生命形态，从而丰富和完善自身的生命形态。这样的话，你才会真正寻求到一种生命的高贵和神圣性。从这个意义上来说，当你有了这么一种对自我生命的某种更高层次的认同的时候，你的快乐当然也就油然而至了。所以，左剑锋老师问大家有没有考虑过这样一种问题，我想，我们是思考过的，只是我们的切入点确实有所不同，但我们在事实上却也是一直在回味、回答这样的问题。我今天更多的是起一个穿针引线的作用，希望大家更加深入地去讨论这样的一个问题，刚才他们两位的发言很好地把这个问题引入了一个新的阶段、一个新的层次，大家要有充分的了解和把握。

**左剑峰：**

价值意义的选择从人生的困惑、怀疑开始。现在就是有这种困惑的同学不多，或者说愿意承担这种困惑的同学不多，甚至大家都在回避，因为它的确会给我们带来一种精神上的折磨。

**詹艾斌：**

有的人可能更多地不是主动地回避，而是自身没有明确地意识到这个问题的存在，他们都是鲁迅先生所说的那些关在铁屋子里幸福地沉睡着的人。

**张勇生：**

刚刚那个问题其实每个人都会遇到，也是都要去面对的问题。只是说你面对了，你不知道该怎样做一种文化选择，实际上这种东西跟我们的生活是密切相关的。

**熊关曼：**

刚刚听了老师们的观点，我想说一下我的想法，就是从大一到硕士生二年级听到的最多的两个字就是"迷茫"，为什么会这样？这就需要联系刚刚老师提到的"自我"来思考。现在越来越多的人关注的是一种自我的表现，而对自我的价值却关注得越来越少，在越来越多的选择中陷入了迷茫。经济上的全球化使得文化也逐渐全球化，文化呈现为一种驳杂的现状。怎样的文化才是优秀的文化？我认为，只有当其内涵、精神和智慧真正灌注到我们个体的人的生活和生命当中去的时候，产生了一种积极的影响，它才能称得上是一种优秀文化。然而，当今青年的文化价值观日趋多元化，所以，在面对真正的具有决定意义的文化选择的时候，它们就会在选择中迷失自我。

**李家安：**

我觉得一个人有迷茫有困惑是很正常的，特别是在一个人的青年时期。常言说三十而立，四十而不惑，我们才二十来岁有困惑很正常，我有时候也很困惑，我也经常思考一些问题，比如说：我们为什么活着？我现在都没想明白。我们刚刚谈到自我，就像左老师说的，真正的自我是一种自觉而并不是一种自私，它存在于个体的觉醒过程中，存在于个体发展的历程中，自我是有担当的而不是平庸的。

## 青年学生文化价值选择自觉的表现

**詹艾斌：**

这已经延伸到了另外一个方面的问题了，一个什么问题呢？我们说青年学生在全球化语境下文化价值选择的自觉，这之中还隐藏着某种前提性判断。讲到全球化，更多的人首先想到的是经济全球化，但和经济全球化相向而存在的还有文化的全球化。关于这一点，刚才有一两个同学也谈到了。由此，我们需要进一步明确认识到的是，文化的全球化显然不是说世界文化只有一个模型，它并不意味着文化的单一化，而是说，不同的民族文化应该有它各自存在的理由与空间。从这个意义上来说，我们才会讲青年学生为什么要有一种文化价值选择上的自觉，因为大家都很清楚，在全球化时代，文化的多样性存在是一种基本的事实，正因为有多样的文化形态，我们才需要进行文化的选择，而且是自觉的选择。这就是我刚才隐约提到的，全球化并不必然地带来价值方向的明确性，而恰恰是价值的多元存在，我们需要在多元价值冲撞的局面下进行自觉的文化价值选择。我们今天讨论的话题它就内在地隐藏了这么一个问题，我们称之为前提性思考。

我们已经知道了全球化语境之下要有进行文化价值选择的自觉，但我们先不急于去探讨该采取怎样的方式进行选择，而是可以去设想、去推论，青年学生在全球化语境之下有了一种文化价值选择的自觉，这会给他带来什么呢？或者说，人的面貌会有什么变化呢？我们要在某种程度上去追问或者说去憧憬那么一种人的存在着发展的可能。我们需要知道，如果社会个体有了这样一种文化价值选择的自觉，那么他会发展成一个怎样的人？而这个人又是不是我们的教育所期望的人呢？这是我们需要思考的第二个环节问题。如果说社会个体具备了这样的对于生命关注的警醒意识，生命也处于一种被激发的状态，那他显然就存在文化价值自觉选择的可能了。我们应当始终意识到，我们讨论的不应当只是一个单纯的学术命题，它应当和我们的教育联系起来，这是我们作为一个教育者的自觉担当问题。不然的话，我们就只能是在某种程度上深化学术命题的讨论，但它能不能更加内在地影响到社会个体自身的生命构造呢？这是需要存疑的。如果我们能够让对话的参与者做到有意识地进入这么一种话题，那效果或许是不同的。所以，正如同我刚刚提到的，我们需要始终意识到我们所做的讨论对象不是一个单纯的学术命题，而是和我们作为一个社会个体的存在与发展问题密切相关，自然，这也就和教育相关了。20 世纪 90 年代，费孝通先生提出了"文化自觉"这个概念，他所讲的文化自觉更根本的应当是在全球化语境之下民族文化发展的方向选择的自觉。受他的观点的触发，在我的理解中，文化自觉这一命题也自然地延伸到人的身上，它不仅仅是针对青年学生，也包括所有社会个体的文化选择问题。我们谈到的就是这么一个问题。如果我们有了某种文化价值选择的自觉，你会成为一个什么样的人呢？我们要把这种可能性，把那种生命发展的辉煌，加以憧憬，加以展示，那么大家就会积极地朝着这个有光亮的方向去，这就是教育应当有的功能。

**左剑峰：**

有困惑是正常的，关键是不能停留在困惑中，不是说困惑本身就是最终的价值，有困惑这只是一个很好的起点，然后从中走出，最终获得人生的快乐与幸福。那么，面对困惑，我们该如何进行选择呢？面对那么多人生十字路口，我怎样辨别是非，做出选择？每个人的生命都是有限的，所以我们需要借鉴经验和智慧。在我们的选择当中，比较突出的就是西方文化与民族传统文化的冲突。有学者指出，"五四运动"时期我们吸收西方文化都是停留在表层，更多的是去搬用它们既有的科技知识和政治观念，而没有吸收它们最为核心的理性精神。直到今天，仍可看见对表层东西的过度摄取，而对深层的东西兴趣不大。为引起足够的反思，我更想将目前中国所处的时代夸张地称为"准人人如狼"的时代。一行整一行（例如，我作为中小学老师要家长送红包，我去治病时又要给医生送红包），一行害一行（例如，我把用激素、抗生素养的鸡卖给你，而我又要买你用激素、农药培植出来的蔬菜）。这是非理性的，所以才更为迫切地需要引进西方文化中的理性精神。面对我们的传统文化，首先要避免民族主义情绪。弘扬传统文化很容易与商业炒作融合在一起，形成一种民族主义倾向，这其实会导致缺乏一种正确的方向指引。每一个民族的文化都是它适应周围环境而积累起来的生存智慧，但因为年代在变，环境在变，其中有一些是不再适用的，但也有一些至今仍有价值的东西。一个民族不能指望其他的民族来发扬这些有价值的传统，只能自己来发扬它。这就不是个人兴趣的问题了。弘扬传统文化是我们的"天命"，我们既受了它的滋养，就有责任和义务去传承它。而且，发扬民族传统文化是从现实需要出发的。建立当代的价值观念必须依托深厚的传统，因为每一代人的智慧都是有限的。离开对当下生活的关注，我们就很难切入到真正的传统文化精神中去，就永远是漫无目的、虚张声势地停留在表层"趣味"上（如穿古装、背几句诗、写几个繁体字等）。一定要产生困惑！我们不妨先积极地接触社会，观察、了解形形色色的人，这样一来，你就有选择上的困惑了——既然世界如此丰富，我该做怎样的人？在困惑当中就产生了深入传统的动力。我们要用对当下的困惑敲开传统经典的大门。唯其如此，再去读我们的文学经典、哲学经典，这样才会有心劲，才会怦然心跳，读书和你的生命才会联结在一起。

**詹艾斌：**

我们刚才提到，在全球化语境下，进行文化价值选择的自觉。一般性地来讨论这个问题，往往会停留在一个什么样的层面呢？或许它更多关注的、强调的是民族文化的特殊性、民族文化的价值。这其中也就隐含着一个前提，那好像就是说，对本民族文化之外的其他民族文化及其价值取向是需要谨慎对待的，甚至是要提防的，这无形之中就形成了一种二元对立的思维方式。当刚才左老师说，对西方文化也好，中华民族传统文化也好，都要作一分为二，甚至是一分为三的这种多重的思维来分析的时候，大家就会意识到，问题讨论的深入往往需要这样来进行，这样我们才会明白，文化价值选择的自觉需要怎样地超越二元对立思维的局限之外来寻求思维自身的合理性，才会意识到在这样的思维倾向之下存在着的讨论问题的真正合理性的可能。这是一个很重要的问题，我们不妨在某种意义上称之为思维方式的必要转换。这对于我们每个人来说都是至关重要的一环，是在我们思维的延展过程中极为重要的一环。这样的话，我们就会意识到讨论"全球化语境下青年学生文化价值选择的自觉"这个命题中的"自觉"里面还包含着固化思维转换的自觉，没有这种自觉，我们很多问题的讨论以及从讨论中得出的基本观点和结论都是有可能靠不住的。

当然，这是对左老师刚才表达出来的思维方式的某种分析和判断，然后，我们又需要从这个里面走出来，来看看他所提出的一些基本看法及看法之中所隐含的对文化价值选择的自觉问题的回应。我们第二个环节的讨论是说，假设这么一个前提的存在，即如果我们能够进行自觉的文化价值选择，那么，对于我们来说会形成一个什么样的发展的可能？刚才左老师的发言里其实包含着或者说明朗地指向对这样一个问题的思考。我们只要稍微转换一下思维就会认识到，在今天，面对西方文化、民族传统文化，我们该怎样进行选择？这其中是分明地隐含着在选择之后我们会成为一个什么样的人的思索的。大家应该或多或少都看过《1844 年经济学哲学手稿》，在书中，马克思把人的类特性界定为自由自觉性。我为什么要特别强调文化价值选择的自觉，这显然是和这样的对于人的类特性，对于人的应有的、应然的相关发展的可能密切相关的。"自觉"的前面还有个词叫"自由"，如果说在今天的全球化语境下，面对文化价值的选择，我们有刚才左老师提到的那样的一种生命自觉的话，我们离生命的自由又有多远的距离呢？其实，这都是一些一衣带水的、有着密切的内在关联的问题。所以说，支撑第二个环节的讨论的根本愿望是，大家需要清醒而充分地认识到在全球化语境下，如果我们能够进行文化价值选择的自觉，其实就是我们在走向自由，即左老师所说的摆脱自我奴役状态的自由，这个自由就不是大家日常呐喊的口号了，而是和你的生命内质密切相关的，这也就是马克思所讲的人作为一个类存在的类特性的最为根本的体现。正因为如此，大家也就可以意识到，左老师刚才所说的大部分内容其实也是指向我们所说的第二个环节的问题，它也体现在我们能不能在今天的全球化语境下积极创造一种文化价值选择的自觉的可能性之中。

**杨舒晴：**

我们都知道，费孝通先生就"文化自觉"提倡和强调生活在既定文化中的人应对文化有"自知之明"，明白其来历、形成的过程，所具有的特色和其发展的趋向。从当代社会发展的现实出发，我们可以进一步指出，文化自觉应是人类在求取自身生存、发展的过程中，对人及其文化存在状态、现实使命、未来走向的自觉。这里更包涵着对本民族文化的起源、形成、演变、特质和发展趋势的理性把握，以及对本民族文化与其他民族文化关系的理性把握。它"已不再是一个孤立的理念，而是已经形成为一种文化观，一种有深刻意义的文化理论。"可以说，这种文化观在我国当前社会文化建设发展与创新中有着极为重要的现实意义。就青年学生的文化自觉而言，我们又可以也需要进一步明确为：青年学生对在中华民族文化转型发展中扮演的角色的自我认知和觉醒程度，包括大学生对中华民族优秀文化的认同和理解、对外来文化的鉴别和选择、对如何实现民族文化与外来文化的有机融合等具有清晰的认识，也即在复杂的社会背景下，大学生在对民族文化进行认同的基础上，主动进行自我觉悟、觉醒和反思，并在对异域文化予以批判与借鉴的过程中实现整个社会文化的传承、创新与现代化。

**林娜：**

我接着舒晴学姐所说的往下讲。对青年学生文化自觉的培育是一项十分复杂的、长期的、系统性的社会大工程。显然，在高校中，教育者与大学生自身是其中极为关键的两个要素。我们知道高等教育的使命是塑造人，塑造具有高度文化自觉的大学生。大学生文化自觉的水平在很大程度上决定着其个体发展的程度。高等教育者必须重视与重塑文化的育人力量，加强对青年学生文化自觉的培育。作为文化实践的主体，"大学生"既蕴含着一种历史性尺度，又是一个向文而化的动态过程。大学生的文化自觉，不仅体现在主体的时代性发展中，也体现在主体与客体的动态统一中。也就是说，青年学生本身就是文化自觉的重要主体之一，应该在当前中国的经济、政治的发展中发挥有效的主体作用。

**陈燕珍：**

作为文化传承中的重要组成部分之一的青年学生，必须充分认识到这些问题的重要性。拥有文化价值选择的自觉对我们专业学习的帮助是很大的。作为汉语言文学专业的学习者，在学习古代文学、现当代文学时，我们在课堂上接受的大多数是知识性的内容，和我们的人生没有很大联系，但是如果我们有相当的文化自觉，拥有对自己文化的认同感和反思精神，我们对自己所学的专业内容或许就更有自己的生命体验，会结合自己的体验去理解这个学科，这样，我们整个汉语言文学本科专业的基础教育才能充满活力。

**付马佳莹：**

作为大学生的我们，即将成为社会中坚力量，首先应当树立自己的文化自觉意识。在全球化的当下我们需要做的是学会鉴别输入文化的优劣，取其精华，去其糟粕，而不是让良莠不齐的外来文化随意冲击自己的价值观。有人说，我们现在所处的是一个失去了信仰的时代，很多人丧失了我们党和国家所希冀的主流的信仰或者说信念。当代大学生必须确立相应的主流价值观和正确的文化自觉意识。作为教育者，也应该加强人文教育，使学生不仅掌握好知识，更要在精神上确立正确坚定的信念，让主流价值观更为清晰。

**秦齐：**

当前，我们在学习西方文化方面是浅层的，在追寻本民族文化时其实同样也是浅层的。最新兴起的"国学热""汉服热"等，大家只热衷于中华民族文化的外在表象，而对于民族精神却缺乏主动认知与主动选择。在我国，无论是义务教育阶段还是高中阶段，甚至本科教育阶段都显现出应试化的倾向，而忽视了道德层面的精神渗透，这样的教学现状无疑是不利于青年学生文化价值选择的自觉的。与学校教育环境相比较而言，社会层面对青年学生文化价值选择的影响更大。

**郭燕萍：**

在全球化的过程中，外来文化上的"侵略"、价值观上的渗透都是不可避免的，全球化境遇下的价值观教育应该要有一种新的思维方式和价值取向。大学生培养"全球价值观念"是非常有必要的，也是可能的，这有利于大学生更好地在全球化时代中发挥作用，更好地适应和促进人类的全球化。那么，何为"全球价值观念"？我认为，全球价值观念要求我们应当有一些共同的价值观来面对人类共同的问题，而"全球价值观念"里面主要还应当涵盖"全球伦理观念"和"全球生态意识"。

在享受着经济和科技获得巨大发展的甜头之下，人们逐渐感到的是精神的空虚，信仰的危机和价值的虚无，"利"的观念得到了张扬和认可，人文价值却不断地被遮蔽，人文价值的迷失为工具理性的肆虐提供了温床。在全球化境遇之下，大学生仍应秉持人文价值理念，关注生命，既要掌握丰富的专业知识，又应具备一定的文化素质和实践能力，有健全的人格，实现全面的自由发展。

**王窈：**

当代青年应具备文化自觉性，用辩证的眼光看待异质文化，并且在创新中弘扬和发展民族文化。国家意识是青年不可缺少的。任何一个人或组织都不能离开国家这一物质和精神的双重归宿而存在，我们应将国家利益置于首位，对边缘地带不漠视，开阔视野，关注现实。面对某些发达国家对我国人才的争夺和"迁移"愈演愈烈的局面，要保持对祖国文化的认同与坚守，担负国家使命与责任，把自身的聪明才智最大限度地转化为个人价值和社会价值。

**张勇生：**

我们需要明白，我们讨论的关键词是文化多样性，文化自觉，落脚点是教书育人。文化多样性是好的，不应该拒绝，文化单一则是非常危险的，所以我们首先对于文化多样性要有一种拥抱的态度。当然文化多样性也带来很多问题，但我们不只是被动地接受和妥协，而是应该积极地应对。比如说麦当劳、肯德基传入中国后，中国就出现了很多类似的店。一种是文化输入时带有强制性，还有一种是不同文化的自由接触和交流，最后大致有三种结果：一是一种文化完全替代了另一种文化；二是两者相互妥协，同时存在；三是两者相互融合产生新的文化。在教书育人中，重要的是教学生怎样融合，不好的就直接拒绝。文化自觉是一种态度，应以这样的态度去对待文化多样性。

### 培育和塑造青年学生正确的文化价值观

**熊关曼：**

我认为，要实现全球化境遇下青年学生正确文化价值观的培育，可以从以下几个方面入手。

其一，教育引导：从顶层设计的宏观层面出发。

我国青年大学生的思想引领教育体系是建立在马克思主义世界观基础上的思想教育，需要坚持用中国特色社会主义理论体系教育当代青年。当代青年要学习和掌握马克思主义关于人类社会发展规律的基本观点，始终坚定中国特色社会主义信念和共产主义理想，弘扬和践行社会主义核心价值观。不可否认的是，当前全球化的发展，打破了此处与彼处的时空限制，实现了信息的大范围自由传播，促进了各种思想文化和信息的互换与交流。因此，要实现全球化境遇中青年文化价值观的培育，就必须从教育引导着手，实现教育的顶层设计，从宏观层面引导全球化时代青年大学生的价值导向和社会转型时期的文化建设。顶层设计是加强宏观筹划和战略管理的理念与方法，是一个复杂的系统工程，既面临着外部环境的考验，又有其自身独特的运行规律。只有抓好顶层设计，从宏观上把握趋势，从根本上找准症结，从整体上明确对策，才能架起培养当代大学生核心价值观的理论与实践相互转化的桥梁。为此，应在全面分析、主动适应内外环境的基础上，明确战略目标任务、总体实施方案和操作性行动计划等，使工作更具有针对性、科学性、有效性。

其二，文化熏陶：培育青年学生的文化自觉。

随着经济与文化全球化的深入发展，多元文化的冲突、交流和融合不断加强，需要接受者尤其是青年在接受时要具有一种文化自觉的意识。"文化自觉"是费孝通先生在对中华文化进行长期反思并在对中外文化进行对比的过程提出来的。他强调，要以高度的文化自觉应对当前的文化冲突。文化自觉的提出得到了党和国家的高度重视，党的十八大和十八届三中全会对保护国家文化安全，形成了高度的文化自觉。培育公民的文化自觉意识有专门的论述，文化强国已经成为党和国家发展的重要战略，文化自觉成为建设社会主义先进文化的必然选择。我们需要把培养青年的文化自觉意识作为切入点，以文化自觉的精神和意识来面对、审视多元文化中的对立与统一问题，以引导社会文化正确面对全球化时代的挑战和机遇。总而言之，中国正处于重要的社会转型时期，在当今的全球化境遇中，要想使政治、经济等各个领域和谐发展，就必须进行必要的文化熏陶。而在文化熏陶中，处于其中重要的一环就是培养青年学生的文化自觉意识与精神。

其三，实践养成：在德育中确立青年学生的正确文化价值观。

在现代化建设中，教育起着基础性、先导性、全局性的作用，是增强综合国力的重要途径，而以培养全面发展的人为宗旨的审美教育通过对未来世界建设者的培养，则可以建构起联系现实又能通向未来的桥梁。在教育中，德育是我国精神文明建设和素质教育的重要组成部分，对提高全民族的精神文化素质，实现社会的全面进步，促进现代化发展，具有深远而持久的意义。而精神文明建设所追求的目标，正是全面发展的社会的人、理性的人、自由的人，是通过形成以审美意识为中介的科学意识和伦理意识和谐统一的完整的人。德育的根本目的，是通过德性教育使受教育者成为一个道德高尚、人格健全的人，一个自由全面发展的人。然而，作为全球化时代下的青年大学生，面对世界多元文化与信息的异彩绽放，究竟应该如何坚守内心的那份道德执著和信念，而不至于在华丽登场的西化思潮面前迷失自我呢？这自然就需要当代青年学生在德育中时刻要求自我、警醒自我、鞭策自我，进而净化自我和完善自我。

**余聪聪：**

　　文化自觉既是一种意识，也是一种价值观和实践论。我们知道，全球化语境下的今天无疑也是一个文化和精神焦虑的时代，当代青年学生尤其需要构建和坚守明朗且合理的文化自觉意识。对此，我们既需要亲近中国文化，培养民族文化情感，体悟历史的厚重，透析中国人的群体灵魂，也需要辩证地看待西方外来文化的传播和扩张并借鉴西方文化之价值，对中西文化做出理性的评价和选择。同时，市场经济的深入和现代化进程的推进，宣告了多元文化时代的到来，当代青年学生要主动地厘清大众文化的特质并着力培育当代文化选择的自觉。

　　面对全球化语境下文化多元的选择，作为青年学生的我们需要从形而下的具体知识中，去思考、抽象和感悟形而上的精神世界，使学到的知识内化为自身的素质，进而具备符合时代要求的坚韧的精神品质和宽广的生命境界，发挥人的主体性，建立一种全局视野，正视文化的多元性，超越非此即彼的二元对立的文化选择。

　　我们知道，教育不在于造就人力机器，不是塑造单面的"有用"的人，而是培养鲜活的生命个体，培养时代与社会语境下的完整的人、自由发展的人。作为受教育主体的青年学生要养成一种文化自觉，建立一种有质地的明朗的学习方向感，回归学习启蒙本质，追求精神独立和思想自由，激发自身科学精神和人文精神，在关注更为广阔的外在世界的同时，能够自觉地对自身的生命质地进行营构和谋划，从而在斑驳繁复的多元文化充斥的世界里保持相对独立而清醒的个人判断，自觉审视自身的文化价值选择及身份认同。

**程意灵：**

　　我觉得可以把当下的青年学生区分为三个发展阶段，即自然人、自在人和自为人。在自然人的阶段，我们需要依靠他人的意识来帮我们做出判断和选择，自我还处于朦胧的状态中，而自在人是对自然人的否定和超越，我们有了个体意识、自我意识，意识到了人是社会关系的总和，但在文化价值选择上仍然有很多的变动性和不稳定性，会随着时代潮流的变化而变化，虽然开始崇尚个体的独立意识，但真正的自我独立思考的自觉性和选择性意识还是较差的，还无法将自我意识内化为深层的意识，并以此来规范自己的行为，而自为人就是达到了这样的状态的人。很显然，由自在人向自为人的转化就需要教育的引导，这就要求价值观的教育回归到生命本质，要求教师在教育的过程中确立生命与生命的关系，即作为教师的人和作为学生的人的关系，帮助学生由"人形动物"发展成"人"，由此引导学生有自我追求的意识，引导学生解读生命的本真。例如，将班级教育变成会议室教育，将教师的角色变为主持人，通过这样的方式来互相照亮双方的生命。

**杨晨：**

哈佛大学前任哈佛学院院长柯伟林教授 2006 年在北京大学发表了一个题为"哈佛的教育理念、制度与方法"的讲演。他指出，哈佛大学本科教育的目标，首先是要培养学生具备能够承担社会责任的公民素质，学会如何应对"变化"，而不仅仅是具备应付某种特定职业的专业素质。新一代公民必须为国家兴衰做好充分的准备，要具备"世界公民"的全面素质。这种素质包括跨文化的视野和意识，对优秀的传统文化与现代文化、价值观、认同感、问题与挑战，都有敏锐的判断力和应变力。

在美国的大学中，价值观教育的内容已经大体分化为道德价值观、公民价值观和文化价值观三种。其中，它的多元文化教育的中心目标是促进对于构成一个社会共通历史和经验的文化多样性的敏感度。它关注的是具有文化差异的个体和群体如何形成一种相互理解和相互尊重以及多元文化和谐共处的关系。而在我国的现有学校教育中，其价值观教育显然大都偏离了这种状态。

大环境没有给予青年学生理想的价值观教育，然而，人是具体的文化中的人，当人处于多元文化之中时，当人必须承担选择和创造文化的历史责任时，关于文化的理性意识和能力的养成与确立又是必要的。作为当代青年，文化价值观教育的不足并不能够成为其立场不定的借口。对此，我个人认为，我们青年学生要拥有自觉的理性文化价值观意识，如是，才能在全球化浪潮中不迷失自我、不危害社会。

首先，面对全球化，面对各国文化的差异，我们要教人树立一种宽容、平和、冷静的心态。真正的文化不是以此消彼长的方式存在，而是以理解和宽容的方式所展现出的那种亦此亦彼的丰富性存在，这是文化的本意。文化的认同是在原有基础上的扩纳，而绝非猴子掰苞谷式的一弃一捡。全球化的本性是变动不居的，但它随时可能带来意想不到的新奇事物，我们应拥有一种宽容、平和、冷静的心态来对待它，转"西化"为"化西"，取我所需，为我所用。其次，摆脱无意义的冲动与盲目，做到一元价值与多样文化取向的辩证统一。我们青年学生要具备一种自觉的主体文化的认同，在面对文化差异时，做到不卑不亢，树立民族自尊心和自信心，同时具有健全的理解多元文化的能力，能够理性辨别其中的优劣。这样，由受过这种教育的人所组成的世界，才能是一个各种民族文化都健康发展、相互理解、互相学习、和谐共存、共同繁荣的世界。最后，坚持以社会主义核心价值体系引领多元文化时代的价值观。多元文化本身并不可怕，但在这种多元文化中，必须保证指导思想的一元化，多元文化必须是在马克思主义指导下的多元文化，马克思主义的思想与意识形态是多元文化价值观的灵魂。只有青年学生自觉的文化价值观树立起来了，才能积极地把智慧和力量贡献到社会主义和谐社会的建设中来。

## 结　　语

**詹艾斌：**

看得出来，两位老师和不少同学对今天的这次"对话"做了较为充分的准备，因为，我们在一些问题上的讨论是相对深入的，希望大家能够在日后的学习、生活与工作中继续保持和增进这种热情与愿望。限于时间，我们今天的讨论就只能进行到这里了。但毋庸置疑的是，我们的"对话"还远远没有结束，不仅因为受制于时间，还因为我们今天讨论的话题的开放性。在根本意义上，我们说，"全球化语境下青年学生文化价值选择的自觉"没有完成时态，它一直存在于我们的日常之中。对此，我们要保持清醒的认识。也只有这样，我们才能在全球化的当下，不断地培植和壮大个人的文化价值选择的自觉。

谢谢大家！[①]

---

① 本对话文稿由付马佳莹、朱思恒初步整理，詹艾斌最终修订完成。

# 第五章  课程教学范式改革：
## 筹谋与识见

开展旨在培养卓越文学专业人才的文学理论课程教学范式改革实践，这无疑是需要进行合理的顶层设计和整体性筹划的。近年来，笔者在这个方面着力颇多，教学理念与具体改革设计渐趋明朗，对文学理论课程教学范式改革的相关研究意向也日益明确。作为对一种教育探索的理念及在此前提下个人阶段性收获的卓具代表性和说服力的呈现，本章分列"文学概论"与"文学评论写作"两门文学理论类课程教学的实施方案，并谈一谈笔者从事"文学概论"课程教学范式改革实践的基本经验与认识。

## 第一节  文学概论课程教学范式改革实施方案
### （以 2016~2017 学年第 2 学期实施方案为例）

### 一、文学理论课程教学目的与理念

（1）加强文学理论课程教学的理论性，包括文学理论知识的系统性，以及学生理论表达能力、思维能力和创新能力的培养；

（2）注重文学观念建构和文学价值导向，引导学生对当今多元混杂的文学观念加以辨析。在多元文化情境下，加强对学生的主导文学观与文学价值观的引导，并兼及其他形成明确而合理的价值观念；

（3）基于文学理论学科性质与现代课程教学发展方向，强化研究性教学、问题式教学、启发式教学，并以此培养、促进和增强学生的批判思维能力；

（4）注重提升学生理论联系实际的思考分析能力，包括对文学现象的分析评价能力、对文学作品文本的读解评价能力、文学评论写作能力等，并在此过程中实现思维方式的必要而有效的转换；

（5）注重激发学生的问题意识及其对文学理论前沿问题进行探讨的兴趣，增强其学术敏感性，培植与引导其学术观，发现人才；

（6）注重从文学研究中的前沿性问题以及当下世界和社会现实问题出发，适度培养学生关注世界和社会现实问题的人文情怀、责任意识、公共理性以及必要的理想态度，培育具有全球化素养的现代国家公民；

（7）在知识与价值之间，实现规范价值的社会建构；

（8）践行文学即人学观念与人文学和人文教育核心要求，关注生命，培育德性，涵养智慧，追求实现人的自由全面发展的可能。

## 二、2016~2017 学年第 2 学期文学概论课程总体教学规划设计（周学时 4）

**第一周（共 4 课时）：引言**

**根本目标：** 在课堂讲授与讨论中，要求学生：①拥有自觉的反思意识，秉持合理的价值立场；②初步形成文学学术研究的视野、立场、理念、方法四层级观念；③以关键词方式整体上把握文学问题；④明确文学理论课程教学目的与理念；⑤理解文学教育与人文教育的根本旨趣；⑥确立参与当下文学教育改革的自觉；⑦明确现代课程教学范式的基本理念，积极参与文学概论课程教学范式改革。

**基本内容：**

1. 视野、立场、理念与方法

2. 文学问题：十个关键词

3. 文学理论课程的教学目的与理念

4. 人文学与人文教育的核心指向

5. 文学概论课程教学范式改革说明

附：人文学、人文教育、大学理念课外拓展阅读文献

**第二周周四（共 2 课时）：导论**

**根本目标：** 在课堂讲授与讨论中，在专题问题学习与研究中，要求学生：①形成整体性思维意识，具有宏观的致思倾向；②锻造初步的学理性品格，提高自身的理论素养；③充分明确文学理论的研究对象、性质与方法；④充分认识《文学理论》教材的指导思想问题；⑤充分理解《文学理论》教材的逻辑结构。

**基本内容：**

1. 问题设置与引入

依据上周基本教学内容与课外拓展阅读文献设置若干问题进行课堂讨论，强化学生对文学基本问题、文学理论课程教学范式改革、人文学与人文教育问题的认识。

2. 文学理论的研究对象

3. 文学理论的性质

4. 文学理论的研究方法与研究分支

5. 《文学理论》教材的指导思想与逻辑结构

**第二周周五、第三周（共 6 课时）：马克思主义文学理论专题**

**根本目标：** 在基本理论问题的讲授与讨论中，在专题问题学习与研究中，在马克思主义经典作家现实主义文学思想相关原典文献的研究讨论中：①以专题形式概观马克思主义文学理论整体及其中的重大理论问题；②要求学生深度理解马克思主义文学理论视野下文学研究的世界观与方法论问题；③以马克思人学理论为依据，引导学生关注和重视文学的人学维度，适时注重对学生的生命教育、德性培育；④注重教学民主观、协作观的实践；⑤在教学具体过程中适当强化教学学术观，激发学生独立提出问题、探究问题和解决问题的意识与创新能力。

**基本内容：**

1. 唯物史观视野与文学研究

2. 文艺的目的与文艺的人民性

3. 马克思人学思想与文学理论

4. 课外（网上）专题学习、研究（提供基本阅读文献）与课堂讨论之一：①文学的人民性；②文学作为人学

5. 马克思主义经典作家现实主义文学思想原典文献专题研究（重视以新世纪文学现象如底层文学、乡土文学等介入现实主义文学问题的当下理解）

**第四周、第五周周四（共 6 课时）：文学的性质**

**根本目标：** 在基础理论问题、学科前沿问题的讲授、文献阅读、分析与讨论中：①深度理解文学性质问题中的重要理论命题；②敦促学生持续努力，构造较好的哲学素养，形成较高雅的审美趣味；③要求学生密切关注文学基础理论问题和学科前沿问题以形成较为明朗的理论自觉；④结合学科前沿，适度开展文学性质问题的拓展性研究；⑤在学科前沿问题的讨论中，培育学生的主体意识，推动其文学学习与研究中创造性实现的可能；⑥使学生在自身主体性的激发与实现中，更加明确主动性学习、研究性学习的重要性和紧迫性。

**基本内容：**

1. 本质与文学的本质

2. 文学作为社会意识形态

3. 文学作为审美的艺术

4. 文学作为语言的艺术

5. 课外（网上）专题学习、研究（提供基本阅读文献）与课堂讨论之二：①本质主义文学观；②反本质主义文学观

附：文学本质观念与作品研究的视角选择

**第五周周五、第六周周四（共 4 课时）：中篇小说分组研究讨论成果交流**

**根本目标：** 在中篇小说分组研究讨论中，在讨论成果开放性交流中，在课堂评价中：①培育学生的协作意识、民主精神；②引导学生自我生成合理的文学评论意向，并以此省察和反思自身的基本文学观念；③激发学生的问题意识；④充分发挥文学评论主体的能动性和创造性的同时，尊重文学作品意蕴的确定性；⑤锻造学生的理论素养，增强其理论自觉；⑥注重文学作品评价实践，在实践中提升学生的理论概括、抽象、表达能力与创新意识。

**基本内容：**

1. 第一组：邵丽《刘万福案件》（《人民文学》，2011 年第 12 期）

2. 第二组：弋舟《而黑夜已至》（《十月》，2013 年第 5 期）

3. 第三组：曹寇《塘村概略》（《收获》，2012 年第 4 期）

4. 第四组：邓一光《你可以让百合生长》（《人民文学》，2012 年第 5 期）

**第六周周五、第七周周四（共 4 课时）：文学的价值与功能**

**根本目标：** 在基本理论问题的讲授、讨论中，在学科前沿问题的文献阅读、分析与讨论中：①深度理解文学的价值与功能论中的重要理论问题；

②引导学生积极关注自身文学价值观乃至整体意义上的价值观的建构和确立；③介入当代中国文学中的前沿理论问题，敦促学生形成关注文学现实、文论现实的自觉；④在重要文学问题的讨论中，开放对话，构建师生教学相长的"共同体"。

**基本内容：**

1. 价值、价值观、价值哲学

2. 文学的价值与文学价值观

3. 课外（网上）专题学习、研究与课堂讨论之三：当代中国文学价值重估（围绕专题自行检索、整理文献）

4. 文学的功能

**第七周周五（2 课时）、第八周周四（1 课时）：文学观念与文学教育专题讨论**

自行检索、整理相关研究文献，形成初步认识，便于进行课堂专题讨论。

**第八周周四（1 课时）、第八周周五（2 课时）：文学创作的主体条件与追求**

**根本目标：**在基本理论问题的讲授与课堂讨论中，要求学生：①深度理解文学创作活动论中的基本理论问题；②明确文学创作活动中作家的主体条件及其追求的理想状态；③积极关注与介入当下社会现实和文学现实，在此过程中培育和营构个人的人文情怀、责任意识、公共理性以及必要的理想态度。

**基本内容：**

1. 文学作为一种活动

2. 文学与生活、作家与生活体验

3. 作家的思想质地与格局

4. 作家的创作个性与独创性

5. 作家的创作自由与社会责任

6. 作家作为公共知识分子

**第九周、第十周、第十一周周四（共 10 课时）：文学作品**

**根本目标：**在基本理论问题的讲授与讨论中，在专题问题学习与研究中：①深度理解和讨论文学作品论中的重要问题；②适时注重对学生的生命教育、德性培育；③将文学经典纳入具体教育教学过程，传承发展中华优秀传统文化；④注重教学民主观、协作观的实践；⑤在教学具体过程中适当强化教学学术观，进一步激发学生独立地提出问题、学理性地探究问题和解决问题的意识与能力；⑥锻造学生的理论素养，增强其理论自觉。

**基本内容：**

1. 文学作品的层次区分与构成要素

2. 文学作品的形象及其理想形态

课堂主要讲授与讨论"文学象征"与"文学典型"问题；"文学意境"问题课外自学，相关文献可参阅本方案 H 部分具体内容。

3. 文学作品的意蕴

以小说、电影作品为研究对象，在评价实践中深入理解文学（文艺）作品的意蕴问题，着力培养学生的理论抽象、概括能力与理论表达能力。

**第十一周周五（探讨式文学短文课堂评价交流）、第十六周（课程学习心得课堂评价交流之一、之二）**

**根本目标：** ①在必要的引导前提下，敦促学生积极开展课外学术研读和探讨式写作，培养基本的学术能力；②以学生为中心、以学习为中心，"聆听"学生；③在课程学习心得交流中更为明确文学理论课程教学目的与理念、课程教学范式改革中的基本问题以及对课程教学内容等的深化性理解；④培育与深化学生的教学学术观、民主观与协作观；⑤沟通心灵，尊重人性，温暖教学。

**第十二周、第十三周周四（共 6 课时）：文学接受与文学批评**

**根本目标：** 在基础理论问题的讲授、文献阅读、分析与讨论中：①深度理解文学接受论与文学批评论中的重要问题；②进一步引导学生形成合理的文学观念尤其是在此基础之上的批评理念；③力图增强学生的文学批评方法论意识；④引导学生根据具体的文学文本对象自觉选择合理、有效的批评方法（方式）；⑤培育学生的主体意识，推动其文学学习与研究中创造性实现的可能。

**基本内容：**

1. 文学接受中的审美评价与文学接受的创造性

2. 课外（网上）专题学习、研究（提供基本阅读文献）与课堂讨论之四：①接受美学与读者反应批评问题；②主体性问题

3. 文学批评的性质、原则与意义

4. 文学批评的类型与方法

主题：①文学批评：方法与实践；②文学批评实践的多重维度

**第十三周周五、第十四周周四（共 4 课时）：中篇小说评论文章课堂评价交流**

**根本目标：** 在评论文章的具体写作中，在课堂评价与交流中：①着意通过

批评实践，增强学生的基本学术能力、理论素养和研究性学习能力；②引导学生在向他人的学习中以及与他人的协作中提高认识，力求形成初步的学习与学术理念；③要求学生进一步明确自身初步的、相对稳定的和合理的文学观念；④培养学生的学术规范意识；⑤开放对话，共同成长；⑥引导优秀学生形成明朗的学习学术观，增强其学术敏感性，发掘人才。

**第十四周周五、第十五周（共6课时）：文学活动的发生与发展**

**根本目标：**在基本理论问题的讲授、文献阅读、分析与课堂讨论中：①深度理解文学活动发生与发展中的重要理论问题；②促使学生形成马克思主义的文学起源观、发展观，进一步强化学生以马克思主义世界观、方法论分析问题和解决问题的认识倾向，尤其是促使学生自觉地以此辩证地、批判性地看待与评价文学活动的当代发展问题；③注重唯物史观视野中的文学观念建构与文学价值导向；④培养学生的发展性眼光与历史主义视野；⑤进一步培养与激发学生关注和探讨当代文学发展状况的理论自觉。

**基本内容：**

1. 文学的起源与发生

2. 文学的历史发展中的基本理论问题

3. 现代传媒与当下文学发展问题

4. 全球化语境与文学的当下发展

5. 课外（网上）专题学习、研究（提供基本阅读文献）与课堂讨论之五：①消费社会；②文化工业

**第十七周周五（2017年6月16日）上午：期末考试，笔试，闭卷。**

**附：【双休日讲座】"儒家美学与青年学生的德性培育"，2017年4月上中旬，具体时间待教务处安排。**

## 三、文学概论课程考核方案

**课程考核方式与学生成绩评定：**形成性评价与终结性评价相结合。

1. 形成性评价（占总成绩的60%）

其中：①中篇小说评价文章，占总成绩的20%；②探讨式文学短文，占总成绩的10%；③课程学习心得，占总成绩的12%；④助讲、小组负责人对小组成员协作态度、民主精神、学习与研究能力等的评价，占总成绩的5%；

⑤课堂参与讨论、交流及发言质量评价，占总成绩的 10%；⑥小组成员之间相互评价（主要涉及参与课程教学范式改革的态度、课前准备、课外研读、互助学习与研究等情况），占总成绩的3%。

另：①所有文字材料，一律以电子文本形式提交，邮件主题格式为：姓名＋文献类别＋文献名；②所有文章，凡引用他人文献的一律以页下注形式准确、完整标注具体出处，且中篇小说评价文章须拟写摘要和关键词，符合学术规范要求；③所有文字材料，文题二号字黑体加粗，姓名采用四号字宋体，摘要、关键词、正文采用五号字宋体（小标题需加粗；行距 1.25 倍），页下注采用小五号字宋体，学号与联系方式置于姓名之后。

2. 终结性评价（期末考试，占总成绩的40%）

闭卷，笔试，论述题，注重教学内容的拓展、深化，注重文学理论基本问题与文论现实及社会现实问题的关联性思考的统一。

**形成性评价主要指标体系：**
（1）中篇小说评价文章一篇
（2）探讨式文学短文一则
（3）课程学习心得一篇
（4）助讲、小组负责人对小组成员的相关评价
（5）课堂参与讨论、交流情况及发言质量评价
（6）小组成员之间的相互评价

**说明：**①对于每位同学而言，课程学习心得、探讨式文学短文为必备要求。②探讨式文学短文不少于 1000 字，第十周周五（4 月 28 日）前提交。③中篇小说评价文章，鼓励单独完成，亦可 2 人合作撰写，但需按实际工作量的多少或贡献的大小在署名时准确排序，其中，独撰的每篇文章不少于3000字，合作撰写的每篇文章不少于4000字，符合学术规范要求；第十二周周五（5 月 12 日）前提交，第十三周周五（5 月 19 日）、第十四周周四（5 月 25 日）课堂评价交流。④第十五周周日（6 月 4 日）前提交课程学习心得，第十六周周四周五课堂评价交流。⑤小组讨论和课堂所有交流应踊跃参与，参与度及其质量是形成性评价和考核的重要因素。

## 四、助教与小组负责人的设定及其职责

**助教的设定及其基本职责：**

1. 助教的设定

助教由任课教师指导的博士生、硕士生等组成。

2. 助教的基本职责

（1）负责指导各自小组中篇小说讨论（3月17日前完成）。

（2）负责小组成员中篇小说评价文章写作的日常指导性工作。

（3）针对小组成员的必要的课业指导，视具体情况而定。

（4）组织、指导小组负责人对小组成员的协作态度、民主精神、学习与研究能力等进行评价，并全权对小组负责人作出此类评价。

（5）及时向任课教师反馈小组成员思想、学习、讨论、研究等基本状况，据此并依据总体工作设想征询任课教师具体意见，以更好地开展下一阶段的相应工作。

（6）助教之间保持日常沟通。

**小组负责人的设定及其基本职责：**

1. 小组负责人的设定

各小组设组长1人，自荐与民主推举相结合，要求具有较强的大局意识、公共情怀、组织协调能力、文学专业能力、文字处理能力和执行力，办事公道，有一定的群众基础。

2. 小组负责人的基本职责

（1）协助助教做好小组中篇小说讨论工作，讨论之后安排同学制作课件，用于第五周周五、第六周周四的中篇小说分组研究讨论课堂交流。

（2）整理小组成员基本信息（姓名、学号、邮箱、手机号码）电子文本（表格形式）。

（3）及时收集、整理小组成员需提交的所有文字材料，在规定时间内分类发送至任课教师邮箱（小组成员若有不便公开的文字材料可自行直接发送

到任课教师邮箱，但此种情况小组成员需及时告知小组负责人）。

（4）及时简要记录小组成员课堂回答提问和参与课堂讨论、交流等情况，记录中包括任课教师对小组成员发言的评价意见。一个月发送一次这一材料至任课教师邮箱，第十六周周日（6月11日）前发送完毕。

（5）平时尽可能对小组成员作多方位了解，并进行友好沟通，做好上述助教基本职责第4条中的具体工作。

（6）依据相关要求，组织和实施小组成员之间的相互评价工作。

（7）经任课教师认定，及时向小组成员转发学习、讨论和研究材料。

（8）其他可能性工作。

## 五、人文教育、人文学与大学理念问题课外拓展阅读文献

杜维明：《人文学和高等教育》，《清华大学教育研究》，2003 年第 4 期；

万俊人：《人文学及其"现代性"命运》，《东南学术》，2003 年第 5 期；

杜维明：《人文学与知识社会——兼谈美国大学的通识教育》，《开放时代》，2005 年第 2 期；

李强：《大学理念再思考》，《北京大学教育评论》，2005 年第 2 期；

甘阳：《大学人文教育的理念、目标与模式》，《北京大学教育评论》，2006 年第 3 期；

汪振军：《人文素质教育与现代大学理念》，《社会科学报》，2006 年 7 月 27 日，第 5 版；

黄万盛：《大学理念和人文学》，《现代大学教育》2007 年第 1 期、《开放时代》，2007 年第 1 期；

黄克剑：《什么是人文学》，《东南学术》2007 年第 2 期；

陈怡：《哈佛大学校长是如何看待本科教育的》，《中国大学教学》，2010 年第 9 期；

陈平原：《当代中国的"人文学"》，《云梦学刊》，2010 年第 6 期；

胡锦涛：《在庆祝清华大学建校 100 周年大会上的讲话》（2011 年 4 月 24 日）；

徐贲：《大学人文教育中的"科学"》，《读书》，2014 年第 12 期。

说明：以上为部分期刊论文与报纸文章（待更新），其他重要文献需自行检索。

# 六、中篇小说讨论与评价

**供分组讨论的中篇小说 4 篇：**

邵丽：《刘万福案件》，《人民文学》，2011 年第 12 期。

弋舟：《而黑夜已至》，《十月》，2013 年第 5 期。

曹寇：《塘村概略》，《收获》，2012 年第 4 期。

邓一光：《你可以让百合生长》，《人民文学》，2012 年第 5 期。

**供批评实践（评论写作）的中篇小说 16 篇：**

叶广芩：《苦雨斋》，《小说月报·原创版》，2016 年第 1 期。

刘醒龙：《赤壁》，《作家》，2016 年第 1 期。

荆永鸣：《出京记》，《十月》，2016 年第 2 期。

朱文颖：《春风沉醉的夜晚》，《作家》，2016 年第 2 期。

侯钰：《上海，一九八几》，《广西文学》，2016 年第 2 期。

石一枫：《特别能战斗》，《小说月报·原创版》，2016 年第 3 期。

冉正万：《龟吸法》，《青年文学》，2016 年第 3 期。

南翔：《远去的寄生》，《作家》，2016 年第 4 期。

冯俊科：《老戏台》，《十月》，2016 年第 3 期。

杨仕芳：《望川》，《民族文学》，2016 年第 6 期。

裘山山：《隐疾》，《作家》，2016 年第 6 期。

姚鄂梅：《四十八岁告老还乡》，《江南》，2016 年第 4 期

尹学芸：《我们的青苗》，《福建文学》，2016 年第 7 期。

阿乙：《下面，我该干些什么》，《作家》，2016 年第 7 期。

孙频：《万兽之夜》，《钟山》，2016 年第 4 期。

陈河：《义乌之囚》，《人民文学》，2016 年第 10 期。

**说明：** 批评实践（评论写作）亦可自行选择新近发表的重要中篇小说作品。

## 七、探讨式文学短文选题意向

新世纪文学问题（如新世纪文学关键词、文学现象等）

文学理论基础问题

文学理论前沿问题

文学批评前沿问题

"70后""80后"代表作家主导性文学观念与创作理念

**说明：**以上选题为基本选题意向与领域，个人承担的探讨式文学短文具体选题需据此细化。

## 八、课外（网上）专题学习与研究文献（略）

文学的人民性

文学作为人学

本质主义文学问题、反本质主义文学问题

当代中国文学的价值重估

文学意境

接受美学与读者反应理论

主体性

消费社会

文化工业

## 九、新世纪以来出版的文学基础理论（含文学理论教材）、当代文学理论等书目

该类文献在助教指导下检索、阅读。

# 第二节　文学评论写作课程教学实施方案
## （以 2016~2017 学年第 1 学期实施方案为例）

## 一、实施时间

实施学期：2016~2017 学年第 1 学期

具体时间：每周五上午第 4~5 节

## 二、课程教学设置总体情况

全学期共 16 次课；其中，理论专题讲授与讨论 6 次，主题讨论 1 次，课程学习心得交流 1 次，中篇小说评价课堂成果展示与讨论 8 次。

全班学生共 60 人，拟分为 8 个小组（每个小组 7~8 人，自主组队，需编号以明确次序），各小组组长以自荐形式确定。

组长具体职责：其一，协助助教做好小组便于课堂成果展示的中篇小说课外讨论与主题讨论工作，各讨论之后均需安排同学整理文稿、制作课件（前者时长 20 分钟，后者时长 10 分钟），并协商确定讨论成果课堂展示汇报人选；其二，整理小组成员基本信息（姓名、学号、学院、专业、邮箱、手机号码）电子文本（word 文档形式）；其三，及时收集、整理小组成员需提交的所有文字材料，在规定时间内分类发送至任课教师邮箱（小组成员若有不便公开的文字材料可自行直接发送到任课教师邮箱，但此种情况小组成员需及时告知小组负责人）；其四，及时简要记录小组成员课堂回答提问和参与课堂讨论、交流等情况，记录中包括任课教师对小组成员发言的评价意见，在规定时间内将此文字材料发送至任课教师邮箱；其五，依据相关要求，组织和实施小组成员之间的相互评价工作；其六，其他可能性工作。

课程教学设助教 4 人，每人负责课外指导 2 个小组的学生，具体工作：其一，中篇小说评价课堂成果展示的课外指导；其二，课堂主题讨论的课外指导；其三，学生学期评价文章写作的指导；其四，对小组成员进行过程性评价；其五，相关学业解疑；其六，及时向任课教师反映小组成员情况。

建班级 QQ 群、微信群，以便于沟通和交流。

## 三、课程教学实施具体安排

第一周周五（9 月 2 日）
    理论专题讲授与讨论之一：文学批评的性质与价值
第二周周五（9 月 9 日）
    理论专题讲授与讨论之二：文学观念——主导性与适度张力
第三周周五（9 月 16 日，中秋节放假；9 月 18 日补课）
    中篇小说评价课堂成果展示与讨论之一：《美丽的日子》
第四周周五（9 月 23 日）
    理论专题讲授与讨论之三：文学批评实践的意识要求与方法论特征
第五周周五（9 月 30 日）
    中篇小说评价课堂成果展示与讨论之二：《白杨木的春天》
第六周周五（10 月 7 日）
    国庆节放假
第七周周五（10 月 14 日）
    中篇小说评价课堂成果展示与讨论之三：《从正午开始的黄昏》
第八周周五（10 月 21 日）
    中篇小说评价课堂成果展示与讨论之四：《刘万福案件》
第九周周五（10 月 28 日）
    理论专题讲授与讨论之四：拒斥当代文学批评的相对主义
第十周周五（11 月 4 日）
    中篇小说评价课堂成果展示与讨论之五：《漫水》
第十一周周五（11 月 11 日）
    理论专题讲授与讨论之五：马克思人学批评的当代建构
第十二周周五（11 月 18 日）
    中篇小说评价课堂成果展示与讨论之六：《你可以让百合生长》
第十三周周五（11 月 25 日）
    主题讨论：核心价值观与当代文学评价

第十四周周五（12月2日）

　　中篇小说评价课堂成果展示与讨论之七：《塘村概略》

第十五周周五（12月9日）

　　理论专题讲授与讨论之六：当代文学批评的主体性问题

第十六周周五（12月16日）

　　中篇小说评价课堂成果展示与讨论之八：《而黑夜已至》

第十七周周五（12月23日）

　　课程学习心得交流

## 四、课程考核

形成性评价与终结性评价相结合。

1. 形成性评价（占总成绩的60%）

形成性评价主要指标体系：

（1）以便于课堂成果展示的中篇小说课外讨论与主题的讨论主旨为选题意向或由之延展开来的探讨式文章一篇（不少于2000字，2016年12月9日前提交），具体文题自选；占总成绩的20%。

（2）课程学习心得一篇（不少于1000字，2016年12月16日前提交）；占总成绩的20%。

（3）助讲、小组负责人对小组成员的相关评价；占总成绩的5%。

（4）课堂参与讨论、交流情况及发言质量评价；占总成绩的12%。

（5）小组成员之间的相互评价；占总成绩的3%。

2. 终结性评价（占总成绩的40%）

学期中篇小说评价文章1篇（不少于4000字，2016年12月23日前提交）。

　　说明：①助讲、小组负责人对小组成员的评价，涉及其协作态度、民主精神、学习与研究能力等；②小组成员之间相互评价，主要涉及学生参与课程教学改革的态度、课前准备、课外研读、互助学习与研究等；③所有文章，凡引用他人研究文献的一律以页下注形式准确、完整地标注具体出处，且学期中篇小说评价文章须拟写摘要和关键词，符合学术规范要求；④所有文字材料，文题用二号字黑体加粗，姓名用四号字仿宋体-GB2312，摘要、关键词、正文用五号字宋体（小标题需加粗；行距 1.25 倍），页下注用小五号字宋体，学院名称、专业名称、学号与联系方式置于姓名下一行；⑤所有文字材料，一律以电子文本形式提交，邮件主题格式为：姓名＋专业＋学号＋文献类别＋文献名。

## 五、附录

1. 用于课外讨论的中篇小说作品 8 篇（每小组 1 篇）

滕肖澜：《美丽的日子》，《人民文学》，2010 年第 5 期。

吕新：《白杨木的春天》，《十月》，2010 年第 6 期。

胡学文：《从正午开始的黄昏》，《钟山》，2011 年第 2 期。

邵丽：《刘万福案件》，《人民文学》，2011 年第 12 期。

王跃文：《漫水》，《文学界·湖南文学》，2012 年第 1 期。

邓一光：《你可以让百合生长》，人民文学，2012 年第 5 期。

曹寇：《塘村概略》，《收获》，2012 年第 4 期。

弋舟：《而黑夜已至》，《十月》，2013 年第 5 期。

2. 作为学期评价文章写作对象的中篇小说作品 18 篇

邵丽：《北地爱情》，《人民文学》，2016 年第 1 期。

季栋梁：《绑架》，《江南》，2016 年第 1 期。

叶广芩：《苦雨斋》，《小说月报·原创版》，2016 年第 1 期。

刘醒龙：《赤壁》，《作家》，2016 年第 1 期。

陈希我：《父》，《花城》，2016 年第 1 期。

蔡骏：《宛如昨日的一夜》，《科幻世界》，2016 年第 2 期。

荆永鸣：《出京记》，《十月》，2016 年第 2 期。

朱文颖：《春风沉醉的夜晚》，《作家》，2016 年第 2 期。

孙频：《东山宴》，《花城》，2016 年第 2 期。

石一枫：《特别能战斗》，《小说月报·原创版》，2016 年第 3 期。

冉正万：《龟吸法》，《青年文学》，2016 年第 3 期。
南翔：《远去的寄生》，《作家》，2016 年第 4 期。
冯俊科：《老戏台》，《十月》，2016 年第 3 期。
薛舒：《香鼻头》，《人民文学》，2016 年第 5 期。
杨仕芳：《望川》，《民族文学》，2016 年第 6 期。
裘山山：《隐疾》，《作家》，2016 年第 6 期。
张楚：《风中事》，《十月》，2016 年第 4 期。
姚鄂梅：《四十八岁告老还乡》，《江南》，2016 年第 4 期。

## 第三节　文学概论课程教学范式改革：经验与认识

　　教育的发展和进步对国家形象的当代建构影响深远，同时，它还内在地支撑着国家的文化建设乃至于国家整体建设的各个方面。教育在根本上是育人的。《国家中长期教育改革与发展规划纲要（2010-2020）》指出，教育改革发展的核心是要解决好培养什么人和怎样培养人的问题。《教育部关于全面提高高等教育质量的若干意见》亦把人的培养作为全面提高高等教育质量的一个根本性因素。正视教育现状，积极寻求合理的教育改革实践是当前中国教育中的一个根本性问题，由此出发，我们才有可能形成合理的当代教育理念，也才有可能共同解答"钱学森之问"（为什么我们的学校总是培养不出杰出人才？）。在这样的语境中思考，我们可以明确地认识到，进行文学理论课程教学范式改革是当下进行教育质量建设、提高高等教育质量的基本需要，当然，它首先也直接表现为提高文学理论课程教学自身质量及其育人的需要。进行文学理论课程教学范式改革，意味着探索中的文学理论课程的具体教学实践需要超越原有的旧范式而积极寻求和明确确立其新的范式。

　　范式概念和理论由美国著名科学哲学家托马斯·库恩提出，并在其 1962 年出版的《科学革命的结构》这一引领科学哲学界的一次认识论大变革的经典著作中得到了系统阐述。范式的突破导致科学的革命，从而能够使科学获得一个全新的面貌。一般而言，课程教学范式是师生群体在课程教学领域内所公认的教学观点、价值标准和教学行为方式的总称，它理应存在一定的代表性、合理性甚至是先进性，它是课程教学改革的核心。新范式的确立也就意味着原有范式的被排斥和被摧毁。正如库恩的"范式理论"所表明的，新旧范式之间是不可通约的，它们之间没有公约数，只有质的区别。围绕着对课程教学范式的总体理解，学术界渐次形成了现代课程教学范式的基本理念，这主要表现在教学学术观、教学民主观与教学协作观三个方面。应该说，关于课程教学范式和现代课程教学范式的基本理念的理解在教育界存在着较大共识，当然，它也存在需要进一步深化认识和确认的可能，而积极从事课程教学范式改革实践无疑为实现这种可能创造了条件，甚至可以说，也只有通过持续的课程教学范式改革实践才能有效和真正实现这种可能。

## 一、文学理论课程教学范式改革的必要性：因"问题"而改

在着手进行具体的文学理论课程教学范式改革之前，我们显然需要先行面对和思考这样的核心问题：在当下，为什么要开展文学理论课程教学范式改革实践？到底应该如何进行文学理论课程教学范式改革？

对第二个问题的回答涉及文学理论课程教学范式改革具体实施方案的明确和实际操作。而对第一个问题的回应，则需要从我们对当下的文学教育教学、文学理论课程教学的基本状况的考量、判断与评价出发。

当下的文学教育、文学课程教学存在着严重的危机。明确地说，笔者很是担心在当下文学教育、文学课程教学中至少会出现三种状况：其一，受教育者不知文学与文学教育教学的真义，也缺乏去探究文学与文学教育教学真义的勇气和能力，从而也就有可能丧失创造性想象与愿望，丧失对于文学、人、自由、审美等之间存在密切关联的认知与情感体验，丧失对于人对未来合理设计和发展的希冀与向往；其二，面对种种矛盾与冲突，教育者放弃文学教育、文学课程教学的理想和信念，放弃文学教育的公共性与教育教学中人的公共情怀、公共理性和公共精神的培育；其三，文学教育教学被平面化甚至是庸俗化解释，倾向于割裂它与塑造现代国家公民之间的关联，也倾向于阻滞文学教育教学作为一种文化政治实践的可能性。

笔者认为的这种文学教育、文学课程教学的危机无可置疑地也存在于当前的文学理论课程的具体教学实践过程之中。文学理论是汉语言文学专业的主干（核心）课程，也可以称之为学科基础课程，在学生基本的文学观念的形成与确立中起着相当重要的基础性作用和支撑作用，也是学生真正学好其他文学课程和开展文学研究的前提。顺应国家要求和学术发展动

向，江西师范大学现今使用的文学理论教材为高等教育出版社、人民出版社出版的马克思主义理论研究和建设工程重点教材《文学理论》。在文学院以往的文学理论课程教学实践中，应该说，成绩是值得肯定的，2009 年国家级教学团队江西师范大学文学理论课程教学团队获批立项就是一个充分而有力的证明；然而，不容否认的是，问题同样存在。这主要表现为：第一，在教材的指导思想问题上，教育者与受教育者缺少必要的明朗认识，不能充分意识到马克思主义理论进校园、进教材、进学生头脑的重要性，其实，这也是国家实施马克思主义理论研究和建设工程并主导编著出版系列重点教材的一个方面的根本性考量；第二，部分教师与学生未能明确认识到文学理论研究与课程教学对于当代中国社会主义先进文化建设的重要作用，在此问题上，教育主体缺乏必要的文化自觉和现实性品格；第三，教师与学生普遍缺乏现代课程教学范式的基本理念，未能形成良好的教学学术观、民主观与协作观；第四，教育主体不能很好地从文学教育与人文教育的根本旨趣与要求出发开展和参与具体的文学理论课程教学实践，这就不可避免地导致文学理论课程教学丧失了应有而必要的方向；第五，教育主体对于文学理论在文学学科专业中的基础性地位和支撑性作用认识不足，而更多地强调其工具性作用；第六，部分教师的教学、科研与育人理念不甚明确，更多的是一种经验式教学、习惯性教学，这是很难保证真正的教育教学质量的，而且，还严重制约着教师自身的发展；第七，教师教学呈现的更多的是知识景观，而缺乏必要的价值判断与倾向；在全球化时代，教师对学科教育的价值取向与学科教育中体现出来的价值和价值观问题是需要甚至是必须加以自觉体认和把握的，并努力在实际的教育教学实践中对学生予以有效的规范和引导；第八，教师教学缺乏温暖，缺乏必要的人学境域中的文学研究实绩的支撑，单一的知识化教学往往"见物不见人"，它无疑不是文学课程教学的应然状态，而这，又与文学教育者自身的学科专业研究能力与教育理论研究能力密切相关；第九，学生学习目的不明确，习惯于被动接受，理论思维能力、表达能力、运用能力不能得到有效提高，创新性明显不足；第十，一定程度上囿于学科性质，学生的文学理论课程学习积极性普遍不高。

　　话题讨论和阐述至此，我们也就明了，文学理论课程教学范式改革实践是因"问题"而改；或者说，因为日常的文学理论课程教学存在着较为显豁而又复杂的问题，因此，文学理论课程教学自然就有了改革的必要，也显得较为迫切。

## 二、文学理论课程教学范式改革实施方式与基本做法

2012 年 11 月，应学校教育教学改革的要求，并结合笔者本人多年以来的教育教学实践经验与研究心得，笔者开始酝酿、探索和筹划文学理论课程教学范式改革试点事宜。在申报江西师范大学第一批教学范式改革试点项目文学理论课程教学范式改革项目并获得立项的基础上，笔者从 2012~2013 学年第 2 学期起，已经在 6 个班级实施文学理论课程教学范式改革实践。在这里，主要以 2013~2014 学年第 1 学期在 2012 级汉语言文学 2 班、2013~2014 学年第 2 学期在 2012 级汉语言文学 3 班与 2013 级汉语言文学 1 班、2014~2015 学年第 2 学期在 2014 级汉语言文学 2 班进行文学理论课程教学范式改革实践为例，从总体上说一说教改过程中采取的若干主要实施方式与基本做法。

第一，从第一周开始，将省察、反思、自审精神与要求贯穿于整个学期的文学理论课程教学范式改革实践之中。首先是省察，省察的对象是当代世界与当代中国社会。其次是反思，反思的主要对象是教育，这里的教育既包括基础教育，也包括高等教育，尤其是要求学生形成明确的关于文学教育的反思意识。很显然，反思才能成长。最后是自审，这里"审"的对象是教育者和受教育者。

第二，积极引导、敦促学生在实践中形成问题探讨与学术研究的视野、立场、理念、方法的四层级观念。站得高，才能看得远。这是一个简单而又说服力相当透彻的基本事实。青年学生同样可以养成或者说可以努力养成也必须养成足够宽广的当代视野，由是方能找到立足点，方能明确自身的文化立场、社会立场乃至于政治立场，从而在此基础上确立文学专业学习与研究、文学理论课程学习与研究的根本理念，显然，在这一前提下的具体研究方式、方法的运用才有可能是合适的、自洽的。应该说，这一观念在部分学生那里得到了有效的贯彻。

第三，要求学生明确现代课程教学基本理念与当前教育语境下的课程教学范式改革问题，并在具体的文学理论课程教学范式改革实践中自觉践行。观念是行动的先导。期望有效实施文学理论课程教学范式改革，就必须采取实际而合理的方式推动学生进行自我思想的批判与变革，如是，行动才有了好的而且坚定的观念依托。

　　第四，在教学范式改革实践过程中，具体的实施方式与基本做法是由文学理论课程教学范式改革的目的与理念决定的，以此而论，文学理论课程教学范式改革试点实施的关键一步就是寻求和确立文学理论课程教学范式改革的目的与理念。基于笔者对教育、文学教育问题的根本理解，以及对文学课程教学的必要的理想性期待和设置，在较长时期以来的文学理论课程教学实践中，笔者渐次形成了相对明确的教学目的和理念。它主要表现为：①加强文学理论课程教学的理论性，包括文学理论知识的系统性，以及学生理论表达能力、思维能力和创新能力的培养；②注重文学观念建构和文学价值导向，引导学生对当今多元混杂的文学观念加以辨析，在多元文化情境下，加强对学生的主导文学观与文学价值观的引导，进而由是并兼及其他形成明确而合理的价值观念；③基于文学理论学科性质与现代课程教学发展方向，强化研究性教学、问题式教学、启发式教学，并以此培养、促进和增强学生的批判思维能力；④注重提升学生理论联系实际的思考分析能力，包括对文学现象的分析评价能力、对文学作品文本的读解评价能力、文学评论写作能力等，并在此过程中实现思维方式的必要而有效的转换；⑤注重激发学生的问题意识及其对文学理论前沿问题进行探讨的兴趣，增强其学术敏感性，加强其学术观的培植与引导，发现人才；⑥注重从文学研究中的前沿性问题以及当下世界和社会现实问题出发，适度培养学生关注世界和社会现实问题的人文情怀、责任意识、公共理性以及必要的理想态度，培育具有全球化素养的现代国家公民；⑦在知识与价值之间，实现规范价值的社会建构；⑧践行文学即人学观念与人文学和人文教育核心要求，关注生命，培育德性，涵养智慧，追求实现人的自由全面发展的可能。

　　第五，文学是一种人文学，文学教育是一种人文教育，高校文学课程教学是文学教育者在相对明确的大学理念之下的一种具体的教学实践行为，因此，期望学生摆脱对于文学类课程的惯性认知以便真正有效并深度实施文学理论课程教学范式改革就必须让学生深入理解人文学、人文教育、大学理念等相关问题。基于这种认识，笔者在教学第一周就为学生提供了若干篇这一方面的课外拓展阅读重要研究文献并提出相关要求。

　　第六，以专题形式串联整体教学内容，开展问题式教学、探究式教学、开放式教学，实施教学民主，构造新型的教学共同体，助成教学相长的可能。

　　第七，在文学理论课程教学范式改革总体目的与理念之下，各教学章次或专题都明确凝练出具体的教学目标，做到教学实践行为方向的明朗化和规整化。显然，这是非常有利于学生开展各章次或专题问题的自主学习和研究的。

第八，在文学理论课程教学范式改革实践中，自觉、有步骤地培养学生的问题意识、学科前沿意识，重视其学科、学术价值观的确立乃至于更为广阔的人生观与价值观的确立。在笔者看来，学习者和研究者的学科、学术价值观的确立是与其是否具备明确的问题意识与学科前沿意识密切相关的，而具备了合理的学科、学术价值观无疑也就能够进一步塑造和增强学习者与研究者的问题意识和学科前沿意识。以此而论，引导和敦促学生铸就其学术研究的现实性品格和社会价值取向，也就能使他们更加明确自身的文学基本观念、批评理念、文学和文学研究价值观。而这对于他们形成和确立更为合理的人生观与价值观无疑具有积极的推动作用。

第九，重视并强化学生的文学文本解读能力、文学评论写作能力等的训练，由此锻造和提高学生的基本理论能力和专业综合素养。在日常的文学理论课程教学尤其是课堂讨论环节中，以具体文学文本的解读为基础展开相关文学问题的探索是笔者采用的一种教学常态行为。

第十，强调文学理论学习、研究与当下文学发展实际的有效结合。这样开展文学理论课程教学，显然不是惯常的理论讲解加作品分析僵化教学模式的拙劣因袭，它是在明确而合理的教学与育人理念之下的自觉的教学行为的选择，也体现出教学实践者的教学评价标准。它不是封闭的，而是流动着的、发展着的。

第十一，在着重培养学生的理论联系实际的能力、实践能力与学术能力的基础上，积极发掘和培育人才，在学术价值观相对一致的基础上，组建学科团队，申报江西师范大学"正大学子"创新人才培育计划中的"本科生创新团队"高原计划项目。让本科学生早一点进入学科研究团队，培养他们的基础研究能力，是当今高校人才培养的一种发展趋势，也是新形势下人才培养的基本要求。

第十二，为了真正达到问题式、研究式、启发式教学的效果，在总体教学筹划与具体教学实践中，重视学生的课外文献阅读需求，分专题给学生提供最新的、重要的专题文献，便于他们有选择性地予以阅读，当然，这同时也是保证课堂专题讨论教学的必要而有效的手段与方式。

第十三，根据教学总体筹划，为达到教学效果的优化，建构讨论式课堂、实施探讨式教学，将课程教学范式改革实施班级学生分成若干个小组，每个小组配备助教、设置小组负责人并明确他们的基本职责。文学理论课程教学范式改革实施班级的助教由笔者指导的博士生、硕士生组成。

第十四，在文学理论课程教学范式改革实践中，要求学生撰写课程学习心得与探讨式文学短文，围绕这一要求，在教学周期内安排两周时间进行课堂交流，以沟通思想，尽可能达成更大范围内的共识，并进一步明确课程教学范式改革的价值指向。

第十五，从现代课程教学理念中的教学协作观要求出发，创设条件，注重师生之间、学生之间的协作及其评价。教学活动需要师生之间的协作，也需要学生与学生之间的协作。从某种意义上说，学生在协作中成长。

第十六，彻底改变文学理论课程考核评价与学生成绩评定方式。与以往的课程考核与成绩评定的惯性方式明显不同的是，改变之后的做法更倾向于过程评价、形成性评价，并做到形成性评价与终结性评价的有效结合。实践证明，这种课程考核评价与学生成绩评定方式的运用大大提升了课堂教学效果和人才培养成效，它是一种需要教改实施者强力坚持并在实践中不断自觉优化的应然方式。

第十七，在文学理论课程教学范式改革实施过程中，笔者坚持每学期申报开设一次双休日讲座，用以辅助和丰富文学理论课程教学范式改革，增进和深化学生对当代文学教育教学及相关问题的认识与理解。事实证明，这是甚为必要的。

第十八，为顺应文学理论课程教学范式改革实施的需要，笔者创建了个人实名新浪教学博客"詹艾斌文学理论"并成功运行。博客主要用于展示各学期文学理论课程教学范式改革实施方案及相关文献，回应学生和网友的留言，开展在线交流和专业疑难问题解答，亦涉及学生的青春想象、价值困惑、专业发展方向、考研等话题。个人的实名教学博客还有一个具体的用途就是及时上传经过局部修订的学生的课程学习心得。这也是笔者采取的一个在自己看来行之有效的教学辅助方式。

## 三、教学范式改革实施效果与影响：以学生课程学习心得而论

在申报文学理论课程教学范式改革试点项目之初，笔者曾经期望通过一段时期的教学范式改革实践能够在课堂教学效果与人才培养成效等方面达到一些基本的目标，这主要包括：第一，在课程教学范式改革实践过程

中，教育主体逐步形成明朗的合理的教学学术观、民主观与协作观；第二，增进教育主体对文学理论教学、文学教育教学及其改革的理论认识和参与愿望；第三，改造文学课程教学、文学教育的根本性理念，并在此基础上积极推动更大范围内的文学课程教学、文学教育的改革与文学课程教学范式改革实践；第四，使学生能够真正明确文学课程教学、文学教育的真义，深化文学基本问题的理论认识，并以此明确确立自身的价值选择；第五，引导学生实现主导性文学观念的建构和文学价值认同；第六，有望有效推行与实践德性教育、生命教育、现代公民教育、温暖教育、人学教育、人性化教育、灯火教育、信仰教育；第七，增进学生的问题意识、学科前沿意识，培育学生发现问题与解决问题的能力；第八，提升学生的理论概括、表达与创新能力，增强其理论品性，激发其学术敏感与理论自觉；第九，促使学生形成自由、民主、协作、责任等现代观念，培育现代国家公民；第十，实现人才培养的优化目标，在优秀人才的培养中真正实现教育教学质量的提高。

而要真正达到和实现以上论及的在课堂教学效果与人才培养成效等方面的基本目标，就需要有针对性地解决一些主要问题，这至少包括：第一，在教学范式改革实践中，逐步地使学生从被动学习转变为主动学习、研究性学习；第二，促成教师的经验性教学、习惯性教学转变为探究式教学、研究性教学；第三，在具体的教学实践中，形成与增进教育主体的现代课程教学范式基本理念；第四，明确文学教育、人文教育的根本指向，突出文学理论课程教学中的生命教育与德性教育问题；第五，改变以往的文学理论课程教学中的单一化知识倾向，实现由知识向价值的必要转换；第六，促使教师与学生真正明确文学理论在其他文学课程学习与文学研究中的基础性地位和支撑作用。

现在回过头去看，应该说，这些预期目标已经基本实现，拟解决的问题也大体得到了有效处理，甚至可以说，有的方面还成效显著。当然，总体而言，以上的阐述与表达是高度概括的，也显得有些抽象。其实，经过近两年的理论探索与教改实践，文学理论课程教学范式改革的具体效果和影响体现在很多地方，经过整体考量，结合学生撰写的课程学习心得，并在以上相对抽象的阐述与表达的基础上，笔者把它更为具象地概括为以下八个主要方面——这也被笔者称之为教改的回响：其一，促进学生生发出对于"为师之道"问题的思考，这对于作为师范生的他们而言是一个重大而必须加以探索的问题，也是一个毕其一生需要持续躬身实践的问题；其二，启发学生形成更为宽广的视野，在明确自身的文化立场、教育理念并确立合理的价值观的基础上，自觉理性反思当下中国的教育尤其是基础教育、高等教育和人文教育问题；其三，在此前提下，积极探求与研讨教育的力量、教育应有的力量问题，追寻并认同和实践有力量的教育；其四，敦促学生自觉开展文学教育与生命教育之间的关联问题的思索，深刻把握文学的生命维度，践行文学课程教学中的生命教育方向，追求和实现暖性教育、美丽教育；其五，高度重视并强力实施文学理论课程教学、文学课程教学中的德性培育，激发学生对于自身德性的渴求，以实现自由全面发展的人的可能；其六，卓有成效地改造部分学生的惯性思维方式，帮助他们实现思维方式的有效转换，尤其是批判性思维能力的形成，让自己的思想"站"起来；其七，从人文学、人文教育的根本指向出发，实施精神、灵魂培育，涵养学生的智慧，灵动生命，摆脱、超越和拒斥生活与生命的庸常状态，应该说，这是育人工作中的一个极为重要的方面，在一定意义上甚至可以说是根本目的；其八，有效地推动学生展开文学问题的深度探索，这无疑是一项必要而且必须开展的工作，在探索中，学生取得了较为可观的成果和较为明显的进步，这对于他们日后继续进行文学专业学习和研究是一种很大的鼓励和支撑。

在此，我们可以选择几段学生的文字，以窥一二：

> 詹老师的教学范式改革，是在寻求对于我们固有、僵化的教学与学习模式的改变，老师希望能够确定一个必要的方向，来为人的高贵灵魂寻找一种与之相匹配的精神生活。相信老师也希望我们能够通过课程的学习，对自己的思想和观念进行必要的调整与改造，能够以一种积极的心态，坚定自己的对于学习的信仰。……
>
> 这就是逊奈。
>
> ……逊奈，既是老师的作为，也是老师试图为我们建构的方向与道路，更是老师在教书育人的道路上的圣行。
>
> ——2013级汉语言文学1班　付马佳莹

在这庸常平淡的大学时光里遇到您，改变了我的大学时代的味道。我以为大学不过如此——心不在焉的学生和漠不关心的老师。可您能够让每一个学生都聚精会神地听您说话，您具有一种莫名其妙的吸引力。您是不一样的烟火。

当我看到很多学生说是您让他们开始思考意义与价值的时候，我才对您产生真正的敬佩之情。我从来没有想过，一位老师，可以用语言来改变一个人的精神状态。

——2012 级汉语言文学 2 班 赵英源

喜欢您的课，心中热爱着文学，希望在您的教导下，更努力地在文学路上向前走，认清我在当下要做的事情，并且认真地做着，学习文学的同时也被文学感染，努力去获得一种内在的平静、安宁与充实。正如大仲马的《基督山伯爵》的结尾这样说道："幸福地生活下去吧，我心爱的孩子们，请你们永远别忘记，直到天主垂允为人类揭示未来图景的那一天到来之前，人类的全部智慧就包含在这五个字里面：等待和希望。"我想，我更喜欢充满正能量的生活，心怀希望地去憧憬未来，偶尔停下想想前方的路，等待着月圆之时，等待文学之花绽放、结果。但路很长很难，需要的还是时间，还是引导，还是经验，还是低头，还是自我逼迫。努力的脚步还须更加紧张，态度还要更加端正与严肃。"没有比人更高的山，没有比脚更长的路"，在文学这条路上，我将会时时告诫自己："向上！向前！"

——2014 级汉语言文学 2 班 谭月嫄

让笔者很为感念的是，有的学生在文字和言语中表达出来了对于笔者的价值选择、教育教学理念、具体教学改革行为的深度认同与肯定，自然，这也是笔者所期望达到的教学效果与育人成效。

很敬佩詹老师您的勇气，在朝夕相处的父母身上，我渐渐感觉，年岁愈增，生命形态愈被人恒定时，要勇于做出改变或者说坚持己见，都是艰难的事情。而您在可以改变的范围内如此果敢，对于阻力更少的更年轻的我们而言，也就没有理由不努力去挣脱去向上。……

尽管您自诩可以做到表情没有丝毫变化，但我感受到的，却是在遇到过的大学教师里最有温度的一颗心。不管行踪何方，愿能是您一辈子的学生。

——2012级汉语言文学3班　杨舒晴

老师，我在您博客里的课程学习心得中看到同学说您下个学期不再上本科生的课了，我觉得很诧异，或者说是遗憾。我不能用"不能理解"来形容，这样明显太过激，我想老师做出任何的决定都有您的顾虑和考量。我不知道我这样说的意义何在，您作为长者考虑的事显然不是我们这些小辈能顾及的。您上的不仅仅是一门课程，更是为人、为人生的学问。本科是大学教育之基础，若您不在，或者说您的这种"压迫的精神"不在，我突然有种茫茫莫测之感，为自身，也为那些无缘上您的课的同学。说实话，您的课改不一定有重大成效，然而，没有您的课改的话可能会有更多的人成批地沦陷于平庸的泥淖。至少于我而言，到目前为止我的大学生活最为快慰的就是成为您的学生，您可以把我这种不甚理智的话看成是一种觉察要失去后的挽留，一种经历后的感激，甚至是在感性作用下的不舍。

——2012级汉语言文学2班　王婉婉

近些年来，教育改革的呼声较高，但真正能坚定不移地付诸行动的人少之又少。有热情、有想要做好教育工作的冲动固然好，更重要的是要有内在因应的强烈愿望，有决心、有坚持。如您所说，不管有多少人不认同课程教学范式改革，您仍是坚定地走在改革的道路上。对此，就我个人而言，如果我将来能够成为文学教育工作者，我不敢说我有多大的能力和抱负去改变教育体制。但我希望我的学生能够成为具有批判性思维、独立性和创造力的青年，而不至于陷入"群体性庸常"中。教育的力量在于让每个人成为他想成为而且应该成为的人。

文学教育改革的道路曲折而漫长，其成功绝不可能是依靠一两个人的努力就能够实现的。期待在若干年后，会有越来越多的像詹老师一样的教育改革者，将自己所能散发出来的点点星光聚集在一起，照亮文学教育甚至是中国教育的前进方向。

——2014 级汉语言文学 2 班 罗婧

## 四、一个教学范式改革实践者的根本认识

这里简要谈及几个方面的根本认识，其实也是一个积极的教学范式改革实践者的基本建议。

第一，当代高校文学教育者需要深度关注教育的顶层设计问题，明确高等教育的根本目标；与此同时，在当前高校文学教育教学改革的深入开展中做到顶层设计与具体教改实践的有效结合。

第二，当代文学教育者需要积极介入人文学、人文教育与大学理念问题的学术探索，确立人文教育、文学教育的根本方向。在笔者看来，作为人文教育的文学教育存在几个方面的根本性指向：其一，文学教育需要致力于受教育者的思维方式的有效转换，尤其是促成其批判性思维和创新思维的形成；其二，文学教育需要致力于受教育者合理价值观的明确确立，当代文学教育必须关注价值问题，从知识化教学走向价值论教学，并有效实现规范价值的社会建构；其三，文学教育需要贯彻生命教育、德性教育，涵养智慧，这也就是说，贯彻、实施生命教育、德性教育是文学教育的应然构成，它表现为文学教育的根本性发展方向；其四，文学教育应该致力于自由全面发展的人的培育的可能。笔者近两年实施的文学理论课程教学范式改革试点即是在这样的对于人文教育、文学教育的根本性指向的总体确认之下的具体的教育教学实践行为。

第三，当代文学教育者应该把成就教学的卓越作为个人的一种必要的价值认同，不断地追求卓越文学课程教学。《国家中长期教育改革与发展规划纲要（2010-2010）》指出，教育大计，教师为本。有好的教师，才有好的教育。我们认为，有好的当代文学教育者，才有好的当代文学教育，才有好的当代文学教学实践，才有真正的文学课程卓越教学的可能。当代文学教师需要也理应成为一个好的文学教育者。

第四，当代文学教育者必须确立个人的明确而又合理的主导文学观念，以文学应有的方式开展具体的文学教育教学实践，建构文学教育新生活。谋

划、践行温暖的有力量的文学课程教学，建构文学教育新生活。应该说，这是当前文学教育教学改革的合理方向，甚至可以说是正确方向，文学教育教学改革必须确保其正确方向。

第五，当代文学教育者需自觉保持对教育教学观念与行为的探索愿望。对于笔者而言，近两年的文学理论课程教学范式改革实践只是个人的一种教育教学观念与行为的探索，我们必须明确确认当代文学教育教学观念与行为乃至整体意义上的当代教育教学观念及其行为的探索性。

第六，在教学成为学术、教学与科研共同构成学术研究的重要方面这一预期还远未成为基本事实的当下，教师践行教学德性是必要的。说到底，教师的具体教学活动应该是一种德性生活，理应成为一种德行。坚持"课比天大"理念，践行德性生活要求，教师的改进教学实践的探索或可获取更具发展性和塑造性的未来，其实，这同时也是当代教育者在追寻其个人发展的可能。

## 第四节　课程考核回声：关于文学理论课程的教学目的与理念

自在 2011 级汉语言文学 1 班进行课程教学改革试点以来，我在江西师范大学主持的文学理论课程教学范式改革实践已经进入第 7 个年头了，实施的班级为 8 个（根据学校工作安排，因本人外出学习，2015 级汉语言文学 3 班的教改实践只进行了一周时间）。推行教学范式改革的文学理论课程的考核采取形成性评价与终结性评价相结合的方式，其中，前者占比 60%，后者占比 40%。终结性评价的组织实施形式为期末闭卷笔试，时长 3 小时，解答 3~4 个开放性问题。2016~2017 学年第 2 学期，文学理论课程教学范式改革实施的班级为2016 级汉语言文学 4 班，全班学生 65 人。期末闭卷笔试试题共 3 道，其中之一是："在你看来，作为人文学的文学理论课程其教学目的与理念应表现为什么？"要求全体学生基于一个学期以来的文学理论课程学习经验和体会对这一问题作出回应。现选录答卷中的 15 篇文字（排名不分先后），经必要的处理，采取"笔谈"形式推出，以飨读者。其从一个特定的视角大体反映出了这一次文学理论课程教学范式改革实践的部分面貌。

**杨佳俐：**

人文课程的教学目的与理念，应表现为在一定的专业课程教学基础上，更多地激发学生心灵的成长，助推学生养成批判性思维、拥有广阔的视野，从而达到将学生培养成 "更完整的人" 的目标。教师的职责并不囿于教书，更多的是育人，通过适度的人文关怀，帮助学生们获得心灵上的成长，使其从一棵树苗慢慢成长为参天大树。

文学即人学。作为一门人文学课程，文学理论课程单单强调成绩与分数是不够妥当的，更应得到教师关注之处在于学生们的内在心灵。在未学习文学理论课之前，我对文学可以说几乎没有什么理解。在此，老师的作用就显得尤为重要，一个好的文学理论课老师可以帮助学生们形成正确的文学观念。在没有上詹老师的文学理论课程之前，我虽然对一些事情有自己的看法，但有时碍于一些因素，一般并不发表言论。詹老师在课堂上经常鼓励学生们说出不同的观点，帮助我们养成批判性思维方式。纵观历史我们可以发现，往往正是那些不同的"声音"推动了人类发展。社会需要"不同的声音"。如果因循守旧，止步不前，就只能原地踏步，终将被历史淘汰。我们只有养成批判性思维，才能在文学理论的学习道路上越走越远。

文学来源于生活，也反作用于生活。在学习文学理论课程时，应养成关注生命、关注社会、关注世界的习惯。文学不可能脱离社会现实而独立存在。教师应致力于让学生们走出自己的"小房子"，拥抱外面的世界，在社会现实中收获知识。

一次，一位理工科的同学对我说，比起自然科学，人文学科实在是太弱了，真不知道在文学院能学到什么，真不知道人文学科有什么用。我很快反驳：缺少了人文学科，自然科学就像是黑暗中的行者，找不到前进的方向。没有前进的方向，自然科学真的能够向前走吗？

最后一句话作结：道阻且长，行则将至。

**邰雅琴：**

一是教高深的书，育全面的人。文学理论课是一门注重人文教育的课程，文学理论课程的教学目的与理念应当表现为"育人"。在学生接受知识熏陶的同时，教师更应注重对学生道德的培养和人文素质的培育，通过言传身教，在传授知识的同时点拨学生做人的道理。

二是从"填鸭式"教学到人格素养的培育。要摒弃以往的"填鸭式"教学，它不仅不能提升学生的思维判断能力，还限制了学生看问题的视野。概念化的教学能够使学生掌握书本知识，识一识，背一背，大概就能够应付考试，而文学理论课程需要的不仅仅是这一点，它更应该重视学生对一些问题的理解，通过教师的循循善诱，引导学生建立良好的价值观和世界观，从以往的"填鸭式"教学走向注重学生人格素养的培育。

三是引导学生向真、向善、向美。大学生们存在着许多发展的可能性，此时，应当让他们学会独立思考、独立判断，鼓励他们追求理想，积极寻求和探索生命生长的可能性。人文教育工作者最应该做到的，无非就是一种精神指引，就像在一场战役中，吹号角或挥旌旗的战士，指引众人冲锋陷阵。文学理论课程的教学思想与理念也应表现出引导性，引导学生向真、善、美进发。

综上所述，我认为文学理论课程的教学目的与理念应当体现为培养学生的兴趣和审美情趣，培育学生的健全人格，引导他们向真、向善、向美。

**赖雯雯：**

首先，文学理论课作为人文学课程，它从人的劳动和生活实践中来，最终应当回到人的生活实践中去，并且应当对人的发展起到一定的作用。因此，我认为其教学目的与理念应当表现为德性教育。教学的主要目的，不是教书，而是育人。德性与教育、教养直接相关，我们学习文学理论课程不应只注重知识的灌输，而更应注重自身道德修养的提升，从而成为一个有德之人。我们应当贯彻生命教育、德性教育，从根本上提升自己的道德修养。

其次，我认为其教学目的与理念应表现为育人。教育首先要培养完整的人，其次才能培养有用的人，最终是培养全面自由发展的人。我对"完整"的理解，是一个人在精神上的满足感；"有用"便是成为一个"有质量的人"，因此，我们应当努力提高自己，让自己从"无质"到"有质"。"全面自由发展"，是"育人"的最高境界，它是在有用的基础上让自己各方面都能够得到更好的发展，心灵上也没有任何负担。

最后，我认为其教育目的与理念应该表现为合理价值观的确立，"我们都要努力做一个在知识、情感、道德、价值、信仰上直立行走的人"。我们应怀着一份信仰，一份对文学特有的使命感，在文学的世界中自由直立行走。在这一过程中，应当注意思维方式的有效转换。思维方式的有效转换、合理价值观的明确确立、贯彻生命教育德性教育、追求全面自由发展的可能，是人文教育、文学教育的核心指向。

**聂宁：**

文学理论课程更应激发受教育者对哲学问题的分析与探索意识，并由浅入深，循序渐进，从哲学探讨深入到个体的生命形态之中，推动学生塑造更为合理的价值观念。

这样的教学目的与理念早已深入到一些国家的教学实践之中，比如法国。法国的高考试题并不统一，文科、理科、艺术、体育等不同的专业，试题都是不同的，但每套试题的后三道作文题的命题方式却是类似的。作文虽是三选一，却都涉及哲学问题，比如 2006 年文科作文题目"我是谁？这个问题能否以一个确切的答案来回答？"。认识自我的问题其实早已上升到了哲学层面，它要求学生的思维在关注哲学问题的基础上，深入到更为广阔的思维空间之中，真正检验的是学生的思维能力和感知能力。这也体现在法国2008 年高考作文题之中"感知能力能否从教育中获得"。这表现出法国教育对学生个体意识的针对性培养。

反观中国教育，在这一方面确实做得还不够。与法国高考作文不同，中国的高考作文似乎更关注语言是否表达流畅，表现手法是否多样，而法国高考作文却早已将关注点上升到文章立意是否新颖、完善，内在逻辑是否紧密，论据论点是否充分，考生的个体价值观念是否符合社会发展规律。从根本上来对比中法高考作文的侧重点，法国教育似乎更加深入到人文学教育之中，其人文性特征也更为明显。

文学理论作为人文学课程，应该贯彻好人文理念，不能仅仅停留在对文学基础问题的探讨之中。应引导学生的认知思维从课堂中走出去，在提升其认知能力、思考能力的同时，将研究的聚焦点放在个体生命形态的成长与发展过程上，同时关注他人生命成长，关注社会发展。

**熊淑艳：**

在我看来，文学理论课程既然是作为人文学而存在的，那么，在教学过程中就不应只关注课本知识的传授，而更应该注重学生的内心和生命状态。

在过去的 12 年"应试教育"中，作为课本知识的接受者，我对学习内容并没有多少自己的思考。老师在教学过程中也只关注学生的成绩，而忽略个体的发展。这是很不好的。

作为人文学的文学理论课程，应当承担起育人的责任。就像中篇小说《你可以让百合生长》中的左渐将老师一样，对待叛逆的兰小柯，他并没有单纯地教授乐理知识，而是通过自己的行为，一步步将兰小柯感化，让她慢慢收起满身尖锐的刺，最终成为了一个负责任的乐队指挥。文学理论课程也应如此。更加注重学生心灵的成长，才能真正触碰学生的灵魂，从而达到教育应有的高度。

我们在自身的成长过程中，有很多种可能性。人生在世，总应该有某些远大的理想引领自己的成长与发展。正如兰小柯和兰大宝，不也是在左渐将的指引下，追求着自己在音乐上的可能性么？文学理论课程，应该带给学生更多的生命可能性。

文学是人学，是关于人的精神分析学，是生命评价的形式，作为人文学的文学理论课程，是一门有温度的课程。

**罗薇：**

文学理论课程是人文学，也是人文教育的重要内容。从人文教育角度来看，文学理论课程要符合其核心指向。在文学理论课程中，要让学生学会转换思维方式，不拘泥于传统思维的窠臼。此外，作为人文教育，文学理论课程教学应贯彻落实生命教育、德性教育、审美教育等，滋养学生的心灵，追求人的全面自由发展的可能。

进行文学理论课程教学，首先就要明确教学目的和理念。一是注重文学理论课程的理论性，重视理论品性的构建，明确认识理性批判思维的重要性；二是文学理论课程要进行引导式教学，不再将知识灌输给学生，而是对其进行引导和阐发；三是现代公民意识的培育，培养学生作为现代公民应有的认识与责任感；四是文学理论课程要加强学生理论联系实际的能力，帮助他们提高理论运用的实践水平；五是文学理课程要遵循作为人文学的核心要求，追求人的自由全面发展。

人文学的文学理论课程，是大学教育的一部分，要教最高深的书，育最全面的人。"教书"是指知识的传授与讲解，而更重要的是"育人"，这是对人内在心灵世界的养成与改造。两者是缺一不可的，"育人"才能更好地"教书"。

**黄静怡：**

以文化人，以文达人——在看到题目时，我情不自禁地快速写下这句话。这也是老师给我留下的总体印象。

文学理论作为一门课程，就决定了它的教育功能，包括知识、情感、信仰的培育。文学理论课程不应该忽视对学生审美趣味的塑造。作为学习者，我们不能一味地接受前人的观念或老师传授的理论知识，而应有一种探索、质疑的习惯。在现代教学技术日益精进、获取学术资源非常便捷的情况下，对于知识的精熟并不是最重要、最关键的。最重要的当是思想层面的进步，即学习者利用所学知识理解人生、社会，解剖人性，慢慢成长为更完整的个体。作为人文学的文学理论课程应贯彻这一点，即"以文达人"。

自然，这是理想层面的构设，落实到具体的文学理论教学上，难免棘手。文学理论总体上是比较抽象的，因而，学习起来有一定的难度。文学理论课程还应坚持"以文化人"，用这门课的人文魅力去征服学习者，提升他们的理论素养。

此外，文学理论课程还应培养学生的批判性思维能力，鼓励质疑、鼓励讨论、鼓励批判，提升学生的逻辑思维能力，引导学习者走向更广阔的认知世界和精神国度，让他们的内心更加丰盈。

**高昕越：**

人文学科是蕴含着深刻精神力量的学科。文学理论作为一门人文学理论课程，应该坚持理论性，当然，这里的理论性并非死记硬背理论，而是通过理论引导学生理解文学并树立合理的文学观念，帮助学生成长，成为助推学生不断突破自我的内在精神力量。

文学理论课程也应当注重对学生理解、赏析、学习能力的培养，让学生拥有更广阔的视野，提升其批判思维能力，以双眼关注外界，用心灵思考世界，达到某种生命的成长。

文学理论课程还应该关注学科前沿问题。很多学生在接触文学理论课程之前，缺乏对文学问题的敏感度，完全不关注各类学术论坛，看待问题没有深度。我认为，这些问题可以在文学理论课堂上得到一定程度的解决。

此外，文学理论课程应深入贯彻德性教育，这既符合人文学的教学标准，又符合现代高等教育的前进方向。更重要的是，德性教育能够真正增进学生的思想深度。从根本上说，德性教育可以激发学生改造社会的愿望，推动青年学生的成长。

**黄双源：**

首先，是对"人"这一涵义丰富复杂的生命存在的思索。文学理论讨论文学与文学活动，而人是文学活动的主体，人文学更是以人为本。所以我认为，文学理论课程的教学目的与理念的基础首要在于对"人"的存在有初步的把握。人为何存在？人存在为何？如何看待自我与他人的生命？学习作为人文学的文学理论课程，需要作出基本的生命评价。

其次，表现为跳出单一恒定的视角，树立宏观的、整体的、历史的视野。无论是学习、研究文学理论还是其他问题，视野的大与小、宽与窄，都将很大程度地决定一个人能走多远。面对具体的文学理论问题，如果我们一直狭隘地计较其表面的文学意思，用一种静止不变的观点去研究，那么，我们永远只能作出片面表征的判断。我们需要基于历史发展、时代语境等因素，宏观整体地把握、分析问题。

再次，应该表现为学以致用。我认为，把文学理论的知识内容、精神品格有效转换以运用到实际生活之中，是十分重要与必要的。它并不功利。将合理的文学理念传递给学生，起到重塑生命境界、改造社会的作用，需要一辈又一辈人的努力坚持。

最后，是文学专业修养品格的塑造与济世怀人的理想追求。我们应该努力拥有文学专业人士应该具备的素养。同时，渺小的我们，应当有为改变世界献出一点点力量的理想情怀，并做出必要的行动。理想能让人生活美好，理想不是幼稚，是一种伟大。

**吴沅浍：**

作为文学理论课程的接受者，我想就自己的成长经历来谈一谈这门课程的教学目的与理念。

文学理论课程是一门人文学课程，其思想不能脱离"人文"。虽然是一门理论课程，但它不能仅局限于理论，而应该让"文学"真正走进人的心灵。文学理论的教学不应当是冷漠的，不应当是让人感觉枯燥的，它应当是让学生感觉亲近的、温暖的、有趣的，最重要的，是深入灵魂的。

第一，文学理论课程是育人的心理之课。文学即人学，文学理论课程关乎人的培育和成长。以我的经验来看，文学理论课程让我不断成长。"人的主体性"理论，让我对"自身心灵"的认识有了"质"的变化。在生活的庸常状态下，我内心里总有一颗清醒的种子，总有一片不暗的晴天。心中总有一股力量支撑着我直立行走，鼓舞着我积极因应各种人生的挑战。

第二，文学理论课程是引人向"大"的课程。它总有一种大的情怀，让我们的"小"心思发生一定的改变。它让我们的内心有着一种向"大"的可能。它着眼于时代与社会，铸造我们心灵的"大器"。从当下时代"出发"，许多人已经没有了公共情怀，只抱着"各扫门前雪"的心态做自己的事，很多知识分子都变成了"精致的利己主义者"。而文学理论教育应该让人变得"大"起来，脱离狭隘的世界，走向更广阔的天地，让学习者拥有"家事国事天下事，事事关心"的使命感和责任感，让社会中的"你"和"我"活得更有质地。

第三，文学理论课程应是助人成道的课。在文学理论课程的教学中，应该让学生明确自身成道的方向，让其更自觉地向着合理的方向发展。从我个人的成长来看，我一直觉得文学理论课程使人成长，让人更明白自己的人生该往何处去。这并不是虚假的套话。从前，我对教育是满怀憧憬的，但却觉得其不过是一种锻炼自身的平台。文学理论课程让我更加认识到了教育的重要性，教育对学生的生命和成长有着极其重要的作用。因此我对今后从教的选择更多了一份担当、一份责任、一份使命感。虽然压力重重，但我想，这种有挑战的人生才是最有意义的，我也仿佛感受到了 "任重而道远，仁以为己任，不亦重乎？死而后已，不亦远乎"的时代担当。

**吴和瑛：**

文学理论是文学学科的基础，文学理论课程应当注重思想引领——更多的是在无形中影响和熏陶学生，而不是机械地要求学生死记硬背某些原理和定义。那种机械化的教学，对于学生思想而言，是一种摧残。机械化的教学容易导致学生把书本知识当做绝对真理，觉得自己掌握了这本宝典就武功盖世，可以行走江湖了，有人甚至趋于思想停滞，过分地依赖于别人的思考，自己则直接"吃现成的"。相反地，引导式教学则可以让学生们学会自主学习和探索，而不是一直像个长不大的孩子，要母亲拉着自己的手才能行走。相比于机械化教学，这种自主式的教学，更利于学生的成长。

文学理论课程还应注重对学生整体观和全局意识的培养。碎片化的知识往往东拼西凑，内在勾连性不强，牵强附会，不成系统。文学理论课程的体系是比较完整的，有利于培养学生的系统观、整体观。当然，文学是随着时代的变化而不断发展的，文学理论教材有时候可能跟不上时代的步伐。所以在日常教学活动中，老师并未原原本本地一味照着书本内容来讲课，而是更多地引导学生关注到文学理论前沿问题。

高等教育不仅仅要教最高深的书，还要育最全面的人。除去知识方面的传授和引领之外，文学理论课程还应注重德性培养。在日常教学过程中，可以结合学生生活，注重课外拓展延伸，侧重对学生世界观、人生观、价值观的引领。

**舒苗：**

在学习过程中，视野与格局是非常重要的。我们需要关注的，不仅仅是自己的个人生活，更应该是对"公共"的思考与价值选择。文学理论课程的教学思想与理念，应当表现为拥有开阔的视野与格局，具体表现为：

人文情怀。作为人文学的文学理论课程，其教学目的与理念必然少不了这一点。学习人文学，应该有人文情怀，关注自我成长与他人成长，关注社会的发展状况。

批判性思维。在面对纷繁复杂的社会现象与日益多元的价值取向时，我们都需要保持清醒的头脑，批判地、辩证地思考问题，要透过现象看本质。文学理论课程，应当培养学生的批判性思维能力。

责任意识与公共情怀。北京大学钱理群教授认为现在很多高校都在培养精致的利己主义者。我认为，教育应当培育对国家、对社会、对人民有担当有贡献的人才，其中，对学生的责任意识的感召与公共情怀的培养是必不可少的。

**袁钰岭：**

作为人文学的文学理论课程，讲授文学理论知识是必不可少的。但更重要的是，这门课程如果只讲授单一的知识，那就背离了它作为人文学的根本教育目标。文学理论课程教学需要回到人文学，回到学生身上来。具体地说，文学理论课程应该关注学生的成长。有一句话说得好：鸡蛋从外打破是食物，从内打破才是生命。文学理论教学要有一定的深度，深入学生内心，让学生自主产生向上的动力。这样，文学理论课程才能充满力量，充满感染力。成长是一件复杂的事，需要各种因素去充实它，我们需要提升各方面的素养，比如说语言表达能力、抽象思维能力、理性分析能力和动手实践能力。我们也需要扩大视野，不能将眼光局限于书本和课堂，要更多地了解外面的世界。

总的来说，文学理论课程的教学目的和理念不能狭隘，不能将知识的传授当做终极目标，而应更多关注学生各方面素养的培育与发展，这样才不会偏离人文学的轨道。

**朱晓媛：**

在我看来，文学理论课程的教学是将知识与德育结合，传道为先，授业为后。文学理论作为一门人文学课程，本就是知识性与人文性并重，不可分割。空谈知识、理论是灌输式的教育，不谈理念的成因，不谈是在什么观念引导下形成的理论认识，不可能学好知识。如果灌溉的水只停留在表面，土壤下的根如何吸收？

好比种树，文学理论的教学，要先松土，后灌溉，栽培，扶植，最后让其自身吸收阳光、自行成长。首先，要打破僵化的思维模式，培育学生的批判性思维。批判推动创造，才能解放学生的心灵。这是思维模式上的改变，只有质疑，才能从接受知识演变为吸收融合。其次，要在观念上影响学生，培养学生正确的文学价值观。此外，要坚持育人的原则，让学生懂得精神世界的成长和文学的作用密不可分。

文学理论课程应该让学生懂得文学对社会、对人类的意义，以培育学生的公共意识。它应该传递"文学不是解剖世界的工具，而是改造心灵的方式"的理念，只有在这样的理念引导下，文学理论的学习才更有意义。

文学理论课程是一盏灯，照亮学生的人生路。

**刘雨婷：**

我认为，作为人文学的文学理论课程，其教学目的与理念应表现为对人的塑造和引导。既然是人文学，它的关注点应该是在人身上，而对人的塑造和引导，就是帮助学生实现精神上的成长、独立。

精神上的引导和塑造是很难的，但又必须要做。一个人的言语、行为都由他的思想主导。如果一个人的内心思维是混乱无序的，他整个人也会处于一种无序状态，焦虑而没有方向。这样的人又如何承担起社会赋予他的责任呢？我们从母体中出来，灵智未开，由这世界给我们塑形。身处信息纷繁复杂的时代，有无数不同的声音向你飘来而你不知什么是对，什么是错，你好像漂浮在海上，无依无靠。而文学理论课程给人一种方向，这种方向并不是强制你只能向一条路走去，而是告诉你什么是合理的道路，什么是不合理的道路。文学理论教的应当是这些，不应局限于书本知识，而从学生的内心出发，体察一个人内在的生命状态，引导其成长。像老师说的那样，实现人知识、情感、道德、价值、信仰上的直立行走，这是人文学对人的塑造培养的最高境界。

如何做到这一点呢？我没有老师那种全面的格局，不能很好地回答这一问题，仅仅表达个人观点：要做到对人的塑造，应该培养其独立思考与理性批判意识。引导学生自己确立一套合理的判断事件对错的逻辑标准，由这套标准来确定自己的人生目标，规范自己的言行。这是对一个人所能做到的最深远的影响。培养独立思考与理性批判意识，首先，不能一味接受，像老师之前反对我们上课拼命摘抄笔记这一做法，就是例子，没有经过认真思考，只是一味地接受，当他人理念的传声筒，没有个人的想法，学习其实也是白学。其次，不能盲目。每个人都站在自己的角度甚至自己的利益面去思考问题，如果单听一方观点，盲目赞同，往往看不清现实，找不到真相。不被情感驱使，冷静地分析问题，才能找到相对合理的答案。

# 第六章　学习个体生命意识的恣肆激发

在较长时期以来的文学理论课程教学范式改革实践中，随着卓越文学专业人才培养目的的日趋明确以及课程教学生命教育维度的日益彰显，学生个体的生命意识在很大程度上被激发，这可以从他们的课程学习心得和写给笔者的部分私人信件中明确地看出来。对之，笔者称为有温度的、掷地有声的"教改回响"，从特定意义上说，这也是笔者主持的文学理论课程群教学范式改革实践育人成效的具体的而又形象化的体现。

学生的文字中有光亮，笔者需要循着这光亮继续前行。①

## 第一节　"文学概论"课程学习心得例举

### 让生命回归到"应然状态"

我清楚地记得您在课堂上曾经说过，作为一个教育者最大的欣慰莫过于看到学生的成长，并且您还是愿意参与并见证同学们的成长的。我不敢夸下海口自信满满地对您说，在您这位青年导师的引导下，我获得了比较大的提升，无论是从知识、情感还是价值观等层面；但我确定的是，您的课程教学，使我在上述这些层面或多或少地产生了一些试图改变的意愿，甚至毫不吝啬地讲，在情感和价值观的层面我还为改变的意愿付诸了行动，尽管现在

---

① 严格来讲，学生的信件存在一些问题，如逻辑不够缜密、用词不严谨等，但为了保持这些信件的"原汁原味"，我们尽可能保留了原始信件的文字，希望读者从中发现"文字中的光亮"。

效果还不是那么明显。虽然我现在的知识层级和社会阅历还不足以构建出足够强大的属于自己的"瓦尔登"，自我的生命还没有使它回归到该有的"应然状态"，但我越来越意识到我现有的生命"既存状态"其实并不丰富，并不能使我满足，我内心有一种强烈的想打破"铁屋子"的冲动，去呼吸一下能让生命产生最本真愉悦感的新鲜空气。

正如您所说的一样，年轻人似乎更倾向于"破"，而对于"立"还缺乏足够的合理的建构。处于这个阶段的我也深深地烙印着属于我的青春特质：对于人的价值认定与身份认同的困惑与不解。我只是过于渴望"新空气"却不知怎样去呼吸，并且在对于人这一生最冒险的事——价值选择与认定的处理方式上显得过于草率和鲁莽。总是试图用单一的色彩给我眼中原本不是这样颜色的事物涂上同一种颜色，最可怕的是，曾经的我对于这一愚蠢至极的做法还有着一种强烈的自信和坚执。正当我对于这样的想法沾沾自喜而近乎于迷醉的时候，您在课堂上关于《朗读者》的"多重理论视角"的分析给了我当头一棒，我开始尝试用多种色彩去填充本属于生命的应然色彩，我看到了五彩斑斓的世界，这是我慢慢尝试的改变。

基于您课堂上给我配"眼镜"——多重理论视角，我看到有色彩的而不是单一的色彩后，我又开始自信心爆棚，用着这副"眼镜"机械地尝试变换角度去调节属于我自己的斑斓色彩。和对待《康美之恋》表达出的一种纯粹单一的色彩不同，我近乎疯狂地没有限度地给每件事物都涂上不管属不属于它的色彩，并冠之以美名：多重理论视角下看待和分析问题。在尝过改变后的甜头之后，我自觉不自觉地发现仍有困难横亘在我面前：五颜六色的画固然好看，可是所有的画都表现为五颜六色就是"应然"的吗？并且，对待所有的问题都涂上五颜六色，总是显得有些牵强，有时还会有些做作。困惑和疑问正充斥于我的大脑时，您又引导我走进《鲜花次第开》的阅读，让我感受到虽然不是很强烈却又贯穿整篇文章的"温暖"，引导我体会费孝通老人晚年提出的"各美其美，美人之美，美美与共，天下大同"的多元而主导的思维方式。我发现，原来的单一色彩不行，完全没有限度地染色也不行，我改变后的坚执再一次动摇了。

在经历了两次地震式的思想动摇之后，我渐渐地意识到，其实我更需要改变的是源于我内心深处的毫无理由毫无根据的顽固性坚执。到现在为止，这是我学习文学理论最大的收获。在我看来这种坚执说白了也是一种单一，之前的改变并不代表我走出单一，不过是自欺欺人式地逃避。理解了这些之后，我的内心深处似乎有了经过纷繁复杂的矛盾冲突而带来的一丝"暖意"与平和，虽然谈不上有韵致，但我隐约觉察到了一种由矛盾冲突所带来的韵味儿，尽管这种韵味儿与韵致还差得很远，我却依然体验到了尝试改变之后的欣慰。

詹老师，您一直告诫我们要让生命回归到"应然状态"，此刻我想，人的勇敢、包容、纯洁和善良，本来是与生俱来的，只不过在漫长和纷繁的生活中，有一些丢失了，有一些被关在心底，人若能心甘情愿地在接受这些转变的同时，又能够有足够的生命张力坦然地面对内心由于某种被驱动的力量而发生的另一种改变，即使有时明媚的阳光抵挡不住寒冬腊月的冷酷，至少心里会感到温暖。把它们找回来，让它们长大，人生也就少了些困苦，此时的每一寸光阴都有用。

（作者杨帅，2010级汉语言文学3班）

## 寻找生命的方向

生命若给我无数张面孔，我永远选择最疼痛的一张去触摸。因为，我的生命需要"刺痛"。

我一直活在这样的世界里：手捧文化遗产细细咀嚼，渴望"观古今于须臾，抚四海于一瞬"；随李白共听蜀国的天籁之音，去憧憬自然；随徐霞客游历祖国大好河山，叹天地的鬼斧神工；与杜甫共赏三吏三别哀叹自古悲情，充满求知与好奇，因能在知识的海洋中遨游而沾沾自喜。我以为，这就是戴上了"学文学的"帽子的我应有的世界，可是，您告诉我，不是的。

"何为文学？""文学是对于生命的一种评价形式。"当时的我悟不出这句话的重量，当我带着这种懵懂去读老师上传给我们的小说时，似乎，我明白了些许。

生命不仅仅是物体活着的一种外在表现和过程，生命与激情、规则、理性和灵魂相互交织，是一个有灵魂的身体，而其灵魂正是人的生命体验，产生了真正充满意味性的文学。就像邓一光的《你可以让百合生长》，他让我们看到的是鲜活的现实生命体态，它充满了一种内在的力量，一种生命的力量：坚韧、热切、忧虑、真诚。让一个女孩爱上音乐并不难，因为她本身的血液里就流淌着对它的热爱。让一个合唱团得奖也不难，反复地开导讲解，再加上刻苦训练即可。可是如果让一个卑微却高傲的灵魂彻悟升华完成救赎，让它爱上自己，热爱原本千疮百孔的生命，就成了功德无量的善事。给你一个高贵无畏的灵魂，给你一个圣洁的生命，这就是只有文学才能给予的力量。

"兰小珂""史彦""刘晓东"……这些鲜活的现实生命体态让我看到：真正的文学总是反映生命的，文学是对生命的一种升华，凝结于文字之中却又游离于文字之外，抽象出生命的真谛所在。文学的每一次转变都见证着生命的发展历程，时代的发展总是被重重打上了上帝之手和人为之手的烙印，在二者之间左右摆动，而生命正反映了这一时代特征，文学正是对这种生命价值的进一步提炼与升华。"通过小说进行生命评价，也就可以更为清晰地认识生命的本质、更为深刻地理解生命的意义，从而创造生命的价值，这是人的生命形态和特征的本质要求。"贴上"学文学"标签的我更需要积极关注鲜活的现实生命形态，推彼及己，以更为合理的方式建构自身生命的有效力量，丰富、充盈、坚韧内在精神世界，寻找生命的方向。

"个人主导文学观为何？"我不曾问过自己这个问题，因为，即使问过，答案也是迷茫的，甚至虚无的。而现在，我的答案可能不合理但却存在着：摆脱经验、惯性、视角主义的局限，通过亲身的生命体验，寻找由生命通向灵魂的觉悟，透视人的心灵，探知人的灵魂深度，寻找生活与生命的方向。

在一个生机勃勃而又显得粗糙平庸的时代，谈论"精神超越"或"压在纸背的心情"，似乎有点奢侈，更何况于"生命"与"灵魂"这些有着灵性的体态。在这个文学被边缘化的当下，在中文系看似没有那么辉煌的今天，很多人包括以前的我都一味地被"悲情"所笼罩。学文学的我们可能做不到像章太炎之"幼眇独行"，或者像鲁迅那样"荷戟独彷徨"，但我们需要学会以建设者的姿态、批判性的眼光，来直面"惨淡的人生"，正视鲜活的现实生命状态，在生命的存放处寻求道德的内化、思想的自省、灵魂的呐喊。

正如莫言在诺贝尔文学奖获奖致辞上说道："文学和科学比确实没有什么用处，但是它的没有用处正是它的伟大用处。"

詹老师进行文学理论课程教学范式改革可谓用心良苦，在市场经济迅速发展的今天，世人的观念日新月异，意识形态的重要性也正受到前所未有的怀疑，人们越来越趋向于培养技术型、迎合市场口味的"人才"，功利化、实用化、片面化似乎成为人们的思想主导。陈平原说道："我以为人文学的真正危机，很可能不是其在大学中的地位相对下降，而是被教育主管部门按照工科或社会科学的模样进行'卓有成效'的改造。"随着市场化时代的推进和发展，文学却开始陶醉于对自我和对现实的享用中，平庸和琐屑却被误称作是生命本性和文学本性，片面追求其在现实生活中的实用价值，从而忽视了文学的时代价值与生命价值，使得文学从对生命的崇高思考和永恒追求坠落至对个人利益的满足与现实快感的实现。而这些非正常、非本性的生命与文学，恰恰有悖于文学的初衷。人们的精神和文化因此进入了危机时段。然而，作为人类自我理解最切近的反思性学问，人文学始终关切的是人类生活世界隐秘而又深刻、复杂而又持久的生存意义和生存方式问题，因而，它总是不时地显示出它们自身顽强的生命力。

真正的文学给予人们的，是一种崇高的生命体现，一个永恒的心灵幻象，它创造了人的神性和灵性。我，我们大多数人都习惯于在虚空的世界中虚拟地生活，却又试图寻找生命的韵致，詹老师的教学范式改革把我们从懵懂的自我世界里拉了出来，而随之将我们推进了一个更为富有灵性的文学世界，让我们对自身鲜活的现实生命体态进行拷问，追求生命的圣洁化，呼唤灵魂的苏醒，在浑浊的世界里保持相对独立而清醒的判断，寻找由生命通向灵魂的方向，让真正的生命韵致得以彰显和绽放。

人们对于生命的感触从来都是即兴的和心血来潮的，生命本是激情和眼泪交织的化合过程，那些人性所有的善与恶都会出现于生命阶段。人生在分段换行的时候总有一段接洽的不平滑和凹凸起伏，行进在人生每一个点上的不安感、抗拒感、亢奋感和矛盾感。每个人的生活都存在局限，我们往往只生活在自己的轨道里，然而，有着青春生命质地的我们更需要的是把别人的生活轨道当作自己关注的对象。我们需要认同自身青春生命质地的存在，然而我们更需要看待包括自己在内的整个人类的生命世界，适度加快这一阶段生命走过的进程，进入生命躯体的非青春质地。

秉承"中庸"的信仰，既有人天赋自然的生命体态作根据，又为人的真切灵魂祈求向上，我，在路上。

（作者余聪聪，2012级汉语言文学3班）

## 文学的生命教育

走在詹老师文学理论课程教学范式改革的路上，预感有一种高度，等我进入。

初入文学理论课程教学范式改革时，意识到自己的思想是那么的贫瘠、那么的浅薄。每次上课的我都是满怀着自卑，在老师的引领下，不断地检讨、不断地自省。终于还是在内省时获得了想要的提升。却也才知道，已经跋涉了 20 年的我，似乎才刚刚起步，仍步履蹒跚。不得不从心底里承认文学是一条蜿蜒的风雪之路。

通过对人文教育、人文学与大学理念问题课外拓展文献的阅读，我第一次从真正意义上对文学蕴含的生命教育有了较为明晰的认识。教育的顶层设计是培养完整的、有用的、自由发展的人。可我国高校受功利主义思想的影响，过于重视科学的工具价值，忽视学生人文精神的培育，造成人文精神在教育上的缺失，虽然状况在好转，但也阻碍了学生综合素质的提高。熊丙奇的《原来我在国内上的不是大学》让我们震惊了。大学是什么？大学是精神的殿堂，是追求知识的象牙塔。可是传统教学模式于我们而言只是被动地接受知识，学生成为书的奴隶，缺乏想象能力和创新精神。显然，这种教学模式并不利于人才的培养。至此，我从心底萌生了对中国教育现状的危机感以及渴求变革的内在愿望。

教育的终结点在于通过生命教育培育身心和谐、知情意均衡发展的完整的、自由的、全面发展的人。文学恰是生命教育孜孜不倦的追求者。文学倡导生命教育，生命教育蕴含着教育的人文关怀，展现了对教育的新诠释。文学的价值在于关注生命观、生命价值等终极关怀的问题。从根本的意义来说，文学的生命教育是一种全人的教育，它既关乎人的生存与生活，也关乎人的成长与发展，更关乎人的本性与价值。其核心目标是让每一个人都成为"我自己"，都能最终实现"我之为我"的生命价值。正如詹老师说的：生命教育追求的是"诗意、韵致、格局"。生命教育指导下的文学创作追求的是"圣洁化"的文学作品，文学创作者游走于笔尖，他们是纸张上的放逐者，有着各自的性格，低调地张扬着。他们是真正的行者，不仅走出了自己的痕迹，并且让阅读者得到了心灵的慰藉。在"圣洁"文学作品背后是鲜活的现实生命形态，给人以合理的方式建构自身生命的力量，并丰富、充盈、坚韧读者的内在精神世界。

"何谓个人主导文学观？个人主导文学观何为？"这是詹老师在课上不断抛给我们的问题，每当触碰到这个问题，我都会问自己，可总也找不到一个合适的答案。每当我触及到"灵魂""韵致""救赎""丰盈"诸如此类的词语时，内心深处生发的不仅仅是抽象的学术思考，还有一种难以言说的美妙意境与植根于东方文化意蕴的生命情怀。中篇小说《你可以让百合生长》再一次让我们看到了文学的基本蕴含：人在任何境遇下所呈现的可能性以及不屈不挠和昂扬向上的精神面貌。为疾病所吞噬生命的左渐将，在社会中处于底层而自我否定的兰小柯，在音乐介质的指引下，实现了自我的反抗和超越，音乐让可能性成为现实。邓一光所传达给我们的正能量——人的发展的可能性，正是文学所给予人的。实际上，从小说中我触摸到了自身发展的可能性。我们每个人都需要可能性，都有可能实现类似兰小柯的蜕变，实现生命的升华，展现出不一样的自我。也许詹老师极力指引我们寻找的个人主导文学观是对生命、对灵魂进行文学教育事业下的沉思、体悟、践行、反观与超越。人文学科直接关注人本身，培育个体"生命自觉"，个人文学观作为一个教育视野下的问题正沿着我们的思路慢慢聚拢，并日渐清晰地呈现于我们面前。

西汉杨雄在《发言·字行》中说："务学不如务求师。师者，人之模范也。"您作为改革的践行者，不断探索着更为合理的教学范式；您作为我们文学理论课程的指导者，指导我们不断地去寻找文学的真谛。在您的文学理论课上，我们学到的不仅是知识，还有对表达文学观点的那份谨慎，比如您对某个文学观点只会用合理不合理的态度去看待。文学教育如果说有所谓的永恒的价值，当在于此——对永久性精神的建设。一次次文学理论课的熏陶，让我们意识到文学与生命与灵魂是相勾连的，文学理论课上的教学让我们的思想和认知不断深入、不断获得深层次生命感受的境界，让我们不断地去寻求生命的"质地、韵致、格局"。虽深知自己离这种境界甚远，却愿意去追逐如此雅致的生命。

詹老师的文学理论课程教学范式改革带领着我们体验到了从未有过的惬意，我们在思想的空间里不断地遨游，给了我们以往教育无法给予的飞翔。如若没有詹老师的教诲，在文学领域我肯定还是懵懂无知的门外汉，找不到方向和道路。值得庆幸的是，在老师不断"强逼"、不断"捶打"中，在文学领域我找寻到了些许方向。于是我的这一段文字带着的是无限的敬佩和感激。

文学是灵魂的凝物。传统的文学教学形式是一种背负，卸下这份沉重，再作一次"挺住"，然后开始新的出发和抵达，让文学丰盈人生。

这学期的文学理论教学范式改革课程虽已接近尾声，但教学范式改革的影响却似窖藏佳酿，历久弥香。

（作者吴芳，2012级汉语言文学3班）

## 关注生命教育

长期以来，教育研究者们一直追问着教育的本质问题，虽经历过挫折，把教育的本真归结于社会、政治、经济和文化等，但最终还是落实到"人"本身上来。教育是"人"的教育，只有先通过对人的培养，才能对外在世界产生影响，其核心环节是"人"。而人作为一种特殊的存在，其生命具有很强的未完成性和可塑造性，那么，教育对生命的塑造作用便是至关重要的。经过半个学期文学理论课程的学习，我已经清醒地意识到文学理论课程不仅仅是传授关于文学的专业知识，更是另一种生命教育的形式。

1968 年，美国学者杰·唐纳·华特士出版了《生命教育》一书，探讨必须关注人的生长发育与生命健康的教育真谛。随后，其创立的生命教育理念被广泛传播，引起人们的高度重视。一开始，生命教育主要是针对社会中严峻的青少年的心理问题，关注吸毒和自杀等极端行为，着重教育青少年认识生命、体验生命、珍惜生命和尊重生命，着重学习生命知识和掌握生存技能；而如今，经过学者们的拓展与延伸，生命教育已上升到另一个高度，即生命教育是一种全人教育，既关乎人的生存与生活，也关乎人的成长与发展，更关乎人的本性与价值。通过生命教育，旨在培育一个身心和谐、知情意均衡发展的完整的人。虽然初始概念的生命教育在今天依然占据着重要地位，我国各中小学也在实施基础性的生命教育，但在高校中，我们应更多地关注发展后的生命教育，它蕴含着教育的人文关怀，展现了对教育的新诠释。

然而，每一种理论的存在与发展都有其现实的必要性，对于生命教育而言，其中极其重要的一点就是必须正视当下泛滥的轻浅庸常的生命形态。在一个物质化的时代里，利益成为行为的主导因素，就算是教育也难以独善其身，尤其是"应试"教育的功利性日渐显现并发展。这样的教学方式一般只注重知识技能的培训，而忽视了对心灵与精神的培养，造成以自我为中心的生命形态，从而加剧了本位主义的猖狂，而鲜有人能做到"爱生之极，进而爱群"。我们常常把自己眼中的世界当成整个世界，以自身狭隘的眼光去衡量一切，如此便形成了你的、我的和他的世界，原本完整的世界也就变得支离破碎、参差不齐，社会公共关系也日益紧张。我们学生的思想更是浅薄，知识面狭窄，缺乏强烈的自我发展愿望与要求。青春文学的发展逐渐扭曲了我们的文学审美取向，不少学生沉溺于各类"风花雪月"与"玄幻传说"的象牙塔之中，两耳不闻窗外事，更别谈"天下兴亡，匹夫有责"的自我觉悟。

曾经有一项对各国学生的调查十分有趣，主要包括"是否应质疑教师"和"真正做到质疑教师"这两个指标。在第一个指标中，大部分的中国学生表明需要质疑教师，所形成的比例相比较其他几个国家中也是可观的；但在第二个指标中，结果却令人大失所望，真正能做到质疑教师的中国学生所占的比例极低，居于其他几个国家之下。可见，中国学生的想法和行为脱轨，并不具有一致性，脑中所想的并不就代表着行动的必然性。我们虽然在意识上敢于质疑教师的权威性，但却又不愿去挑战，将其付诸行动。换句话说，我们都更愿意处于一种相对混沌的"无立场"状态，无知觉、机械而又木然，缺乏激情与奋进，沉醉于散发着恶臭的庸常的烂泥潭之中，看似安逸宁静，实则空虚落寞。

生命是教育的原点，生命教育是一切教育的前提，也是教育的最高追求。生命教育涉及的范围极其广泛，无论是何种教育，功利性教育也好，卓越教育也罢，都在默默地塑造着生命形态，其关键在于塑造何种类型的生命形态。生命教育并不一定需要设定专门的学科教育，因为强制性推行所形成的效果并不怎么乐观，如此便可以通过其他学科的长期性的渗透性教学得以实现。我想，詹老师的教学范式改革之所以称为改革，与传统教育不同，其对昂扬的生命形态的传达和诉求就是其中一个重要的表现。

在第一节课上，詹老师就提出了关于文学问题的"知识、情感、审美、思想、价值、精神、生命、德性、信仰、自由"这十个关键词，而这又何尝不是对生命教育的关键性描述呢？一个教师的个人魅力究竟有多大，对学生会产生多大的影响，很大程度上取决于其展现出来的生命形态。詹老师始终严于律己，在更多学生看来甚至是一个"理想主义者"，追求着一种近乎完美的境界，实则那就是一种对信仰的坚持。首先，当我们关注詹老师本人时，我们不难从其对自我发展要求的严苛，对教师神圣职责的坚守，对教学范式改革的执著中挖掘出他那深刻厚重的生命形态。詹老师坚持言传身教，他的博学、理性、深沉、坚毅、果敢、昂扬、信仰、卓越与勇气都在无形之中对我们进行着生命教育，为我们展现了一种高昂的生命形态的可能性。其次，詹老师的文学理论课程贯穿着"内"与"外"两个方面的结合，这里的"内"与"外"的结合不仅是指文学理论知识本身和社会实践相勾连，更是指对学生内在生命形态和外在表现形式的协调发展。从理论学习到小说讨论，再到社会现实，我们都关注着各式各样的生命形态，有"庸常之恶"的冲击，有对百合式生长的可能性的感悟，有对黑暗与希望的迷惘，有对灵魂缺失的追问，等等。但詹老师也曾表态，他并不奢望这短暂的教学范式改革课程能对我们产生多么大的影响，他只希望这课程的学习能在我们庸常的生活中泛起一点点的涟漪，让我们的内心重获这个年龄层应有的活力与斗志，寻找到自我准则、目标和价值的合理的强有力的内在支撑，确立理想，塑造出一种挺拔的生命形态。

梭罗曾指出，构成一个人生命特殊性的，并不是他对于本能的顺从，而是他对于本能的反抗。只有真实地面对我们自身的丑陋，反抗自我，我们才能成为"生命的歌者"。人的一生是漫长的，但关键的只有几步。我想，接触到詹老师的思想的确是我生命旅程中关键的一步，而我也更愿意在这一步之后继续行走下去。

行胜于言。

（作者潘怡然，2013 级汉语言文学 1 班）

## 生命的最初意义

在近一个学期的文学理论课程的学习当中，我们共同参与了詹老师的教学范式改革。简单地说，这让我受益匪浅，它不只是单纯让我学会了上课积极思考问题、改变学习的方式等，更重要的是让我有了一种思想上的转变、认识上的提升。

"生命的方向"是我触动很深的一点。

每个人的生命都要有方向，而不是只为活着而活着。就像老师说的"问及你们的生命有没有明确方向，都说有，而问具体的是什么时，就都说不出所以然来了"。确实如此，现在的我们大多都没有明确的生命方向，却不愿承认；更没有探寻、明确自己生命方向的意图。探寻自我的生命方向是我们当代大学生必须要进行的，如果没有如此的作为，那我们未来的人生该怎样确定其意义呢？就像那些彪炳千秋的历史人物，苏武、岳飞、孙中山、周恩来，他们的人生轨迹是清晰的，目标是明确的，他们在历史的风云变幻中，把自己变成一座灯塔，照亮人类航行的方向。

犹如詹老师正在独自进行的教学范式改革，为何学院其他老师没有类似的改革？其他高校的老师是否也有这样的行动？是没有人意识到现在的中国高等教育需要变革吗？还是没有人知道如何去改？抑或是中国高校教师都认为没有必要去改？

都不是，是他们也知道当今中国高等教育需要改革，但没有付诸行动而已。因为他们没有让教学范式改革成为自我生命的方向，而詹老师却去尝试了，迈出了教学范式改革的第一步，让教学范式改革成为他生命的重要方向。他追求着"生命教育""德性教育""人文教育"，教育我们要有自我的生命方向、自我的理性思维，有足够的人生视野，有精神的信仰。让我们学会关注周围的一切：了解国际国内形势、思考教育的发展、学习如何全面理性地把握问题、懂得就算只是一名普通的大学生也应该有足够的格局、有作为文学人应该有的人文情怀。我想，或许多年以后我们会淡忘詹老师，但他教会我们的这些却会让我们受益良多，融入我们的日常生活。

由小及大，一个民族、一个国家也是如此，只有找到共同的方向、相同的精神信仰，才能同心协力、共同为之付出自己的一份心力。就像 20 世纪的犹太人，当听到可以在自己的故乡建立自己的国家时，他们可以从全球各地克服种种困难回到中东，并为拥有一个属于自己民族的国家而前仆后继。正是他们有来自灵魂的信仰，才会有那样的毅力，才会那样坚持，因为他们得到了来自内心深处的愉悦和满足。

生命的方向，人生字典中一个普通而不可或缺的词。没有自我生命方向的人是可悲的，他可能终其一生也没有来自灵魂深处的追求、来自内心的某种向往。这样的人生是没有意义的。而生命的意义不是正在于积极探寻自我的生命方向，并使之明确，然后向着那个方向而前行吗？

（作者张永强，2013 级汉语言文学 1 班）

## 让生命在教育中"诗意地栖居"

曾经在一本书上看到，德国一位伟大诗人荷尔德林的一首叫做《轻柔的湛蓝》的诗："如果生活是全然的劳累，那么人将仰望而问，我们仍然愿意存在吗？是的，充满劳绩。但人，诗意的栖居在此大地上。"德国的哲学家海德格尔，把这首诗加以应用，将诗意的栖居变成一个存在主义的命题，对人性进行深层的思索。简单地说，"诗意地栖居"，就是在我们这种道德贫乏、灵魂浮躁、人被异化的时代环境中，我们要以"诗意地栖居"来反抗实用主义的威胁，来找到自我精神价值的回归。

那时的我习惯于仰着先者的鼻息，卑微地伏在他们的胸口，靠着"传声筒"影影绰绰地听着先人思想的传递；固定的答题思维模板，高傲地打着"谋取高分"的旗帜，更是把我的思想紧紧捆绑，致使我匍匐在升学的框架之中踽踽前行。但我总想着，是否冲破高考这一藩篱，我便能"诗意地栖居"在我赤诚热爱的文学专业？于是，我带着一种崇慕，冲着一股对文学作品的热爱，我在所有的志愿上都固执地填了"汉语言文学"。脑海里常常翻腾出高考填写志愿时，身边的人对这个专业的评价："中文专业无非就是多背一点儿书，多看一点儿书，这种专业毕业出来最赚不了钱了！今后就当个简单的老师，混个稳定的生活吧。"

如我曾经幻想过的那样，我的精神皮层确实貌似"诗意地栖居"在这个专业里了：每天能在深夜爬格子，圈起我个人的小情绪反复咏叹；可以在原来同学绞尽脑汁思索高数题目时，理直气壮捧起一本小说平心静气地翻阅；可以在朋友圈里炫耀自己又"诗意"地度过了一天清闲的小日子。但是，其实我盯着的还是眼前就业那一碗盛着实用主义的饭。我从来没有思索过我的生命于这个世界的宝贵，生命之于人性的关照，生命之于时代的联动。

《资治通鉴》中有这样一句话："经师易遇，人师难遭。"很有幸在大一下学期就能接触到詹老师，让我开始积极关注鲜活的现实生命形态，渐渐用人文学观念去思考存在，以更为合理的方式建构自身生命的有效力量，丰富充盈自己的内在精神世界，这真的是我最大的收获。从中篇小说中的故事中走来，时代的变迁、复杂的人性在情节的推进中展露；从老师的课堂走来，每一个富有思考性的问题都让我的惯性思维方式悄然发生改变；从每一次课堂发言走来，老师针对我的每一个发言给予启迪性的指导。这都让我突然意识到文学是人学，文学与我们自身的生命状态相融合，它能让我们隐蔽的灵魂更加敞亮，能给我们温暖感性，也能给我们理智澄明。

我真切地感觉到文学教育不仅仅是要让受教育者的精神皮层"诗意地栖居"，而更应当让教育者成为"引导栖居"的诗者，让生命在教育中"诗意地栖居"，让我们真正感受到"文学是评价生命的形式"，而被其润泽的生命形态应该是流动的、充盈的。

在实用性的价值标准盛行的现代社会，知识也终须以真、善、美的教育为线，才能串接成玉链。没有真善美为信仰的实用主义教育，会迷惑我们的视线，会使得越来越多的人崇尚实用性带给我们精神皮层的满足，更会使我们忽略了美，遗失了真，摒弃了善，和那颗去探求生命的初心。

记得詹老师说过："教育最需要乌托邦，教育是一门事业，而非职业"，"教育具有工具性价值，但它不能成为教育唯一的价值取向。"是的，我们必须有充满劳绩的实用主义来领航，但我们不能缺少信仰指南。教育是精神相遇、相通的过程。这个过程不仅传递着知识信息，而且负荷着交往生命主体丰富的情绪、情感，折射出生命主体的人格品质和人格样态。而这样的教育，是引导"诗意栖居"的教育，因为，你会发现文学专业并不是谋生，而是要关注更丰富充盈的生活。那天，当詹老师在课堂上说到下学期他将不再从事本科生的教学时，我的鼻子有些酸楚，我不知道还能不能遇到一位这样执著追求自己教育理想的老师，也不知道会不会有下一个能让生命在教育中"诗意地栖居"的"诗者"引导我的人生。

无论如何，我很感恩这段岁月的洗礼，我很敬佩詹老师范式改革的果敢与坚持。我也相信改革者需要勇气与魄力，也需要给理想一点儿时间，相信会有越来越多像詹老师一样愿意引导学生让生命在教育中"诗意栖居"的"诗者"与老师一路同行。

我跟着这步伐，我跟着这烛光，我愿意坚定地走下去。

（作者徐畅，2013级汉语言文学1班）

## 可以，迎来百合开

百合花，圣洁自由的象征，然而对于百合的盛开，却流传着一个古老凄美的传说，也就是我们所熟知的亚当和夏娃，他们因偷吃禁果而被上帝逐出伊甸园，他们因此悔恨而哭泣，泪水落地后即化成洁白芬芳的百合花。一朵新生的生命之花高贵而不寻常地盛开在世间了，百合的盛开无疑是亚当夏娃所未意识到的，但是它却真实无征兆地出现了。世间的世事也是如此的难料，但难料的背后却隐藏着某种可能性，而这可能性或许是可以去探索的，并可追寻的。这一切，还在我们，是否相信可能，并抓住可能性的力量推动自我奔着未来前行。

正如同詹老师您正在为之努力的文学理论课程教学范式改革，您期待的是一种学生理论表达能力、思维能力和创新能力培养的可能性；一种培养、促进、增强学生批判性思维能力的可能性；一种注重生命与德性教育的教育方式改革的可能性。在这么一个改革的过程中，您的坚持与努力似乎也让您见到了初步的成效，或许，这距离该达到的效果还有一大步，但这却已经是奔着改革成功的可能出发了，您继续探索并追寻着。

在您的课程中，我们与您之间常陷入一种尴尬的处境。您给我们一个足够的课堂自由探讨空间和一种课堂主体发言权的尊重，创造了一个与您足够自由平等的课堂对话方式。这样一种自由轻松的课堂本是我们之前多么向往并强烈追求的，但当真有这么个机会时，教师给予的尊重与自由却会转变成一种逼迫性的对话教育方式。我们课堂上的语言出入明显，缺乏一种该有的逻辑性能力的表达；若老师对其发言进行刨根式的追问，到最后我们会深陷语言制造的迷宫，甚至完全忘记最初想表达何种认识。对于此现象，作为学生的我们经常用所谓的多年填鸭式的教学方式固化了我们的借口来搪塞您，也常用自身无法越过的潜在的已固化的思维来欺骗自己，我们意识到了自身的缺乏与固化，但我们不愿接受一种改变的可能，或许是对自己不自信，又或许是对这被放置的课堂主体自由的教学方式重拾的不自信，宁愿屈于庸常，也不去改变自己与发现自身潜在的可能。素质教育在应试教育的压制下就这样显得如此苍白无力，这到底为何，让我们的教育走入这样一种艰难尴尬的处境？这或许应是所有学子与教育工作者都要深刻反省与探究寻找的答案。尽管还在思索，但有一个事实却是无法逃避的：教育改革的重要性与迫切性。

教育关乎最大的两个群体，无非是教育者和学子；然而，这两个与教育有着最直接的链接关系的群体，却又不幸成为教育改革最大的阻力与牵制力。外加之，教育者与学子同时是社会关系的总和——人，而人的复杂如同无边的宇宙般难以琢磨，要改变这两大群体似乎仅仅靠改革教育的方式、文件的硬性规定是难以达到的，物极必反，或许如此反把改革推向了一个相反的方向。何况，人的群体性庸常又是这么一个血淋淋的社会常态，导致少数对教育改革怀坚定信念的领头人注定仅仅是带着自我驾驭未来的可能力量孤独地前行，尽管如此，我们依旧可以相信的是自己的努力，自我的改变，毕竟改变自己远比改变他人要容易得多。因为，倘若我们一开始就认识自己，并励志从改变自己的教育开始，那么，我们就会在改变自我的道路上收获力量，进而改变我们周围人的教育观念，在获得了足够的支持与鼓励下，或许我们就可以为更大方面的国家教育改革做一些事了。在潜移默化间，传统的教育模式就在无形中注入了适应时代的新鲜元素，从而取得初步的成效；那样，整个国家的国民教育就不会再被扣上具有讽刺意义的"中国式"的教育模式的帽子，国民也将热衷于这样一种极具时代创新的教育方式了，那样改革就不再举步维艰了。是的，一步一步地走，而非一蹴而就。尼采曾告诫我们：想要飞翔的人必须先学会站立、慢跑、快跑、跳跃、攀爬和跳舞——他是不能一下就飞起来的。就如同教育改革的过程，它并不是没有未来飞跃而起的可能，只是这需要一段漫长的旅程，教育者需在这一漫漫旅途中坚持不懈地努力，相信教育改革成功的可能性总会跨越一路的艰辛到来的。

在邓一光的小说《你可以让百合生长》中，我们不难看到生命潜在的力量与教育的力量，那力量犹如爆炸的冲击力般强大。一个对音乐有着极其敏锐、一个认为音乐教育理念与价值于生命有着存在意义的音乐教师左渐将，他坚执自身的音乐理念发现并挖掘着流落的音乐天才，将一朵朵洁白充盈着生命的百合盛开在音乐与教育的殿堂。而我们包括很多教育者在面对这样一种教育的可能与人潜在的可能性时，却常常选择庸常地视而不见，因为自身力量的薄弱以及被权力掩盖在世俗下的声音，存在的可能也被放弃。但是，我们每个人自身的超越未来的可能力量是如此真实地存在着，我们该找回并拾起那被无情地抛弃于庸常的荒野中的生命的可能与生命教育的可能。相信于荒野中长久的等待过后总会等到那个一直致力于探寻它的左渐将的出现，而注重个体成长与发展可能的素质教育也将会等来百合盛开的那个充盈着灵动生命的时刻。

（作者聂群芳，2014 级汉语言文学 2 班）

## 一颗菩提之心

对于文学理论课程，我的整体感受就是，这是一场心灵和灵魂的洗礼。

大学应该培养领袖群伦的精英，哈佛大学可以创造"一个大学成就一个国家"的传奇，而在中国，至少是现在，似乎微乎其微。

然而现在的我，不用说达到什么样的程度去迈进那个世界，就连取得入场券的资格都还不具备，谈何作为呢？每每思及至此，脸上的灼热感就会分外强烈。作为一个当代大学生，作为一个现代公民，每个人都在一定程度上是政治的存在物，每个个体都应该有政治倾向，不仅仅要关注自己的私人问题，也要想想大家的世界也是我的世界，把思维伸展到更加广阔的社会空间，使得自己拥有一定的社会批判力，在知识与价值之间，实现价值取向的社会化建构。

作家的责任是挽留即将消失但还未消失的东西，或许我将来成不了一个作家，但无论怎样，都应该思考，我到底想要成长为什么样的人，如何才能增加生命的广度与厚度。

现在发现大学理念是非常重要的，人文学更是不可缺少的。培养一个大学生，就像种一棵树，多样的大学理念如同各种肥料，而人文学如同阳光和水一样。

最让我记忆深刻的一句话是，扩大自己的格局，摆脱群体性庸常状态，积极地因应时代发展的要求。詹老师，您知道吗？每当我感到自己的生活一团糟，很迷茫的时候，都会翻看我记下的您在课堂上说过的话。因为您说的话，总能给我一种醍醐灌顶的感觉，激起我寻求自身发展的强烈的愿望，同时我也会去思考自己的不足。其实，最让我难过的不是老师您"无边的压迫与逼迫"，而是我自己的"无立场主义"。有的时候，内心对您提出的问题已经有了自认为比较合理的答案，但是，深藏于内心的不自信以及长久深入骨髓的惰性让我不敢站起来，不敢畅所欲言。

现在的我仍然处于形成绽放自我的那种状态的过渡阶段，我想，老师的初衷之一也是希望我们能够成为有独立见解、有思考力的人，提出真问题，敢于表达自己内心最真实的想法。

高中的时候，老师经常讲时事政治，我经常很激动，但是思维里头总有一个门，想进去，却总也打不开。可以说，詹老师，您是给我钥匙的那个人。我不应该只是活在自己的小世界里，而是要充实自己，让自己的精神更加丰满，让自己的视野更加开阔，让自己成为那个阳光明媚而又暗潮涌动的世界正在召唤的人。

我觉得人文学是人类心灵的氧吧，是反思人自身存在和发展的目的、生活意义的学问，当人们大脑开始缺氧的时候，文学可以让大脑活跃起来，呼吸新鲜的氧气。记得您告诉过我们，人文学的根本旨趣就是寻求人的发展，文学，是对人的生命形式的评价，造就精神成人和心灵成人。我们应该关注生命，尊重生命，培育德性，涵养智慧。这个流动的世界并不安宁，尤其是人的内在的思想世界。就是因为耳边的声音有很多种，我们才要更加确立自己主导的世界观和价值观，确立自己的人生方向。只有当你的思想里有这样的思维牵引着自己，才能明朗自己的人生道路。

我觉得我们的文学理论课程和以前的课程有很大的不同，以前上课没有那么大的压力，没有那么深入的思考，没有那么大的收获。我特别想说，我是一个懒人，特别需要必要的压力，所以，或许这就是我没有发出"我感觉整个人都不好了"这样的感慨的原因，就像老师您说的，只有有了必要的压力，才能更大地激发潜能。对于年轻人，心智未成熟，必要的压力更有利于其成长。我越来越觉得，这是一场高智商的游戏，须得开拓自己的视野和胸怀，看到墙背后的东西，从对文学的多角度理解深化对生活的认识。对文学的理解有多广阔，生活也就会有多自由。

老师您现在进行教学范式改革，我真的觉得您是一个非常有勇气的人，因为您是在用自己的方式弥补中国教育的不足。在这一条改革的道路上艰难重重，路漫漫其修远兮，您将上下而求索。很多时候，看见您心里难过，我们的心里也会愧疚，您或许不知道，您的一举一动、一言一行都在一点一滴地影响着我们。

我觉得每一个稍有觉悟的人都不想成为一个平庸的人。所以，即使有的时候，我们会让您失望，但您的学生，大部分，都会想要去因应自身发展的强烈愿望，想要因应您的期望与要求，想要因应国家、社会进步对人才的需求。

您是我们的引路人，怀揣一颗菩提之心，站在看得最远的地方，披上第一道曙光。

（作者刘慧，2014级汉语言文学2班）

## 镜 与 灯

给人明亮的，必得给人以温暖。

什么都不能创造光，除了文学；什么都不能成为光，除了教育。想象上帝以前的世界，一定是混沌无序且失去力量的，那么谁是第一个睁开双眼认清自己的人呢？谁又是长夜寂寥中唯一的清醒者？当上帝的神性随着更多的灵魂骄傲地迷走时，谁甘愿做持镜自鉴和掌灯的头陀？

我早已经生病，从识字记事自以为无所不能到满腔幽愤但怪得麻木不仁。崔健有首歌唱得好："给我点儿肉，给我点儿血，快让我哭，快让我笑，因为我的病就是没有感觉。"或许这就是从前二十年最真实而又无奈的自我写照。每当我拖着虚浮的躯体从声色犬马中逃遁出来，每当我面对同样染疾的世情社会而又毫无作为地拍遍栏杆时，我其实身上像被无数关系网捆住，外面缀满了生活的巨石与情绪的野草，我渴望纯净天空的广阔与自由，却找不到突围的方向与支撑，于是拥有的世界愈来愈狭小，自我的定位也愈来愈模糊。

　　鲁迅在短篇小说《药》里面描写了华老栓夫妇为了给儿子治病，竟以革命烈士的鲜血蘸过的馒头做引子，当两夫妇手捧着鲜红欲滴的馒头给小栓吃时，康大叔那句"包好，包好！这样的趁热吃下。这样的人血馒头，什么痨病都包好！"始终回响在我多年听课的耳边。要是一个自知生病但苦于无良医给予号诊的人，尚且还有一线生机，只要适当时机找寻到了那位妙手，以望、闻、问、切的手段深刻探知病人所患的痼疾，并且双方通过因应式的沟通与实践，那么，自然痊愈之期便可翘首以盼。倘若一个毫不自知病情且自以为生命形态已经如此健全完整的人呢？当能治疗他的人找到他并说他已经严重地困在自我建构的保护层里实则已皮崩肉坏时，他尚且以为"人血馒头"还有很多足以治病，或者根本就不需要"人血馒头"。那么，即使他侥幸能以另一种状态撑个三五年，最终也不过是行尸走肉，灵魂的坏死早已将他推入愚昧的深渊，且越陷越深，又谈何发展？

　　我意识到自己多年来吃了不知道多少个"人血馒头"时，是在上了詹老师的课之后，思维方式被彻底打破，自身问题毫无预设地暴露。我多次行走在静湖的柔波旁，看着水中的飞禽欢快地摆弄自己骄傲的头颅偏安一隅，会想自己有时候是不是也如同它们那样沦为玩物呢？我是不是还有更为明亮而无垠的世界尚未察觉或被我一直忽视呢？这样想着想着，詹老师那宠辱不惊的脸与鲁迅先生时常皱着的眉头忽得重合在眼前，给我以无边的冷战与前所未有的紧迫感，促使我不得不重新开始面对自己，面对自身认知的局限和无处安放的灵魂，这过程或许近乎分娩，其中多次的中断和怀疑使我一次次行走在痛苦的边缘。我渴望自由全面的发展，我渴望能够真正诗意地栖居。但是，当我环顾四周发现全是昨日的"我"、矛盾的"我"、庸庸碌碌的"我"在陈腐的道路上继续无谓地表演时，我终于明白帕斯卡尔何以说的"人是一根能思想的苇草"了，正如他所言："思想形成人的伟大……然而，纵使宇宙毁灭了他，人却仍然要比致他于死命的东西高贵得多；因为他知道自己要死亡，以及宇宙对他所具有的优势，而宇宙对此却是一无所知。因而，我们全部的尊严就在于思想。正是由于它而不是由于我们所无法填充的空间和时间，我们才必须提高自己。因此，我们要努力好好地思想。"这个时代使我们内心昏厥而放弃追求卓越的思想，唯有痛苦才能对这个时代有所担当，而改变的力量与方向，就来自于文学教育的生命塑造与德性引导，来自于价值维度的建构与核心价值的规约。正如詹老师所说："教育存在一种力量，它可以让每个人成为他自己想成为而且应该成为的自己。"在这个意义上来讲，文学教育几乎充当了上帝的角色，因为它通过实践双方共识下的积极努力，可以达到人的存在本真的自我体认与本质力量的感性显现，换句话说，一个真正自由全面发展了的解放的人，通过这个途径得以实现，人类社会，才会有更为长远的张力与动力。

犹记得詹老师曾在课上提到过一件事，说他在校园里碰到一个学生昏倒在地，周围的人都感到不知所措，而老师也事后有了一种思考：肉体上的疾病不能很好地得到治疗，但是精神上的痼疾呢？我们能否通过文学教育的途径，真正地让一个人的颇为严重的生命形态得到塑造与提升呢？答案是肯定的，当我真正接触到文学并不断丰富和充盈我的精神时，我感到自己作为一个人必须要有的主体性意识与自我价值的选择，而詹老师的文学教育使我更清醒地认识到社会感召力量对自我提出的时代性要求与批判性的向度。正如法兰克福学派代表人物马尔库塞所言："一个正常社会的人应当有两个向度，一个向度为肯定社会现实，与现实社会保持一致的向度，另一个向度为否定、批判、超越现实的向度。"但是生活在当今被技术理性统治的社会，"不幸意识被虚假的幸福意识所取代，沉溺于动物式的'幸福'与'满足'之中。"这样一来就丧失了一个完整的人的批判性、否定性和超越性，成为"单向度的人"。故此，文学教育很好地补充了一个本该社会功能完成的人的塑造，并且体现出先进理念的信仰式确立以及教育乃至理想社会发展的应有方向。

接受美学代表人物尧斯曾这样说："文学研究的意义在于使每个人从一种生活实践的适应、偏见、困境中解脱出来，从他自己所是的东西中解脱出来，在自由的创造中获得心灵自我解放的确证，以抵达一种新的自由的生活，抵御社会日益严重的异化。"从这里我们不难看出，詹老师的文学理论课程教学范式改革便很好地践行了这句话的精神，其以具体可行的实施方案和明确的目标、价值指向带领我们通过短暂的几个月的探索，起码对于我而言是"醍醐灌顶""焕然一新"的。但是，正因为此，一个巨大的疑问随之产生在我心中，当我在这种环境下还能继续进行思维方式的改造与生命境界的提升，倘若离开了这种场域的影响呢？我会不会立马倒退回去，再过几个月又被打回原形？这种疑问伴随了我很久，也因为时间的推移而越发强烈，于是便更加珍惜所剩不多的学习、改造机会。但当有一天我偶然再次看到艾布拉姆斯那本享誉世界的书《镜与灯》时，那个书名寥寥的几个字，瞬间启发了我，像是幸运地打开了求解之门，给我眼见的，是更为坚定的若隐若现的光亮，以及脚下那逐渐明朗的道路。

詹老师就如同一位茫茫雪夜孤独行旅的头陀，那随时持在手中的镜面，几乎可以看到他的肺腑以及至诚肝胆。同时，作为一名如佛般普济苍生的教育者，他带给学生的，除了镜面的透射与引鉴外，还有那深藏在怀里生怕被风雪吹灭了的指路明灯，那抖动的火光，以及老师小心的护持，虽然普照光亮小但是却毫不影响地显示出无穷的温暖。当你走近我们每个人，发现那早已成为问题的部位时，你给了我们镜子，这种彻底地暴露虽然剧痛但是却是极为长效的健全与发展。而当你慢慢走远，逐渐消失在漫天风雪中，那盏明灯却如同月亮般永远地悬挂在我们心中。长夜寂寞，长路漫漫，我们终将是要迎接风雪的捶打与洗练的，而我，终将是要追随那种方向，去实现文学教育温暖的可能。

是之为传灯录。

**后记**：音乐与文学教育或许是两种形式的生命塑造途径，当最后一字悄然落笔时，才发现与老师见面的机会真可谓屈指可数了，不知以后还有没有机会能再次聆听詹老师的谆谆教诲，但是我想格非《隐身衣》里也论及了音乐给人的精神的另一种可能性，老师您也深有体会吧。那种通过节奏韵律和发声者用生命完成的艺术创造，即使语言不通，但是情感上、精神上也会产生共鸣，想送一首歌来感谢本学期老师您对我们的不懈的努力，听人说男人之间不需要多说什么，一切尽在不言中，想必老师也会从歌声中体会到学生我此刻的心情吧。

歌名叫"Man in the Mirror"，来自那个同样用生命与灵魂舞蹈和发声的黑骨头——Michael Jackson。（歌词略）

（作者刘宇，2014级汉语言文学2班）

## 质感人生，氤氲德性

人生得也罢，失也罢，喜也罢，悲也罢，关键是人生的一泓清泉里不能没有质感与德性的光辉。

古人云："经师易遇，人师难遭。"然，何为人师？答曰：学高为师，身正为范，育人为德。很荣幸大一下学期便遇到了大家公认的"人师"——詹艾斌老师，并有幸参与到詹艾斌老师的课程教学范式改革中来，引领我积极关注鲜活的现实生命形态，意识到文学所具有的生命形态与生命个体应有的价值取向，从而逐渐用主导文学观与文学价值观去思考自身生命形态，丰富充盈内在精神世界。这使我受益良多，收获颇丰。

很喜欢周国平先生的一句话："每一个人的生命都蕴藏着多方面的可能性。"这也是詹老师经常提及的，对此我深信不疑。可能性是一个哲学命题，也是一个生命命题，它始终充盈在每个鲜活而生动的生命个体中。诚如詹老师努力寻求一种引导学生转变思维方式、确立合理价值观的可能性；一种突破单一的知识化教学模式的可能性；一种关注生命、德性培育与实现自由全面发展教育方式的可能性。于我而言，在参与詹老师的文学概论课程教学范式改革过程中，教育似乎存在着一种微妙且无限的力量，它可以让每个人成为他想成为且应该成为的自己，这是一个奇妙且蕴涵无限可能性的蜕变过程。

詹老师曾在"引言"中提到文学问题的十个关键词"知识、情感、审美、思想、价值、精神、生命、德性、信仰和自由"，从基础到本质，从抽象到具体，从外延到内涵，詹老师用十个关键词概括了文学观念的建构和文学的价值导向，在多元文化情境下，确立视野与立场，明确理念与方法，引导我们对当今多元混杂的文学观念加以辨析，引导我们对主导文学观与文学价值观的认识，从而形成明确而合理的价值观念。其实，在此之前，我只是简单地把文学理论课理解为科学且系统的方法论研究，是一门具有高度抽象性和学理性的课程，并把詹艾斌老师断言为"孤独的寻光者"，一个人行走在教学范式改革的道路上，踽踽独行，找寻教育本质中的那抹光亮和色彩。然而，我从未认真考虑过要去树立何种文学价值观？培养何种人文情怀和责任意识？大学教育者该有怎样的人师姿态？一系列问题似乎离我很遥远，却又是如此真切地存在着并困扰着我。处于教学范式改革过渡期的我们未尝不是这样一个"独眼人"，明知自己思想的匮乏与荒芜，明知骨子里、思想中缺什么，却迟迟不对当下的困境做出思考与改变，这是既矛盾又可悲的。我不禁问道：那明确而合理的方向究竟在何方？米兰·昆德拉在《生命中不能承受之轻》中写道："我可以说发晕是沉醉于自身的软弱之中。意识到自己的软弱，但并不去抗争，反而自暴自弃。人一旦迷醉于自身的软弱，便会一味软弱下去，会在众人的目光下倒在街头，倒在地上，倒在比地面更低的地方。"如若我们不幸沦为"倒在街头，倒在地上，倒在比地面更低的地方"的这一类人，那么谈何质感人生？即使倾力仰望星空，也触及不到广袤星际的一星一点，因为它始终是那遥远而未可及的一隅。

　　卡勒德·胡赛尼的《追风筝的人》这样说道："我们总喜欢给自己找很多理由去解释自己的懦弱，总是自欺欺人地去相信那些美丽的谎言，总是去掩饰自己内心的恐惧，总是去逃避自己犯下的罪行。但事实总是，有一天，我们不得不坦然面对那些罪恶，给自己心灵予救赎。"这里所言的"罪恶"于我而言亦是一种"平庸之恶"。冥冥之中，想要反抗，想要突围，寻求改变。平庸之恶最早是汉娜·阿伦特在《耶路撒冷的艾希曼》一书中被提出来的，阿伦特认为，许多的"恶"来源于一个人浑浑噩噩地过日子，不在乎周遭发生着什么，也不去思考自身行为有何种含义，不去反省自身言行会造成何种后果。很多时候这是一种很肤浅庸常的状态，具体说来就是"拒绝思考"。记得某节课上，詹老师曾说起加缪的一句话："在一个突然丧失了光明和幻想的世界里，人的存在便成为一种不可避免的流放。"在此，"丧失了光明和幻想的世界"于生命个体而言，即是一种丧失了德性之光及思考本能的庸常状态，其结果便是沦为平庸，随波漂流。然而，若想拒绝平庸，首先个人需要有一种觉醒和探索意识，而这种意识是生命个体受到某些外在或是内在的影响迸发出来的。刘瑜曾在《恶之平庸》一书中提到"人性觉醒，就是从自己所隐身的集体中抽身出来，恢复成独立、完整并需要为自己的一举一动负责的个人，是从制度的深井中一点点爬上来，看到更广阔的天空下，雨滴如何汇成洪水。"恢复独立，主动思考和反省，才能从"庸常之恶"的状态中抽离脱身。我很庆幸，自己的思想还没有完全禁锢和僵化，还有思考的本能和愿望，并有幸参与到詹艾斌老师的文学概论课程教学范式改革中来。于我而言，文学理论课程更像是一个思维燃点，不经意间被点燃，便一发不可收拾。我庆幸地知道，生命形态与思维模式十几年的分野终于在参与课程教学范式改革中弥合重生了。恍惚间，生命进入一种本质的状态，并将以不断思考的姿态继续前行。但愿能看到逐渐超脱"庸常"的自己，并最终成为想成为并且应该成为的自己。

　　北京大学中文系教授陈晓明曾指出，在当代文学的场域里，总有一些身影在那里徘徊，若隐若现，他们既是一些改革者，又是一些否决者。他们与潮流无关，却要顽强地反抗潮流。用他们绝对的姿态，绝对的书写，给这个场域施压。这与詹艾斌老师有不谋而合之处，詹老师正是这样一个改革先锋，以绝对的姿态和书写，积极开创研究性教学、问题式教学、启发式教学，并以此培养、促进和增强学生的批判思维能力。在此基础上强调建构文学教育的力量最根本在于确立、形成、提升和实现受教育者的能力、素养、德性、价值选择。无论一个人的天赋如何优异，外表或内心如何美好，也必须在他的德性的光辉照耀到他人身上发生了热力，再由感受他的热力的人把那热力反射到自己身上的时候，才能体会到他本身的价值。一个教师的个人魅力究竟有多大？对学生会产生多大的影响？这很大程度上取决于其由内而外展露出的德性光辉，詹老师课堂上给我们带来"重锤"般的逼迫让我看到了文学本应具有的生命形态与我们该于文学之中找寻的质感人生。可见，"德性"的重要性。詹老师曾说过，他并不奢望这一学期的教学范式改革课程能对我们产生多么大的影响，他只希望通过课程学习能在我们琐碎庸常的生活中泛起一点点的涟漪，让我们的内心重获这年龄层里应有的活力与斗志，寻找到明确立场、身份认同与价值认定，塑造出一种挺拔的生命形态，使我们不至于陷入一种"群体性庸常"的无望状态，才有触及质感人生的可能性。

当我们以敬仰的目光找寻您身后那深刻且氤氲着德性光辉的改革履迹时，那便是詹老师您给予我们最弥足珍贵的印记与催人奋进的力量。您是教育改革途中的"寻光者"，但您不孤独，因为您一直在路上，从未止歇；身后亦有一群受您洗礼与感召的同学们给您支持的力量，最终必将在远方寻到那抹得以慰藉的曙光。

马尔克斯在《百年孤独》中这样写道："我们趋行在人生这个亘古的旅途，在坎坷中奔跑，在挫折里涅槃，忧愁缠满全身，痛苦飘洒一地。我们累，却无从止歇；我们苦，却无法回避。"人生行进的一瞬，如同一株草木，春萌秋萎，我们必将经历许多，或勇于面对，或仓皇逃离，全在自己选择。无论我们是强者还是弱者，无论生命以何种方式诠释它的姿态，德性之光必将以无与伦比的茂盛绽放心间，唯愿你我采撷质感人生，氤氲德性光辉。

（作者马蓉，2014级汉语言文学2班）

## 在我风华正茂无忧无虑的年纪

在我风华正茂无忧无虑的年纪，当梨花开满了天涯，让我浪迹到海角穿越春秋去倾听岁月的歌声吧。

在我风华正茂无忧无虑的年纪，和莺吹折了数枝花，让我闲听花落而知是他山落雨来。

在我风华正茂无忧无虑的年纪，我尚且做不到理解和宽容，我只能随心而笑，随心而哭。

在我风华正茂无忧无虑的年纪，"你"好呀。

不管别人怎么看，有着怎么高深的解读，文学对我来说，就是我心里那个"你"的物化。我知道不能这样不管不顾奔腾着。但是确定一个明朗的方向，我就能好好地走这一生吗？如果生命的初次排练就已经是生命的本身，如果死亡就是生命的唯一出口。听懂了道理，选择了方向，我就能好好地走这一生吗？

我们整天都在说文学文学，说得我都快厌了、腻了，想要将这个词甩出耳朵狠狠地对那些不知疲倦的人说："我警告你们，别做出毁坏文学的事情。毁灭更不行。"

长久以来，我都是不敢每天称呼文学文学的，只能小心翼翼地甚至有点羞涩地说："这是我的热爱啊。"恩，我热爱它，就是这样，没有别的。

幸好时光让"你"渐渐长成现在的模样，并且陪伴我一年又一年。我简直没办法不歌颂"你"，没办法不那样爱"你"。幸好世界让"你"来到我身边，感染我，改变我，鼓励我。"你"是我全部的力量来源，也是我全部的爱恋。

我在中篇小说评价中写到，同时这也是我一次偶然上课感受到的一点："现实主义描写的现实生活贴近生活本真，或者说传统的现实主义。但是相对于现实主义而言，脱离现实主义的小说，如《小王子》《你可以让百合生长》，它是相对而言脱离现实世界的，但是显然它是超越现实世界走到了对面去，以一种反面的存在真实地存在着。更是给予读者一个镜子，一个反思的空间，这个空间的组成元素基本都是由作者设定好了的，在情绪和情感得到宣泄后组成一个思想国度。"在时隔一周后，阅读《论姚斯的接受美学理论》这一文献，其中提到，读者反应理论主张一点，即：文学作品的文本是已完成的含意结构，但它的含意其实是读者个人的"产品"和"创造"。

这时，我才能为这个偶然的想法归类，并为自己这种偶然的想法能与别人有相同之处而欣慰。再次深知自己理论知识的缺乏，如果不能把这些偶然抽取得具有普适性，我坚持的文学浪漫性与实用性可以并存的可能性也就不能再支撑。

我不知道我坚持的文学浪漫性与实用性可以并存的这个理念会不会成为我最终毕业所选择的，也似乎不应说本意是出于对文学的维护而反驳你的演讲而冒出来的，但是这确实是我想要思考并去做的一个命题。

其实我自己也不明白坚持这些莫须有的理念是为了什么，也不知道什么是正确的道路。我也从来都不认为我选择的是正确的道路。我只是听到一种召唤，神秘的召唤，然后就走向它，选择它。如果时光回到九年前，我可能什么都不会选择。但是它就是那样存在了，深深地扎根于我的脑海里，让我不愿意也不得不听命于他。

你曾说九年的时光算不了什么，确实算不了什么，我也未曾成就什么。只是……那种神秘的召唤一直诱惑着我，让我乐此不疲以至于再也无法放弃。

所以我时常感到愤怒。我能遮掩我的心痛，却没法遮掩我的愤怒。所以听到旁人整天念文学文学怎么了，我在沉痛之余感受到了悲愤。正如我曾对你说的，它是这样鲜活的东西，哪怕自然界可以用几条规律来统领，哪怕哲学可以由几个核心问题扩散开来，我始终都觉得它是最最鲜活的东西。那些抽象的、生涩的、拗口的理论，都不能概括它壮美的万分之一。

所以我曾跟你说，我感到非常难受，我想你能明白我的难受。我时常在你的课上抹眼泪，为现今它的薄弱而难受，为它遭受的莫须有的苦难而难受。理查德·罗蒂在《后哲学文化》中指出，我们没有理由在我们以前崇拜光芒四射的逻各斯的地方，为文学这个以文学语言表达其声音的灰暗的上帝设置一个祭坛。

是的，除了自救，还有什么办法呢？生命的复杂既然是文学作品都说不尽的，世界的真谛也是哲学始终说不清的，那么文学评价为何要死死依托着哲学呢？

我有很多问题得不出答案，我也一直在雾里迷茫地走着，在我风华正茂无忧无虑的年纪，我曾不止一次地想要得到神的救赎，我也相信西塞罗说的："探究哲理就是为死亡做准备。"虽然我没有达到这个层次，但是作为部分的"人类"和作为整体的"宇宙"二者之间关系的永恒无解及其必然存在的矛盾与冲突足以"吓退"我。当生命不表现为他该表现的模样，当生命只有初次，残酷、美丽和绚烂都没有任何意义，在我这样的年纪，我究竟能够选择什么？能分辨什么是真与假，什么是正确与错误，什么是好与坏？

我们真的还能分辨真与假，对与错，好与坏吗？是的，杀人犯因精神病而杀人，无辜的对象值得同情，那么不能自控的杀人犯值得同情吗？如果你是当事人，你当然恨不得一命偿一命，但如果只是局外人，你可能还会可怜兮兮地为那个杀人犯求饶。所以我开始醒悟了，对与错、好与坏、真与假都不是我们面对世界的准则，这个准则是没有用的。你的对焉知不是别人的错？庄周焉知不是蝴蝶？作为一个希腊文化迷，对于俄狄浦斯的不幸我是没法投以谴责的目光的，这个悲剧里谁错了？没有谁错了。那对了吗？也没有谁对了。如果从小教导你的一切准则，都是可以推翻的，没有什么东西是真正确定的，那么你感受到这个世界的森严和可怕了吗？如果恋人只是语言和感觉的产物，如果亲人只是你日常之外臆想的温情，如果"辩证主义本身是正确"那它本身就是错误，还有什么是美好的呢？异象吗？诗歌吗？故事吗？还是你自己的想象呢？这个世界你所感受到的一切都是投射在你大脑里的影像。我相信那句话，"在语言和信念之外，真相并不存在。"

你曾回答我，我必须要把自己的愿望和感悟缩成一个很小的部分，这样才能腾出空间来容纳这个世界的广阔，才能在打开我自己之后与世界形成协调。世界才能听见我的声音，外界才能和内心达成一致。

在过去的九个月时间里，我想我明白你的意思，我也努力去寻找那些深奥的、不加修饰的道理背后蕴藏的美，所幸我找到了一点儿，所幸在我这个年纪遇到了罗素之后又遇到了尼采，所幸在我被你多次批评之后遇到了昆德拉。

如果我连你的批评都承受不住，那我说的那些"大话"岂不是真的只能笑笑了，那我的坚持还有什么力量？虽然我的思考是那个无尽时空下仰望星空的人群带给我的，但我不能不感谢为我开启这扇门的你呀。

我的心里有一片海，而我要做个仰望星空的、热爱大地的人。当我从梦里惊醒的时候，希望和"在我风华正茂无忧无虑的年纪"的卡图卢斯一样遇到一位萨福，"那些古板的指责一文不值/对那些闲话我们一笑置之/太阳一次次沉没又复升起/而我们短促的光明一旦熄灭/就将沉入永恒的漫漫长夜！"

你说一定不能回避的是回答自己的主导文学观念。"风花雪月多作诗，爱哲爱思多属文。"你第一次提问的时候我就写下这句话。

正如今天你所说的杜甫的"转益多师"，不仅要有主导的，更要博采众长。所以，我词爱稼轩，诗爱太白，辞赋爱屈原，律爱沈休文，史爱姚思廉，杂记爱《小窗幽记》，小说爱纳博科夫，哲学爱尼采，故事爱昆德拉，笔记爱《管锥编》，随笔爱蒙台涅，批评爱贺拉斯，悲剧爱索福克里斯，散文诗爱纪伯伦，修辞爱高尔吉亚，风骨爱建安，诗性爱盛唐，崇高人性爱希腊。

《玩笑》里卡茨拉对路德维克说："你挖苦别人充满幻想，难道你就从来不曾怀疑过这些幻想真的就只是幻想吗？要是你自己错了呢？而假如这些幻想偏偏就是价值呢？那么你不就是一个破坏价值的人了吗？一种被搞糟了的价值和一种被揭穿的幻想都一样可怜，它们很相近，两者太容易混为一谈了。"

后来路德维克回答道："是因为当时我年轻的时候，自己也不知道自己是什么样的人，也不知道该成为怎样的一个人。"

怎么样认识到自己是怎样一个人呢？我想去做这样一个工作，一步一步排除我的身份。例如，我首先是个人，其次是什么，然后是什么，最后又是什么。什么样的人或什么样的身份可以是任何词，如"女""任性""女儿""孙女""妹妹""学生"……给这些身份依次排序，应该能清楚一些你对于自己诸多身份重要性的排位，从而了解什么特质是你认可的，你是什么样的人。

所以我需要走近那神秘的召唤，不必成为它宠爱的孩子，只要走近它，让它变成我心中物化的"你"。

"你"不需要像罗蒂说的这样，"文学的语言依赖着（而且未来还会依赖着）日常的语言，尤其是日常的道德语言。文学的兴趣将会依赖着道德的兴趣。"不需要道德来约束鲜活的"你"，壮美的"你"。

《不能承受的生命之轻》里，学者弗兰茨说提到，从青年时代开始，他所做的一切，就是说话，写字，讲课，编句子，找说法，从不断修正，改到最后，每个词都弄得不再准确，意义模糊，内涵尽失，只余下碎片和尘埃、杂屑，像沙砾一样在他的脑子里翻飞，令他偏头痛，睡不着觉，最终得了失眠的痼疾。他朦朦胧胧而又不可遏制地渴望着一种巨大的乐声，一种绝对的乐声（噪音），一片美妙欢腾的喧嚣，将所有的一切吞噬，淹没，窒息，令话语带来的苦痛、虚幻和空洞永远消失。

不需要"尽是没完没了的空洞辞藻和讲演，是文化的虚空，是艺术的虚空。"我只需要走近"你"，就像纪伯伦说的，"当你达到生命的中心时，你将在万物中甚至看不见美的人的眼睛里，也会找到美。"走近"你"，像一位垂暮的外国艺术家在信函里写的那样："一切都沉寂了，一切都虚化了，一切都不再有爱，唯独那颤动——浪漫的生命的颤动，当你取得了生命的辉煌再去回忆年轻时的不美好，这颤动会一直围绕着你……"走近"你"，在阅读里"拥抱一切细节"，走近"你"，永远地走近，颤动着感受这波澜中的韵致和壮美，我不要得到，因为得到会失去，也不知道得到了什么。

　　曾有人问我，素材从哪来。这句话用现在来问就是，生命的感悟从哪来？我只能说，来源于生活，狭义上和广义上的生活。为了走近它，我所有的阅读经历和选择、体认和拥抱人生，都钟情于它围绕着它。

　　你说准备着一个计划。"生态"这个词，我下意识地理解为，为了千秋后代而放弃眼前的利益，"走向生态境界生存的文学期待"。

　　所以我想要祝福你，并且希望有一天，它能扩大到基础教学中去，在这纷纷扰扰的现世，改变下一代未来的孩子的心灵。

　　至于我，现在就只能"风花雪月多作诗，爱哲爱诗多属文。"

　　我不能不感谢你，在我风华正茂无忧无虑的年纪，狂妄得不自知的年纪，问题多得数不完又执著于翻新答案的年纪，感觉一切毫无意义之物是最有意义之物的年纪，强迫我冷静下来，沉淀下来，打开自己的世界，倾听别人的声音。

　　曾经我对你说："因为我一无所知，所以我拥有幻想和勇气。"

　　这句话看起来并没有什么错，但是现在我要重申的是："因为我知道对这无穷的世界一无所知，所以我拥有幻想和勇气。"

　　我不知道我越飘越远，还是越走越乱。你曾告诉我："远方的云彩斑斓多姿，它属于想象，也可以是真实的，但它必须要有光，你能确认光，那就往有光的地方徜徉吧。"我确实跑得无边无际，跑到天边去了，可是，天边也是这个世界呀。其实我一点儿也不清楚时光在我身上留下了什么，雕刻了什么，又最终塑造了什么，我只能感受到那神秘的召唤来源于哪儿，在我接收到召唤的那一刻，也许光辉就映入我眼。

　　但是我会一直谨记你的教诲，也会在未来的日子里强迫我，仔细去倾听真实，拥抱自然，拥抱一切真实而自然的我喜爱的美丽，真实而自然的。

　　我曾对你说我不爱鲁迅，但是他所说，"因为希望是在于将来，决不能以我之必无的证明，来折服了他之所谓可有。"不能因为我做不到，我感觉做不到，我感觉没可能没希望就不去做。我是"可有的"，能不能折服别人之必无，时间还很长，我的时间还很长。

　　"我在年轻时候也曾经做过许多梦，后来大半忘却了，但自己也并不以为可惜。所谓回忆者，虽说可以使人欢欣，有时也不免使人寂寞，使精神的丝缕还牵着已逝的寂寞的时光，又有什么意味呢，而我偏苦于不能全忘却，这不能全忘的一部分，到现在便成了《呐喊》的来由。"

若我年轻时不相信年轻时的梦，老来我也无法深刻认识到年轻时候梦的荒谬和可爱。你曾对我说期待十年之后的对话，现在我想说，我无比期待。

（作者秦超娅，2014级汉语言文学2班）

## 师从，从师

为人师者，必先正其身，方能教书育人，此乃师德之本也。

我想成为一名教师，一名教书育人的好教师，然而在遇到詹老师之前，我发现我把这一切都想得过于简单了。简单地认为老师就是把知识学扎实，能更生动有趣地把知识传授给学生，却从未真正地思考过，一名老师，真正意义上应该做的。

不得不说，能师从于詹老师，毋庸置疑我是幸运的。接受您的课程教学范式改革已有三个月之久，从刚开始的些许抗拒，到后来慢慢地融入，再到现在的不舍。还有两节课就不能再像之前一样每周一和周五都看到您，接受您的教育了。之前还在想，当学期末结束您的课程时我一定会十分庆幸，然而现在更多的却是不舍。

课堂上，您总是会提出一些讨论的问题，让我们思考，让我们提出自己的看法与观点。每当这时都会是我最紧张的时刻，一面在思考着您的提问，一面又在紧张，怕您会让我来回答这个问题。这种心情无疑是矛盾的，我总会害怕自己思考的不是您想听到的东西，每当这个时候我都会感觉到自己思维的空洞，我试图抓住您的一举一动，像一个侦探似的想从您身上看出一丝标准答案的迹象，我从来没有勇敢地站起来直面您的问题，或成为第一位提出自己观点的同学。十二年的应试教育，让我想当然地认为，课堂上老师提出的问题总是会有标准答案的，最不济也是有观点倾向的。所以，我总是一味地退缩，总想着先听听其他同学怎么想的，看看是否和自己观点一样，我习惯了有参考答案的生活，习惯着一种集体性的庸常，或者说，我在慢慢丧失思考的能力。这，无疑是可怕的。课堂上您一次又一次地给我带来冲击，让我一次又一次地意识到自己的无知。您，让我深刻又清醒地认识到了这一点。

有朝一日，我很想像您一样，成为一名老师，站在讲台上，自信的，甚至是散发着光芒的。然而，我离这一天却还差得很远、很远。我并不算一个优秀的人，但是，我想通过您的教育，一步步、一步步地成为一个优秀的人，一个能配得上成为老师的人。

师从于詹老师，从而深刻地体会着为人师者自身的责任所在。"教书育人，教最高深的书，育最全面的人。"而现在，我却还没能拥有一位当代大学生应有的视野、立场与理念。"教育存在一种力量，它可以让每个人成为他想成为而且应该成为的自己。"我想，詹老师的教育就有着这样的一种力量。童庆炳先生在他写的《我的"节日"》中，有一句话是这样说的："写文章是你自己守着自己的心，可上课你必须面对学生那一双双渴求知识和带着说不清的期望的可怕的眼睛。你必须始终用你的学识、逻辑、风趣、声音、手势乃至你的仪表、风度、恰当的笑和突然的严厉，抓住学生的心。"读来分明地感受到，这就是詹老师上课的真实写照。

作为一位教育者、改革者，詹老师无疑是成功的。在大学教育的道路上，需要这样的改革者，让当代大学生清醒地意识到自身的不足，从而做出应然的改变，而不是碌碌无为，荒废了我们最美好的青春。

反观一路陪伴我们走来的基础教育，其弊端，我只能说在遇到詹老师后才深刻地意识到。十二年的应试教育究竟培养了怎样的学生？创新性缺失、思考力空洞、做事机械死板甚至是功利主义风气盛行。年复一年，不敢想象，如果让在这种教育体制下培育出来的学生去做老师，培养出的下一代学子又该是怎样的一种面貌呢？

谈到这里，不得不提到德性教育的重要性。我们的教育，更多的应培养关注世界和社会现实问题的具有人文情怀、责任意识、公共理性以及必要的理想信念的学生，培育关注生命、追求实现人的自由全面发展的学生。教育很重要，而德性教育尤为重要，一种意识的渗透，体现在我们生活的方方面面。

师从于詹老师，学到的不仅是对于文学的性质、文学的价值等问题的理解，更多的是一种精神、一种力量，一种对待文学的人学精神，一种对待教育的改革力量！

（作者任倩倩，2014 级汉语言文学 2 班）

## 倾听生命拔节的声音

有时候，带着文学理论课留下的沉重，低头从四食堂门前的小树林边缓缓走过时，会看到几棵新笋又拔节了。慢慢靠近竹林，隐隐约约能听到一些簌簌声，我惊奇地想到：这一定是生命拔节的声音。这种声音来自新笋的努力生长，而促成这种成长的，有新笋对成长的渴望，有大雨春风的滋润和感召，有同伴一起向上的催促和帮助。

从小到大，听到大人对我的评价最多的是："他是个乖孩子。"循规蹈矩，少有叛逆，让亲人老师都很放心。可也不知不觉走向了一个极端：缺乏主体性和创造性。高考后填志愿第一次冲击了这种状态。文学理论课上，詹老师对部分局限性思维倾向的剖析和对我们不断强调的"让知识、情感、思想与信仰直立行走"的思想对我的触动很大，让我更加意识到缺乏独立思考与选择是一件多么可怕的事情。自觉自由的追求以及与社会发展相协调的独立，是人生的必修课。我明白了一个人的成长要有方向感，即便路不好走，但应该向着光亮处去。我理解了"理论是灰色的，而生命之树常青"。

复合句，冷幽默，是詹老师上文学理论课的最大特点。我觉得我们的课堂一直保持着一种静穆而生动的氛围，在思考的沉寂中，在会心的笑里，在怦怦的心跳与专注的目光激荡下，教育，给予了生命拔节的力量。当然，前行的路是漫长曲折的，有时候，詹老师也会因我们跟不上思路而感叹："我多像一匹来自北方的狼！"

通过探讨式学习，中篇小说小组讨论，以及探讨式文学短文和中篇小说评价文章的写作，我学会了查找文献，学习了学术性文章的规范性写作：从致思倾向到文章架构到词句语气，更感受到了合作学习的重要性，感受到了做学术研究对视野广阔、立场坚定、严谨踏实的精神追求。从詹老师旁征博引、分析独到的案例解剖中我收获了一些研究问题的视角和方法，对一些教育、人性问题的认识也更为深入。在今后的学习生活中，我会努力去深化，去实践这些认识。

在文学理论课的学习中，我有收获，也有遗憾。……然而，生命的成长无疑是一个因应社会发展、努力减少遗憾的过程，生命拔节的声音是从被突破的泥层和石块那儿传来的，相信我能持续听见生命拔节的声音。

（作者刘磊，2016级汉语言文学4班）

## 如果我们能在日常化的岁月里活得好

一个学期的"文学理论"课程学习已悄然落下尾声，都说结束的终将过去，还未开始的也即将到来，在这来与去的过程中放慢脚步，是舒缓，也是沉淀。

我曾经说，如果问我们大学四年能记得几个任课老师的话，我的选择是英语老师和文学理论老师。能记住的不一定是最好的，但一定有其特别之处。现在想起英语老师的言语行为，我还是会忍俊不禁的，我一直觉得他有一颗赤子之心。而文学理论老师则是另外一种感觉了，我承认上文学理论课我很害怕，尤其是回答老师问题时更是紧张得直哆嗦讲不出话。老师总是叫我们要"精准表达"，我看我是没能做到。但一个学期下来，我由最开始的不以为意到现在由衷地敬佩，其实我心里有个声音一直在说"你一直都强烈地希望如他那般"，即使这仅仅只是希望而已。因为我很懦弱。

我不敢保证我学到了多少理论知识，是否能够具备一个专业文学学习者该有的条件；甚至从自己贫瘠的语言表达中就可知这还只是漫漫长路的开始而已。但在课堂上我的的确确听进了一些东西，虽然不多。研究起老师的话时，会实实在在感觉到其中的合理性，但又会沮丧为什么自己没有这样的观念，我想这中间的过程就叫做学习。还有关于汉语言文学，当初为什么会选择这个专业，实在和自己对专业俗浅的认识有关。现在终于明白了它是怎么一回事，我从最开始的迷茫、排斥转变到现在的接受和认可。我知道成长总是需要学习和探索的，或许你就能发现自己感兴趣的呢！

但有时候我又觉得"文学理论"课堂的学习始终是独立于我的日常生活之外的。我在两个世界里游走，从最开始的神情恍惚到现在的来去自如。读了多年的书，听了多年的课，我第一次感受到了课堂的庄严感。其实这不是更好吗？漫不经心地嬉笑和打闹中，你能听到自己心脏跳动的声音吗？我认为一些精深的、奥妙的伟大思想和精神内质就应该不可侵犯，要不然怎么叫高等教育呢？！

只是我的问题也不小。下课之后，很快从课堂的庄严感中脱离出来，随后问室友一个问题"等下我们去哪儿吃饭"，又掉进俗烂了的泥潭里去了。上课不玩手机，课后却刷朋友圈刷到爆。按时完成老师和学院布置下来的学习任务，其他时间看些搞怪视频自娱自乐。这样的日子不也过得挺好的嘛，有时我会想。

我记得老师在课堂上曾经说过这样一句话："你说和平，只是因为你恰好生活在当代的中国。"的确，我们要感谢我们伟大的祖国母亲，感谢她给予我们的安全感和物质条件。没有了上个世纪因战争、灾难等遗留下来的历史疼痛，更多的是增加了像买房买车、工作和消费这样的生活代名词。我们都变成了在日常生活地皮上不断旋转的黑色陀螺，是刘震云笔下的一地鸡毛，琐碎但也相安无事。

所以，像文学理论这样的课程实在给了我不小的冲击感，直击心灵深处。在睡不着的深夜，我也会问我自己，包括我的周边和整个社会，为什么会这样？但我很难不掉进日常的旋涡中，甚至会爬不起来。我是俗人。

我无法定义活得好的概念，但我知道活得好跟过得好有很大区别。还有，社会上很多人也只是觉得自己过得好而已，有谁敢说自己是真正的活得好呢？其实，对灵魂的追寻，是最不容易的。有人寻其一生，流浪出走，甚至自我毁灭，也不能探出个所以然来。当然，这并不是要我们这样极端地追寻，在适当的时候从日常化的生活中出走一段时间，没有生活琐事，没有朋友在身边，给自己更多独处的机会，读一本好书。或许更好，或许能让我们在日常化的生活中活得更好。

这个课程，教给了我这些。

（作者钟美波，2016级汉语言文学4班）

## 如何育人，育何人

听詹老师的第一节课，我们中的大多数未免紧张拘谨，生怕手机捕捉不到课件上的内容，这换在别的课堂也许再正常不过。可实际上，第一堂文学理论课就引导我们进行深思与反问：这样的听课状态其实是长达十二年应试教育体制下，我们所形成的长久不变的惯性思维的现实体现。这种思维把我们约束在一个狭小的体制与空间之中，让我们觉得跟着某种固定、普遍性形式走就必然正确，甚至无需怀疑与批判，这样看来倒也觉得心安理得了。可是当前教育培养出来的、社会真正需要的是这样一批人吗？教育究竟以何种方式才可传达最深层的育人理念，当代教师队伍又如何更好地发挥和强化教育之育人功能？这一直都是文学理论课程上我们应该不断深究与摸索的。詹老师曾提及：教育，即教书育人；而大学教育，就是教最高深的书，育最全面的人。同时，教育也应该有一种能力，它能让你变成你想成为而且应该成为的人。无疑，詹老师的课堂一直都让我们行驶在这样的轨道上。老师一直强调和关注的也始终是文学概论课程教学范式改革这一关键性问题，并总能用精炼、精准的语言直接引导我们进行思维的延展以及由浅入深、由小及大的不同阶段的放射性思考。课上，老师总是为我们提供各种思维导向，指导我们在特定的对象面前应该进行怎样的思考与发展，让我们的思维不断扩展、深入，灵活改变并从根本处着手，以此来寻得学术的规范性要求。这种春风化雨般的教学模式确实是在不断打破我的惯性思维以及受教育过程中我所接受的固有形式，这种教育模式才应是大学教育展现出来的真正面貌，更是当代各阶段教育该呈现出的理想风貌。

文学理论教学过程中的各种理论性语言，在他人看来也许显得枯燥，可在教学范式改革之下受教育的我们却从未有如此感受。这一过程之中，我时常会感受到有些力不从心，无法探寻到詹老师镜片之下的目光下一步将聚焦到哪一处，不知道我的思维将往哪一处延伸。从接受这堂课程之初我就能体会到这并不轻松，时常能感受到一种压迫和紧迫感。我需要时刻跟随詹老师每一句意味深长的引导性话语，逐步深入到"文学作为生命评价的形式"这一观念的意义指向中去，这种意义指向始终贯彻在一学期的文学理论课堂学习中，潜移默化地影响着我对文学的积极探求。过去，我总是孤立地看待文学，认为其仅仅是一门学科罢了，现在看来是多么愚昧可笑。诚然，我们不要总是试图用稚嫩、浅显的眼光来解决复杂问题，这往往会让我们忽视问题的根本。因此，我们更需要在探索过程中不断去拓宽自己的眼界，若连最基本的发展意愿都无法形成，那么连文学理论的初学者都谈不上了。正如尼采曾言没有可怕的深度，就没有美丽的水面。文学是如此，而作为探寻文学的我们更应该懂得"可怕"与"美丽"之间的某些对立问题。有时候我们就应该拥有思想上的"可怕深度"，拥有深邃且富有内涵的眼光，同时还应形成深刻的自由思考模式。因为一个时刻散发着理性光芒、积极探究各种理论哲理的人格往往是值得尊重与肯定的，能有独立思维、主动探究意识的自由人格也正是文学概论课程教学范式改革过程所需要的品质与要求。

听詹老师上课，总让我觉得像是撑着一叶扁舟在一片汪洋之中漂流，看似渺小孤独，实际却并非如此，詹老师每一句有意向、有意味的精准表达总是像一座灯塔为我的每一次思考照亮方向，不断为我引路。即使有时候我的思维并不能很好地跟上老师光芒照射的每一处，但我还是一直在努力看清那个光亮的方向。撑着一叶扁舟独自在汪洋中航行并非易事，因为我们无法避免要去思考这样的"一叶扁舟"到底该承载些什么来推进自己的精神生命成长与延续，如何才得以在范式改革教育之下净化和改变我们的旧式求学模式。文学理论承载的东西往往是有限的，可它所指引我们的却是利用有限的东西来挖掘出无限的生命深度与分量。就像我们在生命中掌握的所有知识、拥有的阅历往往有限，可是人类的思维世界延伸的空间却尤为广阔无边。蒙田曾言，生命的时光越短，就愈想增加生命的分量，愈想靠迅速抓紧时间，去留住稍纵即逝的日子。作为个体生命的我们，要想增加生命的分量，必然是离不开教育的引导性力量的。

詹老师在课堂上一直强调：让知识、情感、思想和信仰直立行走。这是一种独立的思想品质，却从未代表着孤立、割裂，相反，它更激励我们拥有自我主张，明确个人的文学态度，自由、全面地体味文学世界带给内心最深处的冲击和震撼，但同时，这样一种自由并非无界限，我们要避免教育中的相对主义。文学的教育功能也在延伸个人生命成长的过程中起着必不可少的作用，它能帮助人们提升和净化自身的心灵，评价人的个体生命，让人们将视野更多地聚焦到认识生命本质、理解生命意义、创造生命价值的轨道上，并且从关注个体生命转而向关注公共生命过渡，做到如詹老师所引导的：重视文学的生命维度，通过文学关注生命、体味生命、评价生命、温暖生命，始终追求生命成长发展的可能性。

（作者聂宁，2016级汉语言文学4班）

## 第二节 "西方文论"课程学习心得例举

### 对于西方文论课的一点体会

詹老师好，这学期选修您的西方文论课，我收获颇多。然而，总还存在着或多或少的疑问，竟难以自释。

您的立场与理念，我是基本上赞同的，我之所以选修这门课，也不外乎想要提升自己的生活品质。西方文论对于我来说，最重要的还在于：它提供给我们解决问题的更多种可能，并使我们有机会学会如何找到自己的解决方式。

在课上，您对于西方文论的系统性把握和课题的取舍，我是完完全全赞同的（尤其是最初古希腊、中世纪、德国古典、20世纪以来的四个选择）。您对于问题的敏感性和对现实问题的人文情怀更是让人激动。我们处在一条寻找自由的道路上。至少我们暂时获得了一种沉思，在一个完全不适合沉思的时代里。

不过，康德认为理性概念没有感觉是空虚的，而感觉经验没有理性概念是盲目的。我们当然不是盲目的，然而我们空虚了吗？当您抛出"西方文论建构与知识生产的历史化与地方化进程"这样一句话时，我内心便产生了疑问，我更喜欢"时空"这样的词语，而不是"历史化与地方化"。有时我想，是不是这些概念使我疲倦了呢？概念，西方文论的概念，当它们翻译过来的时候就成了一个模糊的东西。我更喜欢用尽量直观的东西理解世界，这是我所理解的一种真实，但这并不意味着我们要放弃理性概念，而是为了更好地理解理性概念。

事实上，让我感到两难的是：您那明白无误的导向性。它使我有一种恐惧。我感到自己可以不用过于费力地走向真实，同时又感到，我走向的真实不是我自己的真实，它很可能是先入为主地盘踞在我的内心的（不是通过自己纯粹理性的思索而得来）。我十分欣赏詹老师坚守的启蒙立场，这是我们所必需的，是我们的良心告诉我们的。可是我们又不知道，这种导向是否会走得太远，以至于改变了我们的初衷。

另一种导向，是关于您的问题的导向，好像您的问题都已经预先准备好了一个完美的答案，您所一直等待的也就是这么一个答案，这种导向使本来可以更深入的讨论无声了。譬如，您曾经问我"悲剧的界定"这一问题，我想的是您期待何种答案而不是我期待何种答案，所以我的回答是令人啼笑皆非的。当然，在这一判断上，我是没有依据的，也许是我的"栽赃"也未可知。

孔子说："道不同，不相为谋。"孔子也说："道不孤，必有邻。"也许是我不在詹老师的邻侧，所以詹老师大可以以"栽赃"和"道不同"为由来无视这篇文句不通的心得了。

当然，其实我更希望詹老师依旧照着自己的判断讲课，也许这正是我们赞赏詹老师的缘故吧。

（作者王伯驹，2010级汉语言文学2班）

## 生命在流浪的路上

尊敬的詹老师：

　　您好！

选这门课，可能是出于一种猎奇、新鲜或是独行的心理，也可能是为了彰显自己的与众不同吧。上了课以后，听了詹老师的教导，发现这种心理有失偏颇，毕竟，好的作品不是读过就能有所感悟的，各人有各人的理解。

由于这门课，看了杰克·凯鲁亚克的《在路上》，开始的时候逐字逐句地阅读，到后面就开始囫囵吞枣，最后草草翻完，结果一无所获。

我以为是我的阅读能力出了问题，在网上查了下，才发现也许是翻译的原因而导致我无法完全理解书中所要传达的真实含义。我读的是王永年版本的，没读过英文原著也不好说他翻译得如何，但是我确实没有领会精髓，看不出背后的情境和逻辑关系，所有的人都似乎癫狂而躁郁，我甚至弄不清楚这样一群喜欢团体自助游的年轻人为什么会被称为"垮掉的一代"。在我看来，他们只是像所有其他青春迷茫而又精力过剩的年轻人一样喜欢用这样一种玩世不恭的方式来试图发泄自己的与众不同罢了，充其量是有些叛逆，"垮掉"又从何说起？从这个译本里我没有找到 beat generation 的意义。

不过尽管像是在看一本流浪汉日记，我还是觉得这本书不坏。也许是因为我本来就从心底里喜欢书里描写的这种流浪的生活，或者说一直"在路上"的状态，所以至少它触动了我内心深处的某种情思。

从很小的时候我就对那种能够随遇而安的生活方式无限向往，仿佛血管里流淌的就是游牧民族的血液，流浪对我而言一直像是某种图腾。有人说，流浪的好处就是可以一直和过去的自己告别，然后全新出发。而我总是像得了强迫症似得厌恶自己，被一种莫名其妙的宿命感折磨，像莫里亚蒂一样永远都想寻找什么，可是却总是无法真正找到，只能如同放养的金鱼一样隔一段时间就需要换一次水才能继续生活。从某种程度上来说，我一直都认为流浪的态度才是对人生的真正自信——从来不害怕失去，也不在乎得到。

我不知道大家是否曾经有一天走在街上熙来攘往的人群中从那些似曾相识的冷漠面孔里蓦然看到自己同样平凡渺小的影子而心悸不安，如果是的，那你一定和我一样曾经在某个时刻有过放下一切去流浪的遥远梦想。因为如果人生只是一场奔向死亡的旅行，那么所有想要停留和固守的家园都将是毫无意义，唯一的精彩全都在流浪的路上。流浪虽然没有安全感，没有稳定的生活，漂泊无依，但是似乎却总是充满着意想不到的际遇。

只是梦想永远都是梦想，生命中有太多的桎梏，有太多的利益得去妥协，最终的情况是我们中大多数人都没有真正去流浪过，还是依旧安静地循环在钢筋水泥的角落里日复一日，终至死去。

流浪只是一个浪漫的传说。

流浪的目的其实又是为了有一天能够回归，就像《春光乍泄》里演员梁朝伟最后看到镜框里张震站在世界尽头的照片的时候说的，我终于明白他可以开开心心在外边走来走去的原因，因为他知道有一处地方会让他回去。

一方面努力把生活过得尽可能得任性而自由，另一方面又始终希望可以寻找到一个生命的浮标而永远不离不弃。我希望像那些修行圆满的高僧一样在云游四方之后最终真正找寻到可以栖息的精神家园，然后终日面朝大海，春暖花开。只是现在也许我还没有找到一个能让我停留的理由，所以在没有抵达理想的圣地之前我依然只能在放任自流和不甘堕落的十字路口间继续徘徊。

所以从这个角度而言，我还在流浪的路上。

（作者潘蕊，2009 级旅游管理 2 班）

## 对着西方文论，说说话

西方文论这个课本，静静地躺在我眼前。开一盏台灯，对着它说说话、聊聊天。

记得，上学期有一段时间，经常和朋友说话时无意中会说出"这个词儿"，"很有质感"，并以此沾沾自喜，乐此不疲。我想我是一个既怕又喜爱詹艾斌老师的学生。我喜欢他说话的语速、语调和样子，尤其是他说的话。某天，碰到一个计算机学院的同学问我："文学院哪位老师的课好，很想去听一听。"我说，文学院有很多好老师，但我最喜欢詹艾斌老师。听他的课，是一种享受。尤其是对你们旁听的同学来说，你可以不用担心老师提问会问到你，你可以完全把自己置身于一个很放松的环境，坐在一个角落里，托着下巴，静静聆听。我想我是无法企及那样一个角落的。作为一个文学爱好者，学习者，听詹老师的课，会猛然清醒自己身上有担子。

也曾在日志里说，我只是一个平凡又普通的人，不是大家，肩负不起，只是写些无关痛痒的文字，关乎自己及周围的人和事。瑞典诗人托马斯·特兰斯特勒默获得 2011 年诺贝尔文学奖，看到这样的消息，我没有兴奋，只是有点儿难过，我国在文学这一领域欠缺世界的认可。可是，我无能为力，至少詹老师现在也是。但是，文学需要詹老师这样的守望者，我们更需要詹老师这样的老师。

听詹老师的课，最大的感触是，他的有些话会直击灵魂的深处。就像平静的湖面，投进了一颗石子，荡起层层涟漪。话到深处，会让人情不自禁地愣愣发呆。文学的发展，与一个文学爱好者，学习者，与我，有多大的关系？可以很坦然地说，在没上詹老师的课之前，我从未想过文学的发展与我何干。在这样一个竞争激烈的社会，或许，它只是一个安身立命的工具。当一位小学或中学语文老师，整天和孩子们在一起，也就可以心无杂念地安然度过了。也有人对我说，考公务员，对你们学文学的人来说应该很容易吧。这其中的利害关系和奥妙，我歪着脑袋，想来有点儿复杂而又不言而喻了。

爸爸十一月份出车祸，医生通知说可能是最后一面。在赶回家的火车上，碰到一个公司的销售经理，看我一直流泪，他告诉我人得怀有希望而活着。聊着聊着，他跟我讲起，处在苦难中的中国人民，那时，为什么会跟着共产党走而不是国民党。因为老百姓觉得跟着共产党走有希望，有饭吃有地种。他又问我："你相信会有共产主义社会吗？"我很不确定地说，应该会有吧。他说会不会有，谁也不知道。由此，我想到了老师课堂上提起的《等待戈多》，戈戈和狄狄一直等的戈多会来吗？我想，会来。人活着有希望总比没希望的好，至少会让人觉得，怀着美好的希望活着，是一件幸福的事情。

在人生的最低谷，在阴冷天，最能看透人心，也最能感受到温暖。记住小人，记得好人。也会感知劫后余生的庆幸，能够守在爸爸身边，是一件多么幸福的事情。不再去羡慕别的同学父母给的富有，也不再抱怨父母没有钱没有关系，不能为我的工作铺一段路。一个朋友说他不愁工作，只要笔试通过，爸妈会把面试都给他办好。一个朋友说，她和男朋友毕业结婚，父母给她一套房子作为嫁妆。以前，很是羡慕朋友的家庭好，但现在一点儿也不羡慕了。生活艰难点儿，也未尝不是人生的一笔财富。我现在很知足，只要爸妈能在我身边，让我能够看着他们慢慢老去，能够让他们舒心和安心，能够给他们幸福，我就觉得我是世界上最幸福的女儿了。我想这是不是一场大难之后，自我意识的觉醒，获得自我救赎的希望之光。这算不算是一种自我启蒙？

脱离不成熟的自我，理性地克服以往存在的一些无知、愚昧和偏见，追求现实的、现世的幸福。认识自我，把握并完善、超越自我，从而得以自我解救和自我创造。认识到外在的一些繁华，不去仰慕，从而安定坦然地追求一些实际而又真切的东西。

然而，这个社会有太多的复杂，对于一个个体，以我们的力量能否去启蒙他人或是被他人启蒙。我很难知晓。

静坐在桌前，对着西方文论，自言自语。身边的同学考研的，考公务员的，跟着大趋势，逼迫自己随着大队伍前行。我想大多人是盲从的。去除蒙昧，自我觉醒，尤其是认识和了解自己的真实需要和潜质，能够自信地面对和拥抱纷繁芜杂的客观世界，也显得这么珍贵而又不容易。

站在自身的角度思考，我怀有自我挖掘的愿望。说起愿望，詹老师貌似也时常会说起这个词儿，我也很喜欢。无论身处何地，能够心存希望，拥有美好的愿望，边走边听，也是好的。只是，选下学期的课时，很遗憾，没有选到詹老师的课。我想，西方文论课快要结束了，但是，詹老师给我们的影响是不会结束的，是深远的。能够在大学遇到这样一位好老师，是一种庆幸、一种幸福，更是一种收获。

（作者黄桃桃，2009 级汉语言文学 1 班）

# 第三节　"文学评论写作"课程学习心得例举

## 教育要有光

2016 年 12 月 7 日至 8 日，全国高校思想政治工作会议召开。习近平总书记出席会议并发表了重要讲话。作为一名青年大学生，我认真学习习近平总书记的讲话精神，其中最触动我的是"立德树人"这四个字。

在当下的教育实践中，能快速转化为社会生产力，创造物质财富的自然科学知识日趋成为主流，对人的心灵与精神世界起着重要影响作用的人文素养与文学教育被边缘化的现象却愈发严重。不得不说，学生的发展、人生道路的选择与学校教育内容有着重大关联。高校教育需培养的是全面发展、适应社会需求的高素质人才。人才，先人后才，成为一个精神世界丰盈、拥有良好德性的人是成为高素质人才的前提。因此，教育要有光，要给受教育者指明一条追求生命完整性存在的方向，加强德性教育，从而真正做到立德树人。

很幸运，我遇到了詹老师。大一下学期我参与了詹老师的文学概论课程教学范式改革实践，收获颇多。因此，这学期了解到老师开设了文学评论写作课便毫不犹豫地加入其中，同样感觉受益匪浅。詹老师常说"教师成了烛火，教育也就有了光。"可以说詹老师就是我的文学和教育道路上那个发光的引路人，他的课堂没有大量的知识灌输，没有我们高中习惯的填鸭式教育，更多的是一种方向的指引，一种精神世界的启发与丰富，是探寻生命价值、触摸灵魂深处的德性教育。

在河南作家邵丽的《刘万福案件》中我们不仅看到了虽遭受不幸却不屈不挠、拥有顽强的生命力量的刘万福，而且明白了作为一个小说家应有的责任和使命感，就是要关注复杂生活中个体的生命形态；在弋舟的小说《而黑夜已至》中，我们感知城市化进程中都市人普遍存在的精神隐疾但又对人的自罪与自赎给予肯定，表达出一种劝慰性的温暖和对"黎明将近"的希望；在曹寇的小说《塘村概略》中，我们深度体会了群体性生命的庸常及其中存在的恶，并毫不吝啬地解剖自我，寻求改变；在邓一光的小说《你可以让百合生长》中，我们为左渐将的高尚人格和教育方法所感动，同时也为兰小柯的改变、为每个生命个体都存在着发展的可能性而欣喜。通过探讨这些中篇小说并撰写评价文章，我仿佛经历了一次精神的洗礼，对现实社会有了更深刻的认识和理解，更能关注底层民众，更懂得珍惜人性的温暖，给予爱，更主动地追求生命价值的实现，追求更加丰盈的精神世界和生命状态，我想这也是老师的初心所在吧。感谢詹老师的德性教育！

我现在已经是一名大三的师范生，即将走上工作岗位，成为一名真正的教育者。我想我会，不，我必将詹老师的德性教育理念传播到基础教育中去，让德性教育的星星之火，燃烧在基础教育的广袤原野。詹老师的教学范式改革之路虽然走得艰辛，但却是一条指引受教育者追寻纯净、沉静的心灵世界，探索丰富、充盈的精神世界的敞亮、澄明之路。教师成了烛光，教育也就有了光，我愿成为那一抹烛光。

（作者宋健，2014级汉语言文学2班）

## 摆 脱 庸 常

记得第一次上文学评论写作课时，我们班一共有六位同学选这门课，詹老师展示了课程教学实施方案后，我不禁感叹詹老师治学之严谨，其实，相比于其他学生，我对整个学院甚至自己专业的老师几乎都没有多少了解，了解的都是给我上过课的老师。大一大二除了班主任我没觉得自己遇到一位能让自己心甘情愿听课、能让自己崇拜的老师，并不是我挑剔，也不是我没好好听课就去评价老师，选詹老师的这门课有很大的偶然性，在上课之前我并不知道詹老师就是文学院院长，也不知道为什么很多学生怕上詹老师的课，当我看到詹老师博客上的留言，很多学生直接说无法适应詹老师的课堂，我还是想不通。

第一节课，我就深刻记住了"群体性庸常"这五个字，浑浑噩噩那么久，听到这五个字，我那如死水的精神世界起了波澜，想想自己还真是庸常，有时候感觉自己真的是彻彻底底的井底之蛙，而且还是温水里煮的青蛙，思维简单，反应迟钝，表达不准确，甚至用词都觉得自己初中还没毕业，经常有一种认知无力感。在网上浏览几个小时自以为精心挑选的快餐消息，还是觉得得到的认识破碎不堪，无法全面、理性地认识一个事件、一个命题，在思维上，我永远是一个矮人。我羡慕过很多优秀的人，甚至有时候嫉妒他们思维的高端，觉得自己穷其一生也望尘莫及。毋庸置疑，我是群体性庸常的一员，而且是无力回天的那种类型。

第一节课结束前，老师叫了四位同学让他们用自己的认知和思维取向评判事物，我是第三个，叫起我时，我大脑一片空白，大概知道前面两个同学讲了什么，站起来讲了不到半分钟就说不出来了，詹老师笑言我"舌头短了"。我觉得自己的思维水平上了大学就只有一点点长进，没有多大进步，这次让我去判断，我算是见识到了自己思维能力的不足。

接下来的十几节课，每个小组都进行了讨论成果展示，詹老师在点评时，指出了我们的很多问题。有的小组 PPT 语言都不过关，有的小组深受詹老师思想的"毒害"，有的小组逻辑不清晰，有的小组分析的成分太多，这暴露了我们在语言表达、逻辑思维乃至整体布局上的缺失。我觉得并不是老师要求太高太严格，而是我们学生自身的素质实在不过关，不管老师如何评价我们，我们都有彻彻底底的理由去羞愧，去怀疑自己是否真的努力了，真的认识到了，真的去改变了。

最后，我想说，遇到一个特别的人总要改变些什么。詹老师是一位在思维上、认知上、视野上，都超越我周围所遇到的很多老师，在文学评论写作的课堂上，无论我们觉得自己有多么差劲，我们都要正视自己的庸常，努力去挣脱庸常的束缚，去做一个能有所认知、有所发现、有所进步、有所发展的人才是最重要的。

（作者王雁虹，2014级汉语国际教育班）

## 饲养"思想的马"

"不要让自己的大脑变成别人思想的跑马场"，第一次接触到叔本华的这句话是在詹老师的课堂上，犹记得当时自己的第一反应：我笑了。没错，笑我自己，因为过去的十多年里我一直致力于吸纳更多的"马"并饲养这些"马"试图让它们跑得更快些。一直以来我都习惯并擅长吸收整理别人的观点，也非常容易受到别人思想的影响，我只知道缺乏独立思考是极不好的，却并未意识到这其中的危险性，直到上过詹老师的课程，我才慢慢认识到改变迫在眉睫。

这个学期的文学评论写作课程已临近尾声，回顾用于课堂成果展示与讨论的八部中篇小说，我不禁在想，为何是这八部？老师选择它们的用意何在？而我又从中得到了什么？首先让我感触最深也是令我深切地意识到独立思考的重要性的便是《塘村概略》，庸常的普遍及其带来的巨大影响震撼了我，也令我对老师反复强调的惯性思维有了更深的体悟。其次在阅读讨论这些文本之后可以发现，虽然这些作家的文学观不尽相同，但我从他们的这八部小说中看到了相似的一点，那就是对"人"与"现实社会"的关注。无论是吕新对知识分子命运的思考和表现、胡学文对于多重角色身份的触摸、滕肖澜对两代女性的情感与生活的刻画，还是弋舟的"城市小说"、曹寇的"边缘地带"、王跃文的乡村理想和审美追求，又或者是邓一光对于可能性存在的坚信、邵丽对于文化决定性格的看法，都或多或少、直接间接地体现出这一关注点。最后我想，老师对于这些文本的解读讨论所做的理论讲解除了归正我们的文学观之外，未尝没有希望我们关注"人"与"现实社会"，关注鲜活的现实生命形态，去寻找文学与它们之间的联系，从而反思自身应有的价值取向与所呈现的生命形态的用意。

上述猜测与感触仍旧带入了些许我个人的主观因素，无论是创作小说还是进行文学评论都无法避免主观因素，这既是"文学与人学"关系的某种正面积极的体现，也是在某种程度上阻碍对文学进行客观解读、合理分析与理性评论的原因。过去，我在面对一篇文本时经常带入过多的主观情感，导致我过分关注细枝末节，偏离评论重点，片面地解读文本。阿诺德曾说过："沉静地观察人生，并观察人生的整体。"我想，文学评论也应是这个道理。通过詹老师的讲授，我认识到讨论文学问题不应该脱离其社会语境，要发现并正视社会历史与文学文本之间的联系。同时詹老师也令我意识到，我之前在解读文本时所持的所谓"一千个读者有一千个哈姆雷特"的"包容观"，若将之扩大化，实际上就成为一种相对主义，而这种以极度的多元解读为代表的相对主义存在着严重的局限性与不合理性，为了更好地规避和拒斥这种相对主义就需要寻求和确立文学批评的主导性形态，这种做法不仅有利于归正我的文学观，也可以更加有效地建构具有公信力的文学批评。

常年接受应试教育的我已经习惯于被动地学习与接受知识，吃着别人喂的"饭"，走着别人铺好的路，按部就班，不紧不慢，所以遇到詹老师的"拔苗助长"，即使有心理准备还是让我感到手足无措。文学理论基础知识的缺乏、逻辑思维的混乱、语言表达的幼稚，甚至连最基本的现代汉语都没有掌握好，这一系列问题在老师的课上全部暴露了出来。在大学里，我感受到压力，也多少感受到了老师想要改变现状的急切心情。

詹老师在课程起始时就说过："我只能够培养那些我能够培养的学生。"过去的我并不属于这类能够被培养的学生，现在也不属于，希望将来的我可以。虽然改变迫在眉睫，但理想终归是理想，历史与现实都告诉我们"改变"或者说"改革"不是一蹴而就的，它是艰难甚至是要付出巨大代价的。可是即便这样，即便这篇学习心得仍然难以避免地充斥着别人思想的痕迹，然而我还是希望可以继续吸纳并饲养这些"思想的马"，然后在未来的某一天可以把它们变成属于我自己的"马"，最终能够让我的思想在我的大脑里驰骋。

（作者张文慧，2015级汉语言文学4班）

### 黑夜里灵魂的救赎

不记得从什么时候开始，人与人之间的沟通变得明显依赖于手机，甚至在同一间屋子里都会用手机交流；不记得从什么时候开始，走在路上变得越来越危险，你不只可能会被车撞到，也有可能会被低头玩手机的路人撞到；不记得从什么时候开始，聚会似乎仅仅只是把一群人约在一块一起玩手机……仿佛生活中所有的问题都可以通过网络来解决。在社会不断进步的今天，我们失去了往日面对面心灵的沟通，抛下手机就觉得无所依靠。精神病与城市病不断吞噬着我们的细胞，越来越多的人陷入了无止境的交替折磨之中。

　　精神疾病带给人极大的摧残，小说《而黑夜已至》中的主人公自我诊断出抑郁症，这晨重夜轻的节律特点看似有规律地折磨着他的内心世界。"茶，可乐，咖啡，10 年，5 万余名女性，20%，15%，多巴胺。诸如此类。这些就是城市的符号。毋宁说，不是人，是这些诸如此类的符号，构成了我们今天的城市。据说从前人们只面对土地和植物，那完全是另外一个世界，或者说成是另外的一套世界观也无妨。我不知道如今这座城市有多少人通过网络接收着诸如此类的信息，有多少人通过网络自我诊断罹患的疾病，有多少人通过网络在给自己开药方、找对策，同时被截然相反的答案弄得六神无主。我就是通过百度确诊了我的抑郁症。我就是通过百度加深了我的虚无。那么，可以说——我是通过百度患上了抑郁症吗？我显然走神了。而注意力减退，正是抑郁症的症状之一。"他通过百度了解自己的病症并搜索解决方法，试图逃离精神疾病，却又陷入了城市病的无底洞中，这种精神病与城市病的交织折磨让人为他感到悲痛。

　　值得庆幸的是，小说的主人公刘晓东——这位政法大学的来自"强势阶层"的人是不甘堕落的，他在消极情绪一次又一次的攻击之下努力拯救自己。他清楚地知道，自己需要去做些事，把他从持续的厌倦和虚无中"打捞"出来，他想用自己的方式解决自己的问题——不是帕罗西汀、舍曲林、氟西汀、西酞普兰、氟伏沙明这"五朵金花"，而是靠自己、靠手机、靠微博、靠一个差强人意的理由去提升自己日益丧失的注意力，增加他日益颓废的意志力，促进他迟缓的思维，振奋他低落的情绪。于是他开始积极寻找对策治疗自己的精神疾病，他试图帮助徐果完成那看似完美的一百万的敲诈计划。他在消沉的黑夜中寻找着一丝光芒，期待着黎明的到来，这样做虽可以有效地帮他挣开精神疾病的束缚，但却又使他毫无防备地陷入了城市病的侵害中。

　　如文中所言，"微博图片和我的记忆重叠，方格地砖上的血迹在夜晚只像是一摊摊的水渍。这是我亲眼目睹过的现场，但我目睹了的，都不比此刻微博上发布出来的真实。网络为世相的真实性加冕，如今城市里的现实，人的悲伤和欢乐，似乎都只有经过虚拟空间的确认，才是真的。即使这快乐都雷同，这悲伤千万种。"然而就在一个多小时前，"有人从我身后冲上来，飞快地向前跑，紧接着又有几个家伙和我擦肩而过，追了过去。他们的体力不错，很快消失在夜色中。前方也许会有一场斗殴。路边有一对男女在争吵，撕扯，哭泣，谩骂。走过很久，我才意识到那可能是两个男人。我听到

'她'对他说：老子受够了！走出半站路后，经三路的人行道上围了一圈人。方格地砖上的血迹在夜晚只像是一摊摊的水渍。"于"我"而言，这一小时之前发生的一切仿佛只是匆匆一瞥的电影片段，情节引人注目但却缺少一份真实感。当喧闹的现实与血淋淋的图片摆在小说主人公刘晓东的面前时，他毫不犹豫地选择了相信后者——迟来一个小时的微博报道。毋庸置疑的是，新媒体的高速发展给我们的生活提供了极大的便利，足不出户即可知晓天下事，这拓宽了人们的视野，丰富了大众的生活。然而并不乐观的是，人们似乎着了魔一般疯狂地依赖着网络媒介，试图通过电子渠道获取所有可能的信息，并且毫无保留地相信这些信息的真实性。相反，亲眼目睹的事实反倒成了摇摆不定的烟云。这样的现象，在每一个网络可到达的城市，都存在着。"低头族"逐渐庞大，他们出现在大街小巷，出现在各个年龄阶层，出现在大大小小各种场合。这样的情况显得真实而贴近生活，这样的状态在我们身边又是如此的常见。

我们开始习惯用冷漠代替满腔热血来对待这个纷繁的世界，对这变幻莫测的世间百态渐渐麻木。"是的，这城市很糟糕，那么空，却又人潮涌动，一个早上就会有7个人死于车祸，天空下着和山里不同的肮脏的雨；人的欲望很糟糕：可以和自己儿子的小提琴教师上床，可以让自己的手下去顶罪，可以利用别人内心的罅隙去布局勒索。可是，起码每个人都在憔悴地自责，用几乎令自己心碎的力气竭力抵抗着内心的羞耻。"黑夜是这般寒冷萧瑟，仿佛黑洞一般吞噬着我们，将热情与希望一点一点地卷走，取而代之的，是无尽的恐慌和堕落。

但黑夜与黎明，是永远不断交替着的，昨夜的空荡凄凉终会在黎明到来之时烟消云散。哪怕是花上一百万，哪怕是耗尽一身精气，都得奋力一搏，我们要学着在茫茫的黑夜中亲手拯救自己的灵魂。就像刘晓东来回奔波只为替徐果讨得一百万财产，就像宋朗宁愿用这笔巨款来换灵魂的安逸。他们努力救赎自己，等待着黎明的光芒。

人类度过了无数的黑暗时期，迄今依旧绵延不息。因为，上帝视我们为宝贵。

（作者肖依函，2015 级法学 1 班）

# 第四节　学生信件例举

为表示对来信学生的尊重、感谢与敬意，以下信件文稿中均不显示作者姓名、班级、写信时间等相关信息。必须说明的是，再一次或者更多次读到这些文字时，笔者依然保持着初次阅读时的感动，随着时光流逝，那份情感或许还会愈加强烈。而且，笔者内心涌动的还有对学生成长与发展的欣慰，对教师职业的敬畏，以及对自身专业成长的诉求和教书育人工作的深度考量。

## 【第一封信】

老师：

您好！我是您审美文化学班上的学生。今天确实是很特别的日子，就像您所说的，马上就是所谓的平安夜了，但真正有多少宁静安乐的灵魂呢？当然我不是在为自己痛苦不安的心呐喊，事实上我没有那么崇高的"悲剧"精神，也似乎从没有真正地伤心绝望过。我应当算是个比较"平和"的人，或者说比较"单纯"的人，所以在听到您为那些人文失落、理想落差的现象叹惋时才会如此震撼。我有很多人所共有的缺点：容易被感化，极易一惊一乍，之后也不过三分钟热情，这一次，我却深感这毛病的好处了。每次听完您的课，心里总是久久不能平静，所以，在这里我要跟老师说，您不必太焦心，因为真理还是会延续的，真正的人文精神还是会代代传下去的，只是一时间，人们被蒙蔽住了，而关怀的魅力将超越时间、空间达至蒙昧的心灵，它将永远是救赎人类的灵丹妙药。

作为文学院的学生，我很羞愧在这个年纪（大三）才有对审美的思考、对生存状态的理性解读。刚刚上前问您问题，与您近距离地攀谈，面对您睿智的目光，有条不紊的答复，我忽然有种语塞的感觉，忽然间发现自己的浅薄与渺小，也许这就是光芒照射下的自卑吧。

我是个爱学习的"好学生"（至少在大多数人眼里），但除了学习，除了会背诵条条框框的重点，除了偶尔伤感写点小短文发泄一下，似乎什么都不会。我太局限于自我了，也不止一次发现自己的误区，但总一而再再而三地犯同样的错误。我喜欢文学作品，喜欢在形形色色的人物中感受不一样的人生。

我以为我是真爱文学真懂文学的，但越来越发现，其实我不懂，我缺乏那种敏锐的洞察力。我知道，我缺少独立性思维，缺少批判性思维。文艺学习是解决这种尴尬的方法吗？我不知道，但至少您讲课的方式，您的思维影响了我，使我发现，原来世界还可以是这样的……

　　老师，衷心地感谢您！在这即将到来的温馨的平安夜里，祝您快乐健康！不知道您能不能看到这封信，但我想，这都不要紧，因为有很多像我一样的"受惠者"都怀着同样的感情默默祝福着您！祝老师永远健康，永远快乐！


　　　　　　　　　　　　　　　　　　　　您的学生：×××


## 【第二封信】

敬爱的詹老师：

　　您好！

　　我是您的一名学生，恳请您允许我以这种特殊的方式与您交流。

　　我是一个拙于言辞的人，尽管如此，但还是试图努力用语言将自己的想法表达出来。您若能在百忙之中抽空看完这封信，将不胜感激。

　　我很喜欢上您的文学理论课。您课上说的那些话对我心灵的震撼，就如一块巨石唤醒了平静已久的湖面。巨响之后激起千层浪，波浪虽已平静下去，但这时的湖却绝不是原来的那个湖了。她开始期待，期待更剧烈的波动出现，她有了新的希望，这才是最重要的。

　　您课上说到很多关于文学、美学、人生哲理等问题。其中不少我曾经思考过，也有自己的想法，而且很多想法和您有相似之处，但却又存在着本质的差别。您对那些问题的看法是历经无数痛苦和考验历练出来的，于是就有了您通常所说的质感，所以当外界的风暴袭来时，您可以做到从容不迫，不改初衷。而我却只是停留在表面，缺乏重量，还没有足够强大的力量、足够坚定的信念去永久地支撑它们，稍有风吹草动就会摇摇欲坠。

　　如今遇到了您，我理想中的老师，让我原本弱小的信念慢慢强壮起来。从您身上我获得了力量，看到了希望，让我第一次真实地感受到原来在这个世界上还真有人走在追求真理和生命本质的路上，不改初衷，信念，于是我就觉得这世界着实可爱和充满希望。

您和其他老师最大的区别是：您所做的是替我们清除脑子里杂乱的东西，替我们撩去眼前的迷雾，给予我们心灵上的启迪，让一切都恢复到原始状态，就如您说的"洗脑"。我认为老师除了教给学生知识，更重要的是给学生以心灵上的启迪，激发学生去发现问题，思考和把握问题。这是不容易做到的，因为在此途中可能是孤独的、痛苦的。而您一直坚持这样做，这也正是您最了不起的地方。

在现代生活中，忙似乎成了一种常态，有多少人夹杂在洪流中，不知不觉地被裹挟着往前涌去。生活成了一种机械的运动，一切的忙碌就只是劳作，像苦役般不停地劳作，却缺少创作。一切的知识追求都只是学术，一切的成绩就只是功利，不复有心灵的满足。在回首间，才忽然发现，我们一生的种种努力，不过是为了让周遭的人对自己满意而已。为了要博得他人的称许和微笑，我们战战兢兢地将自己套入所有的模式、所有的桎梏。走到末途，才忽然发现，我们只剩下一副模糊的面具和一条不能回头的路。而生命的意义，生命的本质于我们，已来不及思考。

在这种情况下，文学似乎承担着拯救人们心灵的责任。而这时却听到有人说："文学已经死了。"这是一件听来多么令人恐怖的事啊！先不去管文学是不是已经死了，不妨试想一下，文学死后这个世界会是什么样子。人是有思想的，这是人区别于其他动物的根本之所在，物质生活满足之后，精神生活就变得必不可少，而文学就会成为抗拒空虚、寂寞必不可少的一部分。如果现在说文学死了，不就像鲁迅的《祝福》里的"我"告诉祥林嫂世界上根本不存在鬼神么？未免有点儿残忍了。

其实也难怪有人会说文学死了，因为现在的文学承担了太多不应该让文学来承担的重责，另一方面，又有很多非文学的东西也带着假面具混进文学里来，想趁乱混口饭吃。加上学校课程的设置，很多老师上课的方式以及考试的形式等，有太多外在庸俗的东西像吸血虫一样附在文学的身上，使文学越来越"营养不良"。这些都让我们搞不清楚文学究竟是什么，它最大的价值到底在哪里。一直以来我比较赞成铁凝的说法，他认为文学可能并不承担审判人类的义务，也不具备指点江山的威力，它却始终承载理解世界和人类的责任，对人类精神的深层关怀。它的魅力在于我们必须有能力不断重新表达对世界的看法和对生命新的追问，必须有勇气反省内心以获得灵魂的提升。

所以，文学需要您这样的忠实者，学生也需要您这样的老师。

您的学生：×××

【第三封信】

尊敬的詹老师：

您好！

最近一直困扰我的问题在昨晚的课上忽然得到了解决，此刻我有一种"众里寻他千百度，蓦然回首，那人却在灯火阑珊处"的顿悟之感，欣喜之情。

四十多年前，有那么一群沿着红色大街疯狂奔跑的人；

四十多年后，依然有这么一群沿着金色大街疯狂奔跑的人；

可喜的是四十多年前的那群人停止了那种荒谬的狂奔；

可悲的是四十多年后的这群人依旧继续着他们所谓的执著；

可贺的是四十多年前的那群人一直在寻找那把丢了的心灵的钥匙；

可叹的是四十多年后的这群人根本就没有意识到他们已经丢了钥匙。

当然，我也曾是这群人中的一员，沿着时代潮流的大街漫无目的地狂奔，甚至是现在，我依旧会为了某个目标而奔跑，疯狂地奔跑。

但，已不再是漫无目的。

一年前，我在高考的大街上狂奔，没有生活，没有阅读，没有闲暇，只有死板的成绩。

当鲜明的分数刺痛了我的双眼，当冰冷的现实浇灭了我的激情，我开始思考：我丢了什么，难道仅仅是成绩？

不，不是，是灵魂的寄托。

一年后，我在大学的大街上重新开始了疯狂的奔跑，去追赶高考输掉的那段距离。

一年的奔跑和思考让我成长了很多：作为社会的一员，我必须奔跑，即使不是我喜爱的那个方向。因为我是一个人，我必须承担一个人所应该承担的责任。

青年的我们总是沿着个性的大街疯狂地奔跑，殊不知我们狂奔的过程实质上就是一个单一的、格式化的共性历程。

如此的奔跑，如此的个性，不要也罢。

荒诞、单面我不喜欢。

圆形，我一直渴望。

虽然这把钥匙不知被我丢在了何处，但总有那么一天，我会找到它。

希望我的青年朋友们都能有一种寻找心灵钥匙的意识，在时代的潮流中不迷失自我。

最后，谢谢您这样的一位老师，一位可贵的不通过简单说教完成教学任务的老师，一位试图给同学们人生启迪的老师！请相信您的心血没有白费，至少我已受益！

您的学生：××

## 【第四封信】

尊敬的詹老师：

您好！

那天放学在校道上见到您，想跟您打招呼，可还没来得及想开场白，您就大步与我擦肩而过了。天，下着淅沥的雨，您没有撑伞。本想送您去目的地，可跟路上偶遇的朋友闲聊几句，您就走远了。看着您的背影，我调皮地用手机拍下来，想为这张照片配一句话"理想主义和现实主义者是不用撑伞的"，并传上群共享，但出于对老师的尊重，我还是把这张照片私藏了。

我很好奇，是不是有某种力量在支撑指引着您，让您在雨中穿过撑着伞、喧嚣的人群，依然显得那么从容、那么淡定？

本周的课堂，您要我们去思考什么是人的"韵味"、"质感"与"格局"。说实话，我连这三个词的确切含义都不清楚，就算在您讲解之后，仍然处于一知半解的状态。

我想了很久，后来从一个女人的身上找到了我想要的答案。

【韵味——做一个典雅韵致的女子】

有时候，当我们看到一个面容姣好、身穿旗袍的女子，会感觉她很有韵味；看到有人琴棋书画样样精通，我们也会夸这个人很有韵味。或许那些给人带来美的享受和艺术欣赏效果，并且带有典雅和韵致特征的事物，就是中国人所说的"韵味"吧。这只能属于直观上的韵味，真正的韵味应该需要时间与经验的积累，而且这种韵味就如酒酿一样，越久越浓。

怎么说呢，女人嘛，在成年之前，自己特有的韵味是难以表现和发现的。要等到了桃李花信之时，韵味才会萌动，直观上的韵味会多于内在的韵味。等结发之后，退去了天真幼稚的外衣，韵味也就逐渐增加，呈绽放之意。直到而立之年，一个女人的韵味才会真正形成。可以不需要锦服华饰的包裹，不用浓妆艳抹，也能轻易地驾驭它，这是一种不经意的流露。

韵味也不是一成不变的，每个阶段都不一样，取决于人处于一种怎样的状态。韵味应该是人人都有的，但是并不是人人都能够很好地表现出来。

有句话这么说："男人四十一枝花，女人四十烂残渣。"呵，那些富有韵味的女人，在年轻时付出的感情应该总是倾尽全力的，她们对待生活应该是真性情的。经过岁月的洗礼，当青春、美貌、体格已不如从前的时候，若被生活打倒，变得麻木、迟钝、愚昧、世俗，就很难活出自己的"韵味"。一壶酒酿了四十余年，没成佳酿，却在空气中变质了。

【质感——做一个"丰满"的女子】

最初接触这个词是买衣服的时候。

挑选自己感觉舒服的料子，穿起来让别人感觉舒服柔和的衣服，那么我会认为这件衣服是有质感的。如果把这个词拆分为"质"和"感"，那么"质感"这次能这么理解么？——内质好，感觉佳。

当我说一个人很有质感时，认为这个人是真实存在、有血有肉的人，与那些苍白的单面人形成鲜明的对比。那么怎么才能做到有"质感"呢？一个充实丰满的灵魂是必不可少的。让美好的品质和素养去充盈你的筋骨，才能使人变得更加饱满，这些都是"质"的体现。

在选择与人交往的处事方式以及确认自我的生活模式时，都能体现"感"。"质"对"感"有直接的影响和推动力。

"质"好的人，"感"应该也不赖的。不过也可能存在这么一种情况："质"好，"感"差。但是我相信，日久见人心，是金子总会发光。

【格局——做一个智慧的女子】

您在课堂上对"格局"的解释：人生如下一盘棋。棋盘上的格子纵横捭阖，就像生命，在不断地延展和冲撞，给人力量和希望。

"格局"好比人对自身的一个自我规划。这个规划是长期性的、可实行的。一个人有"格局"，是不会因为一些短期的利益，背叛自己的本心。不会走进黑压压的人群，趋炎附势，苟且地活着。

目光放远点儿，定位站高点儿，内心宽敞点儿，做事踏实点儿。正如一位老师对我说过，他希望以平民的身份做精英的事业。这或许就是一种格局吧。

凭着我当前的知识和经验来谈这三个词，多少显得有点浅薄和生硬。或许再过 10 年、20 年，我再回来品味这三个词，便会觉得更加精辟和深刻吧！

我相信，有些东西，时间会告诉我们答案的，它隐藏了一切的真相。只要你还记得，你还期待，你还等待，你还寻找。

祝健康、快乐！

学生：×××

## 【第五封信】

尊敬的詹艾斌老师：

晚上好！

我是外国语学院的一名学生，我叫×××。我很喜欢去听您的课，感觉每节课都有灵魂在场，都能感受到触动心灵的东西，从而吸收一点儿老师的信念用以建构自己的生命可能。所以每个学期选课的时候，我都会通过教务在线查询您教授的课程，看看是不是能够幸运地选到，即使蹭到也好。

虽然不是很幸运，时间经常冲突，愿望也总付诸空想，断断续续地听您的课，零零散散地留下回忆。或许没有这样交织的遗憾与欣喜，怕是人生也不会这么值得铭记吧！幸运的是，人文精神一直是连续的，要是我能继续努力并使之呈螺旋式上升就好了！

就和我跟您解释的一样，我在与我的老师×××聊天的时候说起了您的课，当时他说他知道您，确实是很不错的老师。不过后来他辞职了，有一次回来跟我提起想要听听您的课，可惜没有时间。于是我便想尽自己的一点小力帮×老师完成这一个小心愿，所以就有了这次课堂录音，谢谢老师您！还有，您能不能把课上的PPT也发给我，那样的话×老师就能够较为全面地理解您的课了。

附件中的 AMR 格式的录音是没有间断的，另外两个是我已经剪辑了的一、二小节。手机录音的保真度并不是很好，没有您真实的声音浑厚悦耳，是为一大憾事！（不能录像，也是遗憾事呀！）但不管怎么说，也当做是一次纪念吧！

最近我自己也尝试写过小诗，对于您课上提到的倡议也是支持的，所以我想再向您索要投稿的邮箱，就算没有选上，也当做是一种努力与欣喜吧！小诗亦附上，请老师指点一二！

另外我想把您的邮箱发给×老师，倘若他有什么想法希望与您交流的话，就会变得方便些，可以吗？

走自己的路，每一步都朝着思考后的方向，每一步都感受着前行的力量！

最后，祝老师身体健康、工作顺利！

学生：×××

【第六封信】

老师，您好！

这是我第二次给您写信了，如果不是要交作业，可能我也就不会给您写这封信了。我是不喜欢给别人写信的，一方面是性情所致，另一方面是因为我一写信就爱吐苦水，自己苦一下也就罢了，何必还要苦别人。我知道，有的学生是很喜欢给老师写信的，就像年轻的读者喜欢给经历丰富的作家写信一样，他们把一些或大或小的问题写出来，希望能从长者那里获得答案。可有些问题，就算你年龄再大，经历再丰富，学识再渊博，也未必能够解答。所以我个人觉得，还是少写信为好。

人的一生会遇到很多人，就像我在这里遇到了您，或者说就像您在这里遇到了我。可以这么说，到目前为止，在我所遇到的人里面，您是最富理想主义气质的，也是最富悲情的一个。在所有人里，我最喜欢的也就是这种人。我总觉得，一个毫无理想、毫无悲情的人，是不可爱的。可能您要问我什么是悲情，什么样的人才称得上是悲情的人，坦白地说，我也不知道，只能凭感觉。我觉得自己在本质上是一个悲情的人，愤世嫉俗，多愁善感。都说性情决定人生，那是不是就是说，一个悲情的人注定要拥有悲情的一生呢？若真是如此，我也依然愿意做一个悲情者，愿意拥有悲情的一生。

有同学说，每次上完您的课，心灵都像是遭受了一顿鞭笞，心绪变得复杂而沉重；但过后不久，这份沉重感就被遗忘了。于是又要再上您的课，才能找回那份沉重。应该说，这种人并不具有一颗善于感受痛苦的心，不是自知自觉者。假如他有一颗善于感受痛苦的心，那么他就会知道，在生活中，痛苦和沉重是无处不在、无时不在的。这样，就算不上您的课，他也可以时刻保持觉醒。他也就能够做到严肃地对待人生，深刻地思索问题，并且勇敢地去承担责任了。

作为一个个体的存在，我就是用这种方式来建立与外在的关系的。长久以来，我用这样的态度读历史、读小说，聆听别人的故事，感受别人的痛苦；慢慢地，我的心也就变得丰富而沉重起来了。我的心里装满了痛苦，有自己的，也有别人的，但终归还是自己的。有时候，感觉自己的心已经沉重得喘不过气来了，于是就跟自己说："干吗要把自己弄成这样？干吗要跟自己过不去？"以前，我不知道如何回答，后来我知道该如何回答这个问题了。倘若再有人问："干吗要活得这么沉重呢？"就可以反问他："干吗要活得那么轻松呢？"我记得在张承志的《北方的河》里读到过这样一个片段，老师问小伙子："你是在奔跑着生活，你不觉得累吗？"小伙子回头笑笑，然后又跑远了。

我知道，一个人仅仅拥有一颗善于感受痛苦的心是不够的，他还应该明白痛苦从何而来，以及如何才能摆脱痛苦的困境。古华在《芙蓉镇》里，只说人要"像畜牲一样活下去"，却不说明人为什么要像畜牲一样活下去，更不说明人为什么会沦为畜牲。

坦白地说，在所有的人里，我最想拯救的就是我自己，因为也只有我自己才能拯救我自己，我也只能拯救得了我自己。在所有的人生之路中，我选择了艺术，准确地说，是文学。我将要用一生的时间来走这条路，这条救赎之路，或者说是朝圣之路。我记得您曾说过："我只想尽我的所能，做一些力所能及的改变。"而我所能做的，就是想方设法，让自己变得更好。我庆幸自己有着一颗向善的心，它引领我在文学的道路上不断前行。

说到文学，我记得您曾经说过："一个真正的作家，首先应该是一个哲学家。"这句话我是认同的。我想，这句话的意思并不是要作家都去搞哲学研究，而是说作家都应该关心哲学，都应该学一点儿哲学，因为文学是离不开哲学的。这可能也就是王蒙呼唤学者型作家的原因了。

好了，就此搁笔吧。零零碎碎的，说了一大堆，给老师添乱了。虽然这些文字很杂乱，但都很真诚。

最后祝您身体健康、工作顺利！

学生××敬上

**【第七封信】**

詹老师：

　　希望我迟来的问候不会让您感到唐突。

　　您也许不会记得 2011 年的冬天里，在您的《西方文论》的课堂，永远默默坐在最后一排的那个小女孩。她不是中文专业的，却是异常爱您的课。她是出了名的"逃课王"，可是她却从来不逃您的课。她记得每个星期五，带着一颗期待和忐忑的心踏进您的教室，等待又一次理性声音的召唤，等待又一次心灵的洗礼，却又怕自己被您提问，怕自己的肤浅会让您鄙夷。她不能说自己在您的课堂上学到了多少，但至少在您理性的声音里，她找回了在大学迷失已久的心，她终于转动了那早已因困惑而锈钝的脑袋。因为每一个星期五的洗礼，她连步伐都变得轻盈，仿佛夜里的星星都唱起了歌来。其实，和以前比起来，她没有多大的改变，只是，她在您的有意或是无意的课堂讲解里，似乎找到了自己想要的状态，似乎找到了最适合自己继续走下去的姿势。

　　时间的流逝总是悄无声息，一晃，她就毕业了。如今，她也成了一名教师。在茫茫的探索之路上，她也曾困惑，迷茫，甚至绝望过。教育，这条路的起点在哪儿，终点又在哪儿，她又该带着怎样的心情踏上这条路？每一次困惑的时候，便是每一次快要放弃的时候。而每一个这样的时刻她总是能听到一个理性的声音，她记得那个声音，曾经一次又一次地洗礼着她，带她找回迷失的自己。她记得那个声音里有但丁，有对美的追求，有时下流行的电视剧，有对人性的拷问，有素质，有对教育的思考。正是这样遥远却清晰的理性声音，不断地撞击着她的心灵，让她一次又一次地去追寻自己喜欢也最适合自己的生活姿态。

　　她其实很想对您说声感谢，但不知以怎样的方式。她害怕您的回复是"你是？"，她更害怕的是，您根本就收不到她的邮件。害怕的事多了，人前进的脚步也就慢了，所以这一句"谢谢"便一直被搁浅在心里。可是每一个教师节，当她的学生对她说"谢谢"的时候，她总是会有种莫名的伤感。她不知道学生谢她什么，她知道的是，自己最值得感谢的老师，她却从未对他说声"谢谢"，抑或是问候过。于是，她便又多了一层愧疚。她挣扎着，想要勇敢地去说出自己内心最真诚最简单的话语，可当每一次即将要冲破牢笼时，一种莫名的恐惧总会侵袭而来，于是她又败得一塌涂地。

　　也许是偶然，也许是必然，她看到了《勇敢的心》："我什么也没有，但我有一颗勇敢的心"。这一句台词触碰了她的内心。她想：她现在有什么？既然什么都没有，那为什么还害怕呢？不如给自己安一颗勇敢的心，也许只有无所畏惧，才能勇往直前吧。

　　所以她决定了，要对您说声：谢谢，我亲爱的老师，我的心灵引导者！

　　也许您觉得这声"谢谢"来得太迟，或是来得太唐突，但是她总觉得您能听懂：这是一种压抑已久的真挚情感的爆发。

　　祝愿您的生活如您所愿！

您的学生：×××